Uma semana para se perder

Série Spindle Cove • Livro 2

TESSA DARE

Uma semana para se perder

1ª edição
3ª reimpressão

Tradução: A C Reis     GUTENBERG

Título original: *A Week to Be Wicked*

EDITORA
Silvia Tocci Masini

EDITORAS ASSISTENTES
Carol Christo
Nilce Xavier

ASSISTENTE EDITORIAL
Andresa Vidal Vilchenski

REVISÃO
Andresa Vidal Vilchenski

CAPA
Carol Oliveira (sobre a imagem de ArtStudia Group/Shutterstock)

DIAGRAMAÇÃO
Guilherme Fagundes

Dados Internacionais de Catalogação na Publicação (CIP)
Câmara Brasileira do Livro, SP, Brasil

Dare, Tessa

Uma semana para se perder / Tessa Dare ; tradução A C Reis. -- 1. ed.; 3. reimp. -- Belo Horizonte : Editora Gutenberg, 2019. -- (Série Spindle Cove ; 2)

Título original: *A Week to Be Wicked*

ISBN 978-85-8235-308-0

1. Ficção histórica 2. Romance norte-americano I. Título II. Série.

15-06226	CDD-813

Índices para catálogo sistemático:
1. Romances históricos : Literatura norte-americana 813

A **GUTENBERG** É UMA EDITORA DO **GRUPO AUTÊNTICA**

São Paulo
Av. Paulista, 2.073 . Conjunto Nacional
Horsa I . 23º andar . Conj. 2310-2312
Cerqueira César . 01311-940 São Paulo . SP
Tel.: (55 11) 3034 4468

Belo Horizonte
Rua Carlos Turner, 420
Silveira . 31140-520
Belo Horizonte . MG
Tel.: (55 31) 3465 4500

www.editoragutenberg.com.br

Capítulo Um

Quando uma garota se arrasta penosamente, debaixo de chuva, no meio da noite, para bater na porta da *casa do diabo*, este deveria no mínimo ter a decência – se não a indecência – de atender.

Minerva apertou as bordas de sua capa com uma mão, enquanto enfrentava mais uma rajada de vento frio e cortante. Ela encarou a porta com desespero, depois bateu novamente com o punho fechado.

"Lorde Payne", gritou ela, esperando que sua voz atravessasse as tábuas grossas de carvalho. "Por favor, atenda a porta! É a Srta. Highwood." Depois de uma pausa, ela completou, "Srta. Minerva Highwood."

Pareceu-lhe ridículo que ela precisasse dizer *qual* Srta. Highwood era ela. Sua irmã mais nova, Charlotte, era uma jovem exuberante, mas ainda muito nova, com apenas quinze anos de idade. E a mais velha da família, Diana, possuía não apenas beleza angelical, mas uma disposição igualmente frágil. Nenhuma delas era do tipo que sairia da cama à noite e desceria as escadas da pensão furtivamente para se encontrar com um notório libertino.

Mas Minerva era diferente. Ela sempre foi diferente. Das três irmãs Highwood, ela era a única com cabelos escuros, a única que usava óculos e a única que preferia botas com cadarço a sapatilhas de seda. E também era a única que se preocupava com a diferença entre rochas sedimentares e metamórficas. A única sem pretendentes, e sem reputação para proteger. *Diana e Charlotte vão ficar bem, mas Minerva? Sem graça, estudiosa, absorta, desajeitada com os cavalheiros. Em poucas palavras: sem salvação.* Essas foram as palavras de sua própria mãe em uma carta recente enviada à prima. Como se não bastasse, Minerva não descobriu essa descrição de si mesma xeretando a correspondência particular de sua mãe. Ah, não. *Ela* mesma escreveu as palavras, que lhe foram ditadas pela mãe. Sério. Sua própria *mãe!*

O vento inflou seu capuz e o jogou para trás. A chuva fria transpassou sua nuca, piorando sua situação. Empurrando o cabelo que estava colado no rosto para o lado, Minerva olhou para a antiga torre de pedra, uma das quatro que compunham a parte central do castelo. Fumaça escapava pela abertura mais alta. Ela ergueu o punho novamente e bateu na porta com a força renovada.

"Lorde Payne, eu sei que está aí!"

Homem vil, zombeteiro. Minerva ficaria ali mesmo, parada naquele lugar, até que ele a deixasse entrar, mesmo que a chuva fria de primavera a molhasse até a medula. Ela não subira toda aquela distância, da vila ao castelo, escorregando no musgo que aflorava pelo caminho e abrindo sulcos na lama, só para marchar de volta para a pensão pelo mesmo caminho, derrotada. Contudo, depois de um minuto inteiro batendo na porta sem obter resposta, a fadiga resultante de sua jornada começou a se manifestar, provocando cãibras nas panturrilhas e curvando sua coluna. Minerva desabou para a frente. Sua testa atingiu a madeira com um baque surdo. Ela manteve o punho erguido acima da cabeça e continuou batendo na porta em um ritmo constante, obstinado. Ela podia muito bem ser sem graça, estudiosa, absorta e desajeitada, mas era determinada. Determinada a ser reconhecida, a ser ouvida. Determinada a proteger sua irmã, a qualquer custo. *Abra,* desejou ela. *Abra. Abra. Ab...* A porta foi aberta. Rapidamente, com um movimento decidido, sem hesitação.

"Pelo amor às tetas, Thorne. Isso não pode esperar até..."

"Ai!" Desequilibrada, Minerva caiu para a frente. Seu punho bateu forte contra – não a porta, mas um peito.

O peito de Lorde Payne. Seu peito másculo, musculoso e nu, que se mostrou só um pouco menos sólido que uma tábua de carvalho. O golpe de Minerva atingiu em cheio o mamilo dele, como se fosse a aldrava da porta da *casa do diabo.* Pelo menos dessa vez o diabo atendeu.

"Ora." A palavra ressoou através do braço dela. "Você não é Thorne."

"V-você não está vestido." *E eu estou tocando seu peito nu. Oh... Senhor.*

Ocorreu a Minerva o pensamento aflitivo de que ele poderia também não estar usando calças. Ela se endireitou. Enquanto removia os óculos com dedos trêmulos e gelados, viu uma mancha tranquilizadora de tecido escuro abaixo da imagem borrada do torso dele. Minerva bafejou as lentes de seus óculos e as limpou com o forro seco de sua capa, para depois recolocá-los no rosto. Ele continuava seminu, e agora em foco perfeito. Línguas tortuosas produzidas pela luz do fogo lamberam cada traço de seu belo rosto, definindo-o.

"Entre, se é isso o que quer." Ele franziu o rosto depois de um sopro gelado do vento. "De um modo ou de outro, vou fechar a porta."

Ela entrou. A porta foi fechada atrás dela com um som pesado e breve. Minerva engoliu em seco.

"Devo dizer, Melinda, que esta é uma surpresa e tanto."

"Meu nome é Minerva."

"Claro, claro." Ele inclinou a cabeça. "Eu não reconheci seu rosto sem o livro na frente."

Ela soltou um longo suspiro enquanto se armava de paciência. Mais um pouco... E ainda mais, até que se sentiu capaz de aguentar um libertino provocador com péssima memória... E ombros espantosamente bem definidos.

"Eu admito", disse ele, "que esta não é a primeira vez que atendo a porta no meio da noite para encontrar uma mulher esperando por mim do lado de fora. Mas você é, com certeza, a mulher que eu menos esperaria." Colin a avaliou até os pés. "Mas é a mais enlameada."

Pesarosa, Minerva olhou para as botas cheias de barro e a bainha enlameada da saia. Com certeza ela não fazia o tipo "sedutora da noite".

"Esta não é uma visita *desse* tipo."

"Permita-me um momento para eu absorver a decepção."

"Eu prefiro lhe dar um momento para se vestir." Minerva atravessou o aposento circular de pedra, sem janelas, e foi diretamente até a lareira. Ela demorou um pouco para soltar os laços de veludo da capa, que depois pendurou na única poltrona do local.

Aparentemente, Colin não havia desperdiçado totalmente seus meses em Spindle Cove. Alguém tinha dedicado muito trabalho para transformar aquele silo de pedra em um lar quente e quase confortável. A lareira foi limpa, restaurada e colocada em funcionamento. Nela crepitava um fogo grande o bastante para deixar orgulhoso um guerreiro normando. Além da poltrona, o aposento circular continha uma mesa de madeira e bancos. Tudo simples, mas bem feito. Não havia cama. Estranho... ela vasculhou o local com o olhar. Aquele libertino infame não precisava de uma cama?

Ela olhou para cima... A resposta pairava sobre ela. Colin havia construído um tipo de mezanino, com acesso por uma escada. Cortinas luxuosas escondiam o que ela imaginou ser a cama dele. Acima do mezanino, as paredes de pedra subiam para um "nada" escuro e cavernoso. Minerva decidiu que tinha dado a Lorde Payne tempo suficiente para encontrar uma camisa e se fazer apresentável. Ela pigarreou e se virou lentamente.

"Eu vim lhe pedir..."

Ele continuava seminu. Ele não havia usado aquele tempo para se fazer apresentável. Colin aproveitou a oportunidade para se servir de uma bebida. Ele estava de perfil e fazia caretas para uma taça de vinho, como se avaliasse sua limpeza.

"Vinho?", ofereceu ele.

Minerva negou com a cabeça. Graças ao exibicionismo indecente dele, um rubor violento se espalhou por sua pele e subiu pelo pescoço, pelas faces e pelo couro cabeludo. Ela não precisava jogar vinho nas chamas. Enquanto Colin se servia, ela não conseguiu evitar admirar aquele corpo musculoso e definido, tão bem delineado pela luz do fogo. Minerva tinha se acostumado a pensar nele como um demônio, mas Colin possuía o corpo de um deus. Um deus menor. Seu físico não era pesado, supermusculoso, como Zeus ou Poseidon; estava mais para um esguio e atlético Apolo ou Mercúrio. Um corpo feito não para o combate, mas para a caça. Não para ser lenhador, mas corredor. Não para dominar náiades desavisadas nos rios em que se banhavam, mas para... seduzir.

Ele ergueu os olhos. Minerva desviou os seus.

"Sinto muito ter acordado você", disse ela.

"Você não me acordou."

"Verdade?", Minerva franziu a testa. "Então... pelo tempo que você demorou para atender a porta, poderia ter vestido alguma roupa."

Com um sorriso diabólico, ele indicou as calças.

"Eu vesti."

Ora... O rosto de Minerva pegou fogo. Ela se deixou cair na poltrona, desejando desaparecer em meio às costuras. *Pelo amor de Deus, Minerva, controle-se. O futuro de Diana está em jogo.*

Deixando o vinho sobre a mesa, Colin se aproximou de uma das estantes de madeira que pareciam lhe servir de guarda-roupa. Ao lado, uma fileira de ganchos sustentava seus casacos. Um vermelho, de oficial, para a milícia local que ele comandava na ausência do Conde de Rycliff; alguns casacos refinados, que aparentavam ser escandalosamente caros, feitos em Londres, e um sobretudo longo de lã cinza. Ele passou por tudo isso e pegou uma camisa simples, que enfiou pela cabeça. Depois de passar os braços pelas mangas, Colin os estendeu para a apreciação de Minerva.

"Melhor assim?"

Não muito. O decote da camisa ainda exibia fartamente seu peito, só que fazia uma insinuação sensual em vez de oferecer uma vista frontal. Se algo tinha mudado? Sim, ele estava mais indecente. Ele estava menos um deus esculpido e intocável e mais um rei pirata depravado.

"Tome." Ele pegou o sobretudo cinza no gancho e o levou até ela. "Está seco, pelo menos."

Depois de ajeitar o casaco no colo dela, Colin colocou a taça de vinho em sua mão. Um anel de sinete faiscou em seu dedo mínimo, brilhando dourado através do pé da taça.

"Sem discussão. Você está tremendo tanto que posso ouvir seus dentes batendo. O fogo e o casaco ajudam, mas não esquentam você por dentro."

Minerva aceitou a taça e tomou um gole hesitante. Seus dedos realmente tremiam, mas não totalmente por causa do frio.

Ele puxou um banco, se sentou e fixou nela um olhar de interrogação. "Então..."

"Então", ecoou ela, como uma tola.

A mãe dela tinha razão quanto a isso. Minerva se considerava uma pessoa razoavelmente inteligente, mas Santo Deus... homens bonitos a imbecilizavam. Ela ficava tão desorientada perto deles; nunca sabia para onde olhar ou o que dizer. Suas respostas, que deveriam ser inteligentes e espirituosas, acabavam saindo amargas ou patéticas. Às vezes, uma observação provocadora de Lorde Payne a deixava totalmente em silêncio. Somente dias depois, enquanto espancava a face de uma falésia com seu martelo de geóloga, a resposta perfeita pipocava em sua cabeça. Era notável. Quanto mais ela olhava para ele, mais podia sentir sua inteligência diminuindo. A barba de um dia por fazer servia para enfatizar as linhas fortes de seu maxilar. O cabelo castanho despenteado acrescentava um toque maroto. E aqueles olhos... os olhos dele pareciam diamantes Bristol. Geodos pequenos e redondos, polidos até brilharem. Um anel externo de rocha castanha envolvido por pedras de quartzo. Uma centena de tons cristalinos de âmbar e cinza. Minerva fechou os olhos, apertando-os com força. *Chega de tremer.*

"Você tem a intenção de se casar com minha irmã?"

Segundos se passaram.

"Qual delas?"

"Diana", exclamou Minerva. "Diana, é óbvio. Charlotte tem apenas quinze anos."

Colin deu de ombros.

"Alguns homens gostam de uma noiva jovem."

"E outros são totalmente contra o casamento. Você me disse que era um deles."

"Eu disse isso para *você*? Quando?"

"Você deve se lembrar. Aquela noite..."

Ele a encarou, confuso.

"Nós tivemos 'uma noite'?"

"Não como você está pensando." Meses antes, ela confrontou Lorde Payne nos jardins de Summerfield a respeito das indiscrições escandalosas e das intenções dele para com sua irmã. Eles se enfrentaram. Então, de algum modo se *enroscaram* – fisicamente – até que alguns insultos conseguiram separá-los.

Maldita fosse sua disposição científica, incansavelmente observadora. Minerva se ressentia dos detalhes que observou naqueles momentos. Ela não precisava saber que o botão do colete de Lorde Payne se alinhava perfeitamente com sua quinta vértebra, ou que ele exalava suavemente a couro e cravo. Mas mesmo naquele momento, meses depois, ela não conseguia se livrar daquela informação. Principalmente quando estava aninhada no sobretudo dele, envolta por seu calor e pelo mesmo apimentado aroma, masculino. Naturalmente, ele havia se esquecido por completo daquele encontro. Não era de se surpreender. Na maioria das vezes ele nem se lembrava do nome de Minerva. Se falava alguma coisa com ela, era apenas para provocá-la.

"No verão passado", ela o lembrou, "você me disse que não tinha qualquer intenção de pedir a mão de Diana. Ou de qualquer mulher. Mas hoje a fofoca na vila diz outra coisa."

"É mesmo?" Ele virou o anel de sinete. "Bem, sua irmã é linda e elegante. E sua mãe não faz segredo de que gostaria desse casamento."

Minerva contraiu os dedos do pé dentro das botas.

"Para dizer o mínimo", disse ela.

No ano anterior, as mulheres Highwood chegaram àquela vila litorânea para as férias de verão. Elas imaginaram que o ar marítimo poderia melhorar a saúde de Diana. Bem, fazia tempo que o verão havia passado e a saúde dela melhorado, mas ainda assim as Highwood permaneciam ali, devido à esperança de sua mãe em um casamento entre Diana e aquele visconde charmoso. Então, enquanto Lorde Payne continuasse em Spindle Cove, a mãe delas não queria nem ouvir falar de voltar para casa. Ela havia desenvolvido um otimismo que lhe era pouco característico; a cada manhã, enquanto mexia seu chocolate quente, ela declarava: "Eu posso sentir, garotas. Hoje ele vai me pedir a mão de Diana em casamento."

Ainda que Minerva soubesse que Lorde Payne era um homem do pior tipo, nunca teve coragem de manifestar sua contrariedade, porque ela amava Spindle Cove. Ela não queria ir embora. Pela primeira vez ela se sentia... em casa. Ali, no seu paraíso pessoal, ela explorava o relevo rochoso, repleto de fósseis, livre de preocupações ou censuras, catalogando descobertas que deixariam alvoroçada a comunidade científica da Inglaterra. A única coisa que a impedia de ser completamente feliz era a presença de Lorde Payne – e por meio de uma dessas estranhas ironias da vida, era a presença dele que lhe permitia ficar em Spindle Cove. Parecia não haver problema em deixar que sua mãe nutrisse esperanças de receber um pedido por parte do lorde. Mas Minerva sabia, com certeza, que essa proposta não viria. Até aquela manhã, quando sua certeza se desfez.

"Esta manhã, eu estava na loja *Tem de Tudo*", começou ela, "e normalmente ignoro as fofocas de Sally Bright, mas hoje..." Ela engoliu em seco, e então encarou Lorde Payne. "Ela disse que você deu instruções para que sua correspondência fosse direcionada para Londres após a próxima semana. Ela acredita que você irá embora de Spindle Cove."

"E com isso você concluiu que pretendo me casar com sua irmã."

"Ora, todo mundo sabe qual é sua situação. Se você tivesse dois xelins no bolso teria partido meses atrás. Você está preso aqui até sua fortuna ser liberada no seu aniversário, a menos que..." Ela engoliu em seco novamente. "A menos que se case primeiro."

"Tudo isso é verdade."

Sentada na poltrona, Minerva se inclinou para a frente.

"Vou embora daqui num piscar de olhos", disse Minerva, "se você repetir as palavras que me disse no verão passado, que não tem intenção de se casar com Diana."

"Mas isso foi no verão passado. Estamos em abril, agora. É tão inconcebível que eu tenha mudado de ideia?"

"*É!*"

"Por quê?" Ele estalou os dedos. "Eu sei! Você acha que eu não tenho ideias, para poder muda-las. É isso?"

Ela se ajeitou na ponta da cadeira.

"Você não pode mudar de ideia porque *você* não mudou. Você é um libertino hipócrita, traiçoeiro, que flerta com jovens inocentes de dia e pega mulheres casadas à noite."

Ele suspirou.

"Escute, Miranda. Desde que Fiona Lange foi embora da vila, eu não..."

Minerva ergueu a mão. Ela não queria ouvir a respeito do caso dele com a Sra. Lange. Ela ouviu mais que o suficiente da própria mulher, que se imaginava uma poetisa. Minerva queria poder tirar da cabeça aqueles poemas. Versos entusiasmados e obscenos que esgotaram todas as possibilidades de rima para "palpitação" e "êxtase".

"Você não pode se casar com minha irmã", disse Minerva, desejando que sua voz parecesse firme. "Eu simplesmente não vou permitir."

Como sua mãe tanto gostava de dizer para quem estivesse disposto a escutar, Diana Highwood era exatamente o tipo de jovem que poderia conquistar um belo lorde. Mas a beleza externa de Diana não era nada se comparada a sua doçura, generosidade e, principalmente, a coragem com que enfrentou a doença durante toda sua vida. Sem dúvidas, Diana *poderia* conquistar um visconde. Mas ela não *deveria* se casar com *aquele*.

"Você não a merece", disse Minerva para Lorde Payne.

"É verdade. Mas nenhum de nós consegue o que realmente merece nesta vida. Se não, como Deus se divertiria?" Ele pegou a taça da mão dela e tomou um belo gole de vinho.

"Ela não ama você."

"Ela não me detesta. Amor não é tão necessário." Inclinando-se para a frente, ele apoiou o braço no joelho. "Diana é educada demais para recusar e sua mãe ficaria muito feliz. Meu primo enviaria a licença especial em um instante. Se nos casássemos esta semana, no domingo você já poderia me chamar de 'irmão'."

Não. Todo o corpo dela rejeitou a ideia. Cada milímetro.

Jogando o casaco emprestado longe, ela se pôs de pé em um pulo e começou a andar de um lado para outro sobre o tapete. As dobras molhadas de sua saia enroscavam nas pernas enquanto ela andava.

"Isso não pode acontecer. Não vai acontecer. *Não vai!*" Um pequeno rosnado passou por seus dentes apertados.

Ela cerrou os punhos.

"Eu tenho vinte e duas libras que economizei da minha mesada. E mais alguns trocados. É seu, tudo seu, se prometer deixar Diana em paz."

"Vinte e duas libras?" Ele balançou a cabeça. "Seu sacrifício fraterno é tocante, mas essa quantia não vai me manter em Londres nem por uma semana. Não do jeito que eu vivo."

Ela mordeu o lábio. Minerva esperava por algo assim, mas ela avaliou que não faria mal tentar primeiro um suborno. Teria sido mais fácil se funcionasse. Ela inspirou profundamente e ergueu o queixo. Então, seria do modo mais difícil; sua última chance de dissuadir Lorde Payne.

"Então fuja comigo."

Depois de um momento de choque, ele começou a rir. Minerva deixou as risadas de menosprezo passarem por ela e simplesmente esperou, de braços cruzados.

"Bom Deus", disse ele. "Você está falando sério?"

"Completamente sério. Deixe Diana em paz e fuja comigo."

Ele esvaziou a taça de vinho e a colocou de lado, então pigarreou e disse:

"Isso é muito corajoso de sua parte, minha querida. Oferecer-se para casar comigo no lugar da sua irmã. Mas na verdade eu..."

"Meu nome é Minerva. Não sou sua querida. E você está maluco se pensa que algum dia eu me casaria com você."

"Mas pensei que você disse..."

"Fugir comigo, sim. Casar com você?" Ela produziu um som de incredulidade com a garganta. "Por favor."

Ele piscou.

"Posso ver que você ficou perplexo", disse Minerva.

"Oh, que ótimo. Eu teria admitido isso, mas sei o prazer que você tem em apontar minhas deficiências intelectuais."

Vasculhando os bolsos internos de sua capa, Minerva encontrou a cópia do jornal científico. Ela abriu na página de anúncios e o ergueu para que Colin pudesse ver.

"Haverá um encontro da Sociedade Geológica Real no fim deste mês. Um simpósio. Se você concordar em ir comigo, minhas economias devem ser suficientes para financiar nossa viagem."

"Um simpósio de geologia." Ele deu uma olhada no jornal. "Essa é sua escandalosa proposta noturna, que fez você se arrastar pela escuridão durante uma tempestade. Você vai me levar para um *simpósio de geologia* se eu deixar sua irmã em paz?"

"O que você esperava que eu oferecesse? Sete noites de prazer carnal e total devassidão em sua cama?" Ela falou querendo fazer piada, mas ele não riu. Em vez disso, Colin examinou sua roupa molhada.

Minerva ficou vermelha como um camarão. Maldição. Ela sempre dizia a coisa errada.

"Acho essa oferta mais tentadora", disse ele.

Sério? Ela mordeu a língua para não dizer isso em voz alta. Que indigno admitir o quanto aquele comentário impensado a empolgou. *Eu prefiro seus prazeres carnais a uma palestra sobre terra.* Realmente, um belo elogio.

"Um simpósio de geologia", ele repetiu para si mesmo. "Eu deveria saber que haveria pedras por trás disso."

"Há pedras embaixo de tudo. É por isso que nós geólogos as achamos tão interessantes. De qualquer modo, não estou querendo atrair você com o simpósio. Estou lhe oferecendo a promessa de quinhentos guinéus."

Assim ela conseguiu a atenção dele, cujo olhar demonstrou o interesse.

"Quinhentos guinéus?"

"Exatamente. É o prêmio para a melhor apresentação. Se você me levar até lá e me ajudar a apresentar minhas descobertas para a Sociedade, poderá ficar com tudo. Quinhentos guinéus devem ser suficientes para você manter sua bebedeira e devassidão em Londres até seu aniversário, eu imagino?"

Ele aquiesceu.

"Com um orçamento enxuto", respondeu Colin. "Talvez eu tenha que me privar de sapatos novos, mas todos devemos fazer sacrifícios." Ele ficou em pé e a olhou de frente. "Tem um probleminha, contudo. Como você pode ter certeza de que ganhará o prêmio?"

"Eu vou ganhar. Eu poderia explicar detalhadamente minhas descobertas para você, mas isso envolveria muitas palavras polissílabas. Não sei se você está disposto a ouvi-las agora. Portanto, basta lhe dizer que tenho certeza."

Colin lhe deu um olhar inquiridor, mas Minerva reuniu força suficiente para sustentá-lo, segura, confiante e sem piscar. Após alguns momentos, os olhos dele ganharam um brilho caloroso, desconhecido. Era uma emoção que ela nunca havia percebido nele. Minerva achou que pudesse ser... respeito.

"Bem", disse ele. "Certeza combina com você."

O coração dela acelerou alegremente. Aquela era a coisa mais gentil que ele havia dito para ela. Minerva achou, até, que aquela era a coisa mais gentil que *qualquer pessoa* havia lhe dito. *Certeza combina com você.*

E, de repente, as coisas ficaram diferentes. O pouco vinho que ela bebeu se desdobrou em seu estômago, a aquecendo e relaxando. Derretendo sua falta de jeito. Ela se sentiu à vontade naquele lugar, e um pouco mais experiente. Como se ter uma conversa de madrugada, em uma torre, com um devasso seminu fosse a coisa mais natural do mundo. Ela se ajeitou preguiçosamente na poltrona e levou as mãos ao cabelo, para encontrar e soltar os grampos restantes. Com movimentos lentos e despreocupados, ela penteou o cabelo molhado com os dedos, e o ajeitou sobre os ombros, para que secasse uniformemente.

Colin ficou parado, observando-a por um instante. Então ele serviu mais vinho na taça. Um jorro sensual de vinho tinto rodopiou pela taça.

"Veja bem, não estou concordando com esse plano. Não importa qual seja a medida da sua imaginação. Mas, hipoteticamente, como você vê isso acontecendo? Uma bela manhã nós levantamos e vamos juntos para Londres?"

"Não, não Londres. O simpósio é em Edimburgo."

"*Edimburgo!*" A garrafa bateu sobre a mesa com um baque. "Edimburgo fica na Escócia!"

Ela aquiesceu.

"Eu pensei que você disse Sociedade Geológica Real."

"Foi o que eu disse." Ela abanou o jornal na direção dele. "A Sociedade Geológica Real da Escócia. Não sabia? Edimburgo é onde acontecem os estudos acadêmicos mais interessantes."

Aproximando-se dela, Colin espiou o jornal.

"Pelo amor de Deus, isso vai acontecer daqui a menos de duas semanas. Marietta, você entende o que significa uma jornada até a Escócia? Você está falando de, no mínimo, duas semanas de viagem."

"São quatro dias a partir de Londres com a carruagem do correio. Já verifiquei."

"Carruagem do correio? Querida, um visconde não viaja de carruagem do correio." Ele balançou a cabeça e se sentou de frente para ela. "E como é que sua querida mãe vai receber essa notícia, quando descobrir que você fugiu para a Escócia com um lorde escandaloso?"

"Ah, ela vai ficar empolgada. Desde que uma das filhas se case com você, ela não fará objeção." Minerva tirou os pés das botas molhadas e enlameadas e puxou as pernas para cima da cadeira, sentando-se sobre seus calcanhares gelados. "É perfeito, não está vendo? Vamos encenar uma fuga. Minha mãe não dirá nada contra, nem Lorde Rycliff. Ele vai ficar muito feliz por pensar que, afinal, você vai se casar. Nós viajamos até a Escócia, eu apresento minhas descobertas e recebo o prêmio. Depois dizemos a todos que simplesmente não deu certo."

Quanto mais ela explicava suas ideias, mais facilmente as palavras lhe vinham à boca, e mais empolgada ela ficava. Aquilo podia dar certo. Podia *realmente* dar certo.

"Então você vai simplesmente voltar a Spindle Cove, sem se casar, depois de semanas viajando comigo? Você não percebe que estará..."

"Arruinada perante a sociedade? Eu sei." Ela olhou para o fogo que crepitava. "Estou disposta a aceitar esse destino. Não tenho nenhuma vontade de me casar na sociedade, de qualquer forma." Nenhuma *esperança* de casar, para dizer a verdade. Ela não adorava a ideia de escândalo e fofoca, mas seria isso pior que ser cortada da alta sociedade, e se sentir sempre empurrada para as margens?

"Mas e suas irmãs? Elas também ficarão *manchadas*."

Essa observação fez com que Minerva parasse para refletir. Não é que ela não tivesse pensando nessa possibilidade. Ao contrário, ela pensou cuidadosamente sobre isso.

"Charlotte ainda tem alguns anos antes de sua temporada", disse Minerva. "O escândalo perderá força até lá. Quanto a Diana... às vezes penso que a melhor coisa que eu poderia fazer por minha irmã seria arruinar suas chances de fazer um 'bom' casamento. Assim ela teria condições de se casar por amor."

Pensativo, ele tomou um gole no vinho.

"Bem, fico feliz que você tenha pensado em tudo de acordo com suas conveniências. Você não tem medo de arruinar sua reputação, nem a de suas irmãs. Mas parou um instante para pensar na minha?"

"Na sua o quê? Reputação?" Ela riu. "Mas sua reputação é terrível."

As faces de Colin ganharam um pouco de cor.

"Não sei se é assim tão *terrível*."

Minerva encostou o dedo indicador no polegar.

"Primeiro: você é um devasso sem-vergonha."

"Verdade", concordou ele.

Ela encostou o dedo médio no polegar.

"Segundo: seu nome é sinônimo de destruição. Brigas em bares, escândalos... *explosões*! Aonde quer que você vá, o caos o acompanha."

"Eu não faço por querer. Isso apenas... acontece." Ele passou a mão pelo rosto.

"E você está preocupado que esse plano manche sua reputação?"

"É claro." Colin se inclinou para a frente e apoiou os cotovelos nos joelhos. Ele gesticulava com a mão que segurava a taça de vinho. "Eu amo as mulheres, é verdade." Então ergueu a mão vazia. "E, sim, parece que eu quebro tudo o que toco. Mas até aqui eu tenho mantido separadas essas minhas duas especialidades. Eu me deito com mulheres e arruíno coisas, mas nunca arruinei uma mulher inocente."

"Isso parece apenas um descuido da sua parte."

Ele riu.

"Talvez. Mas não é algo que eu pretenda consertar."

Seus olhos encontraram os dela, espontâneos e sinceros. Então, algo estranho aconteceu. Minerva acreditou nele. Aquilo era algo que ela não havia levado em conta. Que ele fosse contrário ao plano por uma questão de *princípios*... Ela nem sonhou que, talvez, ele tivesse escrúpulo para se ser ofendido. Mas ele tinha, evidentemente. E Colin estava expondo seus princípios para *ela*, em uma atitude de confiança. Como se os dois fossem amigos e ela pudesse compreendê-lo. Alguma coisa tinha mudado entre eles nos dez minutos que se passaram desde que Minerva bateu em sua porta. Ela se recostou na cadeira, olhando para ele.

"Você é uma pessoa diferente à noite."

"Eu sou", ele simplesmente concordou. "Mas você também é."

Ela balançou a cabeça.

"Eu sou sempre esta pessoa, por dentro. É só que..." *Por algum motivo, eu nunca consigo ser essa pessoa com você. Quanto mais eu tento, mais eu me atrapalho.*

"Ouça, eu fico honrado com seu convite, mas essa excursão que está sugerindo não pode acontecer. Eu voltaria parecendo o pior tipo de gigolô sedutor. E seria isso mesmo, tendo fugido com uma jovem inocente e depois a descartado."

"Por que não posso ser eu a descartar você?"

Colin deixou escapar uma risadinha.

"Quem é que acreditaria..."

Ele interrompeu sua resposta. Tarde demais.

"Quem acreditaria nisso", ela terminou por ele. "Quem, não é mesmo?"

Com uma imprecação, ele pôs de lado o copo de vinho.

"Vamos. Não se ofenda."

Dez minutos atrás ela podia esperar que ele risse. Minerva estaria preparada para seu escárnio, e ela não teria permitido que ele percebesse como isso a machucava. Mas as coisas mudaram. Ela aceitou seu vinho e seu casaco. Mais do que isso, ela aceitou sua honestidade. Minerva baixou a guarda... E agora isso. Ela ficou profundamente magoada. Seus olhos lacrimejaram.

"É inconcebível. Eu sei o que você está dizendo. O que todo mundo vai dizer. É inconcebível que um homem como você pudesse se in..." Ela engoliu. "Pudesse se interessar por uma garota como eu."

"Não foi o que eu quis dizer."

"É claro que foi. É absurdo. Cômico. A ideia de que você pudesse me querer, e que *eu* o dispensasse? Eu sou sem graça, estudiosa, absorta, desajeitada, sem salvação..." A voz dela tremeu. "Em toda uma era geológica, ninguém acreditaria."

Minerva enfiou os pés em suas botas. Depois levantou e pegou sua capa.

Colin levantou e esticou o braço para segurá-la. Minerva tentou se afastar, mas não foi rápida o bastante. Os dedos dele se fecharam ao redor do pulso dela.

"As pessoas acreditariam", disse ele. "Eu poderia fazer com que acreditassem."

"Seu homem horrível, debochado. Você nem consegue lembrar meu nome." Ela lutou para se soltar.

Colin apertou o punho dela.

"*Minerva.*"

Ela parou. Sua respiração queimava nos pulmões, como se ela estivesse tentando abrir caminho em meio a neve, à altura de seus quadris.

"Escute-me, por favor", disse ele, com a voz baixa e suave. "Eu poderia fazer com que as pessoas acreditassem. Eu *não vou* fazer isso, porque acho que esse seu plano é uma ideia espetacularmente ruim. Mas eu poderia. Se eu quiser, posso convencer toda Spindle Cove – toda Inglaterra – de que estou completamente enfeitiçado por você."

Ela fungou.

"Claro."

"Não, é sério", ele sorriu. "Seria muito fácil. Eu começaria estudando você, quando não estivesse percebendo. Admirando-a enquanto estiver perdida em seus pensamentos, ou debruçada sobre um livro. Admirando a forma como esse cabelo escuro e rebelde sempre consegue escapar dos grampos e escorrer por seu pescoço." Com a mão livre, Colin pegou uma mecha molhada do cabelo de Minerva e a ajeitou atrás de sua orelha. Então ele passou de leve o dedo na face dela. "Reparando no brilho quente de sua pele, onde o sol a beijou. E esses lábios. Maldição. Acredito que eu poderia ficar muito fascinado por seus lábios."

Ele deixou o polegar pairar sobre a boca de Minerva, provocando-a com as possibilidades. Ela ansiou por seu toque, até se sentir péssima. Esse... *desejo* indesejável.

"Não demoraria muito. Logo todos ao nosso redor perceberiam meu interesse", disse ele. "Eles acreditariam na minha atração por você."

"Há meses você me provoca sem piedade. Ninguém se esqueceria disso."

"Faz parte do encanto. Não sabia? Um homem pode começar a flertar com desinteresse, até desdém. Mas ele nunca provoca sem afeto."

"Não acredito em você."

"Mas deveria. Os outros acreditariam." Ele colocou as mãos nos ombros dela, e então a examinou das botas ao cabelo solto. "Eu poderia convencer a todos que estou consumido por uma paixão visceral, selvagem, por esta feiticeira de cabelos pretos e lábios sensuais. Que admiro sua lealdade incondicional a suas irmãs e sua natureza valente e engenhosa. Que fico louco pelas mostras de paixão, profunda e secreta, que lhe escapam, às vezes, quando ela se aventura fora de sua concha." As mãos fortes de Colin alcançaram a moldura de seu rosto. Seus olhos de diamantes Bristol encararam os de Minerva. "Que eu vejo nela uma beleza rara e selvagem que, de algum modo, foi negligenciada por outros homens. E eu a quero. Desesperadamente. Só para mim. Oh, eu poderia fazer com que todos acreditassem nisso."

Aquela torrente de palavras cheias de significado exerceu um tipo de encanto em Minerva. Ela ficou paralisada, incapaz de se mexer ou falar. *Não é verdade*, ela disse para si mesma. *Nenhuma dessas palavras é real.* Mas o carinho que ele lhe fazia era real. Real, quente e suave. Poderia significar muito, se ela deixasse, mas a prudência lhe dizia para se afastar. Em vez disso, ela tocou, com a mão leve e trêmula, o ombro de Colin. Mão tola. Dedos tolos.

"Se eu quisesse", murmurou ele, puxando-a para perto e fazendo-a erguer o rosto, "eu convenceria todo mundo de que a razão verdadeira pela qual fiquei em Spindle Cove – meses além do que eu poderia aguentar – não tem nada a ver com meu primo ou minhas finanças." A voz dele ficou rouca. "Foi simplesmente você, Minerva." Ele acariciou o rosto dela, tão suavemente que fez seu coração doer. "Sempre foi você."

Os olhos dele eram sinceros. Não havia sinal de ironia em sua voz. Ele parecia quase ter convencido a si mesmo. O coração de Minerva martelava em seu peito violentamente. Aquele martelar louco era tudo o que ela conseguia ouvir. Até outro som se intrometer... Risos... Risos de mulher. Vindo de cima, como uma cascata de água gelada. Um choque inesperado que a encharcou. *Oh, Deus!*

"Maldição." Ele ergueu os olhos para o mezanino.

Minerva seguiu seu olhar. Por trás das cortinas fechadas, a mulher escondida riu novamente. Riu *dela. Oh, Deus. Oh, Deus.* Tudo aquilo. Quem quer que estivesse lá em cima, escutou tudo o que foi dito. Entorpecida, Minerva agarrou sua capa e a vestiu com os dedos trêmulos. O calor fumacento do fogo ficou repentinamente enjoativo e abundante. Sufocante. Ela tinha que ir embora daquele lugar. Minerva sentiu que iria vomitar.

"Espere", disse ele, seguindo-a até a porta. "Não é o que parece."

Ela o cortou com um olhar gélido.

"Muito bem, é quase o que parece", disse ele. "Mas eu juro que havia me esquecido que ela estava aí em cima."

Ela parou de brigar com a tranca da porta.

"E isso deve melhorar minha opinião a seu respeito?"

"Não", ele suspirou. "Deve melhorar sua opinião sobre *si mesma*. Era o que eu queria. Fazer você se sentir melhor."

Foi espantoso como ele conseguiu, com um único comentário, tornar uma situação que já era humilhante treze vezes pior.

"Entendo. Normalmente você reserva os falsos elogios para suas amantes. Mas você achou que poderia fazer uma caridade." Ele começou a responder, mas ela o interrompeu. Minerva olhou para o mezanino. "Quem é ela?"

"Isso importa?"

"Isso *importa*?" Ela escancarou a porta. "Bom Deus. As mulheres são tão substituíveis e sem rosto para você? Você simplesmente... as esquece embaixo das almofadas da cama, como se fossem moedas? Não consigo acreditar, eu..."

Uma lágrima quente escorreu por seu rosto. Ela odiou aquela lágrima. Odiou que ele a tivesse visto. Não valia a pena chorar por um homem daqueles. Era só que... naquele momento junto à lareira, após anos sendo ignorada, ela finalmente se sentiu *notada*. Admirada. *Desejada*. E tudo foi uma mentira. Uma mentira ridícula, risível.

Ele pegou o sobretudo.

"Pelo menos deixe-me acompanhar você até em casa."

"Para trás. Não se aproxime de mim nem da minha irmã." Ela o manteve afastado, com a mão estendida, enquanto saía pela porta. "Você é o homem mais traiçoeiro, repugnante, descarado e desprezível que eu já tive o desprazer de conhecer. Como você consegue dormir à noite?"

A resposta dele veio no momento em que ela batia a porta.

"Não consigo."

Capítulo Dois

Ele não dormiu aquela noite...

Depois que Minerva Highwood saiu debaixo de chuva, nem mesmo um libertino dissoluto e desalmado como Colin conseguiria simplesmente continuar de onde havia parado. Ele tirou a viúva de sua cama, fez com que se vestisse, e a acompanhou até a vila. Depois de se certificar que Minerva havia chegado em segurança a sua casa – o que fez ao ver as botas enlameadas ao lado da porta dos fundos da pensão –, Colin voltou para seus aposentos no castelo e abriu uma nova garrafa de vinho. Mas não conseguiu pregar os olhos. Ele nunca conseguia. Não à noite, não sozinho.

Deus, ele odiava o campo. Todo o sol e o ar marinho de Sussex não compensava as noites escuras e silenciosas. Colin estava disposto a dar seu mamilo esquerdo – as bolas eram inegociáveis – por uma noite decente de sono. Desde que Fiona Lange foi embora da vila, o melhor que ele conseguiu foi cochilar algumas horas no início da manhã. Durante a maior parte do inverno, ele bebia até atingir um estupor noturno. Mas seu corpo, já exausto pela falta de descanso, começava a se ressentir do volume de bebida que ele ingeria. Se não tomasse cuidado, Colin iria se tornar um alcoólatra. Ele era muito novo para isso, droga.

Então ele finalmente cedeu e aceitou o convite explícito que a Sra. Ginny Watson lhe fazia há algum tempo, com seus sorrisos e quadris salientes. Ele resistiu à jovem viúva durante meses por não querer se envolver com uma moradora da vila. Mas ele iria embora em questão de dias. Por que não tornar suportáveis suas últimas noites? Isso não magoaria ninguém. Ninguém mesmo.

Em sua cabeça, ele viu Minerva Highwood. Aquela única lágrima escorrendo por sua face. *Que mal, Colin. Muito mal.* Ele deveria tê-la mandado embora imediatamente. Ele não tinha nenhuma intenção de casar com Diana Highwood, nunca teve. Mas Minerva estava molhada e com frio, necessitando de algum tempo perto do fogo. E ele achou perversamente divertido provocá-la com todos aqueles argumentos até chegar à conclusão ilógica, passional. De todos os planos malucos para se casar... uma fuga falsa para ganhar um prêmio de geologia? Ela não ganharia pontos em elegância. Mas Colin tinha que admitir; aquele tipo de garota não batia à sua porta todas as noites. O pior de tudo era que, a conversa sedutora que Colin teve com Minerva... não era *totalmente* mentirosa. Ela não era desprovida de um encanto muito particular. O cabelo escuro, quando solto e derramado em ondas que chegavam a seu quadril, eram extremamente sedutores. E sua boca realmente fascinava Colin. Para uma intelectual de língua afiada, ela tinha os lábios mais suculentos e sensuais que ele já tinha visto. Lábios copiados da Afrodite, de algum mestre renascentista. Vermelho escuro nos cantos e um tom mais claro no centro, como se fossem duas fatias de uma ameixa madura. Às vezes ela prendia o lábio inferior entre os dentes e o mordia levemente, como se saboreasse uma doçura escondida. Era de admirar, então, que durante vários minutos ele conseguiu esquecer que Ginny Watson estava em sua cama?

Minerva pagou o preço do descuido de Colin. Era por isso que ele *precisava* voltar para Londres. Lá, a devassidão de sempre o mantinha longe desse tipo de problema. Ele e os amigos iam de uma casa noturna para outra como um bando de animais selvagens. E quando ele se cansava da folia, não tinha dificuldade para encontrar uma mulher vivida, desejosa de se deitar com ele. Colin lhes dava um prazer físico incomparável, e elas lhe ofereciam a tão necessária paz... todo mundo ia embora satisfeito. Naquela noite ele deixou duas mulheres profundamente insatisfeitas. E ficou acordado com aquele maldito e velho conhecido: o arrependimento.

Pelo menos seus dias estavam contados. Bram devia chegar ao castelo no dia seguinte. A razão declarada era que ele viria inspecionar sua milícia após uma ausência de vários meses. Contudo, Colin sabia, pela correspondência com o primo, que ele tinha outros negócios em mente. Após longos meses, Colin seria libertado. Adeus, aposentos frios de pedra. Adeus, angustiantes noites no campo. Em questão de dias ele partiria.

"Como assim, vou ficar aqui?" Colin encarou o primo, sentindo como se ele tivesse acertado um soco em seu estômago. "Não estou entendendo."

"Vou explicar." Bram gesticulou pacientemente. "Essa é uma coisa normal, no que diz respeito aos aniversários, entende? É espantoso, mas eles chegam todos os anos no mesmo dia. E ainda faltam dois meses para o seu. Até lá, sou o administrador da sua fortuna. Eu controlo cada centavo que você possui, e você vai ficar bem aqui."

Colin balançou a cabeça.

"Isso não faz sentido. Ele se rendeu. Você acabou de anunciar isso para a vila toda. A guerra acabou."

Os dois estavam em frente ao Touro e Flor, a única taverna de Spindle Cove. Após supervisionar o exercício da milícia à tarde, Bram convidou todos os voluntários para tomar cerveja. Então ele anunciou as notícias mais recentes da França, que certamente estariam nas primeiras páginas de todos os jornais da Inglaterra na manhã seguinte. Napoleão Bonaparte havia renunciado ao trono, e agora era mera questão de tratados serem assinados. A vitória era dos aliados. O júbilo de todos fez a estrutura de madeira da taverna balançar. As crianças correram para badalar o sino da igreja de Santa Úrsula. A primeira cerveja virou duas, depois três. Conforme a tarde se dissolvia no crepúsculo, esposas e namoradas começaram a vir pelas vielas, trazendo consigo pratos de comida. Alguém levou um violino. Não demorou para a dança começar. Toda Spindle Cove – toda *Inglaterra* – tinha motivos para celebrar.

Colin também deveria estar comemorando. Em vez disso, ele se sentia morto por dentro. Era uma sensação absolutamente conhecida.

"Bram, você precisava de mim para supervisionar a milícia na sua ausência, e eu cumpri esse dever." A *um custo alto para minha sanidade.* "Mas se a guerra acabou, isso não é mais necessário."

"Necessária ou não, a milícia permanecerá formada até que a Coroa decida o contrário. Não posso simplesmente dispensá-la porque estou com vontade."

"Então que Thorne fique no comando."

"E o Thorne, onde está, afinal?" Bram passou os olhos pelo local à procura de seu cabo.

Colin gesticulou vagamente.

"Saiu para fazer o de sempre... Deve estar se barbeando com uma foice cega. Ou talvez limpando enguias com as mãos nuas. Na verdade, *ele* gosta deste lugar."

"Ah", disse Bram. "Mas você *precisa* deste lugar."

Colin esfregou o rosto com as duas mãos. Ele sabia que a intenção de Bram era boa. Seu primo realmente acreditava que manter Colin sem dinheiro no campo, em Sussex, para comandar a milícia local, era sua melhor oportunidade para redimir uma existência dissoluta. O que Bram não entendia era que existiam tipos diferentes de homens. Disciplina militar e a vida no campo podiam ter domado os demônios de Bram, mas apenas alimentavam os de Colin. Não havia como explicar isso em palavras que Bram pudesse entender. E o que Colin deveria dizer, afinal? *Muito obrigado por se importar comigo, mas eu preferiria que você não se importasse?* Bram era o que lhe restava de sua família. Ao longo do último ano eles desenvolveram um relacionamento tênue baseado em afeto fraternal, e Colin não queria estragar isso.

"Colin", disse Bram, "se você quer tanto sair de Spindle Cove sabe quais são suas opções. Minha curadoria termina quando você se casar. A mulher certa pode fazer bem a você."

Colin gemeu silenciosamente. Ele havia testemunhado várias vezes aquele fenômeno acontecer com seus amigos. Eles se casavam. Ficavam felizes, saciados e gratos, pois passavam a contar com uma fonte estável de sexo. E então eles começavam a se vangloriar, como se tivessem inventado a instituição do matrimônio e ganhassem uma recompensa por cada solteiro que conseguissem converter.

"Bram, estou feliz por você estar contente com Susanna e o bebê a caminho. Mas isso não significa que o casamento me fará bem. Na verdade, acho que faria muito mal à mulher com quem eu me casasse." Ele bateu com o punho na parede da taverna. "Escute, eu preciso ir para Londres. Fiz uma promessa para o Finn."

"O que, exatamente, você prometeu ao Finn?" Bram olhou pela janela, procurando o garoto de quinze anos entre os milicianos reunidos.

"Eu perdi uma aposta para ele, entende. E nós apostamos um par de sapatos. Eu lhe entregaria os meus Hobys, mas não servem para o pé dele. Então eu disse que o levaria até Londres para comprarmos um par sob medida. E então pensei que poderíamos visitar algumas escolas, para resolvermos isso antes que o semestre comece, no outono."

Bram balançou a cabeça.

"Eu já arrumei uma escola para o Finn aqui em Sussex. Escola Flintridge para Meninos."

"Flintridge? E quanto a Eton? Nós dissemos para a mãe dele que lhe daríamos o melhor."

"O melhor para Finn. Flintridge oferece uma educação excelente, e é mais perto de casa. Além disso, a família Bright tem uma loja, e você quer mandá-lo para Eton? Você sabe que ele se sentiria deslocado."

Colin sabia tudo sobre se sentir deslocado em Eton. Ele foi para lá com oito anos, após uma tragédia, recém-órfão, ainda sofrendo com a perda dos pais. Na época, ele era pequeno para sua idade. Ele seria um alvo perfeito mesmo sem os pesadelos e estes serviram de munição para o arsenal dos valentões. Ele ainda podia ouvi-los, cantando em falsete: "*Mãe!*", guinchavam eles pelos corredores. "*Mãe, acorde!*" O primeiro ano foi uma tortura. Mas no final ele se saiu bem.

"Eu sei que não vai ser fácil para ele se encaixar", disse Colin. "Mas eu posso ensinar ao Finn como se defender. Ele precisa ver um pouco mais do mundo, perder esse deslumbramento caipira. Ele precisa de um tutor, para não ficar para trás nos estudos. E se eu comprar um belo par de Hobys para ele, e inscrevê-lo no clube de boxe, Finn poderá impressionar os garotos deslumbrados e arrebentar com os valentões."

Colin olhou pela janela da Touro e Flor, Finn Bright estava encostado na parede, apoiado em seu irmão gêmeo, Rufus. Dos cabelos brancos de tão loiros aos braços finos e ao sorriso maroto, os gêmeos Bright eram idênticos. Pelo menos costumavam ser, até o verão passado, quando uma explosão de artilharia levou o pé esquerdo de Finn.

"Foi um acidente", disse Bram, lendo seus pensamentos.

"Um que eu poderia ter evitado."

"Eu também poderia tê-lo evitado."

Colin bateu com o dedo na janela.

"Olhe para ele. Está curado, mas agitado. O tempo está esquentando. Ele vê o resto dos jovens de sua idade jogando críquete, trabalhando nos campos, indo atrás das garotas... Ele está se dando conta, pela primeira vez, do que isso significa. O que isso *vai* significar, pelo resto da sua vida. Eu sei que você deve compreender."

Bram levou um tiro no joelho, fazia mais de um ano, enquanto combatia na Espanha. Ele conseguiu salvar a perna, mas mancava e o ferimento encerrou sua carreira como comandante de campo. Alguém poderia pensar que sua identificação com a tragédia do garoto pudesse amolecer sua resistência à ideia de Colin. Esse alguém estaria errado... A expressão de Bram era tão mole quanto granito.

"Colin, você não deveria fazer essas promessas ao garoto. Você sempre faz isso. Não tenho dúvida que sua intenção é boa, mas suas boas intenções funcionam como granadas de artilharia. Toda vez que você abre essa sua bocarra os inocentes ao seu redor são feridos."

Colin estremeceu ao pensar em Minerva Highwood na noite anterior, com aquela lágrima solitária escorrendo por seu rosto.

"É exatamente por isso que não posso liberar nenhuma verba para você", continuou Bram. "Você inventa uma historinha bonita de como vai passar lindos dias como mentor de Finn, mas à noite eu sei que você irá procurar as casas noturnas e os inferninhos."

"Droga, é da minha conta como eu passo as minhas noites. Não consigo permanecer neste lugar, Bram. Você não faz ideia."

"Ah, eu faço! Eu faço uma boa ideia." Bram se aproximou do primo e baixou a voz. "Eu comandei regimentos em batalha. Você acha que eu não sei o que acontece com um homem que assiste a derramamento de sangue e carnificina? Os pesadelos, a inquietação. A bebida... A sombra que paira sobre a pessoa durante anos, até mesmo décadas. Conheci muitos soldados com trauma de guerra."

Enquanto absorvia o significado das palavras do primo, o pulso de Colin acelerou. Naturalmente Bram sabia do acidente. Quase todo mundo de seu círculo social sabia. Mas os outros tinham sensibilidade para compreender que Colin não tocava no assunto. Nunca.

"Eu não sou um de seus soldados com trauma de guerra", disse ele.

"Não. Você é minha família. Não consegue entender? Quero ver você superar isso."

"Superar?" Colin riu com amargura. "Nossa, como eu ainda não pensei nisso?" Ele deu um tapa na testa. "Vou simplesmente superar isso. Que maldita ideia brilhante. Também tenho uma ideia para você, Bram. Endireite-se e pare de mancar. E Finn... ora, Finn pode fazer crescer um pé novo."

Bram suspirou.

"Não vou fingir que sei exatamente do que você precisa", disse ele, "mas eu sei que você não irá encontrar isso nos salões de jogos nem nas casas de ópera. Esses próximos meses são minha última chance para dar um jeito em você. Depois do seu aniversário, as contas, propriedades, Riverchase... serão todas suas para administrar. Ou para perder."

Colin se acalmou instantaneamente.

"Eu nunca arriscaria perder Riverchase. Nunca."

"Faz anos que você não vai até lá."

"Não tenho vontade de ir." Ele deu de ombros. "É sossegado demais. Longe demais."

Lembranças demais...

"Você precisa cuidar do lugar", disse Bram.

"Os administradores da terra têm cuidado muito bem dessa propriedade há anos. Eles não precisam de mim por lá. E eu quero ter uma vida feliz em Londres."

"A existência devassa, sem sentido, que você tinha em Londres... Você chama aquilo de 'feliz'?" Bram franziu a testa. "Jesus Cristo. Você não consegue ser honesto nem consigo mesmo."

Colin cerrou o punho, mas avaliou se deveria usá-lo.

Ele baixou a voz quando Finn saiu da taverna.

"O garoto está com tudo empacotado, Bram. Você não pode decepcioná-lo."

"Ah, mas *eu* não vou decepcioná-lo. Vou deixar isso para você."

Ui...

Finn se aproximou deles com suas muletas.

"E então, meus lordes?"

Colin percebeu que o garoto se esforçava para não parecer cheio de esperanças. Esse era o Finn. Perdesse um jogo de dardos ou o pé esquerdo, ele sempre colocava uma máscara de coragem sobre sua decepção. Ele era mais forte do que demonstrava, e tinha mais ambição do que os outros supunham. Aquele garoto seria realmente alguém, um dia. E merecia algo melhor do que a maldita Escola Flintridge para Meninos.

"Finn, houve uma mudança de planos. Nós não iremos para Londres esta semana."

"N-não iremos?"

"Não", disse Colin. "Em vez disso, você irá para Londres com Lorde Rycliff."

Bram se virou para ele, perplexo.

"Como?"

"Nós concordamos que seria melhor." Colin olhou enviesado para seu primo.

Bram respondeu com um olhar que poderia pulverizar nozes dentro da casca.

"Mas... eu pensei que iria ficar com você, Lorde Payne." Finn olhou para Colin, confuso. "Nós iríamos montar um apartamento de solteiros em Covent Garden."

"É verdade. Mas eu e meu primo concordamos que você precisa de um ambiente familiar salutar. Por enquanto, pelo menos. Não é verdade, Bram?"

Ora essa, homem. Você não pode recusar. Não seja um idiota. Seu primo finalmente cedeu.

"Nós acabamos de nos mudar para a nova casa na cidade, Finn. Susanna ficará contente por recebermos nosso primeiro hóspede."

Colin puxou Finn de lado.

"Eu também irei neste verão, não se preocupe. Vou chegar a tempo para andarmos de barco no Tâmisa." Ele se inclinou para sussurrar: "E quanto ao boxe, não tema. Vou providenciar ingressos para assistirmos uma luta profissional em breve, se eu tiver boas notícias de seus professores."

"Tudo bem, então", o jovem sorriu.

"Pegue sua bagagem, Finn", disse Bram. "Encontre-me no estábulo e colocaremos suas coisas na carruagem. Vamos partir ao amanhecer." Os dois saíram andando juntos, fazendo planos que não incluíam Colin. Este tentou se convencer de que tudo tinha saído da melhor forma possível. Se ele próprio tivesse levado Finn para Londres, alguma coisa daria errado. Bram tinha razão. Toda vez que ele tentava fazer algo de bom, de algum modo a situação azedava.

Afastando-se da taverna para o centro da praça, Colin tirou o frasco do bolso do colete. Ele o destampou e engoliu tudo de uma vez, em um gole rápido. O líquido queimou ao descer – assim como queimou saber que aquela era a primeira dose de muitas. A noite começava a cobrir a enseada com seu manto púrpura estrelado. Colin não sabia como sobreviveria aos próximos meses sem fritar o cérebro em álcool.

Um grupo de mulheres se aproximou, atravessando a praça pelo caminho que levava da Queen's Ruby até a taverna. Não era de admirar que as moradoras da pensão fossem atraídas pelos acordes da música animada. Colin escondeu-se nas sombras da castanheira, sentindo-se incapaz de uma conversa educada naquele momento. Quando as mulheres se aproximaram, ele as reconheceu. As Highwood. A matriarca viúva caminhava à frente, e as três filhas a seguiam. Primeiro Charlotte, depois Diana... e finalmente, mais atrás, Minerva, o rosto previsivelmente enterrado em um livro. A brisa noturna flertava com seus xales e saias. Se Colin quisesse sair de Spindle Cove, tinha algumas opções. Duas delas passavam por ele naquele momento: ele podia se casar com Diana ou fugir para a Escócia com Minerva.

Boas opções, aquelas. Ele preferiria destruir a reputação de uma irmã ou arruinar a futura felicidade da outra? Ele queria ir embora daquele lugar, com certeza. Mas Colin gostaria de fazê-lo com alguma decência. Ele virou outro gole da bebida.

Diana Highwood seria, um dia, a noiva encantadora de algum homem. Ela era linda, elegante, refinada e possuía um bom coração. Sem dúvida ela saberia se virar na cidade e conseguiria tolerar os excessos de Colin melhor do que a maioria das mulheres. E isso significava que sua irmã de língua afiada e óculos tinha toda razão. Diana merecia um futuro melhor. Quanto à irmã de óculos em questão...

Enquanto observava o grupo que atravessava a praça, Colin mal reconheceu nela a garota que o visitou na noite anterior; a jovem corajosa, espirituosa, que soltou o cabelo perto de sua lareira, e que falou com uma autoconfiança tão cativante. Onde havia estado aquela garota durante todos aqueles meses? Mais precisamente, onde estava aquela garota naquele momento? O vestido florido de musselina que ela usava não era lisonjeiro nem horrendo. Poderia ser descrito como totalmente desinteressante. Enquanto caminhava, ela deixava os ombros caídos, como se Minerva tentasse se esconder. Isso, mais o rosto enfiado no livro, fazia parecer que ela se esforçava para desaparecer.

"Minerva! Postura", rosnou a Sra. Highwood.

Colin balançou a cabeça. Considerando a amolação constante que Minerva aguentava da mãe, seria estranho que ela quisesse se esconder?

Na noite anterior ela se aventurou fora daquela casca de proteção. Minerva se arrastou por todo o caminho até o castelo, debaixo de chuva, bateu na sua porta até que ele a deixasse entrar, e então ofereceu sua própria ruína para proteger a irmã. E qual foi a recompensa que ela recebeu por seu esforço? Humilhação. Deboche. E mais censura por parte da mãe. Colin jamais sonhou que diria isso a respeito da intelectual que havia passado os últimos meses o espetando com olhares enviesados e comentários maldosos, mas era a verdade. Minerva merecia algo melhor.

Colin tapou seu frasco e o enfiou no bolso. Ele poderia ter que esperar alguns meses para cumprir suas promessas a Finn Bright. E mesmo assim, ele não seria capaz de repor o pé do rapaz. Mas ele iria acertar seu negócio com as Highwood. Naquela noite.

Capítulo Três

O pai de Minerva disse uma vez que, quando ela se perdia em um livro, eram necessários cachorros farejadores e uma equipe de resgate para trazê-la de volta. Por outro lado, um galho baixo de árvore também resolvia.

Bam!

"Ai." Parando de andar, Minerva esfregou a têmpora dolorida e ajustou os óculos com uma mão. Com a outra ela marcou a página do livro em que estava. Charlotte olhou para ela e inclinou a cabeça, demonstrando pena.

"Ah, Minerva. Tenha dó!"

"Você se machucou?", perguntou Diana, preocupada.

À frente de todas, sua mãe se virou e soltou um suspiro desesperançado.

"Minerva Rose Highwood. Apesar de todo seu amor anormal pela educação, você consegue ser incrivelmente idiota." A Sra. Highwood voltou até a filha, agarrou-a pelo cotovelo, e a puxou através da praça da vila. "Eu nunca vou entender como você se tornou isso."

Não, mamãe. Pensou Minerva, marchando a seu lado. *Duvido que você entenda.* A maioria das pessoas não a entendia. Mesmo antes da humilhação da noite anterior, ela havia feito as pazes com esse fato. Ultimamente, parecia que somente um lugar, e não uma pessoa, conseguia entender Minerva: Spindle Cove, aquele refúgio litorâneo para jovens de boa família e, bem, personalidade *interessante*. Fossem doentes, eruditas ou escandalosas, as moças daquele lugar eram desajustadas de um modo ou de outro. Os moradores da vila não ligavam se Minerva cavava a terra ou se andava pelas trilhas rurais com um livro aberto diante do rosto e a brisa soprando seu cabelo. Ela se sentia em casa ali, à vontade. Até aquela noite...

Quanto mais elas se aproximavam da taverna e da celebração pela vitória na guerra, mais seu sentimento de pavor aumentava.

"Mamãe, não podemos voltar para a pensão? O tempo está medonho."

"Está ameno, se comparado à chuva da semana passada."

"Pense na saúde de Diana. Ela está se recuperando de um resfriado."

"Pff. Isso faz semanas."

"Mas mamãe..." Desesperada, Minerva procurou alguma outra desculpa. "Será correto?"

"Correto?" A mãe ergueu a mão sem luva de Minerva, mostrando a terra sob suas unhas. "*Você* quer me falar do que é correto?"

"Bem, sim. Uma coisa é frequentar o Touro e Flor à tarde, quando é uma casa de chá para mulheres. Mas quando escurece, vira uma taverna." Minerva não precisava dizer onde esteve na noite anterior.

"Não me importa que seja um antro de ópio. É a única possibilidade de dança em quinze quilômetros", respondeu sua mãe. "E Colin certamente estará lá. Vamos receber um pedido esta noite. Posso sentir nos meus ossos."

Talvez a mãe sentisse isso em seus ossos, mas a reação de Minerva estava sendo mais visceral. Seu coração e estômago trocaram de lugar, um empurrando o outro dentro dela.

Conforme elas se aproximaram da porta da taverna, Minerva enterrou o rosto no livro. Fossem romances, histórias ou tratados científicos, os livros eram frequentemente seu refúgio. Naquela noite o livro era literalmente um escudo, a única barreira a protegê-la do mundo. De modo algum ela deixaria Diana sozinha, mas Minerva não sabia como poderia encarar novamente Lorde Payne. Para não falar da amante oculta que riu de suas tolas esperanças. A "amiga" dele poderia ser qualquer mulher naquele salão lotado. E quem quer que fosse, ela podia já ter contado a história para todo mundo.

Enquanto elas entravam no estabelecimento e abriam caminho em meio à multidão, Minerva teve certeza de que ouviu alguém rindo. Rindo *dela*. Esse era o pior resultado de sua desastrosa visita noturna. Fazia meses que Spindle Cove era o porto seguro de Minerva. E agora ela jamais se sentiria à vontade ali novamente. O eco daquela risada cruel a seguiria por todas as ruas de pedra e trilhas. Colin havia arruinado aquele lugar para ela. E agora ele ameaçava arruinar o resto de suas vidas. *No domingo você já poderia me chamar de "irmão"*. Não! Ela não podia deixar aquilo acontecer. Ela não permitiria. De *algum modo* ela impediria, mesmo que tivesse que jogar seu livro na cabeça daquele homem.

"Oh, ele não está aqui."

O comentário lamurioso de Charlotte lhe deu esperança. Minerva baixou o livro e vasculhou a multidão. Os voluntários da milícia ocupavam o local, destacando-se com os uniformes em vermelho e dourado contra as paredes caiadas. Ela baixou o queixo e espiou por cima das lentes, focando no lado mais distante do salão, onde homens e mulheres se apinhavam junto ao bar. Nada de Lorde Payne. Sua respiração ficou mais fácil. Ela empurrou os óculos nariz acima e sentiu os cantos de sua boca relaxarem, esboçando um sorriso. Talvez ele tivesse ficado com peso na consciência. Mas o mais provável era ele ter permanecido em sua torre, para entreter sua amiga, que se divertia tão facilmente. Pouco importava onde ele estivesse, desde que não fosse ali.

"Ah, ali", disse a mãe, virando-se. "Ele entrou pelos fundos."

Droga! Minerva sentiu um peso no coração assim que o viu. Ele não tinha ares de um homem com peso na consciência, mas parecia mais sombrio e perigoso do que nunca. Embora ele tivesse acabado de passar pela porta, a atmosfera do ambiente mudou instantaneamente. Uma energia palpável, agitada, irradiava dele, e todos podiam sentir. Toda a taverna ficou em alerta. Uma mensagem não declarada correu de corpo em corpo. *Alguma coisa está para acontecer...*

Os músicos tocaram o prelúdio de uma dança folclórica. Por toda a sala, pares começaram a se formar. Ele baixou a garrafa. Tapou-a. Recolocou-a em seu bolso. E então direcionou seu olhar, quente e decidido, para as Highwood. Os pelinhos da nuca de Minerva ficaram em pé.

"Ele está olhando para você, Diana", murmurou sua mãe, empolgada. "Ele vai tirar você para dançar."

"Diana não deveria dançar", disse Minerva, incapaz de tirar seus olhos dele. "Não uma música dessas. A asma."

"Bobagem. O ar marítimo fez seu trabalho. Faz meses que ela não tem uma crise."

"Não. Mas o último foi provocado pela dança." Ela balançou a cabeça. "Por que eu sou sempre a única que se preocupa com o bem-estar de Diana?"

"Porque eu estou sempre preocupada com o seu. Coisa ingrata."

O olhar da mãe a atravessou. Quando garota, Minerva invejava os olhos azuis da mãe. Eles pareciam ter a cor de oceanos tropicais e céus sem nuvens. Mas a cor havia desbotado ao longo dos anos, desde a morte do pai. Agora o azul tinha o tom de um tecido usado durante três estações. Ou de porcelana de classe média quebrada. A cor da paciência quase esgotada.

"Nós somos em quatro, Minerva. Todas mulheres. Sem marido, pai ou irmão no retrato de família. Podemos não ser pobres, mas nos falta segurança de verdade. Diana tem a chance de agarrar um visconde belo e rico, e não permitirei que você a atrapalhe. Quem mais irá salvar esta família? *Você?*", ela riu com crueldade.

Minerva sequer conseguiu formular uma resposta.

"Oh, ele está se aproximando", guinchou Charlotte. "Ele está vindo para cá."

Pânico borbulhou no peito de Minerva. Será que Colin realmente faria o pedido naquela noite? Qualquer homem sensato faria. Diana era sempre linda, mas naquela noite estava radiante dentro de um vestido de seda esmeralda com detalhes em renda marfim. Seu cabelo claro brilhava, incandescente, sob a luz das velas, e sua postura etérea lhe dava o ar de uma lady. Ela parecia mesmo uma viscondessa. E Lorde Payne tinha todo o aspecto de um lorde poderoso.

O homem atravessou o salão até elas, passando pela multidão, seguindo uma trilha reta, sem se desviar. As pessoas saíam do seu caminho, como grilos assustados. Seu olhar era intenso, determinado, focado... *Nela*. Em Minerva. *Não seja boba.* Não podia ser. Com certeza era um efeito produzido por seus óculos. Ele ia falar com Diana, é claro. Óbvio. E Minerva o odiou por isso. Ele era um homem horrível, detestável.

Mas seu coração batia tão forte que parecia querer sair do peito. Um certo calor começou a se formar entre seus seios. Ela sempre imaginou qual seria a sensação de estar na ponta de um salão de festas e observar um homem lindo e poderoso se aproximar dela. Aquele momento seria o mais perto que ela chegaria daquilo. Ao lado de Diana, imaginou. Repentinamente ansiosa, ela olhou para o chão. Depois para o teto. Então ela se repreendeu pela covardia e se obrigou a olhar para ele.

Colin parou e fez uma reverência, para então estender a mão.

"Concede-me esta dança?"

O coração de Minerva cessou. O livro escapou de sua mão e caiu no chão.

"Diana, passe-me sua bolsa", sussurrou a Sra. Highwood. "Rápido. Eu a seguro enquanto você dança."

"Acredito que isso não será necessário", respondeu Diana.

"É claro que será necessário. Você não pode dançar com essa bolsa pesada pendurada no seu pulso."

"Eu não vou dançar, mamãe. Lorde Payne convidou Minerva."

"Convidou Minerva. Que ideia." A mãe emitiu um som indelicado de incredulidade. Que se tornou um engasgo quando a mulher percebeu, finalmente, que a mão de Lorde Payne estava realmente sendo oferecida para Minerva. "Mas... por quê?"

"Porque eu a escolhi", disse ele simplesmente.

"Sério?"

Oh, Deus. Sério? Minerva tinha *mesmo* dito isso em voz alta? Pelo menos ela conseguiu se impedir de continuar falando o resto dos pensamentos que passavam por seu cérebro embotado, que eram algo como: *Sério? Você atravessou o salão daquela forma decidida, perigosa, por mim? Nesse caso, você se importaria de voltar até lá e fazer o mesmo percurso? Devagar, desta vez, e com sentimento.*

"Srta. Minerva", disse ele, em uma voz suave e sombria como obsidiana, "concede-me esta dança?"

Ela observou, muda e encantada, a mão sem luva de Lorde Payne pegar a sua. A mão dele era quente e forte. Ela segurou a respiração, sentindo os olhos de toda a vila nos dois. *Por favor. Por favor, que ninguém ria.*

"Obrigada", ela se obrigou a dizer. "Eu ficaria imensamente... aliviada."

Ele a conduziu até a pista, onde os dois entraram na dança folclórica.

"Aliviada?" murmurou ele, divertido. "As mulheres normalmente se sentem 'encantadas' ou 'honradas' de dançar comigo. Até mesmo 'emocionadas'."

Ela deu de ombros, perdida.

"Foi a primeira palavra que me veio."

E no momento, foi sincera. Mas quando ela se posicionou diante dele e os primeiros compassos da música começaram, seu alívio evaporou. Medo tomou seu lugar.

"Não sei dançar", ela confessou, dando um passo à frente.

Ele pegou as mãos dela e a girou.

"Mas você já está dançando."

"Não muito bem."

Ele ergueu uma sobrancelha.

"É verdade."

Minerva fez uma reverência para o lado errado e trombou com a mulher à sua esquerda. Desculpando-se apressadamente, ela exagerou na correção, e pisou no pé de Lorde Payne.

"Bom Deus", disse ele entredentes, segurando-a perto de si enquanto os dois iam para frente e para trás. "Você não estava exagerando."

"Eu nunca exagero. Não tenho jeito."

"Você tem jeito. Pare de se esforçar tanto. Para que nós consigamos fazer isto, você tem que me deixar conduzir."

A dança os separou e Minerva cambaleou. Ela tentou se convencer de que aquilo significava que ele havia concordado com seu plano. Ele a levaria para a Escócia, porque ele a escolheu. Ele a escolheu em vez de Diana. Por que outra razão ele pediria uma dança para ela, se não para criar a impressão de que havia atração entre eles? Mas seus pensamentos foram rapidamente interrompidos pelas batidas de pé e pela música animada.

Ela cambaleou por mais uma série de passos. Então vieram deliciosos momentos em que ela não precisou fazer nada a não ser ficar parada e aplaudir. Então teve que ir para frente de novo. Para ele. Colin a puxou para perto. Indecentemente perto.

"Diga 'ai'", murmurou ele.

Ela piscou, confusa. *O quê?* Colin a beliscou forte na parte inferior do braço.

"Ai!", ela exclamou. "Por que você..."

Ele passou um braço pela cintura dela. E então o contraiu, fazendo-a tropeçar. Os óculos dela ficaram tortos no rosto.

"O que foi, Srta. Highwood?", disse ele dramaticamente, em voz alta. "Você torceu o tornozelo? Que pena."

Alguns momentos depois, ele a conduziu, cambaleante, pela porta vermelha do Touro e Flor. Eles se afastaram alguns passos da entrada. Colin a apressou, a sapatilha dela prendeu em uma pedra e Minerva tropeçou de verdade. Colin a amparou antes que ela batesse o joelho no chão.

"Você se machucou?", perguntou ele.

Ela balançou a cabeça.

"Estou bem, a não ser pelo orgulho."

Ele a ajudou a se equilibrar. Mas não a soltou.

"A coisa não saiu como eu planejei. Eu não sabia da sua... dificuldade em dançar. Se eu soubesse, teria..."

"Não, está bem assim. Foi ótimo. A dança, nós sairmos no meio. Você... me abraçando à vista de todos." Ela engoliu em seco. "Foi tudo ótimo."

"Foi mesmo?"

"Foi", ela aquiesceu.

A sensação dos braços dele, envoltos em sua cintura, era realmente boa. E o calor complexo, ardente, em seus olhos castanhos estava rapidamente derretendo a inteligência dela. Mais um minuto daquilo e ela se tornaria uma pateta diplomada. Ela olhou de relance para a porta. Com certeza alguém viria atrás deles. Ou, no mínimo, espiaria pela janela. Ninguém estava pelo menos um pouquinho preocupado com sua reputação? Ou seu tornozelo?

Alguém precisava ver os dois juntos, para que sua fuga fosse convincente. Do contrário, aquele abraço perigoso, desconcertante, seria inútil.

"Por quê?", perguntou ela, incapaz de se segurar. "Você poderia ter Diana."

"Imagino que sim. E se eu decidisse casar com ela, você não poderia me impedir."

O coração de Minerva bateu com tanta força dentro do peito que ela teve certeza de que Colin poderia senti-lo.

"Mas você me escolheu esta noite. Por quê?"

Um sorriso irônico surgiu na boca de Colin.

"Você quer que eu explique?"

"Quero. E com sinceridade, não..." *Não como na noite passada.*

"Com sinceridade." Ele refletiu sobre a palavra. "Sinceramente, sua irmã é linda, elegante, reservada, dócil. É fácil para um homem admirá-la e imaginar toda uma vida diante de si. Casamento, casa, louça, filhos. Não é uma perspectiva sem seus atrativos. Mas é tudo muito arrumado e pronto."

"E quando você olha para mim? O que é que você vê?"

"Sinceramente? Quando eu olho para você..." Ele tocou a parte de baixo das costas dela. "Eu penso, comigo mesmo, algo do tipo: Só Deus sabe que provações surgirão na minha vida."

Ela se retorceu nos braços dele, tentando se soltar.

"Solte-me."

"Por quê?"

"Porque eu quero bater em você."

"Você pediu sinceridade." Ele riu, mas a manteve perto. "Você... você se debatendo é exatamente o que quero dizer. Não, você não se encaixa no molde de beleza, elegância e previsibilidade. Mas anime-se, Marissa. Alguns homens gostam de ser surpreendidos."

Marissa?

Ela olhou para ele, horrorizada. E emocionada. E horrorizada por estar emocionada.

"Você... É... O mais..."

Um sino badalou. A porta do Touro e Flor abriu e um punhado de garotas da vila, rindo, surgiram cambaleantes, envoltas em uma onda de música e animação. Minerva prendeu a respiração. Se as garotas virassem para aquele lado a veriam com Colin. Os dois juntos.

"Surpresa", sussurrou ela.

E colou seus lábios aos dele.

Capítulo Quatro

Ela disse "surpresa". *Surpresa mesmo.* Doçura. Essa foi a primeira surpresa. Ele tinha ouvido tantas palavras ácidas saindo daqueles lábios... mas seu beijo era doce. Suave e doce, com uma pitada de autêntica sensualidade por baixo. Como uma ameixa amadurecida ao sol no auge do verão. Pronta para cair em sua mão ao menor toque.

A queda. Essa foi a segunda surpresa. Quando se inclinou para beijá-la, Minerva *caiu* nele. Colin apertou os braços ao redor da cintura dela, trazendo-a para perto. Seus corpos se encontraram. Mas essa não é a palavra correta. Seus corpos haviam se "encontrado" há alguns meses, naquela noite no jardim de Summerfield. Seus corpos só estavam atualizando o conhecimento. A sensação de intimidade foi imediata e assustadora. O aroma de jasmim do cabelo dela acionou um gatilho bem no fundo dele. Uma memória armazenada não em sua cabeça, mas em seu sangue.

O que lhe trouxe a terceira surpresa: prazer... Triunfo. Droga, ele estava *querendo* aquilo. Colin teria ido ao túmulo sem admitir, mas parte dele estava querendo muito. E já havia algum tempo. Ele não a estava conhecendo através do beijo, mas confirmando verdades há muito suspeitadas. Apesar dos interesses pouco femininos e do excesso de estudos, sob a superfície, ela era totalmente mulher. Minerva não era irritadiça e teimosa em seus braços, mas calorosa e suave, moldando suas curvas à força dele.

Ele poderia fazê-la derreter. Suspirar. Estremecer. Mas saborear apenas aquilo não seria suficiente. Ele passou a língua pelos lábios fechados, à procura de mais. Fazia muito tempo que ele não beijava uma garota simplesmente por beijar, e Colin havia se esquecido do prazer puro e inebriante que isso podia trazer. Ele queria mergulhar naquela doçura suave. Embriagar-se nela, banhar-se nela. Perder-se totalmente em um beijo com léguas de profundidade.

Abra. Abra para mim. Um som abafado escapou dela. Algo como um chiado. Seus lábios permaneceram fechados sob os dele. Colin tentou de novo, arrastando com leveza sua língua até o canto da boca de Minerva. Lenta e reverentemente, da forma que ele sabia que uma mulher gostava de ser lambida – em qualquer lugar. Então, ela abriu os lábios. Colin passou a língua entre eles, provando-a. Deus, ela era tão doce e pura. Mas estava totalmente empacada. Sem se mexer. Sem respirar. Ele parou para sorver seu suculento lábio inferior antes de tentar novamente. Colin foi um pouco mais fundo dessa vez, revirando a língua antes de retirá-la. O suspiro doce de Minerva tocou sua face. Aquele suspiro era uma confissão. Ele lhe dizia duas coisas. Primeiro, ela não fazia ideia de como corresponder seu beijo. Segundo, ela queria corresponder. Ela também andava esperando por isso. Quando eles se separaram, uma sensação de incredulidade mútua pairava no ar.

"Por que..." Ela apertava as duas mãos contra o próprio abdome. Por um instante, Minerva olhou para tudo, *menos* para ele. Então ela baixou a voz e perguntou: "Por que você fez isso?"

"O que você está dizendo?", perguntou ele, rindo. "*Você* me beijou."

"É, mas por que você fez..." Ela contorceu o rosto. "Todo o resto."

Colin fez uma pausa.

"Porque... é assim que um homem beija uma mulher."

Ela o encarou. Pelo amor de Deus, ela não podia ser tão ingênua!

"Eu sei que você não pode ter muita experiência, mas com certeza alguém já lhe explicou como são as coisas entre os sexos?" Ele estendeu as mãos para ilustrar o que dizia e pigarreou. "É assim, procure entender; quando um homem gosta muito de uma mulher, mas muito mesmo..."

Ela bateu com o punho no ombro de Colin, e mal conseguiu se segurar para não dar outro golpe.

"Não foi o que eu quis dizer, e você sabe." Ela baixou a voz e espiou o grupo de garotas, que entravam na pensão, ainda perdidas em sua própria conversa. "Por que você fez isso *comigo*? Um beijo simples era o bastante. O que você estava pensando?"

"O que eu..." Ele passou a mão pelo cabelo, um pouco ofendido pelo tom acusador dela. "Sou um homem. Você esfregou sua... feminilidade em mim. Eu não pensei. Eu reagi."

"Você *reagiu*."

"Isso."

"A..." Ela passou o peso do corpo de uma perna para outra. "A mim."

"É uma resposta natural. Você não é uma cientista? Então deveria entender. Qualquer homem com sangue nas veias reagiria a tal estímulo."

Ela recuou. Minerva baixou o queixo e o observou por cima dos óculos.

"Então você me acha estimulante."

"Não foi isso que eu..." Ele engoliu o resto da frase. A única forma de acabar com uma conversa absurda era simplesmente parando de falar.

Colin inspirou profundamente e endireitou os ombros. Ele fechou brevemente os olhos. E então os abriu e olhou para ela. Realmente *olhou* para ela, como se fosse a primeira vez... Ele viu um cabelo preto e grosso que um homem poderia agarrar. Óculos formais empoleirados em um nariz suavemente inclinado. Atrás das lentes, olhos grandes – escuros e inteligentes. E aquela boca... aquela boca suculenta, sensual e carnuda. Ele deixou seus olhos percorrerem as formas dela. Havia uma emoção perversa em saber que luxúria ardia por baixo daquele vestido recatado de musselina. Ter *sentido* suas formas, reconhecido e mapeado o corpo dela com suas próprias terminações nervosas. Seus corpos haviam se *encontrado*. Mais do que isso. Eles se reconheceram.

Nada mais aconteceria, é claro. Colin tinha suas próprias regras, e quanto a ela... Minerva nem mesmo gostava dele, nem fingia que gostava. Mas ela havia surgido no meio da noite com planos mirabolantes que se equilibravam entre a lógica acadêmica e a aventura impensada. Ela começou um beijo que não tinha ideia de como continuar. Somando tudo, ela era simplesmente... Uma surpresa. Uma brisa fresca, envolvente e inesperada, para o bem ou para o mal.

"Talvez", disse ele com cuidado, "eu *realmente* ache você estimulante."

A desconfiança fez Minerva apertar os olhos.

"Não sei se aceito isso como um elogio."

"Aceite como quiser."

Ela olhou na direção da Queen's Ruby. O grupo de garotas tinha desaparecido.

"Droga. Nem sei se alguém reparou no beijo."

"Eu reparei." Ele esfregou a boca com o lado da mão. O gosto de ameixas maduras continuava em seus lábios. Ele percebeu que estava inexplicavelmente sedento.

"Então, quando nós partimos?", perguntou ela.

"Partimos para onde?"

"Escócia, é claro."

"Escócia?" Ele riu, surpreso. "Não vou levar você para a Escócia."

"Mas..." Ela piscou furiosamente. "Mas agora mesmo, lá dentro. Você disse que me escolhia."

"Para dançar. Eu escolhi você como parceira de dança."

"Isso! Exatamente! Você me escolheu para dançar na frente de toda essa gente. Para me puxar aqui para fora e me segurar perto demais. Para me beijar no meio da rua. Por que você faria isso se não estivesse pensando em nossa fuga?"

"Pela última vez, *você* me beijou. Quanto ao resto... eu lamento aquela cena nos meus aposentos, noite passada. Senti que lhe devia algum tipo de desculpa."

"Ah. Ah, não." Ela apertou a mão no peito. "Você está me dizendo que dançou comigo por pena? E me beijou por pena?"

"Não, não." Ele suspirou. "Não totalmente. Eu só achei que você merecia se sentir admirada e valorizada. Na frente de todos."

"E agora, pela segunda vez, na segunda noite, você revela que foi tudo uma fraude. Para que eu possa me sentir rejeitada e humilhada... na frente de todos." Seus olhos ficaram vermelhos. "Você não pode estar fazendo isso comigo de novo."

Ah, pelo amor às tetas. Como isso acontecia com ele?! Colin tinha a melhor das intenções, e então... *Suas boas intenções funcionam como granadas de artilharia.*

"Agora chega", disse ela, fechando as mãos em punhos. "Não vou deixar você escapar desta vez. Insisto que me leve para a Escócia. Exijo que você me desgrace. Por uma questão de honra."

O sino na porta da taverna tilintou. Eles se afastaram um do outro com um pulo. Parecia que a festa havia ficado maior que a taverna. Os foliões jorraram do Touro e Flor e tomaram a praça.

Fungando, Minerva cruzou seus braços à frente do peito.

"Escute", ele disse em voz baixa, "podemos conversar em algum lugar? Algum lugar que não seja minha torre à meia-noite?"

Depois de uma pausa, ela endireitou os óculos.

"Encontre-me na entrada da praia, amanhã de manhã, pouco antes da alvorada."

"*Antes* da alvorada?"

"Cedo demais para você?"

"Ah, não", respondeu ele. "Eu sou um madrugador."

"Você está atrasado", disse ela na manhã seguinte. Os primeiros raios da alvorada refletiam em seus óculos. "Estava lhe esperando."

"Bom dia para você também, Marianna." Colin esfregou os olhos arenosos, depois o rosto sem barbear. "Tive que me despedir do meu primo."

Ele deslizou os olhos pelo vestido, uma abominação disforme e lúgubre de tecido cinza, abotoado até o pescoço.

"Que diabos você está vestindo? Você fez votos em algum convento desde a última vez que nos falamos? As Irmãzinhas Simplórias da Santa Monotonia?"

"Eu pensei nisso", disse ela. "Talvez teria sido a coisa mais sábia a se fazer. Mas não. Este é meu traje de banho." Ela o perfurou com o olhar. "Eu imagino que você não tenha um."

Ele riu.

"Eu não imagino que tenha."

"Você terá que se despir parcialmente, suponho. Venha, então."

Ele a seguiu pela trilha rochosa até a enseada, estupefato, mas também intrigado.

"Se eu soubesse que tirar a roupa estava incluído na proposta, eu teria sido mais pontual."

"Mais rápido, agora. Precisamos correr, ou os pescadores nos verão."

Eles chegaram à praia. A brisa que vinha do mar tinha um efeito envolvente, calmante, e ajudou a arejar a mente dele. O mundo começava a ficar mais nítido. Colin parou na beira da água. O mar bateu em seus sapatos. Inspirou longa e profundamente, depois observou a enseada salpicada de pedras sob a luz do nascente. Ele nunca tinha apreciado aquela vista antes, àquela hora da manhã. A visão era atemporal. Quase mística. Foi atingido no rosto pela água do mar.

"Acorde", disse Minerva, tirando os óculos, que guardou em uma pequena bolsa que trazia presa ao pulso. Passando por ele, entrou nas ondas tranquilas. "Estamos perdendo tempo."

Ele observou, incrédulo, aquela garota absolutamente maluca entrar na água. Pelos joelhos. Pela cintura. Então até o pescoço.

"Saia daí", disse ele, soando embaraçosamente como uma babá, até para seus próprios ouvidos. "Agora mesmo."

"Por quê?"

"Porque estamos em abril. E isso está gelado." *E porque fiquei repentinamente curioso para ver você molhada, sem a lama. Não pude apreciar a vista na outra noite.*

Ela encolheu os ombros.

"Não é tão ruim depois que você se acostuma."

Pelo amor de Deus, veja essa garota. Batendo os dentes, lábios ficando azuis. Por baixo daquele traje horroroso, seus mamilos deveriam estar se tornando pequenos pingentes de gelo. E Minerva realmente esperava que ele se juntasse a ela? Colin e suas preciosas partes, tão sensíveis a temperaturas extremas?

"Escute, Madeline. Parece que temos uma confusão aqui. Não vim para nadar. Nós precisamos conversar."

"E eu preciso lhe mostrar uma pequena enseada, depois daquelas pedras. Não há outro modo de se chegar lá que não seja nadando. Conversamos assim que chegarmos." Ela inclinou a cabeça para o lado. "Você não está com medo, está?"

Com medo? Rá! Será que ele ouviu bem? Minerva o havia desafiado?

"Não."

Colin tirou os sapatos e pôs o casaco de lado. Então enrolou as pernas das calças até os joelhos, e também enrolou as mangas até os cotovelos. Ele contraiu o abdome.

"Muito bem. Aqui vou eu." Ele estremeceu ao entrar nas profundezas gélidas. Quando a água atingiu seu umbigo, xingou em voz alta. "Isto é bravura de verdade, espero que você saiba. Lendas nasceram de muito menos. Tudo que Lancelot fez foi chapinhar em um lago de água morna."

Minerva sorriu.

"Lancelot era um cavaleiro, você é um visconde. O desafio tem que ser maior."

Ele soltou uma risada rouca, a respiração entrecortada pelo frio.

"Por que", perguntou ele, aproximando-se dela, "você só mostra esse delicioso senso de humor quando está completamente gelada e molhada?"

"Eu..." Minerva bateu os cílios com tanta rapidez e força que parecia querer alçar voo com eles. "Eu não sei."

Embora estivesse submersa na água gelada, ela ficou corada. Minerva acionou todas as suas barreiras invisíveis, instantaneamente. Que esquisito. A maioria das mulheres que ele conhecia usava beleza física e charme para esconder seus traços menos agradáveis. Aquela garota fazia o oposto, escondendo tudo o que possuía de interessante atrás de uma fachada simples e formal. Que outras belas surpresas ela estaria escondendo?

"Vamos continuar", disse ela. "Siga-me."

Nadando com braçadas tranquilas, sem pressa, ela o conduziu ao redor de um arquipélago de rochedos até uma entrada cercada por falésias íngremes. Colin esticou o pescoço e olhou para a encosta rochosa. Ele percebeu, naquele momento, que enquanto vivesse jamais compreenderia o que fazia um homem – ou mulher – olhar para uma parede de pedra e pensar: *acho que vou gostar de participar de um simpósio sobre pedras.*

"Então, o que nós estamos procurando?"

"Não aí em cima", disse ela. "Aqui embaixo."

"Aqui embaixo?" Ele olhou ao redor, mas não viu nada a não ser água.

"Tem uma caverna. A entrada fica escondida na maré alta. Vou mostrar para você. Segure meu braço."

Ela ofereceu o braço e ele segurou acima do cotovelo. Minerva então agarrou o braço dele de forma semelhante.

"Agora tome fôlego."

"Espere. O que nós..."

Ele não conseguiu tomar o fôlego que ela sugeriu. Minerva submergiu antes que ele tivesse essa possibilidade. Colin se viu sendo arrastado pelo braço, e afundou completamente na água. Ela os impulsionava para a frente, batendo os pés como pequenas nadadeiras. Até que, aparentemente, eles entraram em uma espécie de túnel. Ele sentiu que raspava as costas contra as pedras. Bateu os pés e as acertou. Colin tentou subir, indo para onde deveria estar a superfície da água. Pedra ali também... Ele estava preso. Colin abriu os olhos debaixo da água. Apenas escuridão. Nada para se ver. Preto como piche. Encurralado entre as rochas. Sem ar. Completamente sem ar, apenas água.

Ele tentou voltar, mas Minerva o puxou para frente. Então eles pararam, presos naquela estreita passagem de pedra. Os pulmões dele ardiam, os membros formigavam e suas orelhas ouviam o rugido da água e o batimento frenético de seu coração, que se debatia contra suas costelas. Ele podia morrer ali. Contudo, seu maior medo era que não morresse. Que seus pulmões, de alguma forma, aprendessem a sobreviver sem ar e ele simplesmente ficasse ali para sempre – aprisionado naquele silêncio marinho interminável e escuro. Revivendo aquela noite infernal para sempre. *A morte é assim. Estou só.* Mas ele não estava só. A mão de Minerva se fechou em volta do braço dele como uma corrente. A outra mão dela agarrou seu pulso e Minerva o puxou com força. Ele passou pelo restante do túnel de pedra e emergiu, ofegante, do outro lado. Mais escuridão o esperava. Havia ar agora, mas tinha que se esforçar para inspirá-lo.

"Está tudo bem", disse ela. "Você passou."

"Jesus", ele finalmente conseguiu dizer, tentando secar o rosto. "Jesus Cristo e João Batista. E, aproveitando, Mateus, Marcos, Lucas e João." Ainda não bastava. Ele precisava usar também o Antigo Testamento. "Abdias. Nabucodonosor. Matusalém e Jó."

"Fique calmo", disse ela, pegando-o pelos ombros. "Fique calmo. E existem *mulheres* na Bíblia, sabia disso?"

"Sabia. E, pelo que me lembro, todas são sinônimo de encrenca. Que lugar é este? Não consigo ver nada."

"Tem um pouco de luz. Espere um pouco e você vai ver."

Ele inclinou a cabeça. A luz cintilava através de pequenas frestas na rocha acima deles. Minúsculos pontos brancos em um véu negro. Minerva agarrou seu queixo e fez com que ele desviasse o rosto da luz e olhasse para ela.

"Não olhe diretamente para a luz, ou seus olhos nunca vão se acostumar. Olhe para mim e respire devagar. Assim. Inspire... expire."

Ela falava com uma voz calma e tranquilizadora. Um tom muito parecido com o que ela usava para falar com Diana durante as crises de asma. O orgulho de Colin tinha sido atingido. Ele não precisava de mimo, mas gostou da voz melosa e hipnotizante de Minerva, e do toque suave dela em sua face. Seu coração começou a diminuir o ritmo. Finalmente, os pontos brancos acima começaram a espalhar um brilho tênue, leitoso, que iluminou as feições dela. Olhos negros e afetuosos com longos cílios pretos. Bochechas arredondadas e pele clara. Aqueles lábios, molhados de água salgada.

"Consegue me ver agora?", sussurrou ela.

Ele assentiu. Talvez a perspectiva de morrer tenha alterado sua percepção, ou a iluminação fraca – mas Colin a achou linda.

"Estou vendo você." Passando os braços pela cintura dela, ele a puxou para perto.

"O que aconteceu? Você perdeu a orientação debaixo da água?" Ela afastou uma mecha de cabelo molhado da testa dele. "Preciso me preocupar com você?"

Aquela pergunta foi feita com uma voz rouca e doce. Algo fez com que ele demorasse a responder.

"Não." Ele deu um beijo na testa dela. "Não, querida. Não gaste a sua preocupação comigo."

Então ele a soltou e Minerva se afastou.

"Por aqui, então." Ela o conduziu a uma plataforma de pedra, na qual ele a ajudou a subir. Era boa a sensação de reassumir o papel masculino com a força. Também foi boa a sensação de segurar na coxa dela.

Depois que os dois subiram na borda, Minerva foi tateando ao longo da parede da caverna e alcançou um nicho no alto, de onde pegou um tipo de caixa, e retirou de lá uma vela e um acendedor. A luz quente da chama revelou o lugar, confirmando que era tão pequeno e sufocante quanto ele suspeitava. Mas o brilho daquela vela também criou um espaço pequeno e íntimo dentro daquele espaço dourada. Colin pensou que ficaria contente em permanecer dentro daquelas bordas no futuro próximo. Sombras brincavam no rosto de Minerva enquanto ela colocava os óculos. Então ela ergueu a vela para iluminar a parede rochosa atrás dele.

"Então, o que tem este lugar?"

"É uma caverna de belezas. Veja... Toda esta superfície exposta é uma camada comprimida de vida marinha fossilizada." Ela deslizou as pontas dos dedos pela superfície irregular. "Passei horas fazendo moldes, decalques e desenhos, recolhendo espécimes onde é possível. Este é um equinoide, está vendo? Ao lado dele, um trilobita. E apenas alguns centímetros acima há uma esponja do mar fossilizada. Olhe."

Colin olhou. Ele viu pedras, saliências e pedras salientes.

"Fascinante. Então esse é o tópico de sua apresentação no simpósio? Equi-qualquer-coisa e trogloditas. É difícil ver como isso pode valer quinhentos guinéus."

"Eles não valem, não por si só. Mas *isto* realmente não tem preço."

Ela engatinhou de lado para o fundo da caverna, por cerca de dois metros. Como parecia estar esperando que Colin a seguisse, ele a acompanhou. Quanto mais avançavam, mais a caverna encolhia ao seu redor, apertando seus pulmões. Embora ele estivesse encharcado de água do mar, uma fina camada de suor começou a surgir em sua testa.

"Consegue ver isto?", perguntou Minerva, erguendo a vela. "Esta depressão na rocha?"

Ele focou o olhar naquele ponto, feliz pela distração.

"Acho que sim."

"É uma pegada", disse ela em um tom baixo, solene. "Incontáveis eras atrás, alguma criatura caminhou sobre o barro aqui. E a pegada foi preservada, comprimida pela pedra."

"Estou vendo. E isso excita você porque... pegadas são raras?"

"Pegadas *fossilizadas* são raras. E ninguém jamais registrou uma pegada como esta. Ela tem três dedos bem abertos, está vendo?"

Colin realmente viu. Seu sapato inteiro caberia em uma das impressões de "dedo".

"Parece o pé de um lagarto", disse ela.

"Com uma pegada desse tamanho, tão profunda? Teria que ser um lagarto gigante."

"Exatamente." Mesmo no escuro, os olhos de Minerva brilharam de empolgação. "Você não percebe? O Sr. James Parkinson publicou três volumes sobre fósseis, de vegetais a vertebrados. Ele documentou dezenas de animais grandes, incluindo um jacaré e um elefante primitivos. Mas esta pegada não coincide com nenhuma descrição encontrada nos livros dele. Isto é evidência de uma criatura inteiramente nova, desconhecida pela ciência moderna até agora. Um gigantesco lagarto pré-histórico."

Colin piscou.

"Ora. Isso é incrivelmente... admirável."

Um gigantesco lagarto pré-histórico. *Aquilo* era a grande descoberta científica que garantiria o prêmio de quinhentos guinéus. Ela viajaria até Edimburgo para defender a existência de dragões. Nenhum cientista com a cabeça no lugar daria um prêmio para aquela coisa.

"Essa pegada", disse ela, empolgada, "muda tudo. *Tudo*."

Ele só conseguiu ficar olhando para Minerva.

"Você não percebe?", perguntou ela.

"Na verdade... não."

Sem conseguir suportar mais o aperto, ele voltou para a entrada da caverna. Colin se sentou perto da borda da plataforma de pedra. A água escura bateu em seus dedos. Ele olhou para cima.

"Existe outra forma de sair daqui?"

Sentando-se de frente para ele, Minerva soltou o ar dos pulmões.

"Eu devia saber que isso não iria dar certo. Você tem razão, toda essa história de fugirmos juntos foi uma ideia idiota. Eu pensei que, se você pudesse ver minha descoberta, entenderia as implicações e veria como é garantido que receberá os quinhentos guinéus. Mas parece que você é incapaz de compreender a importância científica."

Ele tomou a decisão consciente de ignorar o insulto.

"Parece que sou."

"Para não falar que eu esperava, *também*, que você contribuísse com algo para a viagem que não fossem apenas seus comentários desdenhosos. Mas percebo que eu também estava errada nisso."

"Como assim?"

"Você sabe. Músculos onde não há cérebro. Proteção. Força. Mas depois daquela situação no túnel... Não posso arrastar você, esperneando durante todo o caminho, até a Escócia."

"Agora espere um pouco", interrompeu ele, pigarreou e baixou a voz. "Eu possuo uma abundância de pontos forte. Eu sei boxear, esgrimir, cavalgar e atirar. Sou o primeiro-tenente de uma milícia pequena, mas valente. Eu tenho certeza de que poderia erguer esse seu lagarto gigante e atirá-lo da varanda mais próxima. Eu só não tenho paciência para túneis submarinos."

"Ou cavernas." Ao silêncio ofendido dele, Minerva continuou. "Não adianta negar. Dá para afirmar apenas pela sua respiração difícil."

"Eu não..."

"Pelo amor de Deus. Você está embaçando meus óculos. Você tem medo de lugares pequenos?"

"Não é *medo*...", disse ele.

O silêncio dela comprovou sua descrença.

"É uma aversão", murmurou ele. "Tenho aversão a lugares pequenos e escuros."

"Você devia ter me dito isso antes de entrarmos na caverna."

"Ora, você não me deu essa oportunidade."

"Podemos voltar por onde viemos?"

"Não!" Naquela câmara maior, com o benefício das velas, a caverna não era tão ruim. Mas ele *não* voltaria nadando por aquele túnel-túmulo. "Você disse que a entrada fica acima da água na maré baixa? Então vou esperar a maré baixar."

"Isso vai demorar horas. As pessoas vão se perguntar o que aconteceu conosco."

Ele ficou encantado com uso de "nós" naquela frase, como se nem tivesse ocorrido a ela a ideia de nadar de volta deixando-o para trás, sozinho. Ele havia reparado nessa característica dela ao longo dos meses. Minerva sequer contemplava a ideia de deslealdade. E era por isso que ela o desdenhava tanto, supôs Colin. Ela apertou o dorso do nariz.

"Oh, céus. Agora teremos que ir para a Escócia. Se alguém reparar que desaparecemos juntos esta manhã... Se alguém viu nosso beijo noite passada... Se a sua amante decidir fofocar..." Ela baixou a mão. "Isoladamente, essas coisas podem passar despercebidas, mas todas elas juntas? É bem provável que eu já esteja arruinada."

"Essa é uma conclusão exagerada", disse ele, ignorando o fato de que cada um dos três eventos já era bem condenável por si só. "Vamos cuidar de uma crise por vez. Quantas velas você tem?"

"Esta e mais uma."

Colin fez um rápido cálculo mental. Três a quatro horas de luz. Mais do que suficiente. Um arrepio violento estremeceu seu corpo.

"Você está com frio?" Ele podia pensar em formas piores de passar algumas horas do que abraçando uma mulher para se aquecer.

Ela alcançou um nicho na parede rochosa.

"Eu guardo um cobertor aqui." Agachada ao lado dele, Minerva o abriu sobre os dois. Ela manteve um espaço de vários centímetros entre seus corpos.

O calor atravessava suas roupas molhadas.

"Imagino que você não tenha uísque aqui..."

"Não."

"Pena. Ainda assim – velas, cobertor... Você deve passar bastante tempo neste... lugar", disse ele, após pensar durante alguns segundos uma expressão mais diplomática do que *buraco infernal*.

Ele sentiu Minerva encolher os ombros.

"Geologia é o meu trabalho. Alguns cientistas têm um laboratório. Eu tenho uma caverna."

Uma dúzia de réplicas irônicas surgiram na cabeça de Colin, mas ele percebeu que provocá-la, àquela altura, o deixaria muito vulnerável. Ela era uma cientista. E tinha uma caverna. Enquanto ele era um aristocrata sem objetivos que tinha... nada.

"Eu já planejei tudo", disse ela. "Há uma carruagem que vai de Eastbourne a Rye. Ela passa às terças e quintas por volta das 6 horas. Se nós caminharmos até a estrada, poderemos acenar para o condutor. Seguimos com ela até a próxima cidade, e de lá para o norte. Chegaríamos a Londres amanhã à noite.

Ah, estar em Londres na noite seguinte. Agitação. Comércio. Sociedade. Clubes. Salões de festas e teatros reluzentes. Céu sufocante com fumaça de carvão. Lâmpadas brilhando nas ruas escuras.

"E lá", disse ela, "nós pegamos a carruagem do correio."

"Não, não, não. Eu lhe disse na outra noite, um visconde não viaja em uma carruagem do correio. E este visconde em particular não viaja em carruagem pública."

"Espere um pouco." A vela tremeu. "Como você achou que viajaríamos para Edimburgo, se não em uma carruagem pública?"

Ele deu de ombros.

"De qualquer forma, nós não iremos viajar para Edimburgo. Mas... se fôssemos, teríamos que achar outro meio de transporte."

"Como o quê? Tapete mágico?"

"Algo como um cabriolé particular, com cocheiros contratados. Você viajaria dentro dele, e eu iria fora, a cavalo."

"Isso custaria uma fortuna."

"Quando se trata de viajar, tenho minhas condições." Ele deu de ombros. "Eu não viajo de carruagem fechada, e não viajo à noite."

"Também não viaja à noite? Mas as carruagens mais rápidas viajam à noite. A viagem demoraria o dobro do tempo."

"Então, que bom que nós não vamos, não é mesmo?"

Ela ergueu a vela e o encarou.

"Você só está arrumando desculpas. Você quer romper nosso acordo..."

"Que acordo? Nós nunca fizemos qualquer acordo."

"E então fica inventando essas 'condições' ridículas." Ela gesticulou como se riscasse itens de uma lista. "Nada de carruagens públicas. Nada de viagens noturnas. Que tipo de homem faz essas regras?"

"O tipo que quase morreu em um acidente de carruagem", disse ele, irritado. "À noite. Esse é o tipo."

A expressão de Minerva suavizou. E também a sua voz.

"Oh..."

Colin tamborilou os dedos na pedra. Ele havia se esquecido de que ela não tinha como saber daquela história que circulava pelos salões e inferninhos todas as temporadas. E passava das mães para as debutantes, de jogadores para cantoras de ópera – sempre em sussurros pesarosos. *Você ouviu falar do que aconteceu com o pobre Lorde Payne...*

"Foi há pouco tempo?", perguntou ela.

"Não. Faz alguns anos."

"O que aconteceu?"

Soltando um suspiro pesaroso, ele apoiou a cabeça na pedra irregular e úmida.

"Eu era garoto e estava viajando com meus pais. Um eixo quebrou e a carruagem tombou. Eu sobrevivi ao acidente praticamente sem ferimentos. Mas minha mãe e meu pai não tiveram a mesma sorte."

"Eles se machucaram?"

"Eles morreram. Ali, na carruagem, bem na minha frente. Meu pai teve uma morte quase instantânea. Minha mãe, lentamente, e em tremenda agonia." Ele fez uma pausa. "Eu não conseguia sair. Do jeito que a carruagem tombou, de lado, a porta ficou travada. Eu não podia sair para pedir ajuda, não podia fugir. Eu fiquei preso ali, a noite toda. Sozinho. Um fazendeiro que passava me encontrou na manhã seguinte."

Pronto. Isso a ensinaria a não pressioná-lo.

"Oh." Ela segurou em seu braço. "Oh, *Deus*. Sinto muito. Agora eu entendo porque você tem med... Quero dizer, porque você tem aversão a lugares fechados e escuros. Que horror."

"Foi um horror mesmo. Demais." Ele massageou a têmpora. "Basta dizer que não tenho nenhum desejo de passar novamente por essa situação.

Então eu tenho algumas regras simples. Não viajo à noite. Não viajo em carruagens fechadas. Ah, e não durmo sozinho." Uma careta contorceu sua boca. "Essa última não é tanto uma regra, mas um fato."

"Como assim?"

Colin hesitou por um instante. Ele já havia revelado tanto, parecia não fazer sentido esconder o resto.

"Eu simplesmente não consigo dormir sozinho. Se eu não tiver companhia, fico acordado a noite toda."

Ele se aproximou do calor suave do corpo dela e apertou o cobertor ao redor deles.

"Então, talvez você queira refazer seus planos, querida. Se nós fizéssemos essa viagem... eu precisaria de você na minha cama."

Capítulo Cinco

Em algum lugar no fundo da caverna, gotas contavam o silêncio perplexo de Minerva. *Um, dois, três... ...dez, onze, doze...* Ele precisaria *dela*? Em sua *cama*? Aquilo era demais para ela acreditar. Minerva se lembrou de que não era *dela* que ele precisava. Aparentemente, qualquer mulher servia.

"Então você está querendo me dizer que esse acidente... Essa noite trágica da sua infância... É o motivo de seu comportamento libertino?"

"Isso. Essa é minha maldição." Ele soltou um suspiro profundo, ressonante. Um suspiro com a intenção clara de tocar o coração de Minerva. E funcionou. Funcionou *mesmo*.

"Bom Deus." Ela engoliu em seco um bolo que se formava em sua garganta. "Você deve fazer isso o tempo todo. Noite após noite você conta para as mulheres a história da sua tragédia..."

"Na verdade, não. Eu já sou conhecido por essa história."

"...e elas simplesmente abrem os braços e levantam a saia, dizendo: 'Venha, pobrezinho, querido, deixe-me abraçar você' e assim por diante. É o que acontece?"

"Às vezes." Ele deu de ombros.

Minerva sabia que era assim. Claro que era. Ela sentiu que aquilo estava acontecendo com *ela*. Enquanto ele relatava sua história, uma verdadeira torrente de emoções se formou em seu peito. Tristeza, compaixão. Seu útero foi envolvido, de algum modo, e enviou impulsos protetores por todas as suas veias. Tudo o que havia de feminino nela respondeu àquele chamado. Então vieram as mentiras. O coração de Minerva começou a lhe contar *mentiras*. Falsidades perversas, insidiosas, que reverberavam a cada batida. *Ele é um homem arrasado. Ele precisa de você. Você pode curá-lo.* Racionalmente, ela sabia que não era bem aquilo. Incontáveis mulheres usaram sua boa vontade – e algumas partes do corpo – na tentativa de "curar sua alma arrasada", sem sucesso. Ainda assim... embora sua cabeça soubesse que era bobagem, seu corpo tinha o desejo de abraçá-lo. Confortá-lo.

"Não dá para acreditar nisso", ela sussurrou, mais para si mesma. "Não dá para acreditar que seu feitiço está funcionando em *mim*."

"Eu não estou fazendo nenhum feitiço. Estou apenas lhe contando os fatos. Você não gostou deles? Se você está com alguma esperança de me convencer a fazer essa viagem, precisa saber quais são minhas condições. Eu não viajo em carruagens fechadas, o que significa que eu irei cavalgar o dia todo. E não consigo cavalgar o dia todo se não dormir bem à noite. E eu não consigo dormir sozinho. Portanto, você terá que se deitar comigo. A menos que prefira que eu procure mulheres ao acaso em cada hospedaria que pararmos."

Uma onda de náusea a estremeceu.

"Argh."

"Honestamente, a ideia também não me anima muito. Ir de cama em cama pela estrada que liga Londres à Escócia, poderia ter me soado como uma enorme aventura há cinco anos. Hoje em dia, nem tanto." Ele pigarreou. "Hoje é o descanso que eu procuro. Eu não tenho intimidades com metade das mulheres com quem durmo. Se isso faz sentido."

"Se *isso* faz sentido? Nada nessa história faz sentido."

"Você não precisa entender. Deus sabe que eu mesmo não entendo."

Ela sentou ao lado dele e se recostou na parede. Por baixo do cobertor, seus braços se tocaram. Mesmo através daquele contato mínimo, ela pôde sentir a agitação no corpo de Colin. Ele lutava para esconder sua aflição, mas depois de anos de vigilância por uma irmã com asma, Minerva havia criado uma atenção minuciosa aos menores sinais de desconforto. Ela não conseguia ignorar a respiração ruidosa, nem a forma como seus músculos zuniam com o desejo desesperado de sair daquele lugar. E quando confrontada com uma complicação, ela não era do tipo de pessoa que desistia de procurar entendê-la. Afinal, ela era uma cientista.

"É por causa da caverna?", perguntou ela. "Ou é assim todas as noites?"

Ele não respondeu.

"Você disse que é assim desde a infância. Está melhorando ou piorando com o passar do tempo?"

"Eu prefiro não conversar a respeito."

"Oh. Tudo bem."

Era triste que ele sofresse tanto. E era patético que ele recorresse a uma série interminável de mulheres na tentativa de melhorar seu sofrimento. A ideia deu náuseas em Minerva. E também uma inveja irracional... E a deixou um pouco excitada, por baixo de seu traje de banho. Uma pergunta ardia dentro dela e Minerva não conseguiu evitar.

"Quem era aquela, na outra noite? Não teria importância, exceto que..." *Exceto que, seja ela quem for, tem o poder de tornar minha vida um tormento.*

Depois de um instante, ele respondeu, relutante.

"Ginny Watson."

"Oh." Minerva conhecia a jovem e alegre viúva. Ela lavava as roupas das moradoras da pensão. Aparentemente, ela também lavava as roupas – e outras coisas – dos moradores do castelo. Mas ela não parecia ser do tipo fofoqueira.

"Não teve nenhuma importância", disse ele.

"Você não entende? *Essa* é a pior parte." Ela se afastou da parede de pedra e se virou para encarar Colin. O tecido molhado de seu traje raspou na pedra áspera. "Insônia não é uma condição incomum, sabe. Certamente deve existir uma solução. Se você não consegue dormir à noite, por que não acende algumas luzes? Leia um bom livro. Tome leite quente. Talvez um médico possa lhe dar algo para dormir."

"Essas ideias não são novas. Eu tentei todas elas, e mais algumas."

"E nada funcionou?"

Aquelas gotas contaram o silêncio novamente. *Um, dois, três...*

Ele passou o dedo levemente pelo braço dela. Então, devagar, se inclinou para a frente. E sussurrou no ouvido de Minerva.

"Só uma coisa funciona."

Ele encostou os lábios no rosto dela.

Minerva ficou rígida. Cada um de seus nervos estava em alerta. Ela não sabia se ficava horrorizada ou empolgada com a tentativa de Colin em transformá-la em mais um número daquela lista. *Horrorizada*, ela disse para si mesma. Ela deveria ficar horrorizada.

"Você não tem vergonha", sussurrou ela. "Não posso acreditar nisso."

"É um choque para mim também." Seus lábios tocaram o queixo dela. "Mas você é uma garota muito surpreendente."

"Você está sendo oportunista."

"Não vou negar. E por que você também não aproveita a oportunidade? Eu quero beijar você. E você precisa beijar, desesperadamente."

Ela colocou a mão no ombro dele e o empurrou. A caverna se encheu com o silêncio ultrajado de Minerva.

"Por que você está dizendo isso?"

"Porque na noite passada você queria corresponder ao meu beijo. Mas não sabia como fazer."

O coração dela subiu à boca. Que humilhante. Como ele podia saber?

Sem falar nada, ele retirou os óculos do rosto dela, dobrou a armação, e coloco-os de lado.

"Não consigo acreditar nisso", suspirou ela.

"É o que você fica repetindo." Ele se aproximou, eliminando a distância entre eles. "Mas sabe, Matilda, o que você ainda não disse?"

"O quê?"

"Você ainda não disse 'não'."

Ele estendeu a mão na direção dela, na penumbra, e a deslizou por sua face, descendo para lhe segurar o queixo. Com sua mão ali, ele começou a fazer círculos cada vez maiores com o polegar, até atingir o lábio inferior dela.

"Você tem uma boca que foi feita para beijar", murmurou ele, fazendo com que Minerva virasse o rosto para ele. "Sabia disso?"

Ela negou com a cabeça.

"Tão macia e generosa." Inclinando-se para a frente, ele ergueu o queixo de Minerva com a palma da mão. "Deliciosa."

"Nenhum homem jamais me chamou de deliciosa."

"Algum outro homem já beijou você?"

De novo, ela negou com um pequeno movimento de cabeça.

"Ora essa. Eis aí o motivo." Ele tocou seus lábios nos dela, de leve, enviando sensações que borbulharam nas veias de Minerva. Ele gemeu de satisfação. "Você tem gosto de ameixas maduras."

Ela não conseguiu evitar e riu.

"Isso é meio absurdo."

"Por quê?"

"Porque ainda não estamos na época de colher ameixas."

A risada rouca de Colin fez os dois estremecerem.

"Você é lógica demais. Beijos bem dados podem consertar isso."

"Eu não quero consertar minha lógica."

"Talvez não. Mas eu acho que você quer beijar." Ele passou o nariz pela curva do rosto dela, e sua voz baixou, tornando-se um sussurro sensual. "Não quer?"

Ela queria. Ah, como queria. Ela não podia negar. Não enquanto ele a tocasse daquele jeito. Ela queria ser beijada, e queria beijá-lo de volta. Ela queria tocá-lo, acariciá-lo, abraçá-lo apertado. Todos aqueles impulsos ternos, carinhosos, continuavam a vibrar dentro dela, apesar de seus esforços racionais para eliminá-los. Seu coração continuava a bombear aquelas mentiras para todo o corpo. *Ele precisa de você. Você pode curá-lo.* Ela tinha calor feminino em abundância, e Colin precisava de conforto naquele exato momento. Em troca, ela podia aprender qual era a sensação de ser necessária. De ser beijada. De ser chamada de deliciosa e comparada a uma ameixa madura. De ser desejada por um homem desejável.

"Só desta vez?" suspirou ela.

"Só desta vez."

Desde que os dois soubessem que tudo era apenas uma distração... uma forma inofensiva de passar o tempo... não faria mal fingir, faria? Não em segredo, no escuro. Ali não havia ninguém para rir.

Minerva prendeu a respiração quando ele lhe deu um beijo inocente na testa. Então em sua face. Então em seu queixo. Então em seus lábios... Ele tocou com a ponta da língua naquele lugar vulnerável no canto da sua boca, fazendo com que seus lábios se entreabrissem. Ela arfou um pouco, e ele tirou vantagem do momento, passando a língua dentro de sua boca. Minerva congelou instantaneamente, e colocou a mão no peito dele. Então ela o empurrou.

"Eu não entendo." Ela fechou o punho, agarrando a camisa molhada de Colin. "Eu não entendo por que você faz isso. E não entendo como devo corresponder."

"Silêncio." Ele tocou o cabelo dela, passando os dedos pelas mechas pesadas e molhadas, para desembaraçá-las. "Beijar é igual a qualquer outra habilidade. Só precisa de um pouco de prática. Beijar é como... como dançar." Ele parou de falar para beijar seu pescoço, o lóbulo de sua orelha. "Apenas se entregue ao ritmo. Pode deixar que eu conduzo."

Eles tentaram novamente. Dessa vez ele chupou o lábio superior dela com cuidado. Então ele repetiu o gesto no lábio inferior. E depois passou a língua entre os dois. A língua de Colin encontrou a dela. Minerva cuidadosamente retribuiu o carinho com sua língua, e ganhou um gemido de aprovação. Um arrepio cobriu toda sua pele. Calor surgiu entre seus corpos, derretendo parte da ansiedade de Minerva.

Colin inclinou a cabeça e começou a explorar sua boca de um novo ângulo. Ela entendeu, então, por que ele disse que beijar era como dançar. Ele fazia *movimentos*. Muitos movimentos. Não era apenas colocar e tirar a língua, mas rodar e brincar, e conduzir sutilmente. E como sempre acontecia na pista de dança, Minerva rapidamente ficou confusa, atordoada.

Ela se sentiu dominada e sem chão. Sempre um passo atrasada. Mais uma vez, ela interrompeu o carinho.

"Isto não vai dar certo", disse ela, murchando por dentro. "Sou um desastre dançando. Simplesmente não vai dar certo."

"Não, não diga isso." A respiração ofegante de Colin apressou a dela. "Foi um mau exemplo da minha parte. Não pense nisso como dançar. Beijar não tem nada de dançar. Pense nisso como se você estivesse..." Ele olhou rapidamente para a parede da caverna cravejada de fósseis. "... fazendo uma escavação."

"Uma escavação?"

"Isso. Um beijo bem dado é igual a uma escavação. Quando está extraindo seus pequenos trogloditas, você não vai simplesmente enfiando a pá no solo, de qualquer jeito, vai?"

"Não..." Sua cautela alongou a palavra.

"É claro que não. Uma escavação bem feita precisa de tempo e cuidado. E muita atenção aos detalhes. Para ir descobrindo lentamente as camadas. E desenterrar as surpresas conforme elas aparecem."

Aquilo parecia muito mais promissor. Depois de uma longa reflexão, ela perguntou:

"Então quem está escavando quem?"

"Idealmente, cada um escava um pouco. Nós meio que... nos revezamos."

Ela ficou em silêncio por um longo momento. Alguma coisa no ar que os envolvia mudou. Ficou mais quente. Ela engoliu em seco.

"Posso ir primeiro?"

Colin se esforçou para reprimir seu sorriso triunfante. Isso teria estragado tudo.

"Mas é claro", respondeu ele com voz solene.

Ela se ergueu para ficar de joelhos, colocando-se de frente para ele. A pouca luminosidade fazia com que ele visse apenas a silhueta dela. Apenas a sombra de uma figura atraente com uma auréola de luz ao redor dos cabelos ondulados. Ele queria pegá-la, puxá-la para si novamente. Dar ao seu coração uma boa razão para bater. Acalmar sua alma com o contato humano caloroso que ele tanto ansiava. Em momentos assim, a paciência custava caro. Mas sua recompensa foi grande. A mão dela o alcançou, após cruzar a escuridão para acariciar seu rosto. Deus, ela era surpreendente.

A curiosidade dela a diferenciava das outras mulheres. Ela não se concentrava nas feições que se poderia imaginar – sobrancelhas, maçãs do rosto, lábios ou a linha do nariz. Essas seriam as feições que deveriam compor um "rosto" no desenho de uma colegial. Não, o toque dela era completo, indiscriminado, e buscava todos os detalhes. A palma de sua mão passeou pelo rosto sem barbear. Ela alisou uma ruga estreita entre as sobrancelhas dele e fez um carinho leve sob seus olhos, onde pesavam as noites insones. Colin começou a se aconchegar ao toque dela. Ele exalou até esvaziar os pulmões.

Minerva roçou os cílios dele com a ponta de um dedo, e uma cascata delicada de prazer ondulou por seu corpo. Que revelação foi aquilo. Ele teria que acrescentar carinho nos cílios ao seu próprio repertório. Quando Minerva enfiou os dedos em seu cabelo, Colin gemeu. As mulheres sempre adoraram seu cabelo ondulado, e ele gostava da atenção que elas lhe davam. Sensações agradáveis correram por sua cabeça enquanto ela penteava com os dedos seus cachos molhados, afastando-os da testa. Com a ponta do dedo ela encontrou sua cicatriz, cuja extensão traçou – o sulco fino, pálido, que começava na têmpora e desaparecia atrás da orelha. Sua única lembrança física do acidente com a carruagem era imperceptível para o observador pouco atencioso. Mas ela a encontrou com facilidade. Porque encontrar coisas enterradas era o que Minerva fazia de melhor, supôs Colin. Uma escavação bem-feita não deixa segredos ocultos. E ele começou a pensar na sabedoria daquele exercício.

"Nós deveríamos estar nos beijando", disse Colin.

"Vou chegar lá." A voz dela sugeriu um traço de nervosismo. Ela se aproximou, colocando os joelhos entre as coxas abertas dele. Inclinando-se para a frente, ela roçou seus lábios nos dele.

O choque de êxtase daquilo chacoalhou Colin até os ossos. Mas quando Minerva recuou, ele manteve o tom de naturalidade.

"Você pode fazer melhor que isso."

Ela aceitou o desafio e o beijou novamente, com mais firmeza dessa vez. A língua dela pincelou a dele, ágil e curiosa. E muito efêmera.

"Melhor assim?"

"Melhor." Quase bom *demais*.

"Hum. Aqui seu gosto é de álcool." Ela traçou o contorno do lábio dele com a língua. "Mas aqui..." ela baixou a cabeça para cheirar a parte de baixo do queixo dele. "...aqui tem cheiro de especiarias. Cravo."

Caramba. Colin arregalou os olhos no escuro enquanto ela sorvia sua pele, mais e mais, traçando a curva de seu pescoço. Quando chegou ao centro, Minerva roçou o pomo de Adão com seus lábios. A respiração dele estava pesada. Colin não iria aguentar muito mais daquilo.

"Você ainda não me beijou de verdade", disse ele. "Está com medo?"

"Não." Ela ergueu a cabeça.

"Eu acho que está." *E acho que eu também estou, só um pouquinho.*

E com um bom motivo. A boca de Minerva encontrou a dele, e os lábios entreabertos dela pressionaram os seus. E lá permaneceram... macios, doces. Esquentando no calor da respiração misturada dos dois. Enquanto isso, uma carência selvagem surgiu, rosnando, dentro dele, querendo abrir caminho, lutando para se liberar das amarras cavalheirescas. Ele perderia a batalha se ela não se mexesse logo. Aquilo era mais que uma escavação. Ela o estava virando do avesso. Expondo as necessidades básicas, desesperadas, cravejadas na camada mais profunda do seu ser. Até que ele se sentiu não apenas nu diante dela, mas desnudado. Frio, trêmulo e indefeso no escuro. *Beije-me,* desejou ele, enfatizando a mensagem ao apertar seu joelho na coxa dela. *Beije-me agora ou sofra as consequências.*

Finalmente... os dedos de Minerva se enroscaram no cabelo dele e o puxaram para perto. Com os dentes, ela roçou levemente a crista de seu lábio inferior. E então ela deslizou a língua para dentro de sua boca. Apenas um roçar breve, provocador, na primeira vez. Então veio uma segunda tentativa, um pouco mais profunda. Então ainda mais profunda, de novo e de novo, gradualmente, de forma lenta e tentadora. Ela soltou um pequeno suspiro no meio do beijo. O som tênue incendiou Colin, esquentando cada nervo como um pavio. Os dedos dela abandonaram seu cabelo, e ele ficou preocupado que tudo aquilo acabasse.

Não pare. Deus, não pare. Mas então ela apoiou as mãos na parede da caverna e curvou os ombros, pressionando-o contra a superfície rochosa. Com os *seios.* Tão macios e redondos contra o peito dele, encimados por seus mamilos deliciosamente intumescidos e gelados. Ela o apertou contra a parede e usou a posição dominadora para aprofundar o beijo, mergulhando a língua em sua boca. E assim ele perdeu o controle...

Colin esticou as mãos para tocá-la, e a segurou pelas coxas, mantendo-a próxima e apertada enquanto Minerva saqueava sua boca com abandono ousado e inocente. Com aquele beijo, todo o corpo dele acordou. Não apenas o corpo. Algo também se mexeu na região do coração. *Jesus.* Jesus Cristo e Maria Madalena. Dalila, Jezebel, Salomé, Judite, Eva. Confusão, cada uma delas, era confusão. Pode acrescentar Minerva Highwood à lista. Uma mulher como aquela poderia arruiná-lo. Se ele não a arruinasse primeiro.

"Como devo chamá-lo?" A respiração dela chegou quente à orelha dele. "Quando... quando estamos fazendo isto, como eu devo chamar você?"

Ele agarrou, com as duas mãos, o tecido sobre a parte de baixo das costas dela.

"Você deve me chamar por meu nome de batismo. Colin."

"Colin", sussurrou ela, experimentando o nome primeiro. Então, com sentimento, enquanto ela dava um beijo com os lábios apertados na testa dele. "Oh, *Colin*."

Oh, Deus. Ele poderia ouvi-la gemer seu nome cem vezes que não seria o bastante.

Enquanto se beijavam, ele passeava as mãos para cima e para baixo nas costas dela. Mantendo-a quente. Aquecendo os dois. Mas após várias carícias pela extensão da coluna dela, Colin não conseguiu evitar de se aventurar mais. Ela ainda lhe devia sua chance de explorar. Ele tinha que tocá-la. Ele tinha que tocar na parte macia e secreta dela, da mesma forma que ela o estava tocando.

Ele deslizou uma palma pelo quadril dela, agarrando seu traseiro e o apertando brevemente. Então ele levou a mesma mão para o lado, subindo-a lentamente pela curva do quadril, a reentrância da cintura, as saliências de suas costelas... ele podia jurar que contou trinta e quatro ou mais... e então, por último, a elevação macia e arredondada de seu seio.

"*Colin*." A arfada dela indicou que ele foi longe demais.

"Min, eu..." Colin descansou sua testa na dela. Ele não sabia como se desculpar. Ele não se arrependia de nada. Não mesmo.

Ela se afastou, piscando para ele.

"Colin. Eu consigo *ver* você."

Do modo como ela disse as palavras, em uma voz tão assombrada, o fez pensar, por um instante, que o beijo havia curado a deficiência de visão dela. Seria um milagre e tanto, e Colin estava inclinado a acreditar. Ele próprio se sentia mudado por aquele beijo.

"Está claro aqui", disse ela. "Eu consigo enxergar você, agora." Ela se afastou e pegou os óculos.

E ele instantaneamente entendeu o que ela queria dizer. Sem a silhueta dela bloqueando sua visão, ele também pôde ver que a maré havia recuado o suficiente para revelar a parte de cima da passagem submersa. Um raio de luz solar entrou, como um fio de ouro passando pelo buraco de uma agulha – atingindo Colin bem nos olhos.

"Ah." Ele ergueu a mão para proteger os olhos da aurora lancinante.

Agora que conseguia enxergar direito os arredores, Colin pôde perceber que o túnel "interminável" e escuro, no qual ele teve certeza que morreria, tinha, na verdade... cerca de um metro de comprimento. Bom Deus! Ele revirou os olhos ao pensar no ridículo por que havia passado. Não era de admirar que ela tinha duvidado de seu vigor.

"Vamos poder sair em breve", disse ela, já se levantando e arrumando as coisas. Ela fez um biquinho e soprou a vela. "De qualquer modo, é melhor esperarmos. Agora não preciso confiar na minha bolsa para manter minhas anotações e papéis secos."

Enquanto Colin a observava se preparar para sair, ele sentiu a emoção mais estranha se abater sobre ele. Decepção. Uma pontada excruciante de decepção. Aquilo não fazia sentido. A luz havia penetrado na caverna. O ambiente não estava mais escuro. Dentro de alguns minutos ele sairia daquele buraco miserável e apertado na terra. E ele estava decepcionado. Decepcionado por não poder continuar ali, beijando-a por mais algumas horas.

"Maldito seja eu", murmurou Colin.

"Provavelmente será." Ela dobrou o cobertor com movimentos precisos. "E eu também serei, pelo que acabamos de fazer."

"Não seja tão dura consigo mesma. Estávamos apenas nos beijando." Embora ele soubesse que não havia nada de "apenas" no que fizeram.

"Bem, não pode acontecer de novo."

Colin colocou uma mão em seu peito. Lá estava. A pontada aguda de decepção. Aquela caverna era mesmo cheia de surpresas.

Ela olhou para a pegada na rocha e suas anotações. Então ergueu o rosto para ele, prendendo o cabelo habilmente.

"Nós vamos partir amanhã", disse ela, falando com a boca cheia de grampos de cabelo. "Temos que partir amanhã, se quisermos ter alguma esperança de chegar a Edimburgo a tempo."

Ele balançou a cabeça.

"Querida, eu pensei que você tinha me entendido. Eu..."

"Eu concordo com as suas condições. Todas elas. Você pode ir cavalgando. Nós não vamos viajar de noite. E a parte sobre dormir...?" Um leve toque rosado tingiu suas faces. "Isso também. Mas nós precisamos partir amanhã, para conseguirmos chegar ao simpósio."

Ele engoliu em seco. A parte sobre dormir...? Ele realmente preferia que ela não tivesse dito isso. Colin tinha regras para seu próprio comportamento no que dizia respeito às mulheres. Até então ele sempre seguiu suas regras, e o que restava de seu amor-próprio se equilibrava naquele fio tênue. Mas aquilo era diferente. *Ela* era diferente, de uma maneira que ele não conseguia definir. Ele, geralmente, não achava a inocência tão sedutora, mas no caso dela a inocência era temperada com uma curiosidade atrevida, imperturbável. Se surgisse uma oportunidade, ele não sabia se conseguiria resistir. E semanas de viagem apresentariam muitas, muitas oportunidades.

Naquele mesmo instante ele imaginava uma fantasia bem vívida em que soltava aquele nó em seu cabelo, arrancava o traje de banho do corpo dela, removendo quaisquer camadas de modéstia que existissem por baixo... e deixando os óculos em seu rosto. Para que ela pudesse vê-lo. E assim saber quem a estava fazendo se retorcer e ofegar e gemer de prazer. Assim ela poderia admirar cada uma das expressões de prazer em seu rosto enquanto ele entrava...

"Não venha me procurar na pensão", disse ela. "Risco demais de ser interceptado. Eu vou sair sozinha para encontrar você na estrada."

Colin massageou o queixo e soltou um gemido baixo. Ele era um libertino com prodigiosa experiência. Ela era uma intelectual ingênua ainda saboreando seu primeiro beijo. Aquela parecia ser uma ideia muito ruim. Não importava o quanto ele quisesse ir embora de Spindle Cove, não importava o quanto ela dizia querer fazer aquela viagem... Aquilo não podia acontecer. Porque agora ele a *queria*.

"Colin?"

Ele se agitou.

"Sim?"

Ela o fitou nos olhos. A vulnerabilidade que brilhou em seus olhos tocou a consciência dele.

"Por favor", disse ela. "Você *vai* estar lá, não vai? Você não vai fazer outra brincadeira cruel comigo e me deixar lá, uma piada, esperando sozinha enquanto a carruagem passa?" Ela engoliu em seco. "Preciso me preocupar com você?"

Deve, querida. Pode apostar. Você deve mesmo se preocupar.

Capítulo Seis

Ele não virá. Minerva virou o rosto na direção do castelo. Então ela consultou seu relógio pela quarta vez em quatro segundos. Dois... não, três minutos depois das seis. Ele não vai aparecer. Minerva nunca deveria ter sonhado o contrário. Ela devia saber que ele a decepcionaria.

O chão tremeu debaixo dela. Um estrondo de cascos chegou até Minerva. Lá vinha a carruagem. E passaria por ela. Deixando-a abandonada na lateral da estrada – uma garota desajeitada e tola, vestida para ir a lugar nenhum. Sem esperança. Ela ficou olhando para a estrada, esperando a sombra escura da carruagem aparecer no alto da colina distante. Tão estranho... O tropel dos cascos ficava cada vez mais alto, mas a carruagem não aparecia. A essa altura, ela já podia sentir o estrondo do solo nos ossos da perna. Ainda assim, nada de carruagem. Ela se virou, confusa e agitada. E lá estava ele. Lorde Payne. Colin...

Aproximando-se dela a cavalo, rompendo a névoa da madrugada. O vento agitando seu cabelo ondulado. Aquela visão parecia tirada de um conto de fadas. Ah, ele não vinha cavalgando um garanhão branco, mas um cavalo castrado baio. E ele não envergava uma armadura brilhante, nem vestes régias, mas um casaco azul simples, bem cortado, e calças de montaria de camurça. Não importava. Ainda assim ele a deixou sem fôlego. Quando desmontou do cavalo, Colin estava magnífico. Resplandecente. Sem dúvida, era o homem mais lindo que Minerva tinha visto. Mas então ele falou.

"Isto é um erro."

Ela piscou.

"Um erro?"

"Sim. Eu devia ter dito isso ontem, mas antes tarde do que nunca. Esta viagem seria um erro de proporções catastróficas. Não pode acontecer."

"Mas..." Olhando ao redor, ela percebeu que ele não trazia bagagem. Nenhuma valise. Nenhum tipo de mala. Seu coração afundou no peito. "Ontem, na caverna. Colin, você prometeu."

"Eu disse que estaria aqui às seis. Não prometi que partiria com você."

Minerva cambaleou. Magoada e entorpecida, ela sentou na borda de seu maior baú. Ele examinou a bagagem dela.

"Bom Deus. Como você fez para trazer até aqui, sozinha, três baús?"

"Eu fiz três viagens", disse ela, desanimada. Três viagens difíceis, no frio, através da neblina. Por nada.

"Três baús!", repetiu ele. "O que pode haver neles?"

"Por que você quer saber? Você acabou de dizer que não vai mais."

Ele se agachou na frente dela, de modo que seus olhos se encontraram.

"Escute, Michaela. Isso é para o seu próprio bem. Alguém reparou que nós sumimos ontem? Alguém viu nosso beijo na noite passada?"

Ela negou com a cabeça.

"Não."

Ninguém pareceu suspeitar de nada. O que deveria ter feito com que ela se sentisse melhor, mas de alguma forma aquilo era ainda mais humilhante.

"Então, até aqui, você está salva. E você tem muito a perder com essa viagem. Não apenas a sua reputação, mas a sua segurança, sua felicidade... E tudo isso pode ser em vão." Ele ergueu o queixo dela.

Minerva o encarou. Seus olhos estavam vermelhos e cansados. Pequenas rugas vincavam o espaço entre suas sobrancelhas. Ele não havia se barbeado. À distância, ele parecia lindo e impetuoso, mas de perto...

"Meu Deus. Você está horrível."

Ele passou a mão pelo rosto.

"Bem, sim. Minha noite não foi boa."

"Não conseguiu dormir?"

"Na verdade, eu tentei dormir. E esse é o problema. Eu já devia saber, a esta altura, que isso nunca acaba bem."

Lá vinha novamente, a onda de compaixão tomando conta do seu peito. Ela queria tocar no cabelo dele, mas se contentou em puxar uma rebarba da manga do casaco de Colin.

"Mais uma razão para você querer vir comigo." Ela tentou fazer com que aquela parecesse a única solução óbvia e lógica, embora Minerva soubesse que não era. "Antes que essas duas semanas acabem, você pode ter dinheiro suficiente para voltar a Londres e viver como quiser."

Ele balançou a cabeça.

"Não sei como dizer isto gentilmente, então vou falar da forma que sei. Esqueça de mim. Não se preocupe com sua irmã. Para o diabo com os quinhentos guinéus. Pense em si mesma. Você está apostando sua reputação, sua harmonia familiar – todo seu futuro – em um buraco esquisito no chão. Eu sou um jogador, querida. Eu sei reconhecer uma má aposta quando vejo uma."

"Então você não acredita em mim."

"Não, não é isso. Eu só não acredito em dragões."

"É isso? Você acha que eu sou uma tonta?" Ela se levantou e começou a abrir as amarras de seu baú. "Aquela criatura não era um dragão. Não era nenhum tipo de animal mítico, mas um ser vivo, real. E baseei minhas conclusões em anos de estudos científicos."

Depois de brigar com as correias por alguns instantes, ela finalmente abriu o baú.

"Aqui", disse ela, erguendo pilhas de diários e colocando-os sobre o outro baú. "Todos os meus escritos e descobertas pessoais. Meses de anotações, desenhos, medidas." Ela pegou um diário volumoso com capa de couro. "Este diário inteiro está repleto de comparações que fiz com os escritos disponíveis sobre fósseis, verificando que nenhuma criatura semelhante foi registrada até hoje. E se isso tudo não conseguir convencê-los..."

Ela pôs de lado uma camada de forro.

"Veja. Eu trouxe isto."

Colin olhou para o objeto no baú.

"Ora, é uma pegada."

Ela aquiesceu.

"Eu fiz um molde de gesso."

Ele ficou olhando para o objeto. Na caverna, no escuro, a "impressão" parecia ser uma depressão aleatória, com três partes, no solo. Resultado de tempo e acaso, não do contato com o pé de alguma criatura antiga. Mas naquele momento, sob a luz do sol, moldada em gesso... ele conseguia ver com clareza. As bordas eram bem definidas e regulares. Da mesma forma que uma pegada humana, as impressões dos dedos eram individuais e distintas da sola. Parecia mesmo um pé. Um enorme pé de réptil. Uma criatura que poderia fazer um homem fugir correndo e gritando.

Colin tinha que admitir, aquilo era muito impressionante. Mas não tão impressionante quanto Minerva. Afinal, ali estava um lampejo daquela mulher confiante e inteligente que o visitou na torre. A mulher que ele esperava ansioso para ver novamente. O ar fresco da manhã conferia uma cor agradável à pele dela, e o sol filtrado pela névoa acrescentava um efeito encantador. Ela havia enrolado todo aquele cabelo escuro e pesado, prendendo-o firmemente para a viagem, a não ser por alguns cachos rebeldes que desciam preguiçosamente de sua têmpora até a face. Luvas de couro de cervo abraçavam seus dedos como uma segunda pele. Seu traje de viagem era de veludo, com um corte requintado e tingido de um tom que dançava entre o vermelho e o violeta. Dependendo de como o sol batia na grossa penugem do veludo, o vestido assumia a cor estridente do alarme ou o tom selvagem, gritante, do prazer.

De qualquer forma, Colin percebeu que deveria baixar os olhos, se afastar lentamente e encerrar aquela história.

"Eu vou ganhar o prêmio", disse ela. "Se você ainda não acredita em mim, eu vou provar para você."

"Sério, você não precisa..."

"Não sou só eu que acredito nisso. Eu sei que você acha que sou louca, mas ele não é." Ela remexeu no bolso interno do baú, de onde retirou um envelope. "Veja, pode ler."

Ele desdobrou a carta, segurando-a cuidadosamente pelas bordas. A mensagem vinha escrita em uma letra firme, por uma mão masculina.

"'Inestimável colega'", ele leu em voz alta. "'Eu li com ávido interesse seus últimos relatos de Sussex.'" Ele passou os olhos pela carta. "Isso, mais aquilo... Alguma coisa sobre pedras. Mais sobre lagartos."

"Apenas leia o final." Ela apontou o dedo para o último parágrafo. "Aqui."

"'Essas suas descobertas são realmente empolgantes'", leu Colin. "'Eu gostaria que você reconsiderasse seus planos e fizesse a viagem até Edimburgo para participar do simpósio. Tenho certeza de que o prêmio seria seu, sem concorrência. E embora seja um estímulo insignificante, se comparado ao prêmio de quinhentos guinéus, eu estou ansioso para aumentar nosso conhecimento mútuo. Percebo que estou ficando cada vez mais impaciente para encontrar, pessoalmente, alguém cuja erudição há muito eu admiro, e cuja amizade eu...'" A voz dele foi sumindo. Ele pigarreou e continuou a ler. "'Cuja amizade eu tenho em muita alta estima. Por favor...'"

Colin fez uma pausa. Impaciente para encontrar? Muita alta estima? Em uma correspondência entre um cavalheiro e uma jovem solteira, aquilo era praticamente uma declaração de amor.

"'Por favor, faça a viagem. Seu admirador, Sir Alisdair Kent'", ele concluiu.

Colin ficou pasmo. Aquela intelectual desajeitada tinha um admirador. Talvez ele estivesse até mesmo apaixonado. Que estranho. Que lindo. Que inexplicavelmente irritante.

"Aí está", disse ela. "Tenho certeza de que irei ganhar o prêmio. Percebe?"

"Ah, eu percebo. Eu percebo agora qual é o seu plano." Ele deu alguns passos sem rumo, rindo consigo mesmo. "Eu não posso acreditar nisso. Estou sendo usado."

"Usado? O que você quer dizer com isso? Que absurdo."

Ele soltou um som de pouco caso.

"Ora, por favor! Aqui estava eu tão preocupado que, se concordasse com essa viagem, estaria usando você." Ele ergueu a carta. "Mas isso é tudo a respeito de Sir Alisdair Kent. Você está fingindo que vai fugir comigo com a esperança de vê-lo. Você é que está me usando."

Ela arrancou a carta da mão dele.

"É claro que não estou usando você, que ficaria mais rico com nossa aventura, enquanto eu ficaria totalmente arruinada. Estou lhe oferecendo o prêmio inteiro. Quinhentos guinéus."

"Um belo preço por meu delicado coração." Ele apertou a mão contra o órgão ofendido. "Você pretendia brincar impiedosamente com meus sentimentos. Sugerindo que viajássemos juntos durante semanas. Um homem solteiro com uma mulher solteira, aprisionados nos mesmos aposentos durante todos esses dias." Ele ergueu uma sobrancelha. "Todas essas noites. Você vai ficar me olhando por cima desses seus óculos recatados, me deixando louco com todas as suas palavras polissílabas. Deitando na minha cama. Beijando-me como uma sedutora desavergonhada."

Furiosa, ela piscou os olhos enquanto dobrava novamente a preciosa carta. "Agora basta."

Não, não bastava. Nem de longe. Colin sabia que ela não o respeitava. Mas agora que ele estava dominado de desejo por ela, Minerva devia corresponder com, no mínimo, uma atração física, ainda que de má vontade. Isso seria apenas mostra de boa educação. Mas não, ela estava de olho em outro homem. Quando eles se beijaram, Minerva estava apenas praticando para quando encontrasse aquele sapo geólogo?

"Não precisa debochar de mim", disse ela. "Não há necessidade de você ser cruel. Sir Alisdair Kent é um colega, nada mais."

"Ele a tem em alta estima, diz a carta. Não apenas alta. 'Muito alta estima'."

"Ele nem mesmo..." Ela fechou o punho e inspirou lentamente. Quando voltou a falar, procurou controlar a voz. "Ele é um geólogo brilhante. E qualquer admiração que ele sinta por mim é estritamente baseada no meu trabalho. Ele acredita que a criatura que deixou esta pegada será registrada como uma nova espécie. Eu até poderei batizá-la."

"Batizá-la?" Colin olhou para o molde de gesso. "Por que ir até a Escócia para isso? Nós podemos batizá-la aqui mesmo. Eu sugiro 'Frank'."

"Não batizar desse jeito. Serei eu quem vai dar um nome científico a essa espécie. Além disso, esse lagarto era fêmea."

Ele inclinou a cabeça e olhou para o molde.

"É uma pegada. Como você pode saber isso?"

"Eu apenas sei. Eu sinto." Com as pontas dos dedos, ela acompanhou o traçado da impressão com três dedos. "A criatura que deixou esta marca... ela definitivamente não era um 'Frank'."

"Francine, então."

Minerva bufou.

"Eu sei que tudo isso é uma piada para você. Mas não será para meus colegas." Ela recolocou os rolos de tecido em volta do molde, apoiando-o bem. "O que quer que fosse essa criatura, ela era real. Ela viveu e respirou, e deixou esta marca. E agora, incontáveis eras mais tarde... ela pode mudar a forma como compreendemos o mundo."

Ela fechou e trancou o baú, e colocou um pé sobre ele para apertar as tiras de couro. Seu belo tornozelo, de meia, foi revelado para Colin. Tão pálido e lindamente curvo. Ele não sabia o que achava mais atraente – o vislumbre erótico de seu tornozelo ou a expressão determinada no rosto dela.

"Pode deixar. Deixe comigo." Colin se aproximou para ajudar com as fivelas.

Com a oferta de Colin, ela parou de lutar com as tiras e deixou a tarefa a cargo dele. Na passagem das correias, as costas da mão dele roçaram a panturrilha dela. Uma descarga de desejo fez com que ele estremecesse. Deus. Era exatamente por causa disso que ele não podia concordar com aquele plano tresloucado. Ele terminou de prender as fivelas e endireitou o corpo, batendo a poeira de suas mãos enluvadas.

"Você sabe que ele provavelmente é velho. Ou cheio de verrugas."

"Quem?"

"Esse tal de Sir Alisdair."

Ela ficou com as faces tingidas de vermelho.

"Eu só estou falando que, provavelmente, ele é mais velho que a Francine. E menos atraente."

"Eu não ligo! Eu não ligo se ele for velho, cheio de verrugas, leproso e corcunda. Ele ainda assim seria culto, inteligente. Respeitado e respeitoso. Ainda assim ele seria um homem melhor que você. E você sabe disso, por isso está com inveja. Você está sendo cruel comigo para consolar seu ego." Ela o mediu de alto a baixo com uma expressão de desprezo. "E vai acabar entrando uma mosca na sua boca, se você não a fechar."

Foi a primeira vez que Colin ficou sem saber o que dizer. O melhor que ele pôde fazer foi aceitar o conselho dela e levantar a mandíbula caída. Um ar de determinação tomou conta dela. As curvas de seu rosto tomaram ângulos resolutos.

"É isso. Eu vou para Edimburgo, com ou sem você."

"O quê? Você quer viajar quase oitocentos quilômetros sozinha? Não. Não posso deixar que você faça isso. Eu... eu a proíbo."

Foi a primeira tentativa de Colin proibir alguém de fazer alguma coisa, e funcionou tão bem quanto ele esperava. O que vale dizer que não funcionou. Ela fungou.

"Fique aqui e case com Diana, se é o que quer, mas eu não vou tomar parte disso. Não posso simplesmente assistir."

"Deus, é isso que está preocupando você?" Ele pôs as mãos nos ombros dela para garantir que Minerva prestasse atenção. "Eu não vou casar com Diana. Eu nunca planejei casar com ela. Estou tentando lhe dizer isso há dias."

Ela o encarou.

"Sério?"

"Sério."

O barulho distante de cascos e rodas de carruagem fez o chão tremer. Enquanto eles se entreolhavam, o som foi ganhando força.

"Essa deve ser a carruagem", disse ela.

Colin olhou para a estrada. Sim, lá vinha ela. O momento decisivo.

"Vamos", disse ele. "Eu ajudo você a levar suas coisas de volta para a pensão."

"Não!" Ela negou com a cabeça.

"Min..."

"Não! Eu não posso voltar. Simplesmente não posso. Eu deixei um bilhete dizendo que nós fugimos. A esta altura elas já devem ter acordado e provavelmente o estão lendo. Eu não posso ser a garota que disse que ia fugir. A coisinha patética que juntou todas as suas esperanças e encheu três baús, para ir até a estrada de madrugada e depois voltar para casa derrotada e sem esperanças. Minha mãe..." Ela inspirou profundamente, endireitou-se e ergueu o queixo. "Eu não posso mais ser essa garota. E não vou ser."

Enquanto olhava para ela, Colin foi visitado por uma estranha sensação, que se agitou, calorosa e acolhedora, dentro dele. Era uma sensação de privilégio e admiração, como se ele tivesse testemunhado um daqueles pequenos milagres corriqueiros da primavera. Como um potro dando seus primeiros passos com patas trêmulas. Ou uma borboleta que abria suas asas amassadas e molhadas ao sair da crisálida. Diante de seus olhos, Minerva havia se transformado em uma nova criatura. Ainda um pouco desajeitada e incerta, mas destemida. E a caminho de se tornar linda.

Colin coçou o pescoço. Ele desejou que tivesse alguém por perto para quem ele pudesse se virar e dizer: Você pode cuidar disso?

"Você quer mesmo fazer isso", disse ele. "Significa muito para você."

"Sim." Os olhos dela estavam claros e firmes.

"Se embarcarmos nessa viagem, não haverá volta."

"Eu sei."

"E você compreende todas as implicações. Tudo o que está arriscando. Diabo, tudo que está sacrificando, no momento em que partir comigo?"

Ela aquiesceu.

"Estou trocando minha aceitação na sociedade por uma posição na Sociedade Geológica Real. Eu compreendo isso perfeitamente, e acho que é uma boa troca. Você falou para eu pensar em mim mesma, Colin. Bem, estou fazendo exatamente isso."

Afastando-se dele, ela ficou na ponta dos pés e abanou os braços, sinalizando para o cocheiro.

"Pare! Pare, por favor!"

Ele ficou atrás dela, observando seus gestos desesperados, absurdamente encantado por eles. Que ótimo, querida. Isso é ótimo para você.

Enquanto a carruagem parava, ela pegou o menor baú. Minerva olhou para ele, sorrindo.

"Última chance. Você vem ou não?"

Capítulo Sete

A estrada para Londres era empoeirada, esburacada e acidentada – uma desgraça. E Minerva ficava mais feliz a cada quilômetro que passava. Quer dizer, ela se alegrava em silêncio, sem mover sequer um músculo. Ela não tinha nenhum espaço para se mover. Quatro pessoas dividiam o assento dentro da carruagem. Mais dois passageiros dividiam o banco do condutor. Minerva quase tinha medo de contar quantas pessoas viajavam no teto da carruagem. Do seu ponto de vista, através da janela, as pernas desses passageiros estavam penduradas como estalactites. Além dessas pernas, de vez em quando ela conseguia enxergar Colin montado em seu cavalo ao lado do coche. Ela invejou o ar fresco e a liberdade de movimentos de que ele desfrutava.

Mas, de modo geral, ela estava empolgada. As decisões dolorosas e os preparativos frenéticos haviam ficado para trás, e agora ela podia simplesmente desfrutar da alegria de ter feito aquilo. Depois de passar toda sua infância desejando ardentemente fugir de casa, ela tinha enfim conseguido. E aquele não era um feito infantil, uma corrida para a floresta com uma cesta de piquenique preparada às pressas e um bilhete petulante dizendo simplesmente "Adeus." Aquela viagem tinha um significado sério, profissional. Era praticamente uma viagem de negócios. Naquela manhã Minerva tomou as rédeas de sua vida. Mas ela se sentia feliz por não fazer a viagem sozinha.

Quando eles paravam para descansar ou trocar os cavalos, Colin se destacava no papel de noivo atencioso. Ele permanecia ao lado dela e cuidava de pequenos detalhes, como procurar bebidas ou ficar de olho em seus baús. Ele fazia questão de tocá-la frequentemente. De forma sutil, pondo a mão em seu cotovelo, ajudando-a a subir na carruagem. Ela sabia que os toques não eram para o prazer dela ou dele, mas para informar aqueles que os acompanhavam. Aquelas pequenas indicações tinham um objetivo. Toda vez que ele a tocava, estava dizendo, sem palavras: *Esta mulher está sob minha proteção*. E cada vez que ele enviava essa mensagem, ela sentia um arrepio.

Minerva se sentiu especialmente grata pela proteção quando eles chegaram a Londres no fim daquela tarde e foram até a hospedaria. Ela estava tão cansada da viagem que mal conseguia se manter em pé. Colin cuidou do dono da estalagem, registrando os dois sob um nome fictício sem nem mesmo piscar. Ele se certificou de que todos os baús dela fossem levados para o quarto, pediu um jantar simples e até mesmo enviou um mensageiro comprar algumas coisas para a viagem – algumas camisas limpas, lâmina de barbear etc. –, em vez de ele mesmo ir às compras e assim deixar Minerva sozinha. Na verdade, Colin a fez se sentir tão segura e confortável que eles já estavam jantando o prato de carne assada com cenouras cozidas quando Minerva, de repente, caiu em si – a realidade a atingiu em cheio. Ela estava em um quarto pequeno, com uma única cama, a sós com um homem que não era seu parente, nem seu marido. Ela largou o garfo, acompanhou seu último bocado de comida com um belo gole de vinho, e passou lentamente os olhos pelo quarto. Era isso. Sua ruína a caminho: carne assada, cenouras cozidas e papel de parede feio, descascando.

"Você está muito quieto", disse ela. "Você não me provocou o dia todo."

Ele ergueu os olhos do prato.

"Isso é porque estou esperando, Morgana."

Minerva cerrou os dentes. Ela nem se preocupava mais em corrigi-lo. "Esperando o quê?"

"Que você recupere o bom senso." Ele fez um gesto com o braço, mostrando o quarto. "Que cancele tudo isto e exija que eu a leve para casa."

"Ah... Bem, isso não vai acontecer."

"Você não vai mudar de ideia?"

"Não." Ela balançou a cabeça.

Colin serviu mais vinho para os dois.

"Você não fica apreensiva de dividir este quarto comigo, esta noite, sabendo o que isso vai significar para você amanhã?"

"Não", mentiu ela.

Embora ele estivesse sendo absolutamente solícito e protetor desde que os dois partiram de Spindle Cove, ela não conseguia evitar de ficar inquieta na presença dele. Colin era tão lindo, tão determinado, tão... tão *masculino*. Sua personalidade parecia ocupar todo o quarto. E, céus, ela tinha concordado em se deitar com ele. Se a ideia dele de "deitar junto" implicava algo mais do que simplesmente ficar um ao lado do outro, ela não sabia o que iria fazer. Medo e curiosidade lutaram dentro dela quando Minerva lembrou de seus beijos hábeis e excitantes na caverna.

"Se não posso dissuadi-la...", disse ele.

Ela fechou os olhos.

"Não pode."

Ele bufou.

"Então pela manhã vou procurar lugar em uma carruagem que vá para o norte. Nós deveríamos dormir o mais cedo possível."

Ela engoliu em seco. Enquanto ele terminava de comer, Minerva decidiu buscar abrigo em um refúgio conhecido. Pedindo licença, ela se levantou da pequena mesa de jantar e foi até seus baús, abrindo o menor – onde trazia todos os seus livros. Ela retirou seu diário. Se ela quisesse se apresentar no simpósio dentro de uma semana, precisava organizar suas descobertas mais recentes e acrescentá-las ao seu texto. Pegando um lápis, que prendeu entre os dentes, ela fechou o baú e levou o diário de volta à mesa. Ela afastou para o lado os pratos de comida vazios e ajeitou os óculos, arrumando-se para trabalhar. Abriu o diário na última página escrita e o que ela viu ali a deixou horrorizada. Minerva sentiu um aperto no coração.

"Ah, não. Ah, *não*."

À sua frente, Colin ergueu os olhos da comida.

Ela folheou as páginas, desanimada.

"Ah, não. Oh, Deus. Eu não posso ser tão idiota."

"Não imponha limites a si mesma. Você pode ser o que quiser." Ao olhar aborrecido dela, Colin respondeu: "O que foi? Você reclamou que eu não a estava provocando."

Ela deitou os braços na mesa e descansou a testa neles. Lentamente, erguendo e baixando a cabeça, ela batia a testa no pulso.

"Tão, tão, idiota."

"Pare com isso. Não pode ser assim tão ruim." Ele pôs seus talheres de lado e limpou a boca com o guardanapo. Então deslizou a cadeira ao redor da mesa, de modo que ficou sentado ao lado dela.

"O que foi que deixou você tão incomodada?" Ele esticou a mão até o diário.

Minerva ergueu a cabeça.

"Não, não! Por favor, não leia. São apenas mentiras, bobagens. É um diário falso, percebe. Eu passei a noite toda escrevendo. Eu deveria tê-lo deixado para trás, para que minha mãe e minhas irmãs tivessem a impressão de que nós nos apaix..." Ela engoliu o fim da palavra. "Que nós estávamos nos vendo há algum tempo. Para que acreditassem na nossa fuga. Mas, obviamente, eu cometi um erro. Eu trouxe o diário falso comigo e deixei o verdadeiro na Queen's Ruby."

Ele se deteve em uma página em particular e ficou rindo consigo mesmo. Minerva sentiu o rosto esquentar. Ela queria desaparecer.

"Por favor. Eu imploro, não leia." Desesperada, ela tentou arrancar o diário da mão dele.

Colin puxou para trás o volume, levantando da cadeira.

"Oh, isto é ótimo. Absolutamente fantástico. Você me elogia com tanta convicção." Ele pigarreou e leu em voz alta, em um tom afetado. "Minha mãe sempre diz que Lorde Payne é tudo o que um futuro genro deve ser: rico, tem um título, lindo, charmoso. Eu confesso..."

"Devolva."

Ela tentou pegá-lo, mas Colin se afastou, passou por cima da cama e continuou do outro lado.

"Eu confesso", ele continuou como se declamasse um texto, "que fui mais lenta que a maioria para admitir, mas também não sou imune aos encantos de Colin. É muito difícil lembrar dos defeitos de sua personalidade quando se está tão próxima de sua..." Ele baixou o diário e arrastou as palavras, "de sua perfeição física."

"Você é um homem horroroso. Horroroso!"

"Você diz isso *agora*. Quero ver você mudar de ideia quando estiver próxima da minha *perfeição física*." Ele rodeou a cama, aproximando-se dela.

Então Minerva passou a ser perseguida. Ela foi se afastando, de costas, até colidir com a parede. Como uma criança que não tem onde se esconder, ela fechou os olhos.

"Pare de ler. Por favor."

Ele caminhou lentamente na direção dela enquanto folheava o diário.

"Bom Deus. Há páginas *inteiras* com descrições. O ondulado maroto do meu cabelo. Meu perfil esculpido. Eu tenho olhos como... como *diamantes*?"

"Não diamantes de verdade. Diamantes Bristol."

"O que são diamantes Bristol?"

"Um tipo de formação rochosa. Por fora eles parecem pedras comuns. Redondos, amarronzados. Mas quando você os quebra no meio, por dentro estão cheios de cristais com centenas de tons diferentes."

Por que ela se dava ao trabalho? O sujeito nem mesmo estava escutando.

"'Ninguém ao redor imaginaria nossa ligação'", ele continuou. "'Para as pessoas pode parecer que ele só fala comigo para me provocar. Mas há um sentimento mais profundo por trás de suas provocações, eu sei. Um homem pode flertar com desinteresse, até mesmo desdém. Mas ele nunca provocará alguém se não sentir afeto.'" Ele a flechou com os olhos. "Essas palavras são *minhas*. Isso é um plágio descarado."

"Sinto muito. A falsidade não vem tão facilmente para mim como para você." Ela jogou as mãos para cima. "O que isso importa? Essas palavras já eram mentiras quando você as falou, e continuavam mentiras quando eu as escrevi. Você não entende? É um diário falso, todo ele."

"Não esta parte." Ele apontou um dedo para o centro da página. "Nós nos beijamos. Ele me pediu para chamá-lo por seu nome de batismo, Colin."

Colin fixou nela um olhar inescrutável. O coração de Minerva martelava em seu peito, e ela se viu oscilando na direção dele. Por um instante vertiginoso, ela pensou que Colin pudesse beijá-la novamente. Ela *esperava* que ele a beijasse novamente. Mas ele não a beijou... E ela teve certeza de que ouviu alguém, em algum lugar, rindo.

"É verdade", disse ela. "Você me pediu para chamá-lo por seu nome de batismo. Ainda assim, você não consegue lembrar o meu." Ela arrancou o livro da mão dele. "Eu acho que você mais que compensou o tempo perdido. Na verdade, tenho certeza de que excedeu sua cota de provocação de hoje."

"Posso adiantar uma parte de amanhã?"

"Não." Ela fechou o diário com agitação e o guardou de volta no baú.

"Deixe disso. Não fique brava. Você mesma disse que o fez ridículo de propósito."

"Eu sei. Não é isso que me preocupa." *Não totalmente.* "É o fato de que deixei para trás o outro diário. O verdadeiro, com todas as minhas medições e observações mais recentes."

"Eu pensei que você tinha centenas de descobertas."

"Eu tenho. Mas minha apresentação ficará mais fraca por eu não ter o diário."

Ele ficou pensativo.

"Mais fraca quanto?"

"Ah, não se preocupe." Minerva forçou um sorriso e bateu de leve no molde dentro do baú. "Seus quinhentos guinéus estão garantidos. Enquanto tivermos isto."

"Bem", disse ele. "Graças a Deus, por Francine."

Colin suspirou profundamente e passou a mão pelo cabelo. Que diabos ele estava fazendo? Quando ela lhe deu o ultimato na estrada, Minerva não lhe deixou alternativa a não ser acompanhá-la. Era o mínimo que ele devia fazer. Mas ele passou o dia inteiro esperando que ela recobrasse a razão, que cancelasse toda aquela viagem maluca e exigisse que ele a levasse de volta para Spindle Cove imediatamente. Até aquele momento, contudo, a determinação dela não havia diminuído. E alguma força estranha não lhe permitia sair do lado dela. Colin não sabia que diabo era aquela força. Ele estava em uma estalagem com ela, de modo que não podia chamar de honra ou dever. Instinto protetor, talvez? Pena? Pura curiosidade? Ele sabia uma coisa. Não eram os malditos quinhentos guinéus. Do baú, ela tirou um rolo grosso de alguma coisa branca.

"O que você tem aí?", perguntou ele.

"Roupa de cama. Eu é que não vou dormir em cima *disso*." Ela indicou o colchão sujo de palha e percevejos.

Enquanto Colin observava, Minerva abriu o rolo sobre o colchão afundado, esticando-se para abrir o lençol branco e limpo e estendê-lo até os quatro cantos da cama. Colin notou que as bordas do lençol estavam muito bem costuradas, e traziam um desenho bordado que ele não conseguiu entender. Minerva pegou um segundo rolo. A colcha, ele deduziu. Esta também possuía o mesmo desenho na borda. No centro havia um brasão esquisito, arredondado, do tamanho de uma roda de charrete. Enquanto ela alisava os vincos, ele inclinou a cabeça e ficou admirando o brasão. O bordado cuidadoso delineava algum tipo de espiral. Parecia uma concha de caracol cortada ao meio, mas o interior estava dividido em dezenas de câmaras intricadas.

"Isso é um nautilus?", perguntou ele.

"Chegou perto, mas não. É um amonite."

"Um amonite? O que é um amonite? Parece o nome de algum povo do Velho Testamento que passou por uma matança."

"Amonites não são um povo bíblico", respondeu ela em tom de paciência esgotada. "Mas eles foram *matados*."

"Mortos."

Batendo no lençol, ela o fuzilou com o olhar.

"Mortos?"

75

"Gramaticalmente falando, acho que a palavra que você quer usar é 'mortos'."

"*Cientificamente* falando, a palavra que eu quero usar é 'extintos'. Os amonites estão extintos. Nós só os conhecemos através de fósseis."

"E roupas de cama, aparentemente."

"Sabe de uma coisa..." Ela soprou para o lado um cacho que estava pendurado na frente de seu rosto. "Você podia me ajudar."

"Mas eu gosto de observar", disse ele, só para atormentá-la. Apesar disso, ele pegou a borda do lençol de cima e passou os dedos pelo bordado enquanto o esticava. "Você que fez isto?"

"Sim." A julgar pelo tom de voz dela, não foi um trabalho feito com amor. "Minha mãe sempre insistiu, desde que eu tinha doze anos, que eu passasse uma hora por dia fazendo bordados. Ela fazia com que nós três sempre bordássemos coisas para nosso enxoval."

Enxoval. A palavra o atingiu de modo estranho.

"Você trouxe seu enxoval?"

"É claro que eu trouxe meu enxoval. Para criar a ilusão de uma fuga, é óbvio. E no meio dele foi o lugar mais lógico para guardar a Francine. Todos esses rolos de tecido macio formam uma boa camada de proteção."

Alguma emoção o atingiu, mas foi embora antes que ele a pudesse identificar. Culpa, talvez. Aqueles lençóis deviam embelezar o leito matrimonial de Minerva, e lá estava ela guarnecendo um colchão manchado, cheio de percevejos, em uma decadente estalagem.

"De qualquer modo", ela continuou, "quando minha mãe me obrigou a bordar, eu insisti em escolher um padrão que me interessasse. Eu nunca entendi por que as garotas têm sempre que usar flores e laços insípidos."

"Bem, só para arriscar um palpite..." Colin endireitou a borda da colcha. "Talvez seja porque dormir em um leito de flores e laços pareça encantador e romântico. Enquanto deitar na cama com um caracol marinho primitivo parece nojento."

Ela cerrou a mandíbula.

"Fique à vontade para dormir no chão."

"Eu falei nojento? Quis dizer encantador. Eu sempre sonhei em ir para a cama com um caracol marinho primitivo."

Ela não achou graça.

"Eu trabalhei muito nisto aqui. Os cálculos foram complicados. Eu contei centenas de pontos para fazer corretamente cada uma das câmaras." Ela passou a ponta do dedo por cima dos fios bordados, acompanhando a espiral que nascia no centro. "Não se trata de um desenho ao acaso, sabia?

A natureza segue princípios matemáticos. Cada câmara da concha do amonite é maior que a anterior, obedecendo um expoente preciso, imutável."

"Sei, sei. Eu compreendo. É um logaritmo."

Ela ergueu a cabeça rapidamente, então ajeitou os óculos e olhou para ele.

"Sabe", disse Colin, "esse desenho está começando a me atrair, afinal. Caracóis marinhos não são nem um pouco excitantes, mas logaritmos... eu sempre achei que essa palavra parece bem safada." Ele rolou a palavra na língua com inflexão obscena. "Logaritmo." E estremeceu exageradamente. "Ooh. Obrigado, eu quero mais."

"Muitos termos matemáticos dão essa impressão. Acho que é porque todos foram inventados por homens. 'Hipotenusa' é completamente lascivo."

"'Quadrilátero' me traz imagens bem carnais à mente."

Minerva ficou em silêncio por um longo momento. Então ela arqueou uma das sobrancelhas.

"Não tanto quanto 'rombo'."

Bom Deus! Aquela *era* uma palavra perversa. Ouvi-la pronunciando 'rombo' fez coisas perversas com ele. Colin tinha que admirar a forma como ela não se acovardava frente a um desafio, pelo contrário, fazia uma observação nova e surpreendente. Um dia ela transformaria algum felizardo em um amante muito criativo. Ele riu, procurando afastar a repentina onda de desejo.

"Nós temos as conversas mais estranhas."

"Esta conversa é mais que estranha. É absolutamente chocante."

"Por quê? Porque eu entendo o princípio de um logaritmo? Eu sei que você procura falar comigo usando palavras curtas e simples, mas eu tive a melhor educação que a Inglaterra pôde oferecer a um jovem aristocrata. Frequentei Eton e Oxford."

"Eu sei, mas... por algum motivo, nunca imaginei você tirando notas altas em matemática." Ela levou as duas mãos às costas e começou a abrir os fechos do vestido. Como se tivesse esquecido que Colin estava ali, ou não sentisse vergonha de se despir na frente dele.

Colin sentiu que deveria fazer uma marca no pé da cama. Certamente aquela noite sinalizava a conquista de um novo nível em sua carreira de amante. Nunca antes ele havia convencido uma mulher a tirar a roupa falando de matemática. Nunca antes ele pensou em tentar isso. Afrouxando sua própria gravata, ele disse:

"Na verdade, eu não tirei notas altas em matemática. Eu poderia ter tirado, mas fiz questão de não tirar."

"Por quê?"

"Está brincando? Ninguém gosta de garotos que vão bem em matemática. Coisinhas entediantes e pretensiosas, sempre curvadas sobre seus cadernos. Todos têm quatro olhos e nenhum amigo."

Ele estremeceu quando percebeu o que tinha dito. Mas já era tarde demais. Ela ficou tensa, os braços dobrados no ato de tirar o vestido. Toda diversão fugiu de seu rosto. Ela fungou e olhou para o canto do quarto. Droga, ele sempre a magoava.

"Min, eu não quis dizer..."

"Vire-se", disse ela, acenando com indiferença. "Está tarde e eu estou cansada. Poupe-me dos pedidos de desculpa e vire-se enquanto eu tiro a roupa. Eu aviso quando meus quatro olhos pretensiosos estiverem debaixo do caracol marinho nojento."

Ele fez o que ela pediu e se virou para a parede. Enquanto soltava os punhos da camisa, ele tentou ignorar os sons de tecido farfalhando. Não funcionou. Ele não conseguiu evitar que sua imaginação pegasse fogo e pintasse, quadro após quadro, Minerva largando seu vestido no chão e soltando os laços de seu espartilho. Ele ouviu uma respiração aliviada e um arrepio percorreu sua coluna quando reconheceu aquele som como o suspiro excitante que uma mulher solta quando liberta seus seios no fim do dia. O sangue correu para sua virilha e ele sufocou seu próprio suspiro. Ele era um homem, Colin disse a si mesmo. Havia uma mulher despida no quarto. Sua reação física era inevitável. Aquilo era biologia simples. Pássaros sentiam o mesmo. Abelhas sentiam o mesmo. Até caracóis marinhos primitivos sentiam o mesmo. Ele ouviu o som de salpicos de água vindos do lavatório enquanto Minerva passava um pano molhado por cada uma de suas curvas nuas e sensuais. Sério, ela estava simplesmente o torturando. E ele merecia. Colin ouviu a cama ranger.

"Você pode se virar agora."

Ele se virou, esperando encontrá-la debaixo das cobertas e virada para a parede. Em vez disso, ela estava deitada de lado, olhando diretamente para ele.

"Eu vou me despir", disse ele. "Você não quer virar para lá?"

"Acho que não." Ela apoiou a cabeça na mão. "Eu nunca vi um homem nu. Pelo menos não um de verdade, ou de perto. Digamos que você vai saciar minha curiosidade científica." Ela endureceu o olhar. "Ou digamos que isso serve como pedido de desculpas, se você preferir."

Ah, ela era realmente inteligente. Então ele iria pagar por todas as provocações e os insultos impensados sendo humilhado nu. Até Colin tinha que admitir; a punição era justa."

"Eu ficaria mais do que feliz em deixar você admirar minha perfeição física em sua totalidade. Mas apenas se eu também puder ver você." Ao silêncio chocado de Minerva, ele completou: "É uma questão de justiça. Olho por olho."

"De que forma isso é justo? Você já viu centenas de tetas."

Maldição, a forma como ela disse aquela palavra. Com tanta tranquilidade, sem quaisquer melindres... logo quando ele estava recuperando o controle sobre si mesmo, ela o deixa instantaneamente excitado, latejante.

"Eu não sei por que você precisa espiar as minhas", continuou ela. "E já que você exibiu orgulhosamente seu... *negócio*... diante de metade das mulheres da Inglaterra, acho estranho que agora você tenha pudores."

"É verdade", disse ele calmamente, "que eu fui abençoado com a visão de muitos e maravilhosos seios em minha vida. Mas cada par é diferente, e ainda não vi os *seus*."

Ela se encolheu nos lençóis, curvando-se como uma concha.

"Eles não têm nada de mais, pode ficar tranquilo."

"Eu irei avaliar isso."

Ela ergueu o queixo.

"Muito bem. Esta é minha melhor oferta. Metade da minha nudez pela sua completa."

Ele fingiu pensar a respeito.

"É uma pechincha."

Sentando na cama, ela desabotoou a parte da frente da camisola. Então ela tirou cada uma das mangas, cuidadosamente protegendo os seios com as pernas dobradas. Seus antebraços estavam queimados pelo sol, mas os ombros eram pálidos, curvas brancas de graça. Depois de se despir até a cintura, ela debruçou-se na parede, cobrindo o corpo com os joelhos, e o desafiou.

"Você primeiro."

Ele puxou a camisa pela cabeça e a jogou de lado. Então desabotoou a calça e a deixou cair sem cerimônia. Bem, não totalmente sem cerimônia. Houve uma certa comemoração. Sua ereção, que crescia rapidamente, fez de tudo para chamar a atenção, sobressaindo-se entre seus pelos escuros. Exigindo atenção, de um modo travesso e constrangedor.

"Agora você", disse ele.

Cumprindo sua palavra, ela baixou os joelhos e revelou o tronco nu. E os dois ficaram se observando... *ela tinha razão*, pensou ele. Seus seios não tinham nada de extraordinários. Para começar, eram dois. O número normal. Eles eram redondos e um pouco mais cheios que a média, encimados por mamilos salientes. O quarto estava escuro demais para que ele discernisse o tom exato daquelas protuberâncias, mas ele não era exigente. Cor-de-rosa, de morango, de vinho, marrons... todos tinham o mesmo gosto no escuro. Não... os seios dela, embora atraentes, não eram empiricamente mais ou menos atraentes do que a maioria dos peitos que ele já tinha visto. Mas o que tirava o fôlego dele era a totalidade dela. O quadro que ela compunha, sentada ali, seminua, em um ninho amarfanhado de lençóis brancos. Seus cabelos escuros jogados pelos ombros, e aqueles óculos empoleirados – atraentemente tortos – na ponta do nariz. Aqueles lábios suculentos, cor-de-ameixa, ligeiramente entreabertos. Ela parecia uma lembrança interrompida. Um sonho tórrido. Ou, talvez, uma visão do futuro. *Pare. Não pense nessas coisas.*

"Obviamente ele não é sempre assim... Ou é?", perguntou ela, inclinando-se para a frente e observando com atenção.

"Assim como?"

"Tão... grande. E ativo."

Seu membro pulsou novamente, ansioso. Como um cachorro mal treinado.

"Você fez isso de propósito?", perguntou ela, parecendo admirada.

Ah, as coisas tortuosas que, de repente, Colin queria fazer de propósito. *Com* propósito. Com o propósito explícito de fazer aqueles óculos embaçarem e ela gemer de absoluto prazer.

"Eu não vou seduzir você", disse ele.

Depois de um instante, ela sacudiu rapidamente a cabeça e voltou seu olhar para o rosto dele. Com a ponta do dedo, ela empurrou os óculos, ajustando-os no nariz.

"Desculpe, acho que não entendi."

"Eu não vou seduzir você", repetiu ele. "Não esta noite, nem nunca. Eu achei que devia dizer isso."

Ela ficou parada, olhando para ele.

"Eu falei pra valer, naquela noite no castelo... A respeito de não arruinar garotas inocentes. Sabe, eu tenho regras."

"Você tem *regras* para as mulheres que seduz?"

"Não, não. Para mim mesmo."

"Então há uma... etiqueta para a libertinagem. Uma espécie de código de honra do sedutor. É isso o que você está me dizendo?"

"De certa forma. Sabe, o sujeito medíocre, que simplesmente se dispõe a levar para a cama as garotas que lhe atraem... bem, ele não precisaria de regras, acho. Mas quando um homem determina para si mesmo nunca passar uma noite sozinho... isso envolve um conjunto de diretrizes. Acredite ou não, eu tenho alguns princípios."

"E essas regras são...?"

"Elas começam com boas maneiras, é claro. Dizer 'por favor' e 'obrigado', e aderir ao ditado 'mulheres primeiro'. Não tenho preferência sobre locais, mas tenho algumas restrições a cordas e lenços."

Ela ficou de boca aberta.

"Cordas e..."

"Não tenho restrições quanto a amarrar, mas não aceito ser amarrado. Além disso..." Ele foi enumerando seus limites com os dedos. "Nada de virgens. Nada de prostitutas. Nada de mulheres em aperto financeiro. Nada de irmãs de ex-amantes. Nada de mães de ex-aman..."

"*Mães?*", guinchou ela.

Ele deu de ombros. Havia uma história bem engraçada por trás dessa regra.

"Escute", disse ele, "não é importante que você saiba *todas* as regras. A questão é que eu tenho algumas. Como já expliquei, seduzir você quebraria algumas delas. Então, não vai acontecer. E eu pensei que seria melhor abordar esse tópico agora, enquanto estou aqui nu. Porque se eu puxasse esse assunto em qualquer outro momento, você poderia se sentir ofendida, pensando que não me sinto atraído por você." Ele indicou sua ereção túrgida, ridiculamente otimista. "Como você pode observar - muito bem - não se trata disso."

Ela ficou em silêncio por vários segundos. Observando...

"Você tem razão", disse ela para o membro dele. "Nós temos as conversas mais estranhas."

Ele esfregou o rosto com as duas mãos e soltou lentamente um suspiro profundo.

"Não é tarde demais para você salvar a sua reputação, sabia? Eu poderia levar você agora mesmo para a casa de Bram e Susanna aqui em Londres, e você poderia enrolar esses lençóis e guardá-los para um momento mais oportuno. Você sabe, com um homem que saiba apreciar totalmente... todo trabalho que você investiu nisso. A importância. Eles fazem parte do seu enxoval. Deveriam ser usados em um momento especial."

Se os dois continuassem sozinhos naquele quarto – uma donzela e um famoso devasso – não teria diferença o que eles – efetivamente – fizeram naqueles lençóis bordados. Mesmo que a roupa de cama continuasse intocada pelo suor dos dois, ou pela semente dele, ou pelo sangue de virgem dela, estaria arruinada. Impossibilitada de se casar na boa sociedade.

Ela rolou e ficou deitada de costas, olhando para o teto.

"Agora já era, não?"

Ele afastou o surto de culpa, lembrando-se de que toda a viagem era ideia dela, e ela sabia muito bem quais eram as consequências. Ela fez a cama, e agora estava deitada nela. Colin iria se deitar com ela. Esse era o acordo.

"Eu sempre durmo sobre as cobertas", disse ele, sentando na beira do colchão. "Então, desde que você fique embaixo delas..."

"Haverá algo entre nós dois."

Algo. Sim. Algo com a espessura de uma folha de bétula. Enquanto ele olhava para o teto, a lembrança dos seios dela parecia continuar ali, no escuro. Como duas luas cheias, aveludadas, montadas nos caibros do telhado, tentando Colin a tocá-las. Saboreá-las. Ele sabia que não devia estender a mão na direção da miragem, mas seu membro ingênuo latejava e arqueava, esperançoso. Ele fechou os olhos e tentou pensar nas coisas menos excitantes que podia imaginar. Aranhas com pernas peludas. Cabaças esburacadas, compridas, que o faziam pensar em genitália com sífilis. Ervilhas esmagadas. Cheiro de poeira e cera de pessoas velhas. Então, uma imagem totalmente diferente surgiu em sua cabeça. Uma que o fez rir em voz alta.

"O que houve?" A voz dela parecia sonolenta. Ele a invejou por isso.

"Nada", disse ele. "Estou apenas imaginando a reação de sua mãe neste momento."

Capítulo Oito

"Onde está Minerva?!" Colocando de lado seu maço de cartas, a Sra. Highwood estalou os dedos para uma das atendentes do Touro e Flor. "Você, mocinha. Qual é seu nome mesmo?"

"Sou Pauline, madame."

"Pauline. Corra até a pensão e diga para minha filha desobediente que eu quero que ela venha se juntar a nós agora mesmo. Agora mesmo! Diga-lhe para deixar de lado seus escritos. Ela já perdeu o chá *e* o jantar. Ela vai fazer sua aula com a Srta. Taylor e depois servirá de quarta jogadora em nossa partida de uíste. Minerva será uma filha obediente, ou então irei renegá-la. Vou lavar minhas mãos por completo."

Com uma reverência, Pauline se virou para fazer o que lhe foi ordenado.

Sentada ao piano ao lado de Charlotte, Kate Taylor sorriu para si mesma. Ah, essas ameaças vazias. Ela duvidava que Minerva sentisse uma ponta de medo de que a Sra. Highwood abandonasse sua campanha incansável de aprimoramento feminino e desistisse, por completo, de sua filha do meio. Kate tinha muita simpatia pelas atormentadas Srtas. Highwood – simpatia e nenhuma inveja, o que dizia muita coisa. Kate não possuía nenhuma família, a não ser pelo círculo de amigas em Spindle Cove. Não tinha casa, a não ser pela Queen's Ruby. Ela era órfã, criada pela bondade de benfeitores anônimos e educada na Escola Margate para Garotas em Herefordshire. Lembrava-se de todas as noites em que passou chorando em seu travesseiro naquele dormitório frio e austero, no sótão da escola, implorando a Deus uma mãe para si... E, às vezes, o comportamento da Sra. Highwood fazia Kate se sentir grata pelas preces não-atendidas. Aparentemente, nem todas as mães eram bênçãos.

"Comece de novo, Charlotte", disse Kate para sua jovem aluna. "Preste atenção no ritmo." Ela tocou a partitura com uma vareta. "Seu dedilhado está errado quando você chega nas semicolcheias, e isso a está atrasando."

Pondo a mão ao lado da de Charlotte para demonstrar, ela disse:

"Comece com o indicador, está vendo? Depois cruze por baixo com o polegar."

"Assim?" Charlotte imitou a técnica.

"Isso. Duas vezes devagar, para praticar. Depois experimente fazer com a velocidade normal."

Enquanto Charlotte repetia a passagem, Kate ouviu uma série de estalos sutis vindos do bar. Era o Cabo Thorne. Ele estava sentado, com seu perfil rude voltado para elas, e tinha uma caneca de cerveja sobre o balcão, sua única companhia. Fossem as escalas repetitivas, o jogo de cartas ou as declarações estridentes da Sra. Highwood, Thorne estava visivelmente contrariado por dividir o estabelecimento com as mulheres. Quando Charlotte começou a segunda repetição da mesma passagem, Kate olhou para o rochedo enorme e sombrio que era aquele homem. Ele fazia caretas para sua cerveja. Então, ele juntou as mãos sobre o balcão e começou a estalar as juntas da mão esquerda. Uma por uma. Intencionalmente. Era um modo sinistro e um pouco ameaçador, de sugerir que ele poderia quebrar algo – ou alguém – se o arrastado exercício musical continuasse.

"Faça *três* repetições, Charlotte", disse Kate, endireitando a coluna.

Thorne era uma figura que, sem dúvida, intimidava, mas Kate não o deixaria interromper a aula antes da hora. Repetição era essencial à prática musical, e as mulheres tinham todo direito de estar no Touro e Flor, que era ao mesmo tempo a casa de chá delas e a taverna dos homens.

Assim que Charlotte acertou o passo, tocando com desembaraço no ritmo certo, a sineta da porta badalou e Pauline retornou de sua missão.

"Então, garota?", perguntou a Sra. Highwood. "Onde ela está?"

"A Srta. Minerva não estava lá, Sra. Highwood."

"Como? Não estava lá? É claro que ela está lá. Onde mais ela estaria?"

"Eu tenho certeza de que não saberia dizer, madame. Quando eu contei para a Srta. Diana que a senhora estava procurando..."

Nesse momento, Diana irrompeu pela porta.

As cartas de baralho que a Sra. Highwood embaralhava escorregaram para a mesa, quando ela ergueu os olhos.

"Calma, querida. Você vai ter um ataque."

"Ela foi embora", disse Diana, engolindo em seco e inspirando lenta e profundamente. Ela segurava um pedaço de papel. "Minerva foi embora."

Charlotte parou de tocar.

"Como assim, ela foi embora?"

"Ela deixou um bilhete. Deve ter caído da escrivaninha. Eu só o encontrei agora." Diana alisou o papel e o levantou, preparando-se para ler.

Como se estivessem na igreja, e não na casa de chá, as mulheres levantaram de suas cadeiras ao mesmo tempo, preparando-se para ouvir a leitura. Até o Cabo Thorne, no bar, espiava sutilmente.

"'Querida Diana,'" leu a bela garota de cabelos claros. "Sinto muito pela notícia surpreendente que você está para receber. Você, Charlotte e mamãe não devem se preocupar, de jeito nenhum. Estou em segurança, viajando para o norte com Lorde Payne. Estamos fugindo para a Escócia para nos casarmos. Nós estamos..." Diana baixou o papel e olhou para a mãe. "'Nós estamos desesperadamente apaixonados.'"

Profundo silêncio. Charlotte foi a primeira a quebrá-lo.

"Não. Não. Deve haver algum engano. Minerva e Lorde Payne fugindo juntos? *Apaixonados*? Não é possível."

"Como é possível que eles estejam sumidos desde cedo?", perguntou Kate. "Ninguém reparou?"

Diana deu de ombros.

"Minerva está sempre explorando a enseada e as falésias. Não é incomum, para ela, desaparecer antes do café da manhã e reaparecer somente depois de escurecer."

Kate reuniu coragem e se dirigiu ao estranho no ninho.

"Cabo Thorne?"

Ele ergueu os olhos.

"Quando foi a última vez que você viu Lorde Payne?"

O homem intimidador franziu o cenho e praguejou:

"Noite passada."

"Então deve ser verdade", disse Diana. "Eles fugiram juntos."

Uma nova preocupação atingiu o coração de Kate. Ela foi até Diana e tocou seu braço.

"Você está muito decepcionada?"

"Como assim?" Diana pareceu confusa.

Kate inclinou a cabeça na direção da ainda aturdida Sra. Highwood.

"Eu sei que sua mãe tinha grandes esperanças para *você* e Lorde Payne."

"É verdade, mas eu nunca senti o mesmo", sussurrou Diana. "Ele é charmoso e bonito, mas meus sentimentos por ele nunca foram além da amizade. Eu pensava, com frequência, que seria um alívio, na verdade, se ele se casasse com outra. Mas nunca sonhei que Minerva..."

"Minerva detesta esse homem", disparou Charlotte. "Ela me disse isso muitas vezes." Ela tirou a carta da mão de Diana. "Não posso acreditar que ela fugiu com ele. Seria mais fácil acreditar que ela foi sequestrada por piratas."

Kate encolheu um dos ombros.

"Às vezes, a antipatia aparente pode esconder uma atração oculta."

"Mas há meses em que tudo o que eles fazem é se provocar", disse Charlotte. "E, na maior parte das vezes, Lorde Payne nem consegue se lembrar o nome dela."

"Ele a tirou para dançar na outra noite", lembrou Diana.

"É verdade, eles dançaram", disse Kate. "Mas foi um desastre. Ainda assim, quem teria imaginado isso?"

"Ninguém. Porque isso não está certo", disse o Cabo Thorne, levantando-se no bar e quase batendo a cabeça nas vigas. Em passos largos, ele cruzou o salão para se juntar ao grupo. "Colin está tramando algo, posso garantir. Eu irei atrás deles. Se sair agora, chego a Londres pela manhã." Ele olhou para Diana. "Se eles estiverem em algum ponto da estrada para o norte, Lorde Rycliff e eu vamos encontrá-los e trazer sua irmã para casa."

"Não!"

Todos se viraram para a fonte dessa objeção: a Sra. Highwood. A mulher permanecia imóvel em seu lugar, palmas abertas sobre a mesa. Olhos fixos à sua frente. Kate não sabia dizer se a matriarca havia piscado desde que Diana leu a carta.

"Ninguém vai atrás deles", disse a mulher. "Eu soube, desde o primeiro momento em que o vi, que Lorde Payne seria meu genro. Minhas amigas sempre me disseram que minha intuição é única." Ela colocou uma mão no peito. "É claro que eu pensei que seria Diana quem o fisgaria, linda como é. Mas parece que não levei em conta a inteligência de Minerva." Seus olhos azuis faiscaram. "Não consigo imaginar o que aquela garota ardilosa fez para laçá-lo."

"Com certeza Minerva é que foi laçada", contrapôs Charlotte. "Estou lhe dizendo, ela nunca teria fugido com Lorde Payne. Ela pode ter sido raptada!"

"Eu duvido que ela tenha sido raptada, Charlotte", disse Diana. "Mas, mamãe, você tem que admitir que essa virada foi totalmente inesperada."

"Inacreditável, na verdade." Thorne cruzou os braços. "Ele não é boa coisa."

"Talvez ele esteja apaixonado", sugeriu Kate. "Como diz a carta."

"Impossível", Thorne negou com a cabeça.

"Impossível?" Kate ficou muito aborrecida por Minerva. "Por que é impossível que um homem se apaixone por uma garota improvável? Talvez Minerva não seja a garota mais bonita do local, mas pode ser que Lorde Payne tenha visto beleza em sua mente curiosa, ou em seu espírito independente. Será que é mesmo tão impossível que uma garota imperfeita seja perfeitamente amada?"

As mulheres Highwood olharam para outro lado, constrangidas, e Kate percebeu que havia falado demais. Aquele problema dizia respeito a Minerva, não a ela. A situação das duas jovens não era a mesma. Minerva podia não ser a garota mais bonita do local, mas ainda assim era uma dama de boa família e relativa fortuna. Kate era sozinha e pobre, além de ser amaldiçoada por uma imperfeição física. Nenhum lorde impetuoso havia proposto fugir com ela, nem mesmo a tirado para dançar. Mas, embora pudesse parecer tolice, ela ainda esperava encontrar o amor. Afinal, ela estava se agarrando a essa esperança a vida toda. E não era agora que iria desistir.

"Minerva é minha amiga", disse ela simplesmente. "E estou empolgada por ela."

"Se ela é sua amiga, você deveria estar *preocupada*." O olhar de Thorne era intenso. "Ela precisa ser resgatada."

Kate ergueu o queixo e virou para ele seu perfil – imperfeito, manchado de vermelho.

"Isso não deveria ser decisão da mãe dela?", perguntou Kate.

A Sra. Highwood pegou em seu braço.

"Isso mesmo, a Srta. Taylor tem razão! Nós deveríamos estar celebrando. Imagine, minha Minerva, desajeitada e ranzinza, fugindo com um visconde! Algumas pessoas podem dizer que isso é inesperado, inacreditável. Mas a menos que alguém me convença do contrário..." Um sorriso tomou conta do rosto dela, fazendo com que parecesse dez anos mais nova. "Eu chamaria de *milagre*."

Capítulo Nove

Minerva acordou no meio da noite. *Enrolada* nele. Ela viveu um momento de terror, total e paralisante, até se lembrar exatamente onde, quando... e com quem estava: num quarto de estalagem em Londres, e a pesada perna jogada sobre as suas pertencia a ninguém menos que Lorde Payne... foi então que o verdadeiro medo se instalou.

Colin suspirou dormindo e se aninhou ainda mais a ela. O braço dele apertava sua cintura. Oh, Deus. O braço dele estava na *cintura* dela. E isso não era o pior. Ele estava todo sobre ela, que estava toda... *debaixo* dele. O cheiro e o calor de Colin a cobriam como um cobertor. Seu queixo descansava, pesado, sobre o ombro dela, e seu nariz se projetava contra o lóbulo de sua orelha. Sim, o lençol bordado formava uma barreira macia e flexível entre seus corpos. Mas a não ser por isso, eles estavam tão intimamente entrelaçados que podiam ser uma única pessoa.

Ela ficou encarando o teto. Podia sentir o coração pulsando em sua garganta. O desejo de se mover era insuportável, mas ainda assim ela não ousava se mexer. Durante incontáveis minutos, ela ficou parada. Só respirando. Encarando a escuridão. Escutando o batimento frenético de seu coração e sentindo o calor suave da respiração dele em seu pescoço.

E então, de repente, o corpo inteiro de Colin virou pedra. O braço em volta de sua cintura começou a apertar dolorosamente, dificultando a respiração. A perna sobre as suas ficou rígida como ferro. Seu hálito quente parou de soprar contra seu pescoço. Ele começou a tremer, com tanta violência que chacoalhava os dois. A frequência cardíaca de Minerva dobrou em velocidade e intensidade. O que ela devia fazer? Acordá-lo? Falar com ele? Permanecer parada e simplesmente esperar que aquele... episódio... passasse?

O sentimento apavorante de impotência não era novo. Ela sentia o mesmo sempre que Diana sofria um ataque de asma. Minerva nunca pôde fazer muita coisa para diminuir o sofrimento da irmã durante suas crises, a não ser ficar a seu lado e a manter calma. Fazer a irmã saber que não estava sozinha. Talvez isso ajudasse Colin. Saber que não está sozinho.

"Colin?"

Ele inspirou com dificuldade, ruidosamente. Seus músculos estavam contraídos como molas. Um dos braços dela estava preso, imobilizado pelo peso do corpo dele. Mas ela podia usar a outra mão. Minerva ergueu os dedos trêmulos e tocou com cuidado no braço dele. Com a lareira apagada, o quarto já havia esfriado. Mas a pele dele estava molhada de suor.

"Colin." Ela passou os dedos para cima e para baixo por seu antebraço, em carinhos longos e calmantes. Ela queria poder acariciar outras partes dele – sua cabeça, suas costas, seu rosto. Mas a menos que ele afrouxasse o aperto sobre o corpo dela, o braço de Colin era tudo o que ela conseguia alcançar.

Os carinhos dela não pareciam estar ajudando. Ele passou a tremer violentamente e sua respiração ficou errática. Seu coração martelava no ombro de Minerva. A situação estava muito pior do que na caverna, onde ele ficou um pouco agitado. Ali, na estalagem, ele parecia estar lutando pela vida. Um som áspero escapou de sua garganta. Um gemido bruto, angustiado, quase desumano.

"Não", murmurou ele. Então, mais decidido: "*Não. Não vou deixar. Volte. Volte, sua cachorra.*"

Ela se retraiu. Minerva nunca tinha ouvido Colin falar naquele tom feroz. *Oh, Deus. Oh, Colin. O que você está enfrentado aí?* Desesperada para fazer alguma coisa – qualquer coisa – para tirá-lo daquela situação aterrorizante, ela recorreu a um truque que ele mesmo lhe ensinou na pista de dança. Ela deslizou os dedos para o lado inferior e macio de seu braço e o beliscou, com força. Ele estremeceu e parou, para em seguida inspirar profundamente, ofegante como um homem que estava se afogando e consegue subir à superfície.

"Colin, sou eu. Minerva. Estou aqui." Ela se contorceu no abraço dele, que foi afrouxado, e se virou para encará-lo. Ela fez carinhos em sua testa, para acalmá-lo. "Você não está sozinho. Está tudo bem. Apenas respire profundamente. Eu estou aqui."

Ele não abriu os olhos, mas a tensão em seu corpo cedeu. Sua respiração diminuiu para um ritmo normal. Sua pulsação acelerada aproveitou a deixa para também diminuir.

"Estou aqui", repetiu ela. "Você não está sozinho."

"Min." A voz dele parecia uma lixa enrolada em algodão. Áspera e macia ao mesmo tempo. Com os dedos, Colin pegou um cacho do cabelo dela, que enrolou entre eles. "Assustei você?"

"Um pouco."

Ele praguejou algo e a trouxe para perto do peito.

"Desculpe, querida. Está tudo bem agora." O peito dele subia e descia com a respiração profunda. "Está tudo bem."

Incrível. Depois do episódio pelo qual havia acabado de passar, era ele que *a* acalmava. E estava fazendo um trabalho muito bom. Seus dedos roçavam a têmpora dela em carinhos hábeis e relaxantes. O alívio de saber que a crise havia passado a deixou exaurida e mole. Fraca...

"Você precisa de alguma coisa?", balbuciou ela, pressionando a testa no peito dele. "Conhaque, chá? Ajudaria... ajudaria conversar?"

Ele não respondeu, e ela ficou preocupada se não tinha ofendido seu orgulho. Ele deu um beijo no alto da cabeça dela.

"Procure dormir."

Então, ela fez o que ele disse. Minerva se aconchegou a ele e deixou a pulsação lenta e estável de Colin a embalar de volta ao sono.

Quando Minerva acordou novamente, era dia. E ela estava sozinha. Ela se pôs sentada na cama. A fraca luz do sol era filtrada pela única e suja janela do quarto. À luz do dia, o quarto tinha aparência ainda pior que na noite anterior. Depois de colocar seus óculos, Minerva olhou ao redor. Todas as suas coisas continuavam lá, mas não havia sinal de Colin. Nem de seus sapatos, ou do casaco e das luvas e gravata, que ele havia pendurado nas costas da cadeira. Ela sentiu um aperto no estômago. Ele não podia simplesmente ter ido *embora*.

Ela pulou da cama e começou a procurar na mesa, nas gavetas da cômoda. Colin, no mínimo, deixaria um bilhete. Depois de não encontrar nada, ela correu para se lavar e vestir o mais rápido possível. Ela *sabia* que, provavelmente, ele devia estar no andar de baixo, mas Minerva se sentiria muito melhor depois que o encontrasse. Felizmente, assim que ela desceu para a sala de café da manhã, Colin levantou de sua cadeira para recebê-la.

"Ah, aí está você."

Ele havia tomado banho e se barbeado. Ela podia ver que seu cabelo ainda estava molhado atrás das orelhas. O pó em seu casaco, da viagem no dia anterior, devia ter sido limpo, e o azul escuro contrastava respeitavelmente com o branco-neve da camisa limpa. Alguém havia engraxado e lustrado seus sapatos, que exibiam um belo brilho. Ele aparentava estar bem. Bem *de verdade*. Não estava apenas bonito, mas vigoroso e forte. Depois de sentir Colin gemendo e tremendo ao seu lado durante a noite, aquela visão trazia um alívio profundo. Ela ficou tão preocupada com ele...

"Colin, eu..." Estranhamente emocionada, ela pôs a mão na lapela dele.

"Eu espero que você tenha dormido bem. Estávamos esperando por você."

Minerva estremeceu, surpresa.

"Estávamos?"

"Isso mesmo, querida irmã", disse ele em voz alta, pegando a mão dela. "Permita que eu lhe apresente os Fontley."

Querida *irmã*? Ela ficou de boquiaberta.

"Este é o Sr. Fontley, e esta, a Sra. Fontley."

Ele a virou, com a delicadeza que uma engrenagem de relógio vira uma dançarina de porcelana na caixa de música. Minerva se viu fazendo uma mesura para um casal de aparência gentil. O cabelo grisalho do cavalheiro rareava, e sua mulher sorria sob uma touca de renda.

"Os Fontley ofereceram espaço para você na carruagem deles", informou Colin. "Eles também estão viajando para o norte."

"Oh. É um prazer conhecer vocês", disse Minerva, com sentimento verdadeiro.

Com a mão na parte de baixo das costas de Minerva, Colin a virou para o outro lado da mesa.

"E estes são seus filhos. Gilbert e Leticia Fontley."

"Como vai?" Gilbert, um jovem no limiar da idade adulta, levantou de seu assento e fez uma reverência pomposa.

"Por favor, pode me chamar de Lettie", disse a garota de olhos vivos, oferecendo sua mão a Minerva. "Todo mundo me chama assim."

Lettie possuía os mesmos cabelos cor de areia e rosto corado que o resto da família. Ela parecia ser alguns anos mais nova que Charlotte. Devia ter entre doze e treze anos.

Gilbert trouxe uma cadeira para ela, onde Minerva sentou. A Sra. Fontley sorriu.

"Estamos tão contentes que você vai nos acompanhar, Srta. Sand. É uma honra, para nós, levá-la até seus parentes em York.

Srta. Sand? Parentes em York? Ela disparou um olhar cheio de interrogações para Colin. O malandro provocador não respondeu.

A Sra. Fontley mexeu seu chá.

"Acho que é muito benéfico para Gilbert e Lettie conhecer pessoas jovens como vocês. Fazendo tantas coisas boas no mundo. Gilbert está de olho na Igreja, sabe. Ele vai para Cambridge no outono."

"Srta. Sand", falou Gilbert, "seu irmão estava nos contando de seu trabalho missionário no Ceilão."

"Ah, estava?" Com ar de completa incredulidade, Minerva olhou para o "irmão" em questão. "Por favor, diga, que histórias de boas ações você estava contando, *Colin?*"

Ela empregou bastante ênfase ao nome dele. Seu verdadeiro nome de batismo. Afinal, se ele era mesmo seu irmão, deveria chamá-lo assim. Minerva queria ver se ele conseguia lembrar o nome dela. E usá-lo, sem errar. Ela apoiou o queixo na mão e ficou olhando para ele, sorridente.

Colin sorriu de volta.

"Eu estava contando tudo sobre nossa temporada no Ceilão, querida... M."

M. Então era assim que ele pretendia resolver seu problema de memória. Não efetivamente lembrando de seu nome, mas reduzindo-o a uma inicial. Magnífico.

"Srta. Sand, ele nos contava a respeito de seus anos de trabalho missionário, ajudando os pobres e desafortunados. Alimentando os famintos, ensinando criancinhas a ler e a escrever."

Lettie arregalou os olhos.

"Você realmente passou seus anos de escola cuidando de leprosos?"

Minerva apertou os dentes. Ela não conseguia acreditar. De todas as identidades falsas que ele podia assumir... Missionários cuidando de leprosos no Ceilão?

"Não, na verdade, não."

"O que minha querida irmã quer dizer..." Colin passou seu braço pelas costas da cadeira de Minerva. "... é que não passávamos o tempo todo trabalhando. Éramos crianças, afinal. Nossos queridos pais, que Deus guarde suas almas, nos davam bastante tempo para explorar."

"Explorar?" Gilbert se empertigou.

"Ah, sim. O Ceilão é um lugar lindo. Todas aquelas florestas e montanhas. Nós saíamos da cabana da nossa família de manhã cedo, eu e M, com só um pouco de pão nos bolsos. Então passávamos o dia todo em aventuras. Balançando em cipós, devorando mangas debaixo das mangueiras, andando de elefante."

Minerva passou os olhos por toda a família Fontley. Ela não podia imaginar que alguém acreditaria nessa história ridícula. Elefantes e mangas? Mas todos ficaram olhando, pasmos, para Colin, com um misto de admiração e reverência em seus olhos azuis. Bem, pelo menos aquilo era um alívio para a conversa que eles haviam tido aquela noite, na torre. Ela não era a única a cair em suas histórias. Pelo jeito, ele empregava com regularidade seu talento para o exagero intencional e irracional. E com sucesso constante.

"Vocês andavam pela selva o dia todo?", perguntou Lettie. "Vocês não tinham medo de ser comidos por tigres? Ou de se perder?"

"Ah, não mesmo", respondeu Colin. "Eu ficaria preocupado se estivesse sozinho. Mas estávamos sempre juntos, sabe. E nós tínhamos um sistema. Um jogo que fazíamos sempre que saíamos em nossas aventuras. Se perdêssemos um ao outro de vista, na vegetação densa da selva, eu simplesmente gritava *'Tallyho!'* e M respondia..."

Colin se virou para ela, sobrancelhas erguidas, como se esperando que ela pusesse o ponto final naquele amontoado épico de disparates. Ela olhou para ele incrédula, e disse:

"Maluco...", disse ela.

Ele deu um tapa na mesa.

"Exatamente! Eu gritava *'Tallyho!'* e ela respondia, 'Maluco!', absolutamente alegre. E era assim que nunca nos separávamos."

Todos os membros da família Fontley riram.

"Que jogo inteligente", disse o radiante patriarca.

"Nada jamais irá nos separar, não é M?" Colin pegou sua mão e a apertou, olhando carinhosamente para seus olhos. "Acho que nunca senti tanta afinidade por outra alma quanto sinto por minha querida irmã."

Do outro lado da mesa, a Sra. Fontley suspirou.

"Que jovens bons..."

Enquanto os criados prendiam os baús de Minerva no teto da carruagem dos Fontley, algum tempo depois, ela aproveitou a primeira oportunidade para puxar Colin de lado.

"O que você está fazendo?", ela sussurrou em seu ouvido.

"Estou fazendo com que eles fiquem à vontade", murmurou Colin em resposta. "Eles nunca permitiriam que você os acompanhasse se soubessem a verdade."

"Talvez. Mas você tem que inventar histórias tão absurdamente exageradas? Cuidando de leprosos e andando de elefante no Ceilão? Como é que você inventa essas coisas?"

Ele deu de ombros.

"Isso se chama improvisação."

"Essas pessoas são boas. É perverso contar mentiras tão horríveis para elas."

"Estamos viajando sob falsos pretextos. Motivados por um noivado falso. Usando nomes falsos. E tudo isso foi ideia sua. Essa não é a melhor hora para demonstrar escrúpulos, querida."

"Mas..."

Ele ergueu a mão.

"Se a forma como entretive os Fontley, com algumas histórias exageradas, foi perversa, sugiro que você adote a perversão. Pelo menos até o fim desta semana. A oferta que fizeram de levar você é uma verdadeira bênção. Vai economizar bastante dinheiro e, talvez, também preserve sua reputação. Você estará sob supervisão de uma família."

Ela sabia que isso era verdade.

"Muito bem, mas agora sou eu que terei que andar de carruagem com eles durante dias, e corresponder às histórias absurdas que você inventou."

"Exatamente. Então por que não se divertir com isso?"

"Divertir?"

Ele a pegou pelos ombros e esperou que Minerva o encarasse. Ela acabou por fazê-lo, depois de relutar um pouco. Era impossível pensar com clareza quando ela fitava aqueles brilhantes olhos castanhos.

"Viva o momento, M. Esta é sua chance de sair da sua concha. Aí dentro existe uma garota segura e interessante. De vez em quando ela sai para dar uma olhada. Experimente *ser* essa garota, ainda que apenas por alguns dias. Você não irá muito longe nesta viagem se não fizer isso."

Minerva mordeu o lábio. Ela queria pensar que *existia* uma garota interessante e segura dentro dela, e que alguém – até que enfim – havia visto claramente essa garota. Mas pelo que ela sabia, Colin estava usando com ela o mesmo truque que usou com os Fontley. Ele a estimulava com elogios falsos, falando exatamente o que ela queria ouvir. Mentindo para ela. De novo.

"São apenas alguns exageros inofensivos." Ele a acompanhou lentamente até a carruagem. "Pense nisso como descer um barranco correndo. Se tentar diminuir sua velocidade e escolher onde pisa, vai acabar tropeçando e caindo. Mas se simplesmente se lançar nessa história, tudo vai dar certo."

"Está pronta, Srta. Sand?", perguntou o Sr. Fontley. "A Sra. Fontley e as crianças já estão lá dentro."

Minerva aquiesceu. Colin lhe ofereceu a mão como apoio para embarcar. Depois que Minerva sentou ao lado de Lettie e ajeitou a saia, seu "irmão" fechou a porta do coche e enfiou a cabeça pela janela aberta.

"Vou estar sempre por perto, em meu cavalo, M. Não tenha medo. Se precisar de mim por qualquer motivo, você sabe o que fazer." Ele abriu um sorriso e gritou: "Tallyho!".

Em uníssono, Lettie e Gilbert responderam:

"Maluco!"

Soltando um gemido breve, Minerva enterrou o rosto nas mãos.

"Sempre foi assim entre mim e M", disse Colin. Enquanto caminhavam por um pequeno bosque, ele segurou alguns galhos para ela passar. "Desde que estávamos em nossos berços."

"Sério?", perguntou Lettie. "Mesmo quando eram bebês?"

Minerva revirou os olhos. Como ele tinha energia para continuar inventando aquelas tolices? Ela se sentia exausta quando eles pararam para almoçar e trocar os cavalos. Minerva tinha passado a manhã inteira descendo à toda velocidade o "barranco" metafórico de Colin, soltando uma falsidade atrás da outra para satisfazer a curiosidade ilimitada dos Fontley. Ela esperava fugir um pouco disso quando declarou sua intenção de caminhar para esticar as pernas. Mas é claro que Colin *tinha* que decidir ir junto. Assim como Lettie e Gilbert *tinham* que ir atrás deles.

"Ah, sim", continuou Colin enquanto os conduzia pelo caminho. "Minha irmã e eu sempre tivemos essa ligação profunda, tácita. Nós temos conversas inteiras sem trocar uma palavra."

Ele olhou para ela, que sustentou seu olhar. Colin tinha razão. Eles podiam ter uma conversa inteira sem trocar uma palavra. E a conversa que estavam tendo naquele instante era assim:

Colin, feche a matraca.

Acho que não vou fechar, M.

Então vou fazer você fechar.

Sério? Como?

Não tenho certeza, mas vai ser de forma lenta e dolorosa. E não vou deixar pistas.

"Uma vez, ela salvou minha vida", Colin disse para os jovens Fontley.

"Quem?", perguntou Lettie. "A Srta. M?"

"Sim, isso mesmo. Ela me tirou, sozinha, das garras da morte. É uma ótima história."

Caminhando a passos largos pela grama alta, Minerva engoliu uma risada. *Oh, estou certa que sim.*

"Então nos conte. Tenho certeza de que essa história fará jus à Srta. Sand." Gilbert olhou para Minerva com expressão de admiração. E, muito possivelmente, também com certo encanto.

Céus! Aquele não era o melhor momento para um rapaz *finalmente* se interessar por ela...

"Bem, tudo começou no meio da selva", disse Colin. "Enquanto estávamos fora, em nossas explorações, fui mordido por um besouro raro, extremamente venenoso."

Os olhos de Lettie brilharam.

"E a Srta. M cortou o local da mordida e chupou o veneno!"

"Não, não. Ela não podia fazer isso. O veneno estava agindo rápido demais."

"Então ela o arrastou para casa, para conseguir ajuda?"

"Receio que não." Colin balançou a cabeça. "Eu era pesado demais para ela."

"Então eu o deixei à morte e fui para casa jantar", disse alegremente Minerva. "Fim da história."

Gilbert riu.

"É claro que não. Você correu para pedir ajuda, não é?"

"Exatamente", disse Colin.

Eles chegaram à beira de um riacho. Colin apoiou o pé sobre um tronco caído.

"E eu aposto", disse Lettie, colocando o pé ao lado do sapato dele, "que ela correu feito louca até em casa, e voltou bem a tempo trazendo algum curandeiro nativo para tratar de você com poções e cantos místicos."

Colin sorriu da imaginação da garota e balançou a cabeça.

"Não. Na verdade, quando ela conseguiu voltar com ajuda, já era tarde demais. Ela não conseguiu me curar. Eu morri."

Todos ficaram em silêncio.

"Mas..." Lettie franziu o rosto. "Mas não pode ser. Você está aqui."

"O que aconteceu?", perguntou Gilbert.

É, o que aconteceu? Minerva quase acrescentou. Até mesmo ela estava ansiosa para saber o que vinha a seguir, depois que ele caiu na selva picado por um raro besouro do Ceilão.

Não aconteceu nada, sua boba. É tudo mentira.

Colin pigarreou.

"Bem, eu não posso contar para vocês exatamente o que aconteceu porque eu estava caído inconsciente no chão da selva, e não me lembro de nada depois disso. Parece que eu caí num coma profundo. Meus sinais vitais eram tão fracos que minha família achou que eu estava morto. Eles rezaram por mim, prepararam meu corpo e me puseram em um caixão de madeira. O que eu sei é que acordei debaixo da terra. No escuro. Enterrado vivo."

"Céus", exclamou Lettie, apoiando-se nele. "O que você fez?"

"Eu gritei. Eu chorei. Eu arranhei as tábuas que me fechavam até minhas unhas sumirem e meus dedos ficarem em carne viva. Eu fiquei desesperado e tremi. Gritei até minha garganta sangrar." A voz dele estava tomada por uma emoção estranha. Ele ergueu os olhos, à procura do olhar de Minerva. "E, de algum modo, ela me ouviu. Não foi, M? Você me ouviu chamando na escuridão. Eu estava sozinho e com medo. Mas na escuridão noturna, você ouviu os gritos angustiados do meu coração."

Minerva engoliu o caroço que crescia em sua garganta. Ela não estava mais gostando daquela história. Ela não entendia o que Colin estava tramando. Era óbvio que a descrição daquela versão infantil dele, preso e gritando no escuro, era direcionada para ela. Parecia que ele não tinha esquecido o que aconteceu na noite anterior. Ele lembrava. De tudo. E agora ele queria... o que, exatamente? Agradecer-lhe pela ajuda? Debochar de sua preocupação?

"Você quer contar a próxima parte, M?", perguntou ele.

"Não." Ela balançou a cabeça. "Não quero."

Ele se virou para os jovens.

"Ela foi correndo até o local do enterro e começou a cavar a terra com as próprias mãos. Quando ouvi aquele barulho... bem, achei que tinha realmente morrido, e que os cães do inferno estavam tentando abrir meu caixão."

Lettie deu um gritinho e mordeu a junta de seu dedo indicador.

"Até hoje não consigo gostar de cachorros", disse ele.

"Ah, que triste."

Em sua memória, Minerva ouviu o eco dos gritos desesperados de Colin. *Volte, sua cachorra.*

"Eu tentei gritar, mas não consegui. O ar estava ficando cada vez mais rarefeito e eu mal conseguia respirar. Enquanto aqueles sons se aproximavam, eu pude puxar só um pouco de ar para os meus pulmões.

O suficiente para gritar uma palavra." Ele fez uma pausa dramática, então sussurrou: "Tallyho?"

Os jovens prenderam a respiração.

"E vocês podem imaginar qual foi a doce resposta que ouvi."

"Maluco!", responderam eles em uníssono.

"Exatamente", disse Colin. "Ela me salvou, sem exagero, das garras da morte. Minha querida e corajosa irmã."

Seus olhos se encontraram, mas Minerva precisou desviar os seus. Ela não sabia o que sentir, mas sentiu... algo. E sentiu profundamente.

Gilbert se voltou para ela.

"Como você foi corajosa, Srta. Sand."

"Nem tanto." Ela fez um gesto de pouco caso.

"Ela é modesta demais. Sempre foi." Colin tirou o pé do tronco caído e tocou rapidamente no queixo dela antes de iniciar o caminho de volta para a estrada. "Esperem até ouvir a história de M e a cobra."

Capítulo Dez

"E essa..." Colin bateu seu garfo no prato vazio em que comeu seu jantar, "...é a história da cobra." Ele se recostou na cadeira, se sentindo satisfeito.

Todos os Fontley voltaram o olhar para ele e, em seguida, admiraram Minerva. Esta olhou para o "irmão".

"Não sou uma encantadora de serpentes."

"É claro que não. Encantadores de serpentes precisam de uma flauta." Ele se virou para os Fontley. "Estou lhes dizendo, ela encantou a criatura apenas com sua doce voz. O bicho não saía do lado dela, o dia todo. Aquela coisa escamosa deslizava acompanhando os passos da minha irmã por todo Ceilão. Nós a transformamos em animal de estimação, e a batizamos Sir Alisdair."

Por baixo da mesa, algo pontudo acertou sua coxa. Ele disfarçou seu ganido de dor com uma tosse. Colin sabia que mais tarde pagaria por isso. Mas ele não conseguia deixar de provocá-la. Nunca pôde resistir à tentação, desde que se conheceram. Naquele dia, mais do que em qualquer outro, Colin queria puxá-la, tirá-la de dentro dos limites que Minerva havia imposto a si mesma.

Ele queria ser surpreendido. E mais do que isso, ele queria manter a atenção nela. Porque se lhe desse a chance de direcionar a conversa, Colin sabia que Minerva a voltaria para uma direção desagradável. Uma que envolveria a noite anterior. Ele não queria discutir aquela noite. À sua própria e reservada maneira, ele contou para Minerva tudo o que ela precisava saber. Tanto quanto havia contado para qualquer outra pessoa.

"Srta. Sand", disse Gilbert Fontley, "como nós podemos convencê-la a cantar?"

"Vocês não podem." Seus olhos cintilaram com o choque.

"O Sr. Fontley gosta muito de música", disse a mãe deles, tocando o braço do marido. "Assim como eu. Srta. Sand, gostaríamos tanto de ouvi-la. Faça-nos esse favor, querida. Ali adiante tem um piano."

"Mas..." Ela engoliu em seco e disse, a voz fraca: "Eu não posso."

Colin observou Minerva enquanto ela avaliava a lotada sala de jantar da estalagem. Em uma vila pequena daquelas, esse salão servia também como taverna local. Havia um pouco mais de trinta pessoas no lugar, que se dividiam entre viajantes que só passariam a noite e moradores da vila que tomavam uma cerveja com os amigos. Uma aglomeração razoável.

A jovem Srta. Lettie reforçou a campanha.

"Oh, por favor, Srta. M. Cante para nós."

"Vamos lá, M", disse alegremente Colin. "Apenas uma ou duas músicas."

Minerva comprimiu os lábios.

"Mas *irmão*, você sabe que eu desisti de cantar. Depois daquele incidente horrível com o... milípede e o coco e os... rubis roubados." Antes que ele pudesse pedir detalhes, ela se apressou para acrescentar: "Coisa que nós juramos, no túmulo de nossos pais, nunca, jamais discutir."

Ele sorriu. Ela estava pegando o espírito da coisa.

"É verdade. Mas hoje é meu aniversário. E você sempre faz uma exceção no meu aniversário."

"Você sabe muito bem que não..."

"É seu aniversário, Sand?" O Sr. Fontley exclamou por cima da voz de Minerva. "Ora, por que não falou antes? Vamos beber à sua saúde." O cavalheiro chamou a moça que os atendia e lhe pediu xerez.

Enquanto os copos eram passados, Minerva disse, severa:

"Mas irmão, você nunca bebe."

"Eu só bebo no meu aniversário." Ele ergueu o copo, brindando, e bebeu.

Colin a ouviu rosnar.

"Você não vai cantar, Srta. M?", pediu Lettie novamente. "Eu gostaria tanto de um pouco de música. E é aniversário do Sr. Sand."

Logo todos os Fontley se juntaram ao pedido.

Ela se virou para ele, os olhos escuros transmitindo um pedido desesperado de ajuda.

"Colin", ela disse simplesmente. *Não me obrigue a fazer isso.*

Ele sentiu uma dor na consciência, mas decidiu não interferir. Colin reconheceu aquela expressão nos olhos dela. Seus olhos sempre assumiam aquele brilho desesperado pouco antes de ela fazer algo extraordinário.

"Tudo bem", disse ela. "Vou cantar."

Ela ergueu o copo de xerez à sua frente, esvaziou-o de um gole, e o pôs sobre a mesa com um tilintar decisivo. Então ela apoiou as duas palmas das mãos na mesa e empurrou a cadeira, colocando-se em pé. Em passos lentos, mas determinados, Minerva caminhou até o piano. Ela retirou os óculos e os segurou dobrados. Em seguida, ela colocou um dedo sobre uma única tecla do piano e a apertou. Fechando os olhos, ela solfejou a nota. Então, ela abriu a boca e cantou. Ora... Ela cantou muito, muito bem.

Surpresa...

O salão lotado ficou rapidamente em silêncio. Colin praticamente podia ouvir os queixos caindo. A canção escolhida por Minerva era uma balada antiga e conhecida. Nenhuma escala exigente nem trinados operísticos. Somente uma melodia simples, direta, que combinava com sua voz clara e lírica. Não era música adequada a um concerto, nem mesmo ao salão das mulheres de Spindle Cove. Mas era perfeita para uma pequena estalagem do interior. O tipo de canção que não fazia dançar, que não pretendia encantar o ouvido nem entreter a mente, mas que ia direto para os sentidos. E para o coração...

Bom Deus. Era uma coisa boba de pensar – e ainda mais de *dizer* –, mas a música que Minerva cantava era uma flechada certeira em seu coração. Não havia escapatória. Colin estava encantado. Encantado como uma cobra do Ceilão. Mais do que isso, ele estava orgulhoso. Quando os amantes cantados na balada encontraram seu final trágico, e a multidão irrompeu em aplausos entusiasmados, Colin aplaudiu com os outros.

"Essa é a minha garota", murmurou ele.

Embora não fosse, na verdade. Ele não tinha nenhum direito sobre ela. E pensar que durante todo esse tempo – cada dia que ele residiu em Spindle Cove – Minerva guardou aquilo dentro dela. Aquela música magnífica, que mexia com a alma. A coragem de cantá-la diante de uma multidão de estranhos. A gentileza de acalmá-lo durante a noite, enquanto ele se arrastava de volta do inferno. Como é que ele nunca tinha visto aquilo? Como é que nunca soube disso?

Os Fontley – assim como todo mundo ali – gritaram pedindo mais uma música. Minerva balançou a cabeça, mostrando relutância.

"Só mais uma", Colin gritou para ela com as mãos em volta da boca. "Cante a minha favorita."

Ela o fuzilou com um olhar de paciência esgotada, mas cedeu. Outra tecla foi pressionada. Outra nota solfejada. Outro momento de pura revelação.

Ela o aqueceu. A canção, e a atenção. Sua voz ganhou força e confiança. Ela cantou com os olhos abertos, e diretamente para Colin. Bem, ele pediu, não foi mesmo? E aquele foi o melhor presente de aniversário-de-mentira que ele já havia recebido. Aqueles lábios maduros e suculentos o dominaram. Cada vez que ela inspirava rapidamente em meio aos versos, seus seios pulavam, chamando a atenção de Colin. Se a primeira música lhe tocou o coração... bem, a segunda o atingiu um pouco mais abaixo.

Ocorreu a Colin que, provavelmente, ele deveria se esforçar para não ser pego babando pela própria "irmã", mas um olhar rápido pelo salão lhe mostrou que ele não era o único homem por ali que havia sido afetado. Gilbert Fontley, em especial, ficou muito mal. Sem tirar os olhos de Minerva, o jovem se inclinou na direção de Colin.

"Sr. Sand, você acha que é possível se apaixonar em apenas um dia?"

Colin sorriu.

"Eu não saberia dizer. Eu só me apaixono à noite. E nunca dura além do café da manhã."

"M-Mas..." Gilbert lhe deu um olhar confuso. "M-mas... Mas eu pensei que você..."

"Todos temos nossos demônios, Gilbert." Ele bateu no ombro do jovem e se aproximou. "Um conselho, apenas. Atenha-se ao seio da Igreja."

Minerva terminou sua balada e dessa vez Colin percebeu que nenhuma quantidade de aplausos ou pedidos a convenceria a cantar novamente. Mesmo quando todos no salão se puseram em pé, gritando palavras de encorajamento, ela simplesmente recolocou os óculos e iniciou seu trajeto de volta à mesa.

Colin afastou sua cadeira e pretendia receber Minerva com alguns elogios sinceros. Mas quando ela começou a cruzar o salão de volta, um homem de barba malfeita, segurando uma caneca de cerveja, se colocou no caminho dela. Ele começou algum tipo de conversa com Minerva. Com todo o barulho do local, Colin não conseguiu entender o que eles diziam, mas ele não precisava ouvir as palavras para compreender o que estava acontecendo. Aquele indivíduo nojento queria Minerva. E Minerva não queria nada com o indivíduo nojento. O brutamontes colocou uma pata suja no braço dela, e Minerva cambaleou numa tentativa de se livrar dele. Seus óculos ficaram ligeiramente tortos. Aquele pequeno detalhe –

evidência do incômodo dela – foi o suficiente para fazer Colin ver vinte tons de vermelho.

E ele se pôs na direção dos dois, com sede de sangue.

ॐ

"Senhor, por favor me solte." Minerva puxou o braço do aperto do brutamontes. A respiração dele tresandava a alho e cerveja. E o corpo dele cheirava a... outras coisas que é melhor nem identificar.

"Só mais uma música, meu amor." Ele a segurava pelo cotovelo com uma mão, enquanto tocava na cintura dela com a outra. "Venha sentar no meu colo para me dar uma exibição particular."

A mão dele roçou no traseiro dela. Minerva recuou. Ela se sentiu suja. Outras mulheres talvez soubessem como se livrar desse tipo de atenção indesejável, mas não era o caso dela. Aquilo nunca havia acontecido com ela. Então ela viu Colin abrindo caminho em meio ao salão lotado. O caminhar dele era quase tranquilo, despreocupado. Mas quando ele se aproximou, Minerva reparou em seu rosto tenso e na fúria gélida em seus olhos.

Ele cutucou o bêbado com o braço.

"Com licença", disse ele, "mas você está com a mão na minha irmã?"

O grandalhão se endireitou e adotou um tom afetado, aristocrático.

"Eu acredito fortemente que sim, chefe."

"Muito bem." Colin o agarrou pelo ombro. "Esta é minha mão em você."

Em seguida, acertou um soco com toda força na barriga do sujeitinho. Que foi acompanhado por um golpe violento no rosto.

Minerva levou as mãos à boca, cobrindo seu grito de espanto.

O homem nem mesmo cambaleou ou piscou. Ele simplesmente foi ao chão. Com tudo. Levando consigo uma mesa inteira, com todos os copos que estavam sobre ela. Os sons de vidro estilhaçando e madeira rachando foram ouvidos em todo o salão, e chamaram a atenção de todos. Colin ficou em pé diante do brutamontes caído, e sacudiu a mão enquanto ofegava. A expressão em seu rosto era de fúria quase incontida.

"Não toque nela", disse ele, a voz fria como aço. "*Nunca*."

Ele segurou o cotovelo de Minerva e, com um aceno na direção dos Fontley, a tirou do lugar. Depois que saíram, o caos explodiu no salão. Ela estremeceu com os sons de cadeiras arranhando o chão e vozes iradas discutindo. Ela ouviu o Sr. Fontley gritar distintamente:

"Como você teve coragem de molestar aquela jovem?"

E então a voz fraca de Gilbert.

"Você irá queimar no inferno por isso. Ela é uma mulher de Deus."

Os dois pararam no primeiro degrau da escada. E irromperam simultaneamente em risos.

"É melhor nós subirmos", disse ela.

"Você está bem?", perguntou Colin, fazendo com que Minerva parasse, já no corredor dos quartos. Seu olhar a vasculhou dos pés à cabeça. "Ele machucou você de algum jeito?"

"Não. Não, obrigada." Ela engoliu em seco. "E você?"

Colin abriu a porta.

"Melhor aniversário que eu já tive."

Rindo eles entraram na suíte. Enquanto Minerva foi acender a luz, Colin se deixou cair sobre uma cadeira.

"Você", disse ela, "é inacreditável."

"Vamos lá." Ele sorriu para ela. "Admita. Foi divertido."

Ela sentiu o canto da boca querendo sorrir.

"Eu... eu *nunca* faço esse tipo de coisa."

"Você nunca faz o quê? Canta baladas em uma taverna? Inspira brigas entre homens?"

"Nada disso. Eu nunca faço nada disso. Eu nunca faço nem mesmo *isto*." Ela pegou a mão de Colin, que ficou sob a luz. "Oh, você está sangrando."

"Não é nada. É só um arranhão."

Talvez fosse, mas Minerva correu para pegar a bacia e o sabão. Ela precisava de algo para fazer. Do contrário, aquela energia que a agitava poderia ser extravasada de outras maneiras – bem mais perigosas.

Enquanto recolhia os materiais, suas mãos tremiam. Aquele homem era o diabo. O caos personificado. Ela nunca sabia que história ele inventaria ou que decisão imprudente tomaria. Ao longo daquela viagem, ele poderia pôr tudo a perder – sua reputação, sua segurança e sua posição da sociedade científica. Talvez até mesmo seu coração. Mas ela tinha que admitir... ele tornava tudo mais divertido.

Voltando à mesa com um lenço limpo, ela examinou o ferimento mais de perto. Ele tinha razão, era apenas um arranhão ao longo dos nós dos dedos. Mas ele se feriu enquanto *a* defendia. Minerva quis beijar aquela mão machucada e valente. Mas ela se contentou em apenas limpá-la com o lenço molhado. Minerva tocou o anel de sinete de Colin.

"Aposto que aquele homem vai exibir o brasão da sua família na bochecha durante semanas."

Colin riu baixo.

"Ótimo. Ele merecia coisa muito pior."

"Ainda não acredito na facilidade com que você o derrubou", disse ela. "E ele era tão grande. Onde você aprendeu a lutar desse jeito?"

"Aulas de boxe." Ele esticou os dedos e fez uma careta. "Todos os homens de Londres são malucos por boxe. Começou com o Cavalheiro Jackson. Mas a verdadeira pergunta é..." Sua voz ficou mais profunda. "Onde você aprendeu a cantar daquele jeito?"

"Que jeito?" Ela manteve a cabeça baixa, examinando as articulações dos dedos de Colin.

"Daquele... *jeito*. Faz mais de seis meses que moro em Spindle Cove, e estive presente em inúmeros daqueles malditos saraus, para não falar de todas as reuniões informais na pensão. E da Igreja, aos domingos. Ouvi Diana cantar muitas vezes. Ouvi Charlotte cantar várias vezes. Pelo amor de Deus, eu até ouvi sua mãe cantar. Mas nunca você."

Ela deu de ombros enquanto rasgava uma faixa de tecido.

"Eu não sou uma cantora talentosa. Tudo que eu sei são as baladas que aprendi quando era garota. Depois que cresci, passei a evitar as aulas de música sempre que possível. Eu detestava a chateação de ter que ficar praticando."

"Não posso acreditar que cantar seja uma chateação para você. E também não dá para acreditar que nunca pratica, pois as palavras saíram com muita facilidade para você."

Minerva sentiu que enrubescia. Ela, na verdade, praticava quando ninguém estava por perto. Ela cantava para si mesma quando saía em seus passeios. Mas como cantar para si mesma parecia tão esquisito quanto ler caminhando, não era algo que ela admitiria para Colin.

"Eu deixo a cantoria para Diana."

"Ah... Você não quer ofuscar sua irmã."

Minerva riu.

"Como se eu pudesse ofuscar Diana."

"Diana é brilhante, eu acho. Cabelo dourado, pele luminosa. Alegre. Totalmente radiante. Talvez você não possa mesmo ofuscar Diana." Ele inclinou a cabeça e a observou de outro ângulo. "Mas Min? Você pode *cantar* melhor que ela."

"Somos irmãs, não concorrentes."

Ele emitiu um som de pouco caso.

"Todas as mulheres são concorrentes, e as irmãs mais que todas. Mulheres estão sempre buscando uma posição melhor, medindo-se contra suas semelhantes. Você não sabe a frequência com que me pedem para comentar qual mulher é a mais bonita, inteligente, talentosa, qual a melhor dançarina... e quem pede essas opiniões? Sempre mulheres, nunca homens. Os homens não se importam. Não com essas comparações, ao menos."

Ela o fitou, desconfiada.

"Que comparações os homens fazem?"

"Vou responder isso em outra oportunidade. Quando eu não estiver sangrando e em desvantagem."

Minerva apertou o curativo.

"Nós não estamos falando de jovens ambiciosas da sociedade. Estamos falando da Diana. Eu amo minha irmã."

"Ama o bastante para esconder seu único talento para que ela não sofra com a comparação?"

"Meu único talento?" Ela apertou ainda mais a atadura, e ele fez uma careta de dor. "Esse não é meu único talento, não é nem mesmo meu melhor talento."

"Ah. Agora estou entendendo." Ele protegeu a mão com o curativo. "Você é tão competitiva quanto as outras. Só que está competindo por um título diferente. O de menos atraente, menos simpática. O de mulher menos *casadoura*."

Ela piscou, surpresa. Certamente que suas palavras eram para provocá-la, mas soaram bastante verdadeiras.

"Talvez eu esteja, mesmo." Ela dobrou o tecido que restou e o colocou em seu baú. "Estou comprometida com meus estudos, e não sei se algum dia vou querer me casar. Pelo menos não com o tipo de homem que minha mãe gostaria. Então, sim, sempre me satisfiz deixando Diana ser a mais bonita, mais elegante e mais simpática. A melhor cantora. Ela pode ficar com todos os pretendentes."

Ele ergueu as sobrancelhas.

"A não ser eu."

"Você é um caso especial."

"Vou tomar isso como um elogio."

"Não deveria."

E ele não deveria olhar para ela daquele jeito. Tão intensamente. Penetrante.

"Por que você já não está casado?", exclamou ela. "Se você não quer dormir sozinho, o casamento parece ser a solução lógica. Você teria uma esposa ao seu lado todas as noites."

Ele riu.

"Você sabe quantos maridos e esposas efetivamente dormem na mesma cama depois da lua de mel?"

"Alguns casamentos são arranjados, sem amor, eu sei. Mas há um bom número de enlaces amorosos. Não posso imaginar que você tenha dificuldade para fazer as mulheres se apaixonarem por você."

"Mas se eu casasse, teria que *manter* a mulher apaixonada por mim. Não qualquer mulher, mas uma em especial. Durante anos. E mais, eu teria que permanecer apaixonado por ela. Se por acaso eu encontrasse a mulher com quem me dispusesse a tentar isso – e ainda não encontrei, depois de anos procurando intensamente – como eu poderia ter certeza de conseguir isso? Você é a cientista. Diga-me. Como o amor pode ser comprovado?"

Minerva deu de ombros.

"Imagino que isso tenha que ser testado."

"Bem, está aí sua resposta. Eu sempre sou reprovado nos testes."

Minerva olhou com pena para ele.

"Sei, é claro. Nós dois sabemos que é por isso que você nunca teve notas boas em matemática. Não tem nada a ver com falta de esforço. Você simplesmente não se sai bem em testes."

Ele não respondeu. Colin simplesmente se recostou na cadeira, colocou as mãos atrás da cabeça e olhou para ela com uma expressão inescrutável. Se aquele era um olhar de aborrecimento, admiração ou raiva, Minerva não sabia dizer. Suspirando, ela se levantou.

"É melhor nós dormirmos."

A suíte tinha dois quartos interligados – para manter as aparências para os Fontley. Mas ambos sabiam que só usariam um quarto. Ela cruzou o aposento e começou a desabotoar sua jaqueta. Minerva sentiu os olhos de Colin nela enquanto tirava a peça dos ombros, puxava os braços das mangas e a colocava de lado. Ele não tinha educação o bastante para olhar para outro lado? Seu corpo se aqueceu sob a avaliação dele, ficando leve e quente como as cinzas que dançam no ar fumacento. Ela se virou para o outro lado e levou as mãos às costas para soltar os fechos de sua roupa.

"Permita-me", disse ele, aparecendo repentinamente às suas costas.

Ela ficou paralisada por um instante, tomada pelo instinto de se afastar. Mas aquele vestido tinha fechos difíceis. Seria bom um pouco de ajuda.

"Apenas os ganchos", disse ela.

"É claro."

Afastando algumas mechas de cabelo, ele começou na base de seu pescoço. Colin foi soltando os ganchos lentamente, um a um. Ela cruzou os braços à frente do peito, para manter o vestido no lugar quando o decote começou a ceder.

"Como você sabia?", perguntou ele, sua voz era um murmúrio suave que soprava em sua nuca.

"Sabia o quê?"

"'Barbara Allen.' Como você sabia que é minha balada favorita?" A intimidade rouca na voz dele a perturbou.

"Não é a favorita de todo mundo?"

A risada breve na resposta de Colin foi calorosa e autêntica.

"Será que acabamos de encontrar algo em comum?"

"Nós temos todo tipo de coisa em comum", disse ela, sentindo a conhecida patetice crescendo. E lá veio ela, com a conversa-mole. "Nós dois somos humanos. Nós dois falamos inglês. Nós dois compreendemos o que é um logaritmo. Nós dois temos cabelos castanhos, dois olhos..."

"Nós dois temos pele." As pontas dos dedos de Colin roçaram o ombro exposto de Minerva, e a sensação se propagou pelo braço. "Nós dois temos mãos. E lábios."

Ela apertou bem os olhos. Minerva segurou a respiração por um longo momento, antes de perceber que estava se preparando para um beijo que não viria. Ela o xingou em pensamento, e xingou a si mesma. Ela precisava afastar de sua mente todos os pensamentos relativos ao beijo dele. Era só que... ela não conseguia parar de lembrar a forma como Colin a encarou enquanto ela cantava no salão. A forma como ele foi andando até ela, abrindo caminho pela multidão. A forma como ele derrubou aquele homem e sangrou por ela.

Minerva pigarreou e deu um passo à frente, ainda voltada para a parede.

"Obrigada por sua ajuda. Pode se virar, por favor?"

"Já virei." As tábuas do piso emitiram um breve rangido de confirmação.

Minerva virou a cabeça, espiando o espelho para ter certeza. Ela quase desejou que ele também a procurasse com o olhar. Mas era evidente que ele vira o suficiente na noite anterior. Colin permaneceu de costas enquanto ela descia o vestido pelo corpo e saía de dentro dele. Quando estava só com a roupa de baixo, Minerva mergulhou sob as cobertas e virou o rosto para a parede.

"Está tudo bem agora", disse ela.

"Bem." Ele soltou uma exclamação de incredulidade. "Para quem?"

Ela procurou fingir que dormia enquanto Colin se movia pelo quarto tirando os sapatos, pondo de lado relógio e abotoaduras. Atiçando o fogo.

Fazendo todo tipo de barulho, sem se incomodar. Os homens nunca hesitam em declarar sua presença. A eles é permitido viver ruidosamente, em meio a batidas e estalos, enquanto as mulheres são sempre ensinadas a viver em sussurros abafados.

A cama rangeu alto quando ele deixou seu peso cair ao lado dela. Seu braço roçou suas costas. Aquele breve contato fez o corpo inteiro de Minerva zunir. Enquanto Colin se ajeitava na cama, ela permaneceu absolutamente consciente – clara e perfeitamente consciente – de cada parte dele. Cada parte dela. Em todos os lugares que seus corpos se tocavam, e em todos que não se tocavam.

"Você vai conseguir dormir?", perguntou ela depois de alguns minutos.

"No momento certo."

"Você quer conversar?", perguntou ela, voltada para a parede. Minerva se sentiu uma covarde, incapaz de se virar e olhar para ele.

"Prefiro ouvir você. Por que não me conta uma história para dormir? Uma que você leu quando criança."

"Eu não li nenhuma história quando era criança."

"Não acredito nisso. Você está sempre com o nariz enfiado em um livro."

"Mas é verdade", disse ela em voz baixa. "Quando eu era criança, demorou muito para que percebessem meu problema de vista. Todo mundo pensava que eu era arteira, na melhor hipótese, ou idiota, na pior. Minha mãe me repreendia por franzir o rosto, por sonhar acordada. Diana estava sempre lendo contos de seus livros para mim, mas não importava o quanto ela tentasse, eu não conseguia aprender as letras. Nós tínhamos uma babá que cantava baladas enquanto fazia seu trabalho. Eu costumava ir atrás dela para escutar, e decorei o que pude. As canções foram minhas histórias." Ela fechou os olhos. "Finalmente, uma governanta percebeu que eu precisava de óculos. Na primeira vez que eu os coloquei no rosto, nem consigo dizer o que senti... Foi como um milagre."

"Finalmente enxergar bem?"

"Saber que eu não era um caso perdido." Um caroço surgiu em sua garganta. "Eu acreditava que havia algo incurável e errado comigo, sabe. Mas de repente eu passei a ver o mundo com clareza. E não só as coisas distantes, mas tudo que estava ao meu alcance. Eu conseguia focalizar uma página. Eu conseguia explorar as coisas ao meu redor, descobrir novos mundos inteiros debaixo dos meus dedos. Eu conseguia ser boa em alguma coisa, para variar."

Minerva não sabia se ele entenderia, mas era por isso que o simpósio era tão importante para ela. Por isso que Francine era *tudo*. Foi por isso que, algumas manhãs atrás, ela abriu o baú que continha seu enxoval e trocou aquelas fantasias de noiva por objetivos novos, científicos. Ela nunca foi a filha que sua mãe desejava. Ela era diferente das irmãs, e havia se conformado com isso. Ela poderia suportar uma vida em que nunca seria uma dama elegante, de bom gosto... desde que alguém, em algum lugar, a respeitasse e admirasse por ser *ela mesma*. Minerva Highwood, geóloga, erudita e... depois daquela noite, às vezes trovadora.

"Depois que aprendi a ler", disse ela, "não conseguiram mais me separar dos livros – e ainda não conseguem. Mas eu já passei da fase dos contos de fada."

"Bem", disse ele, com a voz sonolenta, "essa foi nossa bela história para dormir. Garota oprimida. Babá amável. Final feliz. Os contos de fada são quase todos assim."

"Sério? Eu tinha a impressão de que a maioria deles tem um belo príncipe encantado."

O silêncio foi duradouro. E infeliz.

"Bem, o seu tem um cavaleiro", disse ele finalmente. "Sir Alisdair, o Colega."

"Acho que sim." Com a esperança que sua voz não revelasse a decepção, ela agarrou o lençol e o puxou para si.

Ela sentiu que Colin se mexia.

"Sabe, eu tenho me perguntado uma coisa. Se aquele diário que exalta tão epicamente meus encantos era o falso... O que diz o verdadeiro?"

Capítulo Onze

Kate Taylor cobriu uma careta com sua taça de água. Aquilo não parecia correto. Do outro lado da mesa de jantar da Queen's Ruby, Charlotte folheava um pequeno caderno com capa de couro.

"Isto e aquilo... mais alguma coisa sobre pedras..."

"Continue procurando", disse a Sra. Highwood. "É o único diário de Minerva. Ela deve ter falado de Lorde Payne em algum lugar."

A Sra. Nichols, idosa proprietária da pensão, mandou que as criadas servissem a sobremesa. Enquanto uma garota de avental colocava tigelas com creme diante delas, Kate trocava olhares com Diana. Ela sabia que a outra também devia estar sentindo a mesma confusão de vergonha e curiosidade. Naturalmente, aquela fuga era a sensação de Spindle Cove, e Kate estava tão ansiosa quanto as outras mulheres para saber os detalhes do improvável romance de Minerva. Mas ler o diário dela, em voz alta, na mesa de jantar? Aquilo parecia ser de mau gosto.

"Sério, mãe", Diana interveio, "é mesmo necessário que leiamos o diário de Minerva? Em voz alta? Ela não merece um pouco de privacidade?"

A Sra. Highwood refletiu.

"Normalmente, eu jamais bisbilhotaria. O que acha, Sra. Nichols?"

A Sra. Nichols balançou a cabeça.

"Jamais, Sra. Highwood."

"Mas neste caso, as circunstâncias justificam a investigação. Não justificam, Sra. Nichols?"

"Claro que sim, Sra. Highwood."

"O Cabo Thorne insiste que deveria ir atrás deles, ou no mínimo alertar Lorde Rycliff. Ele parece ter a falsa impressão de que Lorde Payne está tramando alguma maldade. Mas eu não acredito que ele fosse capaz de algo assim. A senhora acredita, Sra. Nichols?"

"De modo algum, Sra. Highwood. Ele é um jovem excelente. Sempre elogia minhas tortas."

"Oh, aqui", anunciou Charlotte, abrindo uma página no meio do diário. "Tem alguma coisa sobre uma grande descoberta."

Todas na mesa olharam. Charlotte leu um pouco mais adiante.

"Deixem para lá. É sobre lagartos."

"Lagartos!" Com um gemido, a Sra. Highwood afastou sua porção de creme. "Não consigo imaginar como ela conseguiu agarrar Lorde Payne."

"Ela não o agarrou, mamãe. Eu estou lhe dizendo, *ela* é que foi *agarrada*." Charlotte virou mais uma página. "Se Minerva gostasse dele, não teria confessado ao seu próprio diário? Eu sei que *eu* encheria cadernos com poesia se um homem tão lindo quanto Lorde Payne se interessasse por mim."

Kate aceitou um copo delicado de licor, que lhe ofereceram em uma bandeja.

"Talvez Minerva não seja muito de poesia."

"Mas ela deveria escrever, pelo menos, algo favorável. Veja. Ela só o menciona aqui, no meio do diário. E embora todos a julguem inteligente, nem sabe escrever direito o nome dele. P-A-I-N, foi como ela escreveu."

Kate olhou para baixo e sorriu. Ela duvidava que Minerva tivesse escrito dessa forma por engano.

"Não ligue para como está escrito, filha", disse a Sra. Highwood. "Apenas leia. O que ela diz aí?"

Charlotte deu um gole em sua limonada para se preparar.

"'Como hoje é quinta-feira, tivemos que aturar a presença de Lorde Payne no jantar. Não sei se devo atribuir minha indigestão à presença dele, à bajulação da minha mãe ou à torta de enguia da Sra. Nichols. Foi uma noite muito desagradável, de modo geral.'"

"A data é do verão passado?", perguntou Diana.

Charlotte negou com a cabeça.

"Semana passada."

Kate sabia que aquele era o momento em que deveria defender a torta de enguia da pobre Sra. Nichols. Mas, sério, aquela coisa era indefensável. Em concordância mútua e silenciosa, todas preferiram tomar uma colher do creme. Depois um gole de licor. E creme novamente...

"Bem, deve haver mais alguma coisa." A Sra. Highwood acenou com sua colher para Charlotte. "Continue a ler, querida."

"Estou lendo." Charlotte folheou as páginas restantes do diário. "Não há muito mais o que ler. É tudo sobre pedras, conchas e pegadas de lagarto. O único homem que ela menciona constantemente é um cientista. Sir Alisdair Kent. Parece que ela o admira muito. Quando ela dedica alguma palavra a Lorde Payne, nunca é amável." Charlotte fechou o diário. "Eu lhe disse que ela não o ama, mamãe. Minerva foi levada contra sua vontade. Você tem que deixar o Cabo Thorne ir atrás deles."

A Sra. Highwood esticou o braço sobre a mesa.

"Dê o diário para mim, filha."

Ela pegou o diário das mãos de Charlotte, folheou-o até a última página escrita, segurou-o com o braço estendido e leu. Sua carranca de concentração logo se transformou em uma expressão de deleite.

"Ah. Aqui estamos. Uma anotação com a data de três noites atrás. 'Recebi uma notícia inquietante na Tem de Tudo. Há rumores de que Colin pedirá a mão de D. Esse homem vil, traiçoeiro. Depois de tudo que me prometeu no verão passado. Não posso permitir isso.' E então, no dia seguinte, sua última anotação. O dia seguinte à dança, minhas caras." A Sra. Highwood arqueou uma sobrancelha. "'Colin está convencido. O plano foi selado com um beijo. Vamos partir de manhã.'"

Ela jogou o diário na mesa, o que estremeceu os cristais.

"Aí está, Diana. Sua irmã é uma sedutora sorrateira e ardilosa. Ela roubou Lorde Payne bem debaixo do seu nariz, e está planejando isso desde o verão passado. Desde o começo. Imagine só."

"Ele nunca foi meu para que alguém o roubasse." Diana enrubesceu. "Estou certa de que não aconteceu como está *parecendo.*"

"Talvez não", disse Kate, tentando criar em sua cabeça a imagem de Minerva Highwood como uma sedutora desavergonhada – e fracassando completamente. "Mas eu acho que podemos concluir com segurança que, aonde quer que Minerva tenha ido com Lorde Payne, ela foi por sua própria vontade. Com certeza ela não foi raptada."

"Coisinha matreira." A Sra. Highwood colocou uma grande porção de creme na boca. "Quando isso aconteceu? Ela nunca mostrou interesse em homens. Eu não poderia sonhar que Minerva sabia diferenciar um beijo de um carbúnculo. E agora..."

"Nossa", Charlotte suspirou, ficando repentinamente imóvel e olhando para sua colher. "Agora. Imagine onde ela deve estar *agora.*"

Kate sufocou uma risada. Diana fechou os olhos bem apertados.

"Charlotte, por favor. Não vamos imaginar nada."

Capítulo Doze

Pela segunda vez em duas noites, Minerva foi acordada por gemidos atormentados. Dessa vez, eles não vinham de Colin. Ela acordou sobressaltada, mas o encontrou dormindo tranquilamente ao seu lado. Pela parede, contudo, ruídos horríveis chegavam às suas orelhas. Batidas violentas e gritos desesperados.

"Colin. *Colin!*" Ela chacoalhou seu braço. "Acorde. Alguém está sendo assassinado."

"Quê? Quem?" Ele se sentou rapidamente na cama, e sua cabeça bateu na viga inclinada. "Além de mim, quem mais?"

Ela pousou a mão no braço dele e inclinou a cabeça em direção à parede.

"*Escute.*"

Ele fechou os olhos. Os ruídos perturbadores, indícios de violência, continuaram. Ela ouviu uma mulher guinchar.

"Então?", ela o cutucou, cada vez mais agitada. "Você deveria se vestir! Rápido! Chame o dono daqui, pelo menos. Nós precisamos fazer *alguma coisa!*"

Ele suspirou e esfregou o rosto.

"O que você está ouvindo não é um assassinato. Ninguém está morrendo. A não ser do modo francês."

"O quê? O que você quer dizer com 'modo francês'?"

"Cópula", disse ele, deixando-se cair na cama e cobrindo os olhos com o braço. "Eles não estão brigando, seja lá quem forem. Estão se divertindo muito, na verdade." Colin ainda acrescentou, em voz baixa: "Malditos."

"É sempre assim tão ruidoso?", perguntou Minerva.

"Só quando é bom."

"Bom?" Minerva franziu o rosto e escutou. Nada daquilo parecia bom. A pobre mulher estava até clamando por Deus.

"Como você pode ser tão curiosa e instruída, e ainda assim ser tão inocente? Você compreende o coito, não é?"

"Claro que entendo. A ciência da coisa, pelo menos." Um guincho atravessou a parede. Ela apertou o braço dele. "Colin, você tem *certeza...*?"

"*Tenho*." Ele cobriu o rosto com um travesseiro e gemeu. "E aqui estou eu pensando que dormir sozinho seria a pior tortura."

As batidas ritmadas ficaram mais rápidas e ruidosas. Um urro grave, masculino, juntou-se aos guinchos da mulher. E então acabou.

"Pronto", disse Colin, ajeitando o travesseiro debaixo da cabeça. "Eles terminaram. E agora que acabou, nós podemos voltar a dormir."

Vários minutos se passaram.

"Você não está dormindo", disse ele.

"Nem você."

"Não consigo", disse Colin. "Droga. Meu corpo é vulnerável demais." Ele se virou para encará-la, e seus dedos roçaram a manga dela. "Será que o seu também é? Você ficou excitada?"

Ela não sabia que conclusão tirar do calor que se espalhava pelo corpo. Nem da forma como Colin acariciava seu braço com o polegar.

"Eu me sinto, principalmente, confusa", disse ela.

Ele riu baixo.

"Não consigo acreditar que você seja *tão* inocente." A mão dele desceu até a lateral do corpo dela. "Você compreende que há *prazer* nesse ato?"

"Eu entendi isso, sim. Mas se esse é o caso, por que, então, ele não soa mais agradável?"

"Porque o ato de amar não é civilizado. Trata-se da natureza em sua forma mais pura e básica. Primitiva e selvagem. Você tem que entender um pouco, se já..." Minerva conseguiu apenas ouvir Colin arqueando as sobrancelhas. "Espere. Não me diga que você nunca... Você, uma mulher das ciências, que sabe recitar o logaritmo que define a forma precisa da concha de um amonite. Não me diga que você não conhece o funcionamento de seu próprio corpo."

"Eu não vou lhe dizer nada." A respiração dela ficou trêmula.

"Não acredito nisso", disse ele, passando a mão pela coxa dela. "Não é possível que esta exploradora intrépida de cavernas submarinas ainda não tenha explorado sua própria gruta?"

Através do lençol, ele a tocou. *Lá.* Entre as pernas. Uma sensação luminosa pulsou em meio à escuridão. Um suspiro minúsculo escapou dela, mas Minerva rapidamente fechou os lábios.

"Você disse algo?", perguntou ele.

Ela negou com a cabeça. Seu coração martelava no peito.

"Hum. Eu acho que você sabe o que é prazer." O toque dele fazia um círculo tortuoso. "Mas só do tipo secreto, abafado. Você sempre esteve rodeada de gente, não é? Irmãs, criadas. Você já se tocou assim? Apertando a boca, enfiando a cabeça no travesseiro para ficar sempre, sempre em silêncio?"

Os dedos de Colin faziam passagens sutis, roçando os lugares íntimos dela em toques tão leves que poderiam ser tomados como acidentais, não intencionais. Mas ela sabia que eram intencionais, e seu corpo também. Seus mamilos endureceram e ela sentiu a umidade crescer no encontro das coxas. O aspecto inesperado e proibido do toque dele era quase mais excitante que o contato físico. Um homem a estava tocando, *ali. Colin* a estava tocando, ali. Aquilo não podia estar acontecendo. Ela não podia estar *permitindo* que acontecesse. Mas estava acontecendo, e ela permitia, e – céus, como era maravilhoso. Através das camadas de camisola e lençol ele passou uma única ponta de dedo pelo lado interno da coxa dela, e Minerva prendeu a respiração.

"Colin..."

"Não, não. Se eu estiver errado, não me diga. Estou gostando demais dessa ideia. A pequena cientista conduzindo suas experiências silenciosas por debaixo da camisola. Ou talvez no banho. Dedos curiosos vagando, explorando. Perseguindo o prazer enquanto este vai crescendo... e crescendo." A voz dele estava sombria, indecente. "Até o clímax estremecer você toda, em um silêncio perfeito e devastador."

Ele cobriu seu monte de vênus com a mão e ela gemeu baixo.

"Por Deus, Min. A imaginação erótica de um homem pode ser realmente poderosa. Mas acho que essa é a imagem mais excitante que já criei na minha cabeça."

"Mas... você está errado. Quase totalmente."

Ele parou.

"Quase?"

Céus, o que deu nela para acrescentar aquela palavra? Toda essa conversa era constrangedora demais para ser real. Ela havia conduzido suas próprias explorações? Sim. Aqueles momentos furtivos foram pelo menos uma sombra da excitação que ela sentia nesse momento, com ele?

Deus, não. Ela nunca se sentiu assim. Ficava evidente, então, que ela era ao mesmo tempo uma garota levada e má cientista. Um fracasso completo.

"Acho que precisamos de mais uma aula, Min."

As palavras dele fizeram um arrepio percorrer seu corpo.

"Você acha?"

"Acho." Colin levou a mão até o ventre dela. "É, você precisa compreender isso. A selvageria do ato. Como pode ser bom quando é bruto, enérgico e barulhento." Ele virou a mão, passando as costas dos dedos logo abaixo da curva do seio. "Você precisa saber o que merece receber de um homem. Ou vai acabar em um desses casamentos sem paixão. Presa a um geólogo velho e empoeirado, cujas ideias podem inspirar sua admiração, mas cujo toque nunca, jamais, fará você se contorcer, gemer e gritar."

O toque dele foi parando até estacionar no esterno dela.

"Você confia em mim?", perguntou ele.

"Confio o quê?"

"Seu corpo. Seu prazer."

Ele falou aquilo sem rodeios. E ela não sabia como responder. Ela já havia lhe confiado sua segurança e suas posses. Ela poderia também lhe confiar sua virtude. Mas Minerva sabia que nunca poderia confiar seu coração a Colin. E esse órgão não era parte integral de seu corpo? Mas ela queria, *precisava* muito do toque dele. Seus lábios e língua se atrapalharam com o desejo. Ela não conseguiu se obrigar a dizer não.

"Feche os olhos", disse ele. "Feche os olhos e pense nele."

Ela fechou os olhos.

"Pensar em quem?"

"Nele, seja quem for. Sir Alisdair Kent. Ou no príncipe dos contos de fada. Você tem que sonhar com alguém. Todas as moças sonham."

Minerva imaginava que sim. Todas as garotas tinham um pretendente dos sonhos, e Minerva não era diferente. Mas a maioria delas nunca teria essa oportunidade real de se deitar ao lado dele. E aquilo estava acontecendo com ela. Porque – embora ela tentasse não se permitir sonhos extravagantes – quando ela cedia e se imaginava em segurança e adorada nos braços de um homem lindo, charmoso e inatingível... Esse homem se parecia muito com Colin. Ela odiava admitir isso, até para si mesma. E a ideia de que *ele* pudesse suspeitar disso era humilhante demais. Ela sentiu o colchão afundar. E então, o peso dele *sobre* ela. O calor e os músculos de um homem inteiro cobrindo seu corpo, com apenas um lençol fino a separá-los. Ela ficou tensa. Em todos os lugares.

"Calma", murmurou ele, com a voz suave, mas insistentemente afastando as pernas dela para que pudessem acomodar a largura de seus quadris. "Está tudo bem. Não vou machucar você. Não vou afastar o lençol. Você está segura debaixo dele. Apenas mantenha os olhos fechados e os lábios abertos. E aprenda como deve ser a sensação disto."

Aprenda como deve ser a sensação. Isto não deveria ser meigo e romântico? Fazer amor não deveria ser como o amor? Mas aquilo não era amor. Era diversão, uma aula. Apenas outro fingimento elaborado. A reação de seu corpo, contudo, foi real. Seus membros se agitaram debaixo dos dele. Ela respirava com tanta dificuldade que ficou atordoada. Colin envolveu seu seio através do lençol, e fez círculos ao redor dele com os dedos antes de começar a descrever uma espiral para dentro, na direção do bico que ficava cada vez mais duro.

"Um bom amante", murmurou ele, enquanto plantava beijos quentes logo abaixo da orelha dela, "vai dedicar tempo a você. Ele sempre colocará o seu prazer antes do dele. Esse amante deixará você à vontade para experimentar, para tocar. À vontade para pedir qualquer coisa que o seu corpo desejar."

O toque de Colin roçou o mamilo dela. De leve, como se fosse uma pena. A sensação foi assustadora, única.

"Você gostou disso?", perguntou ele. "Quer mais?"

Quero. Quero e quero, por favor.

"Então você precisa me dizer. Não com palavras, se não quiser falar. Quando estiver imersa no ato do amor, as palavras podem – e devem – lhe faltar. Mas um homem atua melhor se for encorajado. Então, se você quer mais, precisa me dizer. Com uma exclamação, um suspiro ou um pequeno gemido de prazer. Vamos tentar de novo, está bem?"

Mais uma vez, ele provocou seu mamilo teso e dolorido com a ponta do dedo. E logo parou, quase antes que ela conseguisse registrar a sensação. E então, nada. Ela mordeu o lábio. Minerva sabia que ele aguardava uma reação. Homem horroroso, provocador. Ele a levava até a beira do prazer intenso, arrebatador, para então a abandonar ali. A menos que ela implorasse por mais. Minerva permaneceu parada e silenciosa pelo que pareceu uma vida, lutando consigo mesma. Dividida entre o desejo de receber mais um pouco e o medo de se entregar demais. A necessidade crua e a curiosidade ganharam a disputa. Ela entreabriu os lábios e soltou a respiração na forma de um suspiro lento, quase musical. Ele respondeu com um murmúrio profundo, ressonante.

"Isso, assim mesmo. Suspire novamente para mim."

Ele apertou seu polegar no mamilo e o rodeou, provocando o bico intumescido. Ela suspirou de novo, com mais sentimento dessa vez, e ele a recompensou com um leve aperto. Ela arqueou as costas com o toque, e rolou a cabeça para o lado.

"Você gosta?" Ele torceu o mamilo. "Responda."

Um gemido baixo escapou da garganta dela. Ele tinha razão. Dar voz ao prazer o tornava mais gostoso, agudo. Real.

"Isso. Isso mesmo. É assim que se enlouquece um homem, querida." A mão dele apertou e moldou seu seio enquanto ele distribuía beijos ao longo de seu pescoço, sugando e lambendo a pele dela. "Depois que eu a fiz suspirar, só consigo pensar em fazer você gemer. Depois uivar. E então gritar em um êxtase abandonado."

Ele se mexeu sobre ela, redistribuindo seu peso. Ele era todo duro, e pressionava a carne macia de Minerva. Os músculos do peito de Colin achatavam os seios dela. Seus joelhos mantinham afastadas as coxas dela. E então aquele órgão duro, pulsante, que ela havia observado e admirado tão desavergonhadamente na noite anterior... Colin o pressionou contra seu sexo. O prazer ferveu dentro dela. Intenso. Consumindo-a. Diferente de tudo que ela conhecia. Ela gemeu, profunda e lascivamente. Porque ela queria mais. Mais daquela dureza, daquele calor. Mais daquela fricção sedutora que a pressionava por cima do tecido frio e macio.

Ele lhe deu o que ela desejava. Colin estabeleceu um ritmo lento e contínuo, indo e vindo sobre ela enquanto beijava seu pescoço e aninhava o rosto entre os seios cobertos.

"Sim?", ele perguntou, sugando o lóbulo de sua orelha.

"Sim!"

"Mais?"

"*Mais!*"

"Agora me diga com suas mãos. Segure-se em mim. Mexa-se comigo."

Minerva agarrou Colin, desavergonhada, deslizando suas mãos pelos ombros dele. A excitação dela cresceu quando sentiu os músculos dele sendo flexionados, retesados sob suas palmas. Ele estava se esforçando tanto, por ela. Tudo por ela. Minerva adorou sentir a força do corpo dele enquanto Colin se mexia sobre ela, se esfregava nela. De novo e de novo e de novo. Não demorou para que ele a fizesse gemer a cada nova e deliciosa estocada. Quanto mais alto ela o chamava, mais retumbante era a resposta dele. O colchão se juntou à sinfonia erótica, rangendo em sincronia com os golpes fortes e ritmados dele. Colin acelerou o movimento, e os pés da cama entraram no concerto, fazendo percussão contra a parede.

"Isso, Min. É assim que deve ser." O desejo primitivo mudou a voz dele. "Nunca se conforme com menos. Seja audaciosa. Selvagem, barulhenta e linda. Deus, você é tão linda."

Estava escuro e ela sabia que Colin mal a enxergava. Mas não importava. Ela se sentiu linda sob o toque dele, sua pele febril estava quente e linda. Juntos eles criavam aquele prazer esplêndido e maravilhoso. Ela buscou mais sensações erguendo o quadril e investindo nas estocadas dele, que vinham mais rápidas e fortes. Então algo mudou. De repente, o prazer é que a buscava. Caçando-a com uma intensidade cruel. Ela não podia se esconder dele, nem fugir. Minerva arregalou os olhos na escuridão difusa.

"Colin."

"Isso." Ele a fustigava sem piedade. "Isso, diga meu nome. Mais alto."

"Colin, eu..." A voz dela foi interrompida por um gemido temeroso. "Eu não..."

"Não lute. Está tudo como deve ser. Está perfeito." Continuando a cavalgá-la, Colin deitou a testa no ombro dela. *Você é perfeita.*

Então ele veio, o prazer. Rodopiando, provocando. Saindo de dentro dela. Arrastando-a para um lugar estranho e obscuro. Minerva o agarrou mais forte, apertando as unhas na carne de seu ombro. *Não me abandone.*

Ele beijou suas faces, seus lábios.

"Goze para mim, querida. Goze para si mesma."

Afinal, ela se entregou. Minerva se ouviu gritar quando o êxtase finalmente chegou para ela e a ergueu. Reduzindo-a a fragmentos. Deixando-a prostrada. Lutando para conseguir respirar e mudada por dentro.

E ele continuou se movendo, mexendo seu quadril em um ritmo frenético, aflitivo. Ele segurou o rosto dela com as duas mãos, depois enfiou os dedos em seu cabelo. Aquele puxão delicioso em milhares de terminações nervosas fez o prazer correr novamente pelo corpo dela. Ele a segurou, imóvel e apertada, enquanto esfregava nela sua dureza.

"Desculpe", ele gemeu. "Está bom demais. Não posso parar."

Com um uivo selvagem, ele estremeceu nos braços dela. Então Colin soltou o peso sobre ela, ofegando na curva de seu pescoço.

Minerva afrouxou os dedos que agarravam os ombros dele. Suas mãos tremiam. Ela não sabia como tocá-lo. Uma gota de suor escorreu por sua clavícula. Ela não sabia se era dele ou dela. O que tudo aquilo significou? Não foi cópula de verdade, muito menos fazer amor. Mas foi real, de certa forma. Ela não sabia o que pensar dele. E como olhar para ele, conversar com ele de manhã. E o que pensar de si mesma, depois de ter gemido e suspirado o nome dele? Ela estaria arruinada? Ela era uma devassa?

Colin rolou para o lado, uma mão ainda enrolada no cabelo dela. Seu peito subiu e desceu com um suspiro profundo.

"Santo Deus, mulher."

Mulher. Ela era uma mulher.

"Você está sempre me surpreendendo. Eu comecei como seu professor, ensinando a lição para você. E depois, de algum modo... minutos depois, eu gozo como um adolescente." Ele soltou uma risada áspera e íntima. E no que pareceram segundos depois disso, ele estava dormindo.

Capítulo Treze

"Jesus." Franzindo os olhos para a manhã clara demais, Colin passou a mão pelo cabelo. "Não posso acreditar que isso aconteceu. Eu nunca faço isso. Nunca."

Minerva rolou na cama, sonolenta e esfregando os olhos.

"O que foi?"

"Vista-se, e depressa. Nós dormimos demais."

Assim começou o ritual maluco de se lavar, vestir e empacotar todas as coisas. A pressa era conveniente, de certa forma. Ela adiava qualquer discussão sobre a noite anterior. Mas não apagava, contudo, as lembranças dele. Cada som dela, cada movimento de Minerva o havia excitado. O modo como ela conduzia a escova por aquele emaranhado – belo emaranhado – de cachos escuros. A forma como os seios dela pulavam enquanto ela saltava em um pé só, na luta para calçar a botinha no outro pé. Quando ela esticou o braço e agarrou seu ombro para se equilibrar, Colin pensou que iria se perder novamente. Ele não havia exagerado na noite passada. Ela o deixou excitado como um garoto, e isso era duas vezes mais idiota.

Droga, homem. O que você estava pensando? Você tem regras para isso. Sim, ele concordou. Mas Colin não tinha violado suas regras. Ele simplesmente as havia torcido. *Ele torceu as regras. Golpeou-as. Comeu-as. Fez com que gemessem e soluçassem.* Ele se chacoalhou. Maldição. E ele tinha pela frente outro dia longo e empoeirado de cavalgada. Excelente! Pelo menos assim ele não precisaria agendar um tempo adicional para culpa e arrependimento.

Com sorte os cavalariços já teriam escolhido e preparado um cavalo com sua sela. Viajar com cavalo de aluguel, que precisava ser trocado a cada vinte milhas, não era o ideal. E aquilo também não estava fazendo bem ao seu traseiro. Mas para acompanhar o ritmo de uma carruagem, Colin não tinha alternativa.

Ela abriu as cortinas e olhou pela janela.

"Oh, estou vendo os Fontley. Eles já estão subindo na carruagem. Mas creio que não irão partir sem nós."

"Claro que não." Ele se aproximou dela na janela. Os Fontley pareciam, de fato, prontos para partir. "Eles não podem fazer isso com você. Hoje é o *seu* aniversário."

"Não comece." Ela lhe dirigiu um olhar de repreensão através dos óculos tortos. Então, de repente, uma onda de embaraço esquentou seu rosto, como se ela sentisse um tipo de lampejo da noite anterior. Ela enrubesceu, engoliu em seco e olhou para o outro lado.

Colin sentiu uma necessidade súbita e inexplicável de beijá-la. Mas isso seria, certamente, uma péssima ideia e, de qualquer modo, não havia tempo. Eles correram escada abaixo, batendo os sapatos nos degraus e lutando com os baús.

"Estamos aqui", chamou Colin, correndo à frente de Minerva. "Estamos chegando! Tallyho!"

Um dos criados dos Fontley estava empoleirado na parte de trás da carruagem. Colin ergueu o baú menor, para que o homem o guardasse. Depois, entregou-lhe o segundo.

"Não esqueça deste", avisou Minerva, que arrastava o terceiro baú. Esse era o que guardava Francine.

Quando Colin se virou para ajudá-la, ele ouviu o estalo do chicote do condutor. Antes que ele pudesse entender o que estava acontecendo, a carruagem entrou em movimento. Os Fontley estavam partindo. Sem eles.

"Esperem!", gritou Minerva. "Voltem!"

A cabeça da Sra. Fontley apareceu na janela.

"E sujeitar meus filhos a figuras tão condenáveis? Jamais!" A carruagem continuou a se afastar, mas eles ainda conseguiram ouvir a Sra. Fontley gritar: "Vocês não são boas pessoas!"

Minerva se virou para Colin, aturdida e ofegante.

"O que ela quer dizer? Com certeza não foi pelo fato de você socar aquele homem, noite passada."

"Não pode ser. Não imagino o que possamos ter feito para que eles mudassem de opinião, a não ser..." Ele sentiu o estômago virar.

"A não ser o quê?"

"A não ser que eles tenham nos ouvido. Noite passada."

Minerva empalideceu.

"Oh, Deus do céu." Ela mordeu o lábio inferior. "Mas como eles poderiam ter...?"

"Eles não poderiam."

"Não, não poderiam, a não ser que fossem nossos vizinhos de parede. A não ser que..." O olhar dela, arregalado e horrorizado, encontrou o dele. "A não ser que *eles* fossem as pessoas que *nós* ouvimos."

Colin soltou lentamente um suspiro. Ele virou a cabeça para a estrada e observou a carruagem que se distanciava.

"Ora. Que maravilha. Muito bem, Sr. Fontley."

Minerva não compartilhou da alegria dele.

"Oh, Deus." Ela sentou no baú que restava e apoiou a cabeça nas mãos. "Eles devem achar que nós somos uns vigaristas. Eles sabem que cada palavra que dissemos era falsa. Ceilão, leprosos, a idiota picada de besouro. Eles sabem que somos mentirosos."

Ele baixou a cabeça e coçou a nuca.

"Vamos *esperar* que foi isso que eles concluíram."

Minerva olhou para ele.

"O que mais eles poderiam pensar? Que não estávamos mentindo? Que nós realmente somos irmão e..." Colin viu a expressão de repulsa tomar conta do rosto dela. "Não. *Não.*"

"Não se preocupe", disse ele rapidamente. "Tenho certeza de que eles concluíram que somos mentirosos."

"Argh!" Ela estremeceu violentamente. "Acho que estou ficando enjoada."

"Não há necessidade disso, querida. *Nós* sabemos a verdade."

"Sabemos?"

Ele sentiu o sarcasmo no comentário. Nenhum dos dois sabia o que um significava para o outro, depois da noite passada.

Mas essa conversa teria que esperar. Foi então que Colin reparou que todas as pessoas do local estavam olhando para eles. A expressão nos olhos delas não era amistosa. Quando ele se virou para a estalagem, a porta foi fechada com violência. Ele ouviu o ferrolho sendo passado. Aparentemente, alugar um cavalo descansado seria impossível. E ele imaginava que nenhum dos moradores locais iria lhes oferecer uma carona.

"Eu devia ter imaginado que era má ideia", choramingou ela. "Eu devia saber que pagaria por isso, de algum modo. Sempre que você me toca, eu termino sendo humilhada."

Ele pigarreou e se aproximou de Minerva.

"É melhor nós irmos embora daqui o mais cedo possível. Seja qual for a conclusão que os Fontley tiraram a nosso respeito, parece que eles a compartilharam com a vila toda."

"Mas para onde nós iremos? E *como* iremos?" Ela gesticulou na direção em que a carruagem havia desaparecido. O desespero enfraqueceu sua voz. "Eles levaram todas as minhas roupas, todas as minhas coisas."

Ele agachou diante dela.

"Você ainda tem sua bolsa?"

Ela aquiesceu.

"E você ainda está com a Francine. Está sentada nela."

Minerva aquiesceu novamente.

"Minhas descobertas científicas também estão aqui."

"Isso é o mais importante. Todo o resto pode ser substituído. Vamos andando pela estrada até a próxima cidade, e de lá começaremos novamente. Tudo bem?"

Ela fungou.

"Tudo bem."

Ele ajudou Minerva a levantar, depois olhou para o baú, refletindo sobre a melhor forma de carregar aquela coisa. Sobre o ombro?

Ela pegou uma alça com a mão enluvada e a ergueu.

"Eu pego este lado e você o outro. Vai ser mais rápido assim."

O sentimento de cavalheirismo dele não quis aceitar, mas ela tinha razão. A melhor forma de carregar o baú seria dividindo o peso entre os dois.

"Muito bem, então", disse ele enquanto caminhavam pela estrada que saía da cidade carregando a pegada de um lagarto gigante. "Vamos sorrir. Logo vamos retomar nossa jornada."

Horas se passaram... A próxima cidade não poderia estar longe, raciocinou Minerva. No máximo alguns quilômetros. Mas Francine dificultava o progresso deles. Eles tinham que parar para descansar, trocar de lado, redistribuir o peso. E embora Minerva ficasse dizendo para si mesma que uma vila e uma igreja apareceriam, com certeza, depois da próxima colina, ou da próxima curva na estrada, eles caminharam durante horas. E nada...

Coches e carruagens passavam por eles regularmente. Mas ou estavam cheios ou seus condutores foram avisados, na cidade de onde saíram, para evitar uma dupla de vigaristas que caminhava para o norte. Mas mesmo que uma das carruagens parasse, não ajudaria em nada. Colin não podia viajar em uma carruagem fechada. Eles teriam que caminhar quilômetros, na esperança de encontrar alguma vila em que ela conseguisse achar espaço em uma carruagem e ele pudesse alugar um cavalo descansado. Só Deus sabe onde eles encontrariam isso! O sol estava a pino, e ela começou a sentir tontura. Eles nem mesmo haviam tomado o café da manhã. Cansaço e fome disputavam espaço dentro dela, sussurrando um para o outro em vozes irritadiças. A sede secou sua língua.

Ela parou abruptamente na margem da estrada.

"É isso. Não dou nem mais um passo."

Colin pôs seu lado do baú no chão.

"Muito bem. Vamos descansar."

"Não. Eu não quero descansar. Quero uma carruagem. Talvez uma pare para mim, se eu estiver sozinha. Vou ficar aqui. Você pode continuar caminhando."

Ele balançou a cabeça.

"Fora de questão. Eu sei que você não tem uma opinião muito boa a respeito do meu caráter. Mas se você acha que eu abandonaria uma dama desprotegida na estrada, está louca. Você sabe o tipo de bandido que vaga por essas rotas de carruagem?"

"Sim, eu acredito que sei." Ela o encarou sugestivamente.

"Ah, então agora eu sou um bandido."

"Você nos colocou nesta situação."

Ele deu um passo para trás.

"Você acha que tudo isto é culpa minha?"

"É claro que é culpa sua! Eu não pedi para você contar aos Fontley todas aquelas mentiras. Eu não pedi para fazer parte do seu comportamento incorrigível. Eu não pedi para você me dar nenhuma... aula."

"Ah, é claro que não. Você simplesmente apareceu na minha porta, no meio da noite, e implorou para que eu a levasse para a Escócia." Ele apontou para o próprio peito com seu polegar. "*Você* me beijou do lado de fora do Touro e Flor. *Você* me arrastou para uma maldita caverna. Eu não pedi nada disso."

"Você está arruinando esta viagem", ela praticamente gritou. "Você arruína tudo."

"Bem, desculpe-me, mas acredito que você se ofereceu para ser arruinada!"

Minerva fechou as mãos, formando punhos. Ela procurou se acalmar.

"Nós fizemos um acordo simples. Você me leva para Edimburgo e eu lhe dou quinhentos guinéus. Não me lembro de nenhuma negociação a respeito de mentir, cantar ou... ou gemer."

"Não, eu acrescentei tudo isso no "contrato' de graça. De nada." Furioso, Colin andava em círculo, lentamente, e agitava os braços. "Vamos descansar alguns minutos e depois continuaremos andando. A próxima vila não pode estar longe, agora."

"Eu não vou sair deste local."

Ele parou atrás dela. Suas mãos a agarraram pelos ombros.

"Você vai sim", resmungou ele, "nem que eu tenha que usar a força."

"Você não ousaria."

"Ah, mas eu ousaria, sim." Colin massageou os músculos dos ombros e do pescoço de Minerva – não carinhosamente, mas do modo como um treinador faz para preparar um boxeador para uma luta. A sensação foi enlouquecedora, maravilhosa.

Agachando, ele a virou para que encarasse a estrada que precisavam percorrer.

"Sim", ele sussurrou junto ao ouvido dela. "Vou empurrar, puxar, chacoalhar você o quanto eu achar necessário. Porque você tem uma personalidade brilhante por trás dessa aparência sem graça. Porque você sabe cantar, mas não o faz. Porque você tem uma paixão fogosa dentro de si, e ela precisa ser libertada. Porque você *consegue* continuar andando. Você só precisa de alguém para lhe empurrar até o próximo ponto."

Devia ser o efeito da fome e do cansaço, não da voz áspera e íntima dele. Mas ela estremeceu – só um pouco.

"Essas são palavras bem irônicas", disse ela, virando o rosto para encará-lo. "Vindas de um homem que não consegue nem mesmo andar de carruagem."

As mãos dele ficaram tensas.

"Ei, vocês!"

Na estrada, ao lado deles, uma carruagem parou. Uma jovem que usava uma boina toda enfeitada os chamou pela janela.

"Meu Deus, que desventura aconteceu com vocês? Precisam de socorro? Posso lhes oferecer ajuda?" Ela abriu a porta. "Como podem ver, somos só eu, minha irmã e nossa acompanhante. Temos bastante espaço."

Minerva levantou do baú e olhou para Colin.

"Então? Será que eu vou precisar empurrar *você*?"

"Não", disse ele, sombrio. "Eu vou. Só até a próxima cidade."

Minerva avaliou a jovem na carruagem. Ela parecia ter a mesma idade de Diana, e a boina e a carruagem indicavam que era uma moça de certa fortuna. A julgar pelo fato de que tinha parado para oferecer carona a estranhos, ela devia ser muito gentil ou idiota. Provavelmente, ela era aquele tipo de garota privilegiada, alegre, que não podia imaginar que algo de ruim pudesse acontecer com ela – porque nada de ruim nunca havia lhe acontecido.

"Você é muito gentil por parar", disse Minerva, fazendo uma reverência. "Eu sou a Srta. Sand e este é... meu irmão. Receio que tenhamos passado por um infortúnio esta manhã. Se você puder nos levar até a próxima cidade, ficaremos muito gratos."

"Então nós continuamos irmão e irmã?", murmurou ele enquanto erguia o baú.

"Sim", ela sussurrou de volta. "Mas não complique. Nada de missionários. Ou de cobras. E, o mais importante, nada de... *você sabe*."

Ele a examinou de alto a baixo com olhos duros.

"Pode acreditar, você não precisa se preocupar quanto a isso."

Minerva absorveu o golpe cruel em seu orgulho.

"Coloque seu baú aqui, no compartimento", orientou a jovem. "Receio que não haja mais espaço em cima. A Cordélia faz questão de levar meia dúzia de caixas de chapéu em cada viagem."

Depois que Minerva subiu na carruagem e se acomodou no assento com as costas para o condutor, Colin colocou o baú para dentro e o empurrou para o fundo o máximo possível. Finalmente, ele inspirou, como se estivesse se preparando para mergulhar no mar, e entrou, acomodando seu volumoso corpo ao lado dela. Suas pernas quase precisaram ser dobradas duas vezes.

"Pode ir, John!", a jovem gritou para o cocheiro.

Quando a carruagem entrou em movimento, Minerva percebeu os músculos de Colin ficarem rígidos como ferro. Ela sentiu aquela conhecida pontada de compaixão por ele – mas, na verdade, Colin não tinha ninguém para culpar pela situação a não ser ele mesmo. E a viagem seria curta. Ele sobreviveria.

"Eu sou a Srta. Emmeline Gateshead." A jovem de boina estendeu a mão e Minerva a apertou. "Esta é minha irmã, Srta. Cordélia Gateshead, e nossa acompanhante, a Sra. Pickerill."

Minerva cumprimentou, de maneira educada, as três mulheres. Mas ela podia ter poupado o fôlego. A atenção das três jovens ficou instantaneamente fixa em Colin. Nenhuma surpresa nisso. Aquele homem absorvia a atenção das mulheres da mesma forma com que uma esponja suga água.

"E o que leva vocês dois para o norte?", perguntou a Srta. Gateshead. "Eu não guardei seus nomes."

"Oh." Minerva entrou em pânico. "Bem, nós..."

"Não conte! Nós vamos adivinhar", disse Cordélia, sorrindo. "Vai ajudar a passar o tempo." Ela voltou seu sorriso na direção de Colin. "Você é um oficial voltando da guerra?"

"Não, senhorita. Não sou herói."

Minerva teria dito o mesmo alguns instantes atrás. Mas agora ela não tinha tanta certeza. Desde o momento em que eles entraram na carruagem, ela percebeu a tensão no corpo de Colin. Agora seus óculos começavam a embaçar devido à respiração curta dele. Mas ninguém mais na carruagem suspeitava da dificuldade pela qual ele passava. Ele estava aguentando sua tortura em silêncio, como um homem. Talvez até heroicamente.

"Que pena, você ficaria tão bonito de uniforme." O comentário de Emmeline provocou um pigarro de repreensão de sua acompanhante. "Vocês vêm de Londres?"

"Passamos por lá", respondeu Minerva. "Mas nossa casa é mais para o sul. No litoral."

Cordélia ficou sem ar.

"Já sei. Ele é um pirata!" A irmã mais nova desandou a rir.

Emmeline virou a cabeça e observou Colin de soslaio. Uma entonação levemente sedutora se insinuou em sua voz.

"Bem, eu poderia acreditar nisso. Ele tem um ar meio malandro."

Srta. Gateshead, você não faz ideia.

"Talvez ele seja um espião." Foi a vez da Sra. Pickerill.

Minerva estava quase explodindo de aborrecimento. Ela não podia aguentar mais as bobagens daquelas mulheres, e o sofrimento silencioso de Colin a preocupava de verdade. Parecia que ele tinha parado de respirar totalmente.

"Por que você não conta a verdade para elas, irmão?" Talvez falar pudesse ajudá-lo. Ele adorava inventar histórias extravagantes. E se ele fosse falar, simplesmente *teria* que começar a respirar.

Ele pigarreou.

"Ah, eu não sei o que dizer."

A Sra. Pickerill olhou para ele com desconfiança.

"É uma pergunta bastante simples, não é? Nomes, destino."

"Sim, é claro." Minerva se apressou em concordar, ao mesmo tempo em que passava seu braço pelo de Colin. "Mas a questão não é quem somos", ela improvisou. "É quem nós *podemos* ser que complica tudo."

"E quem vocês podem ser?" A Srta. Cordélia Gateshead se inclinou para a frente em seu assento.

"Conte para elas, irmão", pediu Minerva. "É tudo tão divertido. E acho que o que nós precisamos agora é de um pouco de diversão."

Ela apertou discretamente o braço dele. *Estou aqui. Você não está sozinho.*

Ele aquiesceu.

"Bem, vocês sabem... A verdade é que..." Ele pôs a mão sobre a de Minerva. "Talvez nós sejamos da realeza."

Todas as mulheres na carruagem ficaram de boca aberta, incluindo Minerva. Bem, foi ela quem pediu. Pelo menos, dessa vez não havia cobras nem leprosos.

"Realeza?", a Srta. Gateshead se empertigou. "Que surpreendente."

"Nós também ficamos surpresos quando os advogados nos encontraram." Colin começava a parecer ele mesmo novamente. Aquele homem incorrigível e malicioso. "Há pouco tempo, ficamos sabendo que nosso pai, possivelmente, descendia do Príncipe Ampersand, monarca da Crustácea."

"Crustácea?", repetiu Cordélia. "Eu nunca tinha ouvido falar desse lugar."

"Nem nós!", exclamou ele. "Nós tivemos que procurar um atlas na biblioteca do nosso pai e tirar o pó dele quando recebemos a carta, mês passado. É um principado muito pequeno, aparentemente. No alto das montanhas, na fronteira entre a Espanha e a Itália. Toda a economia se baseia na exportação de calêndula e queijo de cabra."

Minerva engoliu uma risada. Qualquer imbecil com um atlas saberia que a Espanha não fazia fronteira com a Itália. E *boa* sorte no cultivo de calêndula no alto das montanhas.

"O que dizia a carta?", perguntou Cordélia.

"Sabe, alguns meses atrás, uma tragédia atingiu esse pequeno paraíso alpino. Toda a família real crustaceana foi aniquilada por uma doença genética virulenta de febre violeta."

"Nunca ouvi falar de febre violeta."

"Nós também não", disse Colin. "Nós tivemos que vasculhar os livros de medicina do nosso pai, não foi, M?" Ele tocou na mão dela. "É uma doença muito rara, e quase sempre fatal." Ele estalou a língua. "Uma verdadeira tragédia. Matou o príncipe, a rainha e todas as crianças reais... A menos que eles estivessem dispostos a passar o trono para o sujeito vil, nojento e cheio de verrugas, chamado..." Ele olhou para Minerva. "Sir Alisdair, não é?"

Ela bufou, e Colin continuou:

"Eles tinham que encontrar alguém da linha de sucessão real. Procuraram em todo o mundo e acabaram nos encontrando. Então, estamos indo para o lar ancestral da nossa família, como vê, para recuperar nossos registros de nascimento, a Bíblia da família e tudo mais. Você pode estar olhando para os futuros príncipe e princesa de Crustácea.

"Parece um conto de fadas", suspirou Emmeline.

Sim, Minerva pensou. Igual a um conto de fadas. Somente asneiras, do início ao fim.

"Ah, não é um conto de fadas", disse Colin. "Não inveje nossa repentina elevação. Caso realmente sejamos da realeza, nossa vida não mais nos pertencerá. Teremos deveres, não é? Teremos que deixar para trás a Inglaterra, nosso lar e nossos amados amigos. E também temos que abandonar a esperança do amor." A expressão dele ficou sombria. "Um príncipe nunca pode esperar encontrar o amor."

As duas irmãs levaram a mão ao coração ao mesmo tempo.

"Não pode?", perguntou Cordélia.

"Não, o príncipe não pode." Com um ar sincera reflexão, ele se inclinou para a frente. "Veja, se eu permanecer pobre, sendo o simples Sr. Colin Sand, de Sussex, eu posso me encantar por uma garota bonita que conheço enquanto viajo. Posso pedir permissão para cortejá-la. Levar algum tempo a conhecendo melhor. Compartilhar com ela meus sonhos, paixões e segredos, e aprender os dela. Posso levar doces e flores." Ele olhou, sonhador, pela janela da carruagem. "Assim como outros homens, eu desfrutei da minha juventude, fiz minhas loucuras. Mas, lá no fundo, eu sempre quis encontrar o verdadeiro amor. Algum dia."

Bom Deus! Ele inventava aquelas histórias de modo tão convincente que até Minerva tinha que se lembrar de que era tudo invenção. Um dia ela fez a besteira de acreditar naquelas mentiras. *Foi simplesmente você, Minerva. Sempre foi você.* Ela ainda podia ouvir a risada de deboche ecoando nas paredes da torre. Dessa vez, pelo menos, seria ela quem poderia rir. As jovens senhoritas Gateshead estavam absolutamente convencidas. Aquele charme era um talento, Minerva tinha que concordar. Vinte minutos na mesma carruagem e as duas jovens e educadas damas estavam completamente enamoradas por aquele príncipe que poderia recusar todas as riquezas do mundo apenas para ter a chance de encontrar o amor verdadeiro. O coração, a alma, os sorrisos e a virtude delas poderiam ser dele com um único olhar fulminante. Elas provavelmente se revezariam para ficar com o "herdeiro da Crustácea". Minerva percebeu, que Colin nunca havia liberado todo o seu potencial de sedutor em Spindle Cove, pelo menos não com Diana. Uma estranha onda de gratidão a tomou de repente.

"Se eu for um príncipe", disse ele, sorrindo daquele modo tímido e convincente – revelando uma covinha, como se esta fosse uma vulnerabilidade secreta que só o amor de uma boa mulher poderia curar – "é claro que cumprirei meu dever. Vou fazer o meu melhor. Mas, às vezes, eu acho que poderia ser um alívio descobrir que tudo isso é um grande engano."

A carruagem parou de repente.

"Oh", exclamou Emmeline, tombando para a frente. "O que foi isso?"

Minerva olhou pela janela pela primeira vez em vários minutos. Aquele trecho da estrada passava por um bosque. Talvez houvesse alguma barreira, ou a estrada estivesse alagada.

Sem aviso, a porta da carruagem foi aberta, só uma fresta. Pela abertura, brilhou o cano de uma pistola.

"Entreguem tudo."

Capítulo Catorze

Colin quase riu. Não por diversão, mas por ironia. Era realmente, verdadeiramente absurdo que parte dele apreciasse aquela virada nos acontecimentos. Que ele preferisse encarar um bandido armado do que viajar mais um minuto naquela carruagem infernal e sufocante. Nem mesmo suas mentiras extravagantes e a companhia de quatro mulheres conseguia distraí-lo da cabine apertada e do ar abafado demais. Quando a carruagem parou, repentinamente, Colin estava a ponto de explodir. Ele queria sair. Quando viu a pistola, quase implorou: *Por favor, atire em mim. Acabe com o meu sofrimento.*

Até que a pistola foi apontada na direção de Minerva e ele conseguiu raciocinar com clareza. Colin não estava mais em pânico. Ele estava furioso. Ele pigarreou para atrair a atenção do bastardo.

"Se você precisa apontar essa coisa para alguém, aponte para mim."

O bandido fez como ele pedia e jogou uma sacola de lona pela porta aberta.

"Encham a bolsa. Moedas, joias, relógios, anéis. Ponham tudo aí dentro." Um clique terrível ecoou quando ele engatilhou a pistola. "E rápido."

As Srtas. Gateshead se encolheram com sua acompanhante. Colin pegou a sacola de lona no chão. Enquanto ele a abria, falou com as mulheres com o tom de voz mais calmo e tranquilizador.

"Isso tem que ser feito, receio. Vamos fazer o que ele pede e depois seguiremos viagem. Tudo vai ficar bem."

Maldição! Colin sabia que entregar os objetos de valor era a única opção segura e responsável. A não ser pelo canivete escondido em sua bota, ele estava desarmado e em grande desvantagem. Provavelmente o ladrão tinha comparsas que mantinham o condutor e os criados sob a mira de armas. Qualquer ato heroico que Colin tentasse terminaria, sem dúvida, com alguém morto ou ferido. Com quatro mulheres na carruagem, ele não podia arriscar. Ainda assim, detestava ter que ceder. Ele amaldiçoou seu próprio descuido. Por que não levou uma pistola nessa viagem? A resposta era simples. Porque ele não esperava que realmente fosse *embarcar naquela* viagem. Ele tentou cancelar a coisa toda quando encontrou Minerva na estrada, na primeira manhã. Ele devia ter sido mais convincente.

Com dedos trêmulos, as três mulheres retiraram broches, braceletes, anéis e presilhas de cabelo. Colin tirou as poucas moedas que carregava em seu bolso.

"E ela?" O ladrão apontou a pistola na direção de Minerva.

"Ela não tem joias", disse Colin, colocando-se entre a pistola e o corpo dela.

"E essa bolsa?"

Colin estendeu-lhe a sacola de lona.

"A sua bolsa, Min."

"Mas..." Os olhos escuros dela mostraram seu desespero. "Mas aqui tem todo meu..."

Todo dinheiro dela. Todo dinheiro *deles*. Sim, Colin sabia disso. E pela expressão nos olhos dela, ele percebeu que ela faria alguma coisa muito idiota para salvar o dinheiro, se ele não tomasse conta da situação.

"Ponha aqui", disse ele com firmeza. "Agora."

O rosto de Minerva empalideceu até ficar branco como papel enquanto ela soltava a alça da bolsa do pulso e a depositava na sacola de lona.

"Aí está." Colin empurrou a pesada sacola para o bandido. "Pegue e vá embora. Antes que eu mude de ideia e esmague sua cara infeliz e fedorenta com a minha bota."

"Calma lá." O ladrão apontou sua pistola na direção do anel de sinete de Colin. "Seu anel."

"Ele não sai." Colin demonstrou puxando o anel de ouro. "Se você fizer questão, vai ter que cortar o meu dedo."

As mulheres soltaram uma exclamação frente àquela ideia, o que chamou a atenção do bandido. Debaixo do chapéu de aba larga, olhos atentos vasculharam a cabine.

Ele apontou a pistola para Francine.

"O que há nesse baú?"

"Nada", Minerva se apressou para responder. "Nada mesmo."

Droga. *Resposta errada, querida.* O conteúdo daquele baú não tinha valor para ninguém, a não ser para Minerva. E alguns cientistas empoeirados, talvez. Mas com sua negativa apressada, ela deu a impressão de que o baú estava cheio de dobrões de ouro. Agora o ladrão não desistiria de levá-lo, mas Minerva não o entregaria.

Colin se inclinou na direção dela.

"Min, isso não vale sua vida."

"Isso é a minha vida. Sem ele, tudo o que fiz não valeu nada."

"Entregue logo isso", ordenou o bandido, segurando firmemente a pistola com uma mão e pegando a alça do baú com a outra.

"Não", exclamou Minerva, segurando a outra alça. "Por favor."

Colin sentiu o coração apertando dentro do peito. Bom Deus, a garota ia fazer com que a matassem.

"Deixe o baú", disse Colin. Ele se virou para o bandido. "Deixe o baú e você pode ficar comigo."

O ladrão torceu o canto da boca.

"Você não faz meu tipo. Mas talvez eu leve o baú *e* a garota. Gosto de mulheres decididas."

Colin usou todo seu autocontrole para não enfiar o punho na garganta do infeliz. Com ou sem pistola, ele poderia pulverizar o canalha. Ele tinha certeza disso. Mas havia outros, fora da carruagem e ele procurou se lembrar. Um número incerto de homens, quase que certamente armados. Ele não podia arriscar que atirassem nas mulheres.

Colin cerrou os dentes.

"O que essa garota vale pra você? Alguns minutos de diversão? Eu valho uma fortuna em resgate." Colin mostrou o anel de sinete e enfatizou seu sotaque aristocrático. "Milhares de libras. Deixe que as mulheres sigam, sem serem molestadas, e eu irei com vocês. Sem resistência."

Ele viu ganância e suspeita nos olhos do ladrão. O homem queria acreditar em Colin, mas não tinha certeza de que podia. E então, no assento em frente, a Srta. Cordélia Gateshead deu a Colin o melhor e mais oportuno presente que ele poderia esperar. A garota juntou as mãos e suspirou.

"Oh, sua alteza real. Vossa excelência não deve fazer isso."

Muito bem. Aquilo fechou o negócio. Enquanto saía da carruagem, Colin olhou sério para Minerva.

"Escute", ele sussurrou rápida e decididamente. "Vá até a próxima cidade. Encontre uma estalagem segura e mande chamar meu primo. E fique lá até ele chegar. Está me ouvindo?"

Os olhos dela tremularam de medo.

"Mas Colin..."

"Sem discussão, droga. Faça como estou dizendo. Eu preciso saber que você vai ficar em segurança."

Ela aquiesceu. Seu lábio inferior tremeu e ele não conseguiu resistir a cobri-lo com um beijo de despedida, ainda que pouco fraternal.

"Fique com Deus, Príncipe Ampersand", disse Emmeline Gateshead, chorando em seu lenço. "E com o povo de Crustácea."

Depois que desceu da carruagem, Colin avaliou a situação. Como suspeitava, o bandido tinha seus comparsas. Dois que ele podia ver, armados. Um homem robusto segurava as rédeas dos cavalos e apontava uma pistola para o condutor. O terceiro, jovem e magro, ficou vários metros atrás, e segurava um mosquete engatilhado contra o ombro.

O primeiro bandido empurrou Colin com a pistola.

"Ei, rapazes, vejam o que eu consegui! Um príncipe."

"Ele não parece um príncipe. Tem dentes demais."

"Seja quem for, vamos tirá-lo da estrada." O homem robusto soltou as rédeas e acenou para o condutor.

A carruagem das Gateshead chacoalhou e entrou em movimento, e Colin ficou feliz ao ver as quatro – cinco, se incluísse Francine – mulheres inocentes indo embora. Ele inspirou profundamente pela primeira vez desde que entrou naquele caixote maldito alguns quilômetros atrás. Com Minerva em segurança ele podia enfrentar o que viesse a seguir. Se ela tivesse sido ferida, Colin não aguentaria o remorso. Ainda com a pistola enfiada nas costas de Colin, o bandido o empurrou para a floresta.

"Meu primo é o Conde de Rycliff", disse Colin enquanto o grupo passava por cima de samambaias e aveleiras podadas. "Ele é o administrador da minha fortuna. Enviem-lhe uma carta selada com isto" – ele mostrou seu anel de sinete – "que ele providenciará o resgate que vocês exigirem."

Possivelmente. Ou seu primo poderia lhes responder com uma carta dizendo "Vão em frente e façam-me esse favor: enviem o malandro para o inferno." Dependeria do humor de Bram no dia. Mas isso não era importante, pois Colin não tinha intenção de continuar sob custódia daqueles vagabundos por muito tempo. Aqueles eram ladrões de estrada, não especialistas em sequestro. Eles provavelmente vacilariam e lhe dariam uma chance de escapar. Talvez antes mesmo do fim daquela manhã. Ou talvez não...

Depois de terem entrado na floresta, seu sequestrador o virou. Ele acertou Colin no rosto com a pistola. O golpe fez sua cabeça virar para o lado, e seu cérebro foi parar em algum lugar cintilante e muito doloroso. Os três homens o rodearam.

"Príncipe, é?" O bandido robusto fechou o punho. "Não espere de nós nenhum tratamento real."

Colin se endireitou. Graças aos anos de pugilismo no clube, ele sabia como absorver alguns golpes. Ele também sabia que não poderia enfrentar três homens armados apenas com os punhos. Mas ele não iria se acovardar nem implorar.

"Na verdade, não sou príncipe. Sou um visconde. Se é que isso ajuda."

Não ajudou. Mas fez com que ele merecesse outro soco, dessa vez na barriga. E assim, quando a manhã terminou, Colin ainda não havia encontrado uma oportunidade de escapar. Ao contrário, ele se viu espancado, ensanguentado e amarrado a uma castanheira. Encarando o cano de uma arma.

Capítulo Quinze

Estava um belo dia para a prática de tiro ao alvo. Ameno, ensolarado. Sem muito vento. Kate Taylor engatilhou sua pistola e olhou o alvo à distância. Lições semanais de tiro eram legado da Srta. Susanna Finch, filha de um aristocrata armeiro e madrinha de Spindle Cove. Ela acreditava que toda mulher devia saber como se defender. Susanna se casou com Lorde Rycliff no ano anterior e mudou-se para Londres com o marido. Assim, Kate assumiu a responsabilidade pela programação de atividades das mulheres.

Às segundas-feiras elas faziam caminhadas pelo campo. Os banhos de mar das terças-feiras estavam suspensos até o verão, é claro, mas às quartas-feiras elas se dedicavam à jardinagem. E às quintas... *Bangue!* Quinta-feira era o dia de prática de tiro em Summerfield, a propriedade dos Finch. Sir Lewis Finch sempre recebia muito bem as mulheres, oferecendo-lhes suas melhores armas e refrescos. Era óbvio que aquele homem idoso sentia muita falta da filha, e assim procurava se consolar recebendo as amigas dela. Kate achava ótimo estar em uma casa de família. Mesmo que não fosse a dela. Ela adorava absorver a sensação de uma história comum, retratos antigos e memória afetiva.

Charlotte Highwood puxou a manga de Kate.

"Srta. Taylor, olhe. Não é a milícia?"

Kate olhou para o meio da campina, onde a outra apontava. De fato, os membros da milícia local vestiam uniforme completo e marchavam em formação. Diretamente na direção delas, ao que parecia. Estranho...

"Eu não sabia que eles tinham treinamento hoje", disse Diana.

"Nem eu." E mesmo que tivesse, por que estariam marchando ali, na direção da casa de Sir Lewis Finch?

"É como se fosse uma simulação de batalha." Charlotte ficou entusiasmada. "Mulheres contra homens. Podemos entrar em formação também? Fixar baionetas e atacar?"

"Boba." Diana puxou o cabelo da irmã.

Conforme a fileira de homens de vermelho se aproximava, Kate reconheceu o Cabo Thorne na liderança. Não era difícil identificá-lo. Ele era vários centímetros mais alto que a maioria dos homens. Seus ombros eram quase duas vezes mais largos. E sua atitude era mil vezes mais antipática.

"Senhoras", exclamou Kate, procurando manter a voz calma. "Baixem as armas, por favor. Parece que os homens querem discutir alguma coisa."

Com um comando, Thorne fez com que seus homens parassem. Mais uma ordem ríspida, e eles formaram uma única linha, de frente para as mulheres. Ele se aproximou de Kate, que se sentiu pouco à vontade, sua postura encolhendo sob aquela sombra enorme, que bloqueava completamente o sol. Ela detestava o efeito que Thorne exercia sobre ela. Por quê? Ele não gostava de ninguém, por que Kate deveria se importar com isso? Por que ela permitia que ele a fizesse se sentir tão pequena e indefesa?

"Cabo Thorne", disse ela, acenando com a cabeça ao invés de fazer uma reverência. "A que devemos esta... interrupção?"

"Eu pretendo conduzir um inquérito. Com suas mulheres e meus homens. Eu quero saber se alguém tem motivos para acreditar que a Srta. Highwood e Lorde Payne estavam..."

"Apaixonados?", concluiu ela.

"Envolvidos, de alguma forma."

Kate deu de ombros.

"Eu acredito que o simples fato de eles terem fugido juntos serve como uma grande evidência do envolvimento dos dois, Cabo Thorne."

Ele balançou a cabeça.

"Isso não está certo. Alguma coisa não está certa..."

"A Sra. Highwood disse que..."

"Eu sei disso, Srta. Taylor. Não sou idiota."

"Eu não disse que era."

"Eu sei o que a Sra. Highwood falou", disse ele, "e decidi não levar em conta. Na ausência de Lorde Payne, eu estou no comando da milícia. E isso significa que sou o responsável pela segurança deste lugar e de cada homem, mulher e criança por aqui. Incluindo a Srta. Minerva. Se a saúde, a felicidade ou a virtude dela estiverem em perigo, é minha responsabilidade trazê-la para casa. Em segurança."

"E se ela não estiver em perigo, mas apenas querendo se casar, feliz?"

"É para descobrir isso que estou aqui."

Ele deu alguns passos para trás e falou em voz alta.

"Vou falar com cada um dos homens, e depois com cada uma das mulheres. Vou fazer a mesma pergunta a cada um de vocês. Antes que os dois desaparecessem, vocês tinham alguma razão para acreditar que Lorde Payne e a Srta. Minerva Highwood estavam..."

"Apaixonados", Kate terminou a frase para ele mais uma vez. "Você parece ter um problema com essa palavra, cabo. Ou é um problema com o conceito?"

Ele não respondeu.

"Eu não entendo esse homem", murmurou Kate para Diana. "Ou ele tem pedras na cabeça ou uma rocha no lugar do coração."

"Duvido." Diana sorriu. "Se esse fosse o caso, Minerva teria se apaixonado por *ele*, não por Lorde Payne. Ela adora rochas e pedras."

O Cabo Thorne parou diante do Sr. Fosbury, proprietário do Touro e Flor.

"Fosbury."

"Sim, senhor."

"Antes que eles desaparecessem, você teve alguma razão para acreditar que Lorde Payne e a Srta. Minerva tivessem afeição um pelo outro?"

O Sr. Fosbury riu.

"Aqueles dois? Não, senhor. Essa foi uma surpresa e tanto."

Thorne passou ao próximo, o ferreiro.

"Dawes. Mesma pergunta."

O homem deu uma olhada na direção das mulheres.

"Não, Cabo Thorne. Pelo que eu vi, diria que ele sentia atração pela Srta. Diana. E tenente ou não, acho que ele é um verdadeiro bastardo por iludir a moça. Se você for atrás dele, peço permissão para participar da perseguição."

"Bem, isso é... gentil da parte dele, acho eu", murmurou Kate para a amiga. "Ainda que desnecessário."

Diana não respondeu.

O Cabo Thorne continuou interrogando cada um de seus homens. O vigário, alguns agricultores. Após a oitava negativa convicta, Thorne deu um breve olhar convencido para Kate. Um olhar que dizia: *Eu lhe disse.* Ela simplesmente respondeu arqueando as sobrancelhas.

"Hastings", rugiu ele para o próximo homem, um pescador. "Antes de eles fugirem, você teve algum motivo para acreditar que Lorde Payne e a Srta. Minerva Highwood estivessem envolvidos?"

Hastings endireitou os ombros.

"Eu tive, senhor."

Thorne parou no mesmo instante. Ele já estava se dirigindo ao próximo miliciano, mas com a resposta de Hastings, se virou. Apenas a cabeça, não o corpo. O movimento pareceu ameaçador e pouco natural para Kate.

"O que disse, Hastings?", perguntou ele.

Hastings pareceu ficar nervoso.

"Eu... eu disse que sim, senhor. Tive um motivo para acreditar que os dois estavam envolvidos."

"O quê? Por quê? Como assim?", ele disparava as perguntas como bolas de canhões.

Kate riu, nervosa.

"Uma pergunta de cada vez, cabo. Deixe o homem responder."

Oh, e que olhar ele deu para ela. Foi uma ameaça sombria e assustadora. Bem, Kate devolveu o olhar. Ela não era um de seus soldados para estar submetida à disciplina dele. Mesmo sem fortuna ou família, ela era uma dama. Thorne não tinha nenhuma autoridade sobre ela. Kate escondeu a mão atrás do corpo, para que ele não visse que tremia.

Hastings recuperou a voz.

"Eu vi os dois juntos na enseada. Alguns dias atrás, quando saí com minhas redes pela manhã. A Srta. Minerva usava traje de banho, e Lorde Payne ficou só com a roupa de baixo."

"Foram nadar?!", exclamou Diana. "Em abril?!"

"Eu não sei o que eles fizeram depois. Só sei o que eu vi." Hastings deu de ombros. "E quando eu voltei, algumas horas depois, eles estavam indo embora."

"Eu sei que ainda não é minha vez", disse Rufus Bright, no fim da fila, "mas eu também vi os dois juntos."

"Quando?", Kate e Thorne falaram em uníssono, para espanto mútuo.

"Na outra noite, quando eu estava de guarda no castelo. Algum tempo depois..." Rufus olhou de relance para as mulheres e ajeitou seu colarinho. "Algum tempo depois da meia-noite, eu vi a Srta. Minerva saindo dos aposentos de Lorde Payne. Sozinha."

Charlotte guinchou, e então cobriu a boca com as duas mãos. Diana tentou acalmar a irmã.

"Por que você não disse algo naquela noite?" Thorne quis saber. "Você a deixou caminhar de volta para casa, sem proteção?"

"Bem, o senhor tem que admitir que não foi a primeira vez que ele recebeu uma mulher depois de escurecer."

Oh, bom Deus. Kate deu um passo à frente.

"Cabo Thorne, não acha que já basta? Você queria provas. E acredito que Hastings e Rufus lhe deram amplas evidências. Agora nós podemos encerrar essa inquisição pública, antes de desenterrarmos mais detalhes que se mostrem desnecessariamente constrangedores para a família Highwood?

O homem soltou lentamente a respiração.

"Você acredita que Colin se casará com ela."

"Eu acredito", respondeu ela.

"Bem, você está certa quanto a isso. Ele *vai* se casar com ela. Vou me certificar disso. A única questão é se ele irá fazê-lo de boa vontade ou se casará quando voltar", o cabo estalou o pescoço, "sob a mira da minha pistola."

Capítulo Dezesseis

Que Deus o proteja da incompetência.

Sentado no chão da floresta, os braços dobrados para trás e amarrados ao redor do tronco de uma castanheira, Colin sentiu uma pontada de saudade da milícia de Spindle Cove. Ela era formada por um triste grupo de voluntários, no começo, quase incapazes de marchar em sincronia, mas aquele bando de ladrões de estrada fazia com que a milícia parecesse uma unidade veterana de infantaria. Primeiro os ladrões discutiram por mais de meia hora se deviam acreditar que ele era príncipe, visconde ou impostor. Depois discutiram pelo mesmo tempo sobre o que fazer com ele. Colin, é claro, tinha muitas sugestões – e cada uma delas fez com que merecesse outro golpe no rosto. Até então aqueles criminosos mostraram habilidade apenas em uma coisa: dar nós.

Finalmente, eles decidiram ir falar com o líder, uma espécie de chefe da quadrilha de ladrões. E assim, eles amarraram Colin à castanheira e deixaram o comparsa mais novo, e que também parecia ser o mais nervoso, tomando conta dele. O jovem ficou a cerca de três metros de distância, mantendo a pistola apontada para o peito de Colin. Não era o garoto com a arma que preocupava Colin, eram as cordas que o prendiam à árvore. Ele detestava se sentir confinado, e não suportava estar preso a nada. *Fique calmo. Você vai ser solto. Mais cedo ou mais tarde.* Ele era valioso demais para ser morto. Mas enquanto ficasse amarrado ali, prisioneiro da indecisão dos ladrões, mais demoraria para a notícia de sua captura chegar a Bram. E mais tempo Minerva ficaria sozinha e sem nenhum tostão. Pensar nela sozinha, assustada e com fome em uma vila estranha... fazia com que Colin tremesse de raiva diante de sua impotência. Ele forçava seus pulsos contra as cordas que o queimavam. *Chega de paciência.* Não podia mais esperar. Ele tinha que fugir.

"Ei, você?", Colin chamou *seu* guarda, tentando aparentar tranquilidade.

"O que foi?"

"Por que eles deixaram você a cargo de um refém valioso? Você parece não ter idade nem para se barbear."

"Vou fazer dezenove anos no verão." O ladrão coçou o rosto. "Acho que Grubb e Carmichael queriam eles mesmos contar para o chefe. Provavelmente os dois estão brigando agora por causa disso, para ver quem vai contar."

"Ah." Colin inclinou a cabeça. Atrás da árvore, ele puxava as mãos das cordas que prendiam seu punho. Mas as amarras não afrouxavam. Maldição, se ele pelo menos pudesse alcançar o canivete na bota...

"Então", disse ele, "esses dois... Grubb e Carmichael... eles querem a glória para si..."

"É o que eu acho."

"E eu acho que você tem razão." Colin concordou com a cabeça. "Muito astuto. Mas sabe, você não deveria ter me dito o nome deles."

O jovem arregalou os olhos e praguejou.

"Não se preocupe", disse Colin, "tenho certeza de que Grubb e Carmichael não vão matar você."

Ele agitou a pistola na direção de Colin.

"Não... não... não diga mais esses nomes."

"Bem, eu não posso simplesmente esquecê-los, posso?"

O jovem ficou em pé.

"Você vai esquecer se eu atirar em você."

"Mas aí você vai ficar em uma situação muito pior. E quando Grubb, Carmichael *e* esse chefe voltarem e virem que você matou o refém valioso?" Colin assobiou baixo. "Você não irá durar muito tempo."

As mãos do ladrão começaram a tremer.

"Eu não concordei com isso. Era para eu ser só o vigia enquanto eles faziam o roubo."

"Não", disse Colin calmamente. "É claro que você não concordou com isso. Sequestrar um nobre? Não tem a sua cara."

"Não tem mesmo, certo? Eu só queria uns tostões para levar minha namorada à feira."

"Comprar uma lembrança para ela, deslizar sua mão por baixo de sua saia..."

"Exatamente."

Colin fez uma pausa.

"Vou lhe dizer uma coisa", disse ele depois. "Sabe estas botas que estou usando? Você pode vendê-las por um bom trocado em qualquer cidade. Se me desamarrar, pode ficar com elas. Vá embora, ganhe seu dinheiro, leve sua namorada à feira. Quando as autoridades vierem procurar Grubb e Carmichael – e, acredite em mim, eles serão enforcados – você já estará longe. E esquecido. Eu nem sei seu nome."

O jovem olhou desconfiado para ele, aproximando-se lentamente.

"Eu tenho uma ideia melhor. E se eu só pegar suas botas e deixar você aqui?"

Uma pontada de medo acertou alguma artéria vital de Colin. Sua compostura sangrou em jatos violentos. Apenas a ideia de ser deixando sozinho, amarrado a uma árvore... com a noite chegando... Ele preferiria pedir àquele homem que atirasse nele. Em vez disso, Colin fechou os olhos. *Fique calmo. Isso era o que você queria. O que você sabia que ele iria fazer.*

Ainda segurando a arma com uma mão, com a outra, o jovem começou a puxar a bota esquerda de Colin.

"Você nunca vai conseguir tirá-la dessa forma", disse Colin, forçando um tom de voz tranquilo, apesar do suor que escorria por sua nuca. "Você pode colocar a arma de lado. Não há nada que eu possa fazer, amarrado deste jeito."

Depois de mais alguns segundos fazendo força, o ladrão soltou um palavrão e fez como Colin sugeria, deixando a pistola de lado e forçando a bota com as duas mãos. Finalmente, ela deslizou produzindo um estalo. Jogando a primeira bota de lado, ele começou a tirar a outra.

"Devagar, por favor", brincou Colin. "Cuidado com as minhas juntas, eu já tenho idade."

Na verdade, Colin não ligava nem um pouco para suas juntas. Ele estava apostando tudo naquele pequeno canivete escondido em sua bota direita. Se ela escorregasse para um lugar que ele pudesse alcançar... se o bandido não o visse... e se ele pudesse, de algum modo, passar o canivete para as mãos... em questão de minutos estaria livre. Mas se qualquer uma dessas coisas desse errado, ele permaneceria amarrado ali. Sabe-se lá por quanto tempo. Talvez, até de noite. Até a escuridão tomar conta. Até que a sede e a fome ganhassem vida e se tornassem demônios, que o torturariam incessantemente. Até que aparecessem os cães selvagens. *Jesus. Por favor, Deus, não.* Seu coração martelava no peito.

Quando o jovem ergueu sua perna e puxou a bota, Colin contraiu o músculo da perna, puxando o rapaz para perto. Ele tinha que manter o canivete ao seu alcance, quando ele caísse. Se a coisa saísse voando quando a bota fosse tirada...

"Calma", disse ele entredentes. Ele podia sentir que a bota começava a sair.

Um estalo. Um ruído fraco na grama chamou sua atenção. O bandido não reparou. Ele estava muito absorto em sua luta com a bota. Mas Colin desviou o olhar para o lado e o que enxergou fez parar seu coração acelerado. Minerva! Minerva Highwood, em seu vestido azul-real de viagem, emergia lentamente da vegetação. Rastejando na direção deles, furtiva como um gato, ela pretendia pegar a pistola deixada de lado. Ela levou um dedo aos lábios, pedindo silêncio a Colin. Ele arregalou os olhos. *Não,* ele fez com a boca. *Não. Vá embora.* Ela se aproximou mais. Seu pé fez um galho estalar. Dessa vez, o ladrão percebeu. Ele ergueu a cabeça e olhou na direção de Minerva. Com um uivo assustador, Colin usou toda sua força e o chutou no rosto. Usando as pernas, Colin agarrou o homem pelo pescoço.

"Eu sei que você está pensando", disse ele, a voz tensa pelo esforço. "que ela é apenas uma inocente garota de óculos e não sabe como disparar uma arma. Mas você está errado. Ela foi treinada." Colin ergueu a voz. "Min, mostre para ele. Atire naquela bétula ali adiante."

"Eu não vou atirar numa árvore! Vou desperdiçar o tiro e não tenho mais pólvora. Então o que eu vou fazer? Sério, Colin?"

"Está vendo?" Colin disse para o homem que sufocava. "Ela sabe o que está fazendo." Ele soltou o ladrão com um último chute a meia força no rosto. "Sem movimentos bruscos."

Minerva fixou a mira e a pistola.

"Devo atirar nele?"

"Não. Há um canivete na minha bota direita. Pegue-o, por favor."

Mantendo a pistola apontada para o ladrão, ela foi se deslocando de lado até alcançar a bota. Minerva encontrou o canivete, abriu-o com uma mão e o segurou como uma adaga.

"Muito bem", disse ela, encarando o bandido. "Onde eu o esfaqueio?"

Onde eu o esfaqueio? Colin olhou para ela, espantado. O cabelo dela estava meio solto, caindo em cachos por seus ombros. Os olhos dela brilhavam com intensidade selvagem. Seus lábios carnudos curvavam-se em um rosnado. Ele já tinha visto aquele olhar selvagem no rosto dela. Em Spindle Cove Minerva havia derrubado um homem com uma bolsa cheia de pedras, e certa vez desafiou Colin para um duelo. Ela adotava aquela expressão furiosa quando pensava que sua irmã estava em perigo, ou uma de suas amigas. Até mesmo Francine. Mas essa era a primeira vez que ela demonstrava sua fúria para defender *Colin*. Espantoso. Ela nem mesmo deveria estar ali. Mas estava, por ele. Disposta a atirar em um homem, ou esfaqueá-lo, em sua defesa. E ela estava incrivelmente linda.

"Não o esfaqueie, querida", disse Colin suavemente. "Use o canivete para me soltar."

"Ah. Ah, é." Uma risada inebriada escapou de sua garganta. "Acho que isso faz mais sentido."

Após alguns minutos cortando as cordas, ela conseguiu libertá-lo. Colin pegou a pistola assim que pôde, e imediatamente a usou para golpear o rosto do ladrão, deixando-o inconsciente. Ele retirou o polvorinho e as balas reservas de chumbo do corpo inerte do homem.

Colin se virou para Minerva.

"Rápido, precisamos estar longe quando ele acordar."

"Oh, Colin. Eles bateram em você." Ela pegou um lenço no bolso e enxugou o canto ensanguentado da sua boca, fazendo uma careta.

"Isso não é nada."

"E o nosso dinheiro?", perguntou ela, olhando em redor.

"Os outros ladrões levaram."

"Oh. Pelo menos ainda tenho algumas moedas. Estão guardadas no forro do meu espartilho."

"Bem", murmurou ele enquanto enfiava o pé esquerdo na bota. "Você é cheia de truques."

"Você parece chateado."

"Eu estou chateado." Ele se pôs de pé e começou a caminhar na direção de onde Minerva veio. Eles precisavam ir embora dali o quanto antes. "Não consigo acreditar que você esteja aqui. Minerva, eu lhe dei instruções específicas para ir até a próxima cidade. Onde você estaria em segurança."

"Eu sei. Mas eu fiz a Srta. Gateshead me deixar sair uns quatrocentos metros mais adiante. Eu..." Ela agarrou o pulso dele. "Eu não podia abandonar você."

Ele se virou e a encarou. Deus, ele nem sabia como se sentir. Aliviado por estar livre? Furioso com ela, por ignorar suas ordens? Inundado por um sentimento de gratidão, por ver Minerva bem e em segurança, ali com ele? As emoções que fervilhavam dentro dele eram uma mistura de todos esses sentimentos. Ele sabia uma coisa. Não ousaria tocar nela naquele momento. Fosse para chacoalhá-la por desobedecer suas ordens, para agarrá-la e chorar de gratidão em seu vestido ou para amá-la no chão da floresta até suas bolas secarem... Ela ficaria magoada de um jeito ou de outro. O que tornaria toda aquela provação uma inutilidade.

"Espere." Quando eles saíram da pequena clareira, Minerva o chamou de lado. "Meu baú está aqui. Eu o escondi debaixo de umas folhas."

"Você trouxe a Francine?"

Então foi por isso que ela demorou tanto para aparecer.

"Bem, eu não podia deixá-la para trás." Ela se ajoelhou na relva e começou a afastar folhas e galhos de cima do baú escondido. "Não depois do que você fez para salvá-la."

"Depois do que eu fiz para... para salvar *Francine?*" Ele se agachou do lado dela, ajudando na escavação. "Você é uma garota inteligente, Min. Mas às vezes pode ser incrivelmente tonta. Eu não daria duas raspas de unha para salvar esse maldito pedaço de gesso. Muito menos arriscaria minha vida."

"Mas os quinhentos guinéus..."

"Pode acreditar, nem por cinco *mil* guinéus eu ficaria sentado e amarrado a uma árvore desse jeito. Eu nunca teria ido com aqueles bandidos se você não tivesse me forçado a isso."

"*Eu forcei você?*" O tom de voz dela subiu uma oitava. "Eu não forcei nada. Eu tive vontade de esganá-lo quando se ofereceu. Fiquei com tanto medo."

"Bem, ou eu me oferecia ou ficava ali, assistindo o seu assassinato. Você é quem estava arriscando a vida para salvar esse maldito lagarto, por isso eu intervi. Você acabaria sendo morta. Ou coisa pior."

"Então você fez isso por mim?"

"Minerva." Ele começou a erguer a mão para tocá-la, mas pensou melhor. Em vez disso, simplesmente fez um gesto de impaciência. "Você não me deixou alternativa."

"Sinto muito." Ela levou a mão ao cabelo. "Sinto ter colocado você nessa situação. É só que... o trabalho da minha vida está nesse baú. É minha única chance de obter o reconhecimento da sociedade científica, minha única chance de sucesso. Eu já arrisquei tanto por ele. Quando aquele bandido tentou tirá-lo de mim, eu não pensei, eu só... reagi." Fungando, ela levantou os olhos para ele. "Você consegue entender?"

"Ah, claro. Eu entendo. O que está nesse baú é o trabalho da sua vida, e eu sou apenas o sujeito inútil que está viajando com você esta semana. É claro que a segurança de Francine vem em primeiro lugar."

"Não." Ela balançou negativamente a cabeça com tanta força que seus óculos ficaram tortos. "Isso não é justo. Você está distorcendo minhas palavras. Escute, Colin. Naquele momento de desespero, na carruagem, eu posso ter arriscado minha vida para salvar este baú. Mas você tem que acreditar em mim quando lhe digo que eu não pretendia arriscar sua vida. Foi por isso que eu voltei."

Ele aquiesceu lentamente. Era difícil continuar discutindo quando ela explicava daquela forma. Sério... o que ele poderia dizer? Admitir que havia nutrido uma absurda fantasia masculina em que ela corria pela floresta para salvá-lo, o cabelo esvoaçando atrás dela, os seios pulando a cada passo... auxiliada por pássaros canoros que cantavam as orientações para ela o encontrar... simplesmente porque ela sabia que Colin precisava de ajuda? Porque no momento em que a carruagem das Gateshead se colocou em movimento, ela percebeu que a ciência não significava nada para ela – absolutamente nada – sem ele. E agora Minerva deveria cair a seus pés e implorar para ser sua escrava de lábios carnudos para todo sempre? Não! É claro que não... ela tinha voltado porque era necessário para seus objetivos, e também era a coisa certa a ser feita. Ela era determinada e leal, como sempre foi. Nada havia mudado entre eles. Maldição.

Ele ficou em pé e pegou uma das alças do baú.

"Nós precisamos ir embora. O garoto que eu apaguei não virá atrás de nós. Ele vai estar muito ocupado salvando a própria vida. Mas quando seus comparsas perceberem que eu sumi..."

"Oh, céus." Ela ergueu seu lado do baú. "Eles virão atrás de nós."

Capítulo Dezessete

Colin e Minerva caminharam muito pela floresta, carregando Francine entre eles. Pela posição do sol às suas costas, Minerva pôde deduzir que eles viajavam para o norte. Como não haviam atravessado nenhum grande rio ou mar, ela supunha que eles continuassem em solo inglês. Mais do que isso ela não saberia dizer. E também não tinha certeza do que Colin sabia. Céus, não foi na manhã daquele mesmo dia que ela parou do lado da estrada e declarou que não podia dar nem mais um passo? Colin insistiu que ela possuía força dentro de si, e a incomodava admitir que ele estava certo. Ela havia caminhado quilômetros e quilômetros, sem comer nada desde o jantar da noite passada. Continuar pondo um pé na frente do outro exigia todo seu poder de concentração. A fome a perseguia a cada passo, e a roía por dentro.

"Minha nossa." Colin parou, de repente. "E eu aqui pensando que odiava o campo."

Minerva olhou para cima. Eles haviam entrado em uma clareira. Uma campina ampla e gramada, no meio da floresta. Toda aquela clareira estava acarpetada de jacintos. Milhares e milhares de talos verdes e curvos, com flores azuis pendendo na ponta. A luz do sol vinha pelas frestas das árvores, iluminando as flores em diferentes ângulos. A cena toda cintilava. Foi um momento mágico.

"Mesmo eu", disse Colin, "exausto como estou, tenho que admitir que isso está lindo."

Minerva estava tão faminta que só conseguiu pensar em uma coisa. "Você acha que isso é comestível?"

Ele riu. Ela sorriu. E assim o humor dos dois melhorou. Os bandidos tinham ficado para trás. Eles estavam bem e Francine continuava com eles. O estômago dela podia estar vazio, mas um sentimento de esperança encheu seu peito. Talvez tudo não estivesse perdido.

Enquanto eles caminhavam pela clareira, ela teve a sensação misteriosa de caminhar sobre ondas. Só que aquele era um mar de pétalas, não de água salgada. Seu dedo enganchou em um galho caído e Minerva tropeçou.

"Você está bem?", perguntou Colin.

Ela aquiesceu.

"Eu só me distraí imaginando quanta greda tem nesse solo."

"Quanta o quê?"

Ele pôs seu lado do baú no chão e Minerva fez o mesmo.

"Você sabe", disse ela. "Greda. Uma mistura de argila e areia. Para que o solo suporte tantos jacintos, ele teria que..."

"Você está no meio *disto*" – ele abriu os braços para indicar o esplendor da natureza – "e está pensando em quanta *greda* tem no solo? Você passa tempo demais olhando para o chão."

Colin rodeou o baú e se aproximou dela. Usando sua força com delicadeza, ele a ergueu e a deitou sobre os jacintos. Minerva ficou deitada de costas, ofegante e tonta pela inversão súbita... e proximidade dele. Ele deitou ao lado dela.

"Pronto. Descanse um pouco. Olhe para o céu, só para variar."

Esticada sobre o chão desnivelado, Minerva olhou para cima. Ela podia ouvir o som do seu coração pulsando em seus ouvidos, e o aroma das flores esmagadas engolfou seus sentidos. A grama e os jacintos erguiam-se acima dela, oscilando na brisa suave e derramando encanto pela vegetação. Acima de tudo, o céu pairava sobre eles azul e radiante. Quase sem nuvens, a não ser por alguns tufos brancos que ficavam mudando de forma e eram, aparentemente, orgulhosos demais para imitar coelhos, dragões ou navios a vela.

"O que eu deveria estar vendo?", perguntou ela.

"Sei lá... O que as pessoas veem quando olham para o céu? Inspiração? Beleza?" Ela o ouviu suspirar. "Verdade seja dita, esta vista sempre me intimidou. O céu é tão vasto. Não consigo evitar sentir que ele tem expectativas comigo. Expectativas que estou frustrando." Colin ficou em silêncio por um longo momento. "Ele me lembra os seus olhos."

Minerva o cutucou com o cotovelo.

"Meus olhos são castanhos. E minhas costas estão ficando úmidas. Definitivamente, este solo é muito rico em greda. Eu precisava olhar para o céu para perceber isso."

Rindo, ele rolou de lado e a prendeu com uma perna.

"Você sabia que é a mulher mais surpreendente que existe?"

A respiração dela ficou suspensa.

"Você também vive me surpreendendo. Nem sempre de modo agradável."

"Se as surpresas fossem sempre agradáveis, não seriam tão surpreendentes."

"Acho que isso é verdade."

Ele afastou alguns fios de cabelo do rosto dela, tirou os óculos de seu rosto e os colocou sobre o baú. O pulso de Minerva acelerou quando ele baixou lentamente a cabeça e beijou... a ponta de seu nariz. Ela piscou, tentando focar o rosto dele e entender sua expressão. Aquele foi um gesto carinhoso ou provocador? Ela não sabia dizer.

"Por que você fez isso?"

"Porque você não estava esperando. Que tipo de surpresa foi? Agradável ou não?"

"Não sei dizer."

"Então vou tentar de novo."

Ele baixou a cabeça e a beijou na testa. Depois no queixo, no rosto, no lugar entre as sobrancelhas. Sua língua brincou na orelha dela. Desceu pelo pescoço. Mergulhou no vale quente e sensível entre os seios. Ela suspirou.

"Colin..."

Ele a agarrou pela saia e trouxe seu quadril de encontro ao dele.

"Min", ele gemeu em seu pescoço. "Eu sei que é loucura, mas preciso disto agora. Aqui mesmo, no meio de toda essa beleza. Eu preciso sentir você quente e viva debaixo de mim."

Quando ele se curvou para beijá-la na boca, Minerva pôs a mão em seu peito.

"Acho que essa não é uma boa ideia."

Colin passou a mão pelo corpo dela.

"A noite passada não foi boa?"

Memórias nebulosas daquele prazer frenético, imoral e chocante, a tomaram de surpresa. Ela sentiu a umidade entre as pernas – o que não tinha nenhuma relação com o solo.

"Foi muito boa. Mas também confusa."

"Isto não tem que ser complicado." Ele envolveu seu seio com a mão e passou o polegar pelo mamilo, fazendo com que ficasse tenso. "É algo físico. Instintivo. Para aliviar a tensão de um modo mutuamente prazeroso."

Ele plantou beijos ao longo de seu pescoço, e flores de desejo nasceram de cada um. Ainda assim...

"Eu não sei..." Ela perdeu a fala com outro beijo ansioso. "Eu não sei se me sinto à vontade em ser o instrumento do seu alívio."

"Você faz isso parecer algo tão unilateral. Eu prometo que você também vai gostar."

Ela não duvidou disso. A mão dele entrou pelo decote de seu vestido e ele deslizou os dedos por baixo do tecido para envolver seu seio. Com habilidade e experiência, ele libertou a esfera macia.

"Deus", ele suspirou, circulando o mamilo nu com a ponta do dedo. "Você é tão macia. Tão quente, macia e doce."

Ele tomou o mamilo com a boca. Colin gemeu, puxando levemente a pontinha com uma sucção deliciosa, para depois rodear o pico com a língua. Minerva ficou tonta com as intensas sensações. O modo como ele a tocava, beijava, lambia e chupava... era tão gostoso. O prazer era tão agudo que a fazia sentir uma dor por dentro. Era impossível sentir aquilo e não desejar mais. Mas Colin não era o único que tinha princípios. Ele não era o único que podia fazer regras. Ela não podia simplesmente ficar recebendo "lições" ou fingindo. Ela só queria aquilo se fosse *real*. Ele introduziu uma perna no meio das dela.

"Tem tanto fogo dentro de você, Min. Um talento natural para a paixão."

Um talento para paixão? *Ela*?

"Mesmo que fosse verdade", disse ela, "veja aonde isso me levou. Fui posta para fora de uma carruagem, roubada em outra. Perdida na floresta. Faminta, quase sem dinheiro."

"Isso trouxe você até *aqui*. Na mais bela tarde que já agraciou o interior da Inglaterra. Refestelada sobre um tapete exuberante de jacintos, olhando para um céu azul de doer."

"Com você."

"Comigo."

Eles ficaram em silêncio por algum tempo. Então ela sentiu a atitude dele mudar. Os músculos do peito de Colin ficaram tensos sob a mão dela. Seu tom mudou.

"Entendo", disse ele, retirando os dedos do seio dela. "Então esse é o problema. Não é o ambiente, nem a noção de prazer. Sou eu. Você acha que está aqui com o homem errado."

"Colin..."

Ele rolou para longe dela.

"Você preferiria estar aqui com outra pessoa. Alguém como Sir Alisdair Kent. Falando de greda e composição do solo, e negando a parte de você que gritou meu nome na noite passada."

Enrubescendo, ela enfiou o seio para dentro do corpete e pegou seus óculos.

"Você não precisa ser cruel."

"Não estou sendo cruel." Ele ficou em pé e limpou a grama e a terra de suas calças. "Eu apenas sinto pena de você, só isso. Tenho tentado libertar você dessa casca, ensinar você a aproveitar a vida. Mas agora eu vejo que você não quer. Você vai morrer presa nessa jaula pequena e frágil que construiu para si mesma. Espero que Sir Alisdair não se importe com lugares apertados."

"Então eu devo pedir desculpas? Por querer algo além de 'lições' carnais que você oferece por caridade? Afinal, isso é o máximo que uma intelectual desajeitada como eu pode esperar. É isso?" Minerva se levantou. "Pelo menos Sir Alisdair se lembraria do meu nome."

"Pode ser que sim." Ele se aproximou dela, ficando tão próximo que seu peito tocou os seios dela. "Mas será que ele sabe beijar você com tanta paixão que faria você esquecer de tudo?"

Por um instante confuso e lascivo a respiração dele se misturou à dela. Mas antes que ela pudesse pensar em uma resposta, ele recuou. Colin pegou o baú e o colocou no ombro.

"Venha logo", disse ele, irritado. "A esta altura devemos estar quase lá."

"Quase lá? Lá onde?"

Minerva ficou para trás, tentando entender a raiva irracional de Colin. E o senso comum ainda diz que são as mulheres que têm alterações repentinas de humor. Eles andaram por cerca de quinze minutos, e então saíram da floresta no cume de uma montanha. À distância, descendo a encosta, ficava uma imensa mansão de pedra, cercada por jardins e outras edificações.

"Minha nossa", ela se espantou. "O que é esse lugar?"

"Winterset Grange", respondeu ele. "Eu sabia que estávamos perto. Um grande amigo meu mora ali. Nós precisamos de um lugar para passar a noite, para ficarmos escondidos, no caso de aqueles bandidos ainda estarem à nossa procura."

"E nós vamos simplesmente aparecer na porta do seu amigo? Sem sermos convidados, surgidos do nada?" Ela fez um gesto mostrando as roupas deles. "Com esta aparência?"

"Ah, ninguém vai reparar. Hóspedes estão sempre indo e vindo em Winterset Grange. Quando o duque está em casa é uma farra sem fim."

Minerva ficou olhando para ele.

"O *duque*? Nós vamos ser hóspedes de um duque?"

"Ele não é um duque da família real", disse ele, como se isso pudesse tranquilizá-la. "Hal é um sujeito amável, você vai ver. Ele organiza uma jogatina bem conhecida, chamada Clube do Xelim. Eu sou membro. Ele não vai reclamar de eu aparecer sem convite, desde que eu tenha dinheiro para perder na mesa de carteado."

"Mas você *não tem* nenhum dinheiro para perder na mesa de carteado. Nós temos *exatamente* uma ou duas moedas."

"Detalhes, detalhes."

Eles começaram a descer a encosta gramada. A mansão imensa, espraiada, parecia ficar cada vez maior conforme eles se aproximavam – como se algum garoto travesso estivesse atrás dela, inflando-a com ar. Ela era grotescamente grande, com janelas que pareciam olhos maliciosos, profundas e com toldos. E Minerva não estava gostando nem um pouco daquilo.

Quando eles chegaram à entrada, Colin a puxou para o jardim, para trás de uma barreira de ciprestes. Após molhar o lenço em uma fonte, ele limpou o rosto e o pescoço, e depois ajeitou a gravata. Bateu a poeira de seu casaco e sacudiu a cabeça rapidamente, arrumando seu cabelo. Isso parecia tão injusto. Trinta segundos de limpeza e ele estava com a aparência melhor do que ela conseguiria com tenazes quentes, papelotes e a ajuda de duas criadas francesas.

"Estou apresentável?", perguntou ele.

"Você está injustamente atraente como sempre."

Ele inclinou a cabeça para o lado e a examinou.

"E agora, o que podemos fazer com você?"

Ela bufou. O que seria possível fazer?

"Provavelmente nada, meu lorde", respondeu ela, azeda.

"Bem, você não pode entrar com essa aparência; toda cheia de grampos e fechos, toda abotoada. Não se você quiser se passar por minha amante."

"Sua..." Ela baixou a voz, como se os ciprestes tivessem orelhas. "Sua *amante*?"

"De que outra forma posso explicar sua presença? Sou amigo do Duque de Halford há anos. Não posso dizer para ele que você é minha irmã. Ele sabe muito bem que eu não tenho irmãos." Em seguida, ele levou as mãos até os botões da jaqueta de viagem dela. Começando com o mais próximo de sua garganta, ele os foi soltando, um por um. "Primeiro, precisamos nos livrar disso." Quando terminou de desabotoar, ele puxou a peça de seus ombros e retirou os braços dela das mangas. Enquanto isso, Minerva ficou ali, inerte, sem saber nem mesmo como protestar. Ele dobrou a jaqueta e a jogou de lado.

"Isto também não serve", resmungou ele enquanto examinava o vestido de seda que ela usava. "Você devia ter colocado o vermelho, hoje."

Minerva se irritou.

"O que há de errado com este vestido?" Ela *gostava* dele. Era um de seus melhores. O azul-pavão favorecia suas cores. Pelo menos era o que tinham lhe dito.

"É comportado demais", disse ele. "Você parece uma governanta, não uma amante."

Comportado? Minerva olhou para o traje. O corpete estava justo em seu peito, e a cintura agarrava firmemente em suas costelas, abrindo-se em uma saia drapeada e vistosa. Era um corte que modelava seu corpo e enfatizava suas curvas – um vestido do qual ela gostou muito quando o experimentou na costureira. Das mangas, principalmente. Elas eram um pouco bufantes no ombro, depois afinavam com um laço no alto do braço. A partir daí elas eram justas nos braços, até o pulso.

Ele pegou um dos laços e enrolou a fita entre os dedos antes de descê-los tocando levemente o braço todo, até o punho. Uma sensação inebriante passou por ela, reverberando no frio da seda. *Está vendo?* Aquelas mangas eram revestimentos ardilosos e sensuais. Não havia nada de modesto nelas.

"Talvez isto ajude." Ele pegou o punho com os dedos e deu um puxão impiedoso.

"Não, não faça isso!"

E, simples assim, a manga foi embora. O puxão abriu uma fenda na costura logo abaixo dos laços, e ele terminou de arrancar a manga usando os dedos. Em instantes ele destruiu toda a manga, e logo começou a trabalhar na outra. No fim, ele a deixou com duas protuberâncias de tecido cobrindo seus ombros. Duas pequenas apóstrofes de seda onde antes havia dois parênteses completos. Ele se afastou um instante para observá-la, depois desamarrou um dos laços e deixou suas extremidades penduradas.

"Por que você fez isso?"

Ele arqueou a sobrancelha.

"Isso sugere algo."

"Sugere que eu estou *disponível*?"

"Suas palavras, não minhas." Ele a segurou pela cintura e a fez girar, para que ficasse de costas para ele. Colin levou as mãos até o alto do conjunto de fechos nas costas do vestido. Começando na base do pescoço, ele foi soltando um por um.

"Isso já é demais", protestou ela, tentando se afastar. "Eu não admito ficar com a aparência de uma prostituta."

Ele a segurou firme. Seu hálito quente e áspero bateu no pescoço dela.

"Você vai ficar com a aparência que eu quiser. Afinal, é assim que funciona com as amantes. Não tenho dúvida de que Sir Alisdair Kent gosta que suas mulheres tenham aparência formal e recatada, mas você escolheu a mim como companheiro de viagem. Eu tenho que manter minha reputação."

Ele soltou os fechos do vestido até o meio das costas, bem entre as escápulas. Em seguida, ele desceu o decote ampliado pelos ombros dela, levando-o até uma latitude absolutamente indecente. A borda da roupa de baixo dela ficou exposta, fazendo uma moldura rendada branca para o vale dos seios exposto.

Após fazê-la virar novamente, para que ela ficasse de frente para ele, Colin admirou seu trabalho. Minerva estava vermelha de vergonha. Ele havia transformado seu vestido de viagem, totalmente respeitável, em um tomara-que-caia próprio de uma vagabunda pirata. E Colin ainda não tinha terminado com ela. Ele levou as mãos ao cabelo de Minerva e começou a tirar os grampos de seu coque, que já estava desabando. Se ela não estivesse tonta de fome e morrendo de medo de ficar perdida e sem dinheiro nas Midlands, Minerva não teria aceitado aquele tratamento. Aquilo ia além da mera provocação. Será que ele... Seria possível que ele estivesse com *ciúmes*?

"Sério, Colin? Sinto muito se você se ressente da consideração que tenho por Sir Alisdair. Mas me humilhar desta forma não vai melhorar minha opinião sobre você."

"Talvez não." Ele tirou o último dos grampos e soltou o cabelo dela sobre o rosto. "Mas estou convencido de que isso aumentará muito minha satisfação pessoal. E irá nos poupar de muitas perguntas inconvenientes."

Ele retirou os óculos do rosto dela, dobrou e guardou no bolso do colete.

"Eu preciso deles!" Ela estendeu a mão para pegá-los, mas Colin segurou seu pulso.

"Não, não precisa. A partir do momento em que entrarmos por aquela porta, você não vai sair do meu lado, está ouvindo? Acredite em mim, você não quer que os hóspedes de Halford pensem que estou disposto a dividir você."

Dividi-la? Em que tipo de covil de perversidades eles iriam entrar?

"Quanto a mim", disse ele, "vou me comportar como se fosse seu protetor servil, apaixonado e ciumento."

Ela engoliu uma gargalhada que não seria digna de uma dama.

"Esse pode ser o melhor papel da sua vida."

"E você..." Ele ergueu o queixo dela com a ponta de um dedo. "É melhor desempenhar seu papel com perfeição, minha querida."

Meu papel? Eu não sei como ser uma amante." Com certeza não entre duques. Ela ficava totalmente sem ação diante de homens poderosos.

"Ah, não se menospreze. Eu acho que você vai se sair muito bem. Sabe, uma amante é uma criatura astuta e selvagem. Quando lhe convém, ela faz o homem se sentir irresistível, desejado, fascinante. Como se fosse o único homem no mundo." Ele se inclinou para perto dela e baixou a voz, até soar como um sussurro sombrio. Ele estava perto demais, na visão dela era apenas um borrão de ferocidade masculina. "Ela geme como se fosse de verdade. E depois que consegue o que quer, ela deixa absolutamente claro que o homem não tem nenhuma importância – nenhuma mesmo – para ela. Eu acho que você nasceu para esse papel. Concorda?"

"Não, não concordo", disse ela, a voz trêmula. "Como você ousa insinuar que eu sou algum tipo de... A noite passada foi ideia sua."

"Eu sei disso."

"E duvido que eu seja a primeira mulher a passar uma noite agradável em seus braços e não querer mais nada com você no dia seguinte."

"É claro que não. Você simplesmente é a mais recente de uma fila longa e distinta. E não tenha qualquer ilusão de que será a última."

"Então por que você está tão bravo? Por que fui escolhida para um castigo tão cruel? Que ferida posso ter causado em você, a não ser uma picada em seu orgulho?"

Ele ficou olhando para ela durante um longo tempo.

"Eu não sei", disse ele, afinal.

Então ele esticou as duas mãos e beliscou as faces dela. Com força.

"Ai!" Retraindo-se, ela cobriu as faces com suas mãos. "Por que você fez isso?"

"Você precisa de um pouco de cor nessas bochechas se vai bancar a minha vagabunda, e nós não temos ruge." Colin passou um de seus braços ao redor dela e a trouxe para perto. Ele passou o polegar no lábio inferior de Minerva. "E esses lábios estão murchos e pálidos."

Inclinando a cabeça, ele tomou a boca de Minerva com um beijo brusco e decidido. Colin enfiou a língua por entre os lábios dela, em uma passagem completa e exigente por sua boca. Então ele pegou seu lábio inferior com os dentes e deu uma mordida provocadora, desajeitada, deixando sua boca inchada, formigando de prazer e dor.

Ela enfiou o cotovelo nas costelas dele, usando toda a força de seu braço para colocar alguma distância entre eles. Colin a soltou, e ela cambaleou alguns passos para trás. Minerva levou as pontas dos dedos à boca, procurando sangue.

"Está satisfeito, agora?"

Ele soltou um suspiro comprido e frustrado. Com a distância que colocou entre eles, Minerva pôde avaliar melhor a expressão no rosto Colin. Era de uma fome intensa, assustadora.

"Não estou nem perto da minha satisfação, Min." Ele se abaixou para pegar o baú. "Nem perto."

Capítulo Dezoito

Se Winterset Grange parecia austera e inacessível por fora, seu interior lembrava algo saído da Roma Antiga no auge de sua devassidão e seus excessos. Estar sem os óculos foi, ao mesmo tempo, um inconveniente e uma bênção para Minerva. Para onde quer que se virasse, ela via representações borradas de corpos. Pinturas de pessoas nuas e sensuais cobriam as paredes muito altas, empilhadas em três fileiras. Esculturas libidinosas se projetavam de nichos. Algum decorador ambicioso havia coberto tudo com folhas de ouro. A escultura mais próxima de Minerva parecia ser Pã, pinoteando e se retorcendo sobre uma coluna coríntia. Apertando os olhos ela pôde ver os veios prateados e rosados da pedra. Italiana, certamente.

"Um mármore tão lindo e tão mal utilizado." Ela passou os dedos pela pedra fria e lisa. Então retirou imediatamente a mão quando percebeu que a protuberância cilíndrica que estava acariciando não era um chifre nem uma flauta.

À procura de um lugar seguro para descansar seus olhos, ela se voltou para o papel de parede. Um padrão tradicional, agradável, em branco e dourado, de casais dançando. Seria isso mesmo? Ela apertou os olhos e olhou mais de perto, forçando o desenho a entrar em foco. Não, os casais não estavam dançando.

"Colin! É você." Um homem, que vestia uma túnica indiana solta, atravessou calmamente o salão na direção deles. Ele era jovem – perto da idade de Colin, calculou Minerva –, e carregava um ar de devassidão refinada e o vago aroma da fumaça de ópio. Ele vinha acompanhado de duas mulheres com ainda menos roupa que ele – uma, delicada e loira, a outra, com o cabelo vermelho vivo.

Minerva não conseguiu distinguir a expressão das mulheres, mas a sensualidade delas era uma força quase palpável. Sentiu o olhar frio e aguçado das duas. *Essa garota assustada não pode ser uma de nós*, Minerva as imaginou pensando. *Eu não sou*, ela queria gritar. Por um breve momento ela se viu vestindo decentemente Colin, seu amigo devasso e aquelas duas vagabundas, para depois jogar aquele Pã indecoroso no chão, dar as costas a tudo aquilo e... Mas ela não tinha dinheiro. Nem para onde ir ou meios de chegar lá. Ela não tinha nem mesmo seus óculos.

Então Minerva ergueu o queixo e projetou o quadril. Ela se aproximou de Colin e pendurou o braço no ombro dele. É claro que, com a visão dificultada, ela calculou mal a distância e apoiou o braço no ar, cambaleando e caindo em Colin. Imediatamente, ela jogou um braço no peito dele e tentou fazer parecer que aquela era sua intenção. Ela não acreditou que tivesse conseguido enganar alguém. Uma das mulheres soltou risinhos. A outra gargalhou alto. Minerva quis afundar em uma fresta no chão.

"Garotas", disse o homem que ela supunha ser o Duque de Halford, "vocês se lembram do meu bom amigo Colin."

"Mas é claro", arrulhou uma delas. "Nós somos velhos amigos, não somos?"

Minerva quis, então, afundar no chão e morrer lá. Ela entendia que Colin estivesse bravo, mas como ele podia submetê-la àquilo?

Colin inclinou a cabeça.

"Sempre um prazer, Hal. Desculpe aparecer sem avisar. Espero que você não ligue para a intrusão."

"Intrusão? Nunca! Mas, pelos deuses, você realmente apareceu do nada. Nem mesmo ouvi sua carruagem se aproximar." O homem soltou uma das mulheres e deu um soco cordial no braço de Colin. "O mordomo me falou que você chegou, e eu não acreditei nele. A última coisa que eu soube de você foi que aquele seu primo o conduzia com rédea curta."

"Da qual parece que eu escapei."

"Que ótimo! O momento não poderia ser melhor. A Prinny deve aparecer perto do fim da semana. Garotas, vão encontrar minha governanta enrugada e lhe digam para aprontar a suíte que Colin costuma usar."

"Sim, sua graça."

Halford pôs as mulheres em movimento com tapas retumbantes no traseiro.

Então Minerva sentiu o olhar do duque cair sobre ela. Sua pele arrepiou.

"Agora", disse ele, "me deixe ver sua bagagem. Você não vai me apresentar a garota, Colin? Acredito que ainda não conheço esta aqui."

"Não, não conhece." Colin passou a mão em suas costas. "Melissande é nova."

Melissande? Ela fechou brevemente os olhos para evitar revirá-los.

"Não é seu tipo costumeiro, é?", perguntou o duque.

"Sempre gostei de variedade. Ela pode parecer inocente, mas no quarto sabe surpreender."

"É mesmo?" O duque se voltou para ela. "Muito bem, Melissande. Com certeza meu parceiro aqui lhe disse que somos todos amigos em Winterset Grange. Você não vai mostrar que está grata ao seu anfitrião? Que tal começar com um beijo?"

O estômago dela deu voltas.

O braço de Colin apertou sua cintura e a puxou para si, impedindo que se movesse.

"Você vai ter que desculpar", disse Colin com tranquilidade. "Ela não fala uma palavra de inglês."

"Nem uma palavra?" O duque riu. *"Parlez-vous français?"*

"Nem francês. Ela vem de um principado minúsculo nos alpes. Não consigo sequer lembrar o nome. Eles têm um dialeto próprio."

"Hum", fez o duque. "Felizmente o prazer é uma língua universal." Ele passou um dedo pelo ombro nu de Minerva.

Ela o fuzilou com o olhar, espumando de raiva. Duque ou não, fraude ou não, simpósio ou não, Minerva se recusava a suportar tal tratamento. Ainda que ela não tivesse a beleza, a graça e as habilidades próprias de uma dama, ela era uma livre-pensadora de boa família. Ela tinha sua dignidade. Quando o toque presunçoso de Halford desceu por seu colo, aproximando-se do decote, ela ficou eriçada – e afastou a mão dele com um tapa. Em seguida ela mostrou os dentes e rosnou. A violência também era uma linguagem universal.

"Cuidado, Halford." Colin ficou tenso. Não havia mais bom humor em sua voz, apenas ameaça. "Esta aqui não é de brincadeiras. O amigo do meu primo, no Ministério da Guerra, me pediu que ficasse de olho nela. Existem boatos, suspeitas. O serviço secreto da Coroa acredita que ela possa ser uma princesa exilada ou uma assassina fria."

O duque soltou uma gargalhada.

"Julgando pelo hematoma no seu queixo, aposto na segunda opção. Mas, por falar em apostas, venha comigo. Todos estão na sala de carteado."

O duque girou em seus calcanhares – que estavam expostos, pois aparentemente ele não vestia nada por baixo da túnica – e seguiu por um longo corredor.

Colin e Minerva o acompanharam, vários passos atrás.

"Agora eu sou uma assassina fria?", silvou ela. "De onde você tira essas histórias?"

Ele fez sinal para que ela ficasse em silêncio, e caminhou lentamente para que ficassem ainda mais para trás.

"Chama-se improvisação, lembra? Eu tive que dar alguma explicação para o seu comportamento."

À frente deles, o duque chamou um amigo ao fazer uma curva no corredor. Quando Halford sumiu de vista, Minerva parou totalmente e se livrou do abraço de Colin. Ela não compreendia como ele podia fazer aquilo com ela – ser tão protetor e altruísta em um momento, e tão desdenhoso no outro.

"Eu não mereço isso", sussurrou ela. "Só porque cometi o erro de aceitar suas... *atenções*... noite passada, isso não faz de mim uma prostituta. Como você ousa me colocar no mesmo saco que essas mulheres desprezíveis?"

"Acredite em mim, essas mulheres não diriam que são desprezíveis. E o que faz você pensar que elas são prostitutas? Elas podem ser damas, de boa linhagem e bom nascimento, assim como você, mas que entendem coisas acima da sua compreensão. Como se divertir. Como aproveitar a vida."

"O quê?!" Ela bateu com o dedo no próprio peito. "Eu sei muito bem como me divertir. Eu sei muito bem como aproveitar a vida."

Ele inclinou a cabeça para o lado e disse pausadamente:

"Ah, é claro que sabe."

"Como você ousa." Então ela enfiou o mesmo dedo no peito dele. "Como você ousa me trazer a este lugar e me submeter a esse duque babão e pegajoso?"

Ele agarrou o pulso dela e baixou a voz.

"Como eu ouso, não é?"

Ela não precisou enxergar a expressão dele para saber que Colin estava bravo. Ele irradiava fúria.

"Como eu ouso arriscar minha vida para salvar a sua, quando você praticamente se jogou em cima daquele bandido. Como eu ouso trazer você para uma casa confortável, onde podemos encontrar comida e abrigo para passar a noite, depois de passarmos um dia vagando pela floresta e pelos campos. Como eu ouso."

As mãos dele deslizaram pelos ombros dela e subiram até o pescoço, como se ele estivesse tentando decidir se a beijava ou estrangulava. Ela resistiria, qualquer que fosse a decisão dele.

"Agora nós vamos entrar naquela sala de carteado. Nós vamos comer, beber e jogar com eles. Assim que possível, vamos fugir para o nosso quarto e ter uma boa noite de sono. Eu juro para você que, quando sairmos desta casa, amanhã de manhã, tanto sua virtude quanto sua personalidade desagradável continuarão intactas – muito bem guardadas dentro dessa concha, desde que você faça duas coisas", ele sacudiu de leve a cabeça dela, "fique perto de mim e faça seu papel."

"O papel de assassina fria? Posso me inspirar *agora* para isso."

"O papel de minha amante." Ele passou os dedos pelo cabelo dela, produzindo sensações inesperadas em seu couro cabeludo. "Procure bem dentro dessa cabeça inteligente, e tente ver se consegue reunir a imaginação necessária para fingir. Para convencer as pessoas à nossa volta que você admira alguma coisa em mim. Que, contra todas as evidências, você realmente prefere minha companhia a um punhado de terra."

A mágoa áspera na voz dele a pegou de surpresa. Então ali estava o motivo das mudanças de humor e do comportamento imprevisível. De algum modo, enquanto tentava proteger suas frágeis emoções, Minerva tinha feito *ele* se sentir inferior a um punhado de terra.

"Colin..." Ela tocou a lapela dele. "Eu posso convencê-los de que gosto de você. Isso não vai exigir imaginação."

Ele passou o polegar pelo queixo dela, e sua voz ficou rouca.

"Não vai?"

"Mas ninguém vai acreditar que somos amantes. Você ouviu como aquelas mulheres riram. Você mesmo disse, em Spindle Cove. Ninguém vai acreditar que *você* me deseja."

Com um gemido, ele deslizou as mãos pelas costas de Minerva. Agarrando a bunda dela com as duas mãos, Colin a ergueu e pressionou contra o nicho mais próximo. A atitude possessiva dele a excitou, assim como a pressão exercida pelo corpo duro e musculoso contra o seu.

Colin beijou sua orelha.

"E se eu dissesse que fui um idiota naquela noite?"

"Eu concordaria."

"E se eu dissesse que tudo mudou?" Ele beijou seu pescoço. "Que nas últimas vinte e quatro horas eu quis matar três homens diferentes, sendo um deles o duque, só por terem a ousadia de tocar você. Que estou desesperado pelo desejo que me consome de querer você, de um modo como nunca quis outra mulher em minha vida devassa e desperdiçada."

Ele passou a língua pelo pescoço de Minerva, que ficou sem respiração.

"Então eu duvidaria de você", suspirou ela.

"Por quê?"

"Porque..." *Porque eu duvido de mim mesma.* "Porque eu sei como você mente com facilidade."

Ele firmou as mãos no traseiro dela, fazendo a virilha de Minerva se ajustar à dele, que pressionou sua dureza contra ela, fazendo prazer correr por suas veias.

"Sente isso?", rosnou ele.

Ela aquiesceu. Bom Deus, como poderia não sentir?

"Estou assim por você há dias, Minerva. Desde antes mesmo de partirmos de Spindle Cove. Se você não acredita em mais nada, acredite nisto." Ele balançou o quadril contra ela. "Isto não mente."

Colin estava cansado de fingir.

Ele entrou com Minerva na sala de carteado. Depois de cumprimentar a meia dúzia de rostos conhecidos que se reuniam em volta da mesa coberta com um pano verde, e apresentar sua enérgica amante – ou – assassina estrangeira, Melissande, Colin sentou em uma cadeira e, pegando Minerva pelos quadris, ele a colocou em seu colo. Aninhando o belo bumbum sobre sua coxa esquerda, jogou um braço sobre o ombro dela, deixando a mão pendurada diretamente sobre seus seios. Com movimentos preguiçosos, ele traçou a linha delicada em que o tecido do decote encontrava a pele.

"Fique perto de mim", sussurrou ele enquanto passava o nariz pela sua orelha. Já que estava por ali, ele aproveitou a oportunidade para morder levemente o lóbulo da orelha dela.

Resumindo, ele fez com que os dois ficassem muito, muito íntimos. Não pelas aparências, por causa de Halford. Não para provar alguma coisa a ela ou a qualquer pessoa. Simplesmente porque ele a desejava. E estava cansado de fingir que não.

"Muito bem, Colin." O duque pegou o baralho. "O jogo é *brag*."

Colin analisou as moedas e fichas espalhadas sobre a mesa.

"Por favor, me dê só algumas fichas. Não estou carregando muito dinheiro comigo."

"Mas é claro." O duque entregou-lhe duas pilhas de xelins, cada uma com dez moedas.

Minerva ficou tensa em seu colo.

"Quieta", murmurou ele em seu cabelo. "Confie em mim." Ela devia entender que aquilo era necessário. Algumas horas na mesa de baralho lhes pagariam hospedagem e alimentação.

Ela fez um ruído de dúvida na garganta, mas ficou parada.

"Seja um bom anfitrião, Hal, e peça para um desses patetas de libré trazer comida e vinho para minha mulher. Um pouco de comida faria bem a ela."

"E para você também, pela sua aparência."

"Bem, isso é verdade." Colin sorriu. "Nós estamos nos exaurindo nesses últimos dias."

Os jogadores em volta da mesa riram com vontade. O duque apenas acenou para os criados trazerem comida e bebida, e começou a distribuir as cartas. Na sala de carteado Halford só queria saber de jogar. Colin voltou sua atenção para as cartas. Minerva voltou a dela para a comida. Ela cuidou dele, em pequenos detalhes. Enquanto Colin se concentrava nas cartas que havia recebido, ela encheu sua taça com clarete. Depois lhe preparou um sanduíche de porco assado entre duas metades de pão com manteiga. Enquanto fazia isso, ela passou manteiga na ponta do polegar, que pôs na boca e chupou. Colin sabia que ela não teve intenção de ser sugestiva ou provocadora, o que tornava aquilo ainda mais excitante.

Ele notou isso em Minerva ainda na primeira noite, na torre. Ela tinha uma sensualidade natural, simples, que só emergia quando se sentia confiante. Ou depois de tomar um pouco de vinho. Ele imaginou o que seria necessário para fazer *essa* Minerva estar sempre à vista. Ela precisaria de um suprimento permanente de confiança, imaginou Colin. Talvez sua participação na Sociedade Geológica Real pudesse lhe dar isso, até certo ponto. Mas o homem certo poderia lhe dar muito mais. O homem certo poderia plantar sementes de confiança bem fundo nela, e nutri-las até que vinhas saudáveis e robustas crescessem, para oferecer frutas abundantes e doces.

A única fruta com que *ela* se importava, no momento, eram as uvas e damascos no prato diante deles. Encher sua barriga faminta era, claramente, seu objetivo principal, e ela se dedicou a isso com energia, devorando fatias de queijo e presunto. Quando um criado que passava lhe mostrou uma bandeja de tortinhas, Minerva abandonou seu copo de vinho imediatamente e pegou uma tortinha com cada mão. Ela enfiou uma na boca e ofereceu a outra a ele. Em vez de pegá-la com os dedos, ele segurou o pulso dela e o manteve firme. Então devorou o confeito diretamente na mão dela, deixando a língua passar pelas pontas dos seus dedos. Minerva suspirou, e aquele som delicado foi mais doce e delicioso que uma torta de geleia jamais poderia ser. Halford pigarreou.

"É sua vez de apostar, Colin."

Colin se sacudiu e jogou um xelim bamboleante para o centro da mesa. "Sim, é claro."

Ele jogava, eles comiam. Depois que ambos ficaram satisfeitos, Colin acenou para os criados tirarem seus pratos e bandejas.

Minerva se ajeitou em seu colo. Os dedos dela se enroscaram no cabelo da nuca de Colin, e ficaram brincado ali, distraídos. Ela massageou os tendões do pescoço dele, aliviando a tensão acumulada. Pequenos gestos de gentileza que ele não merecia.

Ele apertou os lábios contra a orelha dela e sussurrou:

"Você sabe que estou arrependido? Pelo que aconteceu mais cedo."

Ela inclinou ligeiramente a cabeça.

Com um gemido ruidoso, ele passou o braço pela cintura dela e a aproximou. Minerva descansou a cabeça em seu ombro. Ele beijou sua cabeça.

"Durma, se quiser."

Ela soltou um longo suspirou e derreteu no abraço dele. Aquela intimidade fácil entre eles... fazia sentido, Colin imaginou, devido às aventuras por que passaram nos últimos dias e noites. Ainda assim, era surpreendente. Ele foi fisicamente íntimo com muitas mulheres, e se sentiu emocionalmente ligado a outras, mas até então, Colin trabalhou com afinco para manter afastadas essas duas esferas sociais. Havia mulheres que Colin contava como amigas, e havia aquelas que ele levara para a cama. Sempre que ele permitia esses dois grupos se sobreporem, era confusão na certa. E Minerva Highwood não havia lhe trazido nada a não ser confusão, desde o início.

Mas, por Deus, ele havia retribuído, e como. Quando se aninhou em seu peito, Minerva pareceu tão pequena e frágil comparada a ele. Nas últimas vinte e quatro horas ela andou quilômetros pelo interior da Inglaterra, entregou todo seu dinheiro sob a mira de uma arma, puxou um canivete para um bandido, e entrou em uma casa que transpirava excessos orgíacos que fariam uma fidalga virgem sair gritando. E tudo isso apenas um dia depois de seu primeiro orgasmo de verdade. Em nenhum momento ela se desmanchou em lágrimas de desespero. Ou lhe implorou para, por favor, levá-la de volta para casa. Ele não conhecia outra mulher que se portaria tão bem em circunstâncias semelhantes.

Colin fez uma promessa a si mesmo, naquele momento e naquele local. Ainda que não fizesse mais nada certo em sua vida, ele faria isto:

levaria Minerva Highwood até Edimburgo para que fizesse sua apresentação científica. Pontualmente e inteira. E com sua virtude intacta. De algum modo ele faria com que essas boas intenções virassem realidade.

Então ele acariciou gentilmente seu cabelo e suas costas com a mão esquerda enquanto segurava as cartas com a direita.

"Durma", murmurou ele novamente.

Enquanto se ajeitava em seu colo, ela esfregou a coxa nele. A reação do corpo de Colin foi imediata, instintiva. O sangue correu para seu púbis, endurecendo seu membro e afrouxando sua crença tênue naqueles princípios. Ele a queria fisicamente e não podia fingir outra coisa. Mas ele precisava se esforçar para esconder aquela outra reação, mais visceral – a ternura avassaladora que crescia em seu peito.

O fato simples e impensável de que ele *gostava* dela.

Capítulo Dezenove

Mais uma vez, Minerva acordou em seus braços. Ela estava se acostumando a acordar assim – envolta pelo calor dele, sua força, seu aroma com toques de cravo. Ela não se apressou a despertar, mas flutuou naquele devaneio por mais um minuto. Suspirando no colete dele e agarrando firmemente seu pescoço. Ela confiava naquele homem. Ele era um notório mentiroso e libertino sem-vergonha, mas ela confiava nele. O bastante para adormecer em seus braços em meio àquela depravação.

Ela olhou para a mesa de carteado, tentando pôr em foco a confusão de cartas e moedas. Quanto tempo havia passado? Parecia ser muito tarde. A maioria dos jogadores já devia ter se recolhido. Apenas Colin e Halford continuavam. Ela firmou a vista na pilha de xelins diante deles. Será que ele havia aumentado seus fundos o bastante para que continuassem a jornada? Eram vinte moedas no início do jogo. Então ela contou... Quatro. Seu coração parou. Oh, Deus. Como ele pôde? Ela havia *confiado* nele, e Colin estava perdendo tudo.

Então ela fixou o olhar nas cartas que Colin tinha em mãos. O que ela viu lhe deu motivo para respirar novamente. Suas cartas pareciam animadoras. Ela não as conseguia ver perfeitamente – não sem os óculos. Mas ela pôde ver que todas eram vermelhas e tinham figuras. A lógica lhe disse que deveriam ser boas. Um par de valetes, no mínimo. Ela olhou para o centro da mesa, com um monte de moedas. Mais do que suficientes para repor o que os bandidos haviam levado. Talvez isso fosse parte do plano de Colin.

"Um mero par de noves, só isso." O duque baixou suas cartas. "Estou certo de que você pode fazer melhor que isso, Colin."

Sim! Ele pode. Ela agarrou a borda do bolso do colete dele, tonta de empolgação.

Colin ficou em silêncio por algum tempo.

"Sinto desapontá-lo, Hal", disse ele, "mas você me derrotou." Ele baixou as cartas viradas para baixo diante de si.

Com uma risada gananciosa, o Duque de Halford recolheu seus ganhos.

A mão de Minerva escorregou do bolso de Colin. Ela estava aturdida. Horrorizada. Eles só tinham quatro xelins agora. Ela tinha que tirar Colin daquela mesa antes que ele perdesse tudo que possuíam. Mas como? Ela não podia nem mesmo falar com ele, graças às suas histórias malucas. Aquelas pessoas acreditavam que ela era Melissande, uma princesa refugiada de algum minúsculo principado alpino. Ou, talvez, uma assassina que poderia garrotear a todos enquanto dormiam. E, em seu tempo livre, amante de Colin. Sua amante mundana e sensual.

Minerva mordeu o lábio. Talvez houvesse uma forma de levá-lo para longe daquela mesa sem usar palavras. Ajeitando-se no colo dele, ela esticou uma mão para acariciar seu cabelo. As pesadas mechas marrons se enrolaram em seus dedos, e passavam como penas por sua palma. Com a outra mão ela foi soltando o nó da gravata até que toda a extensão do tecido deslizou do pescoço dele de forma lenta e sensual. Ela acreditou que o ouviu gemer, um pouco.

Minerva enfiou o rosto no pescoço dele. O aroma de conhaque exalava de sua pele, profundo e inebriante. Sem seus óculos, e perto como Colin estava, ele não era para ela mais que um borrão não barbeado. Mas era um borrão dolorosamente lindo, apesar de tudo. Esticando o pescoço, ela o beijou no rosto. A respiração dele falhou, e ela quase perdeu a coragem de continuar. Mas ela havia começado, e não tinha como parar. Inclinando a cabeça, ela o beijou debaixo do queixo.

Do outro lado da mesa, o duque soltou uma risada seca.

O coração de Minerva parou. Ela congelou, com os lábios grudados na garganta não barbeada de Colin. O que ela estava pensando? Uma sedutora descarada? *Ela?* É claro que Halford não acreditaria nisso. Ninguém com a cabeça no lugar acreditaria.

"Colin", disse o duque, "será que você quer pular esta jogada? Parece que a bela Melissande precisa ser levada para a cama."

O pomo de adão de Colin pulou em sua garganta.

"Ela pode esperar."

"Talvez", respondeu o duque, com uma risada de quem entende a situação. "Mas você, pode? Eu nunca vi os nós dos dedos de um homem tão brancos."

A satisfação fervilhou no corpo dela. Halford *tinha* acreditado. Colin *foi* afetado. Ela *era* uma sedutora. Mas Minerva ainda não tinha conseguido seu objetivo – afastar Colin da mesa de carteado. Minerva redobrou seus esforços. Ela enfiou os dedos com força no cabelo dele. E lambeu seu pescoço, arrastando a língua da veia pulsante até o lóbulo da orelha. Com a ponta da língua ela desenhou cada reentrância e cada saliência da orelha dele.

"Para cima", sussurrou ela. "Leve-me para cima. Agora."

Colin segurou as costas do vestido dela, e a fez prender a respiração com um puxão. Mas a repreensão forte e secreta apenas serviu para inflamar a natureza rebelde de Minerva. De quem foi a ideia de que ela desempenhasse aquele papel? Ele não tinha direito de reclamar. Além disso, uma parte dela estava gostando daquilo. E a julgar pela saliência dura e quente que ela sentia em sua coxa, parte dele também estava gostando. *Isto não mente.* Ela beijou a clavícula dele, enquanto levava os dedos para os botões da camisa. E foi soltando um, depois outro, e enfiou seus dedos dentro da camisa para acariciar o peito macio e musculoso.

"Sua pilha de moedas está bem baixa, Colin", observou o duque. "Já que você parece tão pouco interessado em desfrutar da Melissande, talvez queira fazer uma aposta amigável. Eu apostaria uma boa quantia de dinheiro contra esses encantos... tão óbvios e abundantes."

Minerva teve que se esforçar muito para não demonstrar que entendeu o que o duque falou, com um olhar ameaçador. Ou com um vômito violento.

Colin também ficou tenso.

"Cuidado, Halford."

"Por quê? Não é como se ela pudesse entender o que estamos falando." O duque embaralhou e distribuiu as cartas. "Uma mão, um vencedor. Você põe sua garota na mesa e eu aposto uma das minhas. Quem ganhar vai se divertir em dobro esta noite."

Cada músculo do corpo de Colin ficou instantaneamente duro como pedra. Uma de suas mãos fechou, formando um punho. A outra buscou a pistola em sua cintura.

O sangue de Minerva ficou gelado em suas veias. Aqueles impulsos protetores eram muito bonitos, mas a última coisa de que ela precisava era que Colin começasse uma confusão com o duque. Eles seriam expulsos de Winterset Grange – com nada além da roupa do corpo, e dessa vez à noite. Uma questão de minutos os separava do desastre. Mas ela podia ver, pela expressão tempestuosa dele, que não levaria nem dez segundos para algo acontecer.

Tirando Minerva do colo, ele se pôs em pé. Colin apontou um dedo para o duque.

"Você *nunca*..."

Tapa. Minerva o esbofeteou em cheio no rosto.

Colin olhou aturdido para ela, visivelmente estarrecido.

Ela ergueu os ombros. Ele não lhe deu alternativa. Minerva tinha que impedir a briga entre os homens. E Colin não podia começar uma briga com o duque se ela começasse primeiro uma briga com Colin. Então... *Tapa.* Ela usou a mão esquerda dessa vez, mandando a cabeça dele na outra direção. Então ela recuou, fervilhando o mais dramaticamente que, ela imaginava, poderia fervilhar uma princesa-assassina alpina de cabelos escuros e sangue quente. Adotando um sotaque inespecífico – algo entre italiano e francês – ela apertou os olhos e disse:

"Vozêê. Bais. Tar. Du."

Ele franziu as sobrancelhas.

"Quê?"

Ah, pelo amor de Deus.

"Vozê!" Ela o empurrou com as duas mãos no peio. "Bais. Tar. Du."

Levantando de sua cadeira, Halford riu.

"Eu acho que ela está chamando você de bastardo, caro amigo. A encrenca é com você. Parece que a vagabunda entende um pouco de inglês, afinal. Céus."

Finalmente, Colin entendeu.

"M-m-mas Melissande, eu posso explicar."

Ela o rodeou, rugindo.

"Bais. Tar. Du. Bais. Tar. Du."

Quando ele voltou a falar, Minerva percebeu que Colin se esforçava para não rir.

"Acalme-se, querida. E se você for fazer alguma coisa... por favor, eu lhe peço, não vá ter um de seus ataques de cólera e paixão incontrolável."

Malandro incorrigível. Ela tinha certeza de que Colin havia lançado um desafio. Muito bem... Ela iria aceitar. Minerva pegou uma taça na mesa. Ela entornou a maior parte do vinho em um único gole, então jogou o resto na cara de Colin, espirrando vinho nos dois. Gotículas vermelho-rubi escorriam por seu rosto atônito. Com um rugido baixo, ela se jogou nele, pegando-o pelos ombros e envolvendo o quadril dele com suas pernas. Ela lambeu o vinho de seu rosto, passando a língua pelas faces, queixo... e até pelas sobrancelhas. E então ela terminou sua performance de amante enlouquecida com um beijo lento, profundo, selvagem nos lábios que fizeram Colin gemer dentro de sua boca e agarrar seu traseiro com as duas mãos.

"Para cima", ela gemeu contra seus lábios. "Agora."

Finalmente, ele a carregou para fora da sala e a beijou até estarem no meio do corredor. Lá ele parou, aparentemente incapaz de segurar a risada por mais um momento sequer. Ele a apoiou na parede e arquejou no pescoço dela, tremendo de rir.

Bem, ela ficou contente que alguém achou aquilo divertida. Ainda rindo, ele a pôs em pé e a puxou escada acima e depois para um corredor lateral. Ele abriu a porta de uma suíte, que obviamente já conhecia. Sua decoração sofria da mesma abundância de folhas de ouro e escassez de bom gosto que o restante de Winterset Grange.

"Oh, Min. Aquilo foi ótimo."

"Aquilo" – ela fechou a porta com violência – "foi humilhante."

"Bem, foi uma interpretação magnífica de amante." Ele tirou o casaco, pôs a pistola de lado e começou a desabotoar o colete. "Que raios foi aquilo, com... a lambeção e o vinho? E por que diabos você..."

"Chama-se improvisação! Agir sob pressão e essa coisa toda." Ela passou as mãos pelo cabelo solto e revolto, inspecionando ansiosamente o quarto até que encontrou o baú com Francine, bem guardado debaixo de uma mesa lateral com pernas torneadas. "Eu tinha que afastar você da mesa de carteado antes que você perdesse todo nosso dinheiro e arruinasse tudo. Nós já devemos ao duque dezesseis xelins do meu soberano. As dívidas de jogo não devem ser pagas imediatamente?"

Ela cruzou o quarto até Colin e enfiou a mão no colete dele. Quando seus dedos roçaram no peito dele, Minerva percebeu que ele prendeu a respiração.

"Eu preciso disto", explicou ela, repentinamente tímida. Ela retirou seus óculos do bolso interno e os recolocou no rosto. A sensação de colocar o quarto em foco foi boa.

Ela só queria que as lentes ajudassem a entender Colin. O que ele estava fazendo na sala de carteado? *Tentando* acabar com a viagem ali? Talvez ele estivesse cansado dela e de Francine e tivesse decidido abusar da generosidade do duque em Winterset Grange até seu aniversário.

"É o Clube do Xelim", disse ele. "Nós jogamos com xelins, mas eles valem cem libras cada."

"Cem libras? *Cada*?" Ela achou que ia desmaiar. Ela levou a mão à cabeça. "Mas como nós vamos..."

"Não vamos." Ele tirou o colete e o colocou de lado. "Eu sempre perco, nunca pago. Eles sabem que um dia vou honrar meus compromissos."

"Mas por que perder? Eu consegui enxergar suas cartas, na última mão. Elas eram melhores que as do duque. Você o *deixou* ganhar."

Ele soltou a gravata com um puxão e a pendurou nas costas de uma cadeira.

"Deixei, bem... Todo mundo gosta de um bom perdedor. É por isso que sou sempre bem-vindo em qualquer mesa de jogo, em qualquer noite, aqui ou em Londres. Não me faltam amigos."

"*Amigos.*" Ela cuspiu a palavra. "O que torna esses homens seus amigos? O fato de que eles deixam você sentar à mesa deles e perder pilhas de dinheiro? Isso dificilmente se encaixa em qualquer definição de amizade que eu conheça."

Ele não respondeu. Simplesmente sentou na borda da cama para retirar as botas.

"Eles não respeitam você, Colin. Como respeitariam? Eles não o conhecem. Não o verdadeiro Colin."

"E o que torna *você* uma especialista no verdadeiro Colin?"

"Talvez eu não seja. Mas também não tenho certeza de que *você* próprio saiba quem é. Você simplesmente se torna a pessoa que a situação exige."

Ele chutou as botas de lado e foi, sem dizer nada, até um quarto adjacente. Possivelmente um quarto de vestir ou de banho. Ela ouviu o som de água caindo em uma bacia.

Minerva ergueu a voz.

"Quero dizer, estou começando a notar um padrão. Todas as suas máscaras são variações do mesmo tema. O malandro encantador, divertido, com a dor oculta, mas não muito. É óbvio que isso funciona muito bem para você. Mas não chega uma hora em que isso cansa?"

"Cansa mesmo." Ele voltou para o quarto com o cabelo úmido e a camisa para fora da calça e as mangas arregaçadas até os cotovelos. "Min, por favor. Estou um pouco bêbado e extremamente cansado. Podemos deixar o resto desse estudo de personalidade para amanhã?"

"Acho que sim", ela suspirou.

"Então deite-se. Estou exausto."

Com uma dose de contorcionismo ela conseguiu soltar os fechos nas costas do vestido. Ela passou pelos quadris o vestido esfarrapado, manchado de vinho, e o jogou de lado sobre a espreguiçadeira. Pensar que ela não tinha outra coisa para vestir no dia seguinte foi deprimente. Pela manhã, ao menos, ela podia pedir um banho de verdade. No momento, Minerva teria que se virar com o lavatório e sabão.

Após abotoar a roupa de baixo, ela deitou na cama ao lado dele e ficou olhando para o teto. Alguns minutos se passaram.

"Você não está dormindo", disse ela.

"Nem você."

Ela mordeu o lábio. Uma coisa pesava em sua consciência, e ela não tinha ninguém mais para contar.

"Ele também não me conhece."

"Ele quem?", perguntou, grogue, Colin.

"Sir Alisdair Kent." À menção desse nome, ela sentiu a tensão repentina no lado da cama em que estava Colin. "Quero dizer, ele conhece minhas descobertas científicas, e admira meu intelecto. Mas ele não conhece a verdadeira eu. Tenho conduzido todos os meus negócios com a sociedade através de correspondência, e sempre assinei como M. R. Highwood. Então, Sir Alisdair... Bem, ele acha que eu sou homem."

Vários momentos se passaram.

"Ele vai ter uma surpresa e tanto."

Ela riu, olhando para o teto.

"Vai mesmo." Se a surpresa seria agradável ou desagradável, ela receava supor.

"Mas isso é estranho", disse ele. "Havia afeto genuíno naquela carta."

"Afeto apenas amistoso, tenho certeza."

"Eu não tenho tanta certeza. Talvez ele esteja apaixonado por você."

O coração dela falseou alegremente. Não com aquela ideia, mas com o som da palavra escapando dos lábios de Colin: *apaixonado*.

"Como isso seria possível?" Ela se virou para o lado, dobrando o cotovelo e apoiando a cabeça na mão. "Você não ouviu o que eu acabei de falar? Sir Alisdair pensa que eu sou homem."

"Oh, eu ouvi o que disse." Olhos demoníacos procuraram os seus. "Talvez ele pense que você é um homem e está apaixonado por você. O pobre camarada vai ter o coração partido em breve, se for esse o caso."

Ela franziu a testa, sem saber se entendia as implicações.

Ele riu baixinho.

"Não preste atenção em mim, querida. Meu saco está doendo, e meu orgulho ferido. Estou azedo e me sentindo muito mal esta noite. Se você sabe o que é bom para você, é melhor me ignorar e procurar dormir."

"Por que seu saco está doendo?" Ela sentou na cama. "Está machucado? Foi o bandido?"

Com um gemido, ele cobriu os olhos com o braço.

"Minha querida garota, você pode ser uma geóloga brilhante, mas sua compreensão de biologia é realmente terrível."

Ela olhou para a frente da calça dele. Estava impressionantemente armada.

"Durma, M."

"Não, acho que não vou dormir. Não ainda." Com determinação súbita, ela se pôs a desabotoar a abertura da calça. Minerva conseguiu abrir completamente um lado antes que ele conseguisse se erguer com os cotovelos.

"O que você está fazendo?"

"Satisfazendo minha curiosidade." Ela enfiou uma mão por baixo do tecido e ele estremeceu. Uma onda de poder correu pelo corpo dela. O vinho que ela tinha bebido na sala de jogos estava fazendo efeito, derretendo suas inibições. Ela queria saber, ver e tocar – aquela parte mais honesta, mais *real* dele. *Isto não mente.*

"Eu fiz como você pediu e banquei sua amante lá embaixo", disse ela. "Eu fiz por merecer. Quero ver e tocar isto direito. Ainda não tive a oportunidade."

"Mãe de..."

"Fique calmo. Como foi que você me falou? Pense nisso como uma... uma escavação." Sorrindo, ela curvou os dedos ao redor de sua extensão dura e quente. "É em nome da ciência."

É em nome da ciência. Rá! Aquela era uma cantada de primeira, era mesmo. Bem no nível de "Você pode salvar minha vida esta noite" e "Querida, ensine tudo sobre o amor para mim." Colin fez uma nota mental para lembrar daquelas palavras no futuro. Então a mão dela se fechou em volta de seu membro intumescido e sua mente ficou vaga.

"Bom Deus", ele se ouviu murmurar. Aquilo era perigoso. Ele estava meio bêbado e mal conseguia se controlar.

Regras, ele procurou se lembrar. Ele tinha regras. Mas, por acaso, nenhuma delas cobria carícias virginais em nome da ciência. Deixe que Minerva Highwood transforme os jogos íntimos em algo totalmente novo. Ela o segurou delicadamente por um instante, passando seu polegar para cima e para baixo na parte inferior de seu membro. A fricção suave, deliciosa, mais provocava do que satisfazia. Então ela o soltou e começou a puxar para baixo sua calça e a roupa de baixo, lutando para passá-las pelo quadril.

"Estão atrapalhando", explicou ela, quando ele a olhou escandalizado.

Colin deixou a cabeça cair no travesseiro, resignado. Ele não tinha ideia de como impedir aquela exploração científica e, sinceramente, nenhum desejo de fazê-lo. Ele a ajudou erguendo o quadril e empurrando a calça com os pés, depois que ela tinha amontoado as peças em seus joelhos.

"Ah, por que parar nisso", murmurou ele, pegando a camisa com as duas mãos e a puxando pela cabeça, antes de desabar novamente no colchão. "Pronto. Aqui está seu modelo vivo. Explore à vontade."

E foi o que ela fez. Ela explorou o corpo dele – cada centímetro – com um ritmo sossegado que o deixou louco de desejo. Colin começou a se arrepender por ter oferecido seu corpo para as experiências dela. Quando ela arrastou o dedo levemente até o centro do peito dele, uma maldita lesma teria sido mais rápida que a ponta do dedo dela. Exausto e bêbado demais para fazer outra coisa, Colin simplesmente ficou deitado ali e aguentou. Ele sofreu com a exploração lenta e doce de seus braços, peito, abdome – Deus, de seus *mamilos*. Ele emitiu um som que temeu não ser muito másculo quando ela roçou seus mamilos. Enquanto isso, o membro ignorado dava pulos para chamar atenção, esticando-se na direção do umbigo e assumindo cores que, Colin imaginou, eram tons lívidos de ameixa e vermelho.

"Se você pretendia me torturar", rangeu ele, "está fazendo um trabalho excelente."

"Estou mesmo?" Ela passou os dedos pela clavícula dele. Minerva o estava provocando de propósito, agora, a sapeca.

Com uma imprecação, ele agarrou a mão dela e a levou até onde ambos a queriam. O alívio foi imediato, intenso. E nem um pouco suficiente.

"Nossa." Ela falou a palavra com um tom espantado, altamente gratificante, que o fez se perguntar por que não arruinava virgens com maior frequência. "Ele está tão... duro."

"Você me deixa assim." Incapaz de resistir, ele curvou sua mão sobre a dela e silenciosamente a fez apertar mais, mostrando a Minerva como queria ser acariciado. Ela obedeceu, com um vaivém de enlouquecer.

"Como você o chama?", perguntou ela. "Ouvi dizer que existem vários nomes."

"Nomes? Como Pedro, Belavista, Sir Sigmund Pau?" A respiração dele estava oscilante. "É só o meu pênis, querida."

Ela desceu a mão até a base e a agarrou apertado.

"Seu pênis."

Oh, bom Deus. Ela o enlouquecia quando falava daquele jeito.

"Eu gosto bastante do seu pênis. Liso como pedra-sabão por fora." Ela deslizou a mão para cima novamente. "Mas igual a granito por baixo."

Ele riu. Uma risada forçada, tipo *rá, rá, rá, ainda morro disso*.

"Bem, nós dois sabemos o quanto você gosta de rochas."

"Eu adoro rochas, de fato." Um sorriso sedutor surgiu no rosto dela. "Eu as acho absolutamente fascinantes. Estou sempre as pegando na mão. Explorando cada saliência e contorno." Ela passou um dedo, suave como uma pétala de rosa, pela cabeça do membro, acompanhando a borda saliente da glande e a abertura no topo. Então ela desceu o toque, provocador, por toda a extensão, até a base. "Algumas delas têm veias bem interessantes."

"Eu imagino que você nunca – em nome da ciência, é claro – pôs esses objetos absolutamente fascinantes na sua boca?"

Ela congelou.

"O quê?"

Ele deu um tapa na própria testa. Esse – *esse* – era o motivo pelo qual ele tinha regras quanto a virgens. O pedido libidinoso tinha escapado, em um momento de descontrole

"Estou bêbado, Min." Ele fez um gesto para ela deixar para lá. "Esqueça o que eu disse."

"Como eu poderia esquecer que você disse *isso*?" A mão dela apertou o pênis dele, como se pudesse extrair uma resposta de sua ponta. "Que sugestão. As mulheres realmente..." Ela engoliu em seco ruidosamente. "*Sério?*"

"Você gostaria de ouvir uma verdade, completamente científica, nua e crua?" Com esforço, ele se ergueu sobre um cotovelo, e levou uma mão até o rosto dela, colocando-a sobre a bochecha. Colin, então, esticou o polegar até os lábios entreabertos. "Você", ele sussurrou com a voz rouca, "possui a boca mais erótica que eu já vi. Esses lábios doces, carnudos, me deixam louco. É impossível olhar para você e não... não *imaginar* como seria."

Ela arregalou os olhos.

"Você *imaginou*?"

Ele aquiesceu.

"Ah, imaginei."

"V-você passou algum tempo..."

"Horas, provavelmente, se somarmos tudo."

"Pensando em..."

"Nisto." Ele deslizou o polegar por entre os lábios atônitos dela, penetrando profundamente em sua boca quente e úmida. "Sim."

Eles ficaram se entreolhando, sem se mover. Então, após uma pausa longa e excruciante, ela fechou os lábios em volta do polegar dele. Sua língua se curvou, lambendo-o suavemente. Massageando-o. Um choque correu para seu pênis e ele gemeu de prazer.

"Deus, *isso*. É assim que se faz." Ele tirou o dedo um centímetro para fora, depois o enfiou novamente, mais fundo. As bochechas dela entraram enquanto ela chupava de leve. "Você é indescritivelmente inteligente, Min. E tão... tão linda."

Ela gemeu um pouco quando ele retirou o polegar de sua boca. Seus lábios o apertava tanto que ele ouviu um estalo quando finalmente saiu.

"Santo Deus", murmurou ele, desabando no colchão. "Você vai me matar."

Ela observou seu pênis, segurando-o firmemente na mão enquanto o observava, pensativa. Só a ideia de vê-lo todo desaparecer na boca... era quase suficiente para fazer Colin gozar, ali mesmo. Mas então a maldita consciência dele falou mais alto.

"Min, você não precisa... diacho, você não deve."

"Por que não? Você quer, não é?"

"Com cada corpúsculo do meu ser, acredite em mim. Mas não posso lhe pedir isso. E você não deveria oferecer. Isso tornaria... tornaria as coisas difíceis pela manhã."

Ela até tremeu de tanto rir.

"Nós não aguentaríamos isso. Porque as coisas têm sido tão fáceis entre nós, não é?"

Com um movimento de cabeça, ela jogou a longa crina de cabelo escuro e ondulado por cima do ombro, e então sua cabeça – e aquela boca provocante – começou a descer lenta, mas decidida. Ela era uma verdadeira aventureira científica. *Regras*. Ele tinha que ter alguma regra contra aquilo. E mesmo que ele não tivesse algo estabelecido... um código de conduta que lhe permitia enfiar o pênis na boca de uma virgem, mas não em sua...? Bem, esse código talvez precisasse ser repensado. Mas então um doce beijo o pegou e ele *entrou* no paraíso quente e macio que era a sua boca. Nenhum pensamento apareceria mais naquela noite.

"Oh", ele gemeu quando o calor dela o envolveu. "Oh, Minerva."

Os lábios dela desceram, passando pela glande intumescida da ereção e chegaram à metade do membro. Então ela o chupou de leve, sua língua o acariciando em ondas doces. Ele arqueou o quadril e soltou uma imprecação. Ela tirou a boca, deixando-o brilhante, dolorido e possivelmente duro o bastante para moer pedras. Colin lutou para dominar sua decepção. Ela conduzira seu experimento e agora estava satisfeita. Ele não iria, não poderia pedir mais. Mas em vez de abandoná-lo por completo, ela começou a dar beijinhos por toda sua extensão. Ele fechou os olhos, deleitando-se com sussurros recatados de satisfação. Aquela era a tortura mais doce que ele havia sofrido. Quando ela o tomou na boca novamente, foi mais fundo, engolindo metade dele. Seu recuo lento, escorregadio, deixou-o louco de carência. Ele se contorceu sobre a cama, procurando onde se segurar. Mas não conseguiu encontrar. Sendo o maldito bais-tardu que ele era, Colin estendeu as mãos até ela e fez o que queria fazer há muito tempo. Ele enrolou as mãos naquele cabelo escuro e sedoso e então a guiou, ensinando-lhe como lhe dar prazer. Arrastando sua boca sensual e quente para cima e para baixo em um ritmo contínuo. Ele era um vadio. Um monstro. Ele iria queimar nas chamas do inferno. E valeria a pena.

"Isso", ele disse para ela, e Minerva se afastou novamente, sentando na cama.

"Você não..." Ele arfou em busca de ar. "Você não tem que continuar." Como se isso fizesse dele algum tipo de santo generoso.

Ela apenas sorriu. Primeiro, Minerva tirou os óculos, dobrou-os e os colocou de lado. Então ela ajeitou sua posição, apoiando-se nos joelhos de modo a ficar com as pernas dele entre as suas. Depois se dobrou e o tomou novamente com a boca. Colin gemeu. Ela aprendia tão rápido. Aquilo estava ficando sério. Descarado, ele assistiu àqueles lábios suculentos e carnudos subir e descer por seu pênis. A fricção apertada e molhada era apenas parte do prazer. O restante vinha do doce triunfo de ser acariciado por *ela*, receber prazer *dela*. E, mais do que tudo, de estar *dentro* dela, da forma que fosse. Ele queria isso tão intensamente. Todas aquelas noites deitado *ao lado* dela, enquanto Colin queria estar *dentro* dela. Ser parte dela. Sentir-se unido, e não sozinho.

Ele fez um carinho descendo a mão pelo corpo dela até alcançar a barra de sua camisola, e a levantou. Ele deslizou a mão por baixo do tecido delicado e tocou a coxa exposta. Ela gemeu, abrindo um pouco as pernas. Ele tomou aquilo como encorajamento e levou suas carícias para mais alto. Até que aninhou em sua mão o sexo dela, úmido e quente, guarnecido por cachos atraentes. *Sim. Deus, sim.* Ele passou um dedo por entre as dobras escorregadias, esfregando o sexo dela para cima e para baixo. Ela ganiu e movimentou o quadril, à procura do toque dele. Colin enfiou o dedo médio dentro da abertura apertada, movendo-o em estocadas lentas e rasas que ela começou a imitar com a boca. Quando ele se movia mais rapidamente, ela fazia o mesmo. Quando Colin enfiava o dedo mais fundo, ela mergulhava, engolindo-o quase até a base. O prazer era muito agudo, muito intenso. Ele não aguentaria muito tempo. Colin fechou a mão, para que a parte alta da palma esfregasse a pérola dela. Gemendo de prazer, ela pressionou seu sexo no toque dele. Minerva movimentava o quadril em marcha acelerada, frenética, e, pela primeira vez, seu próprio ritmo falhou.

"*Min*", gemeu ele.

Ela ergueu a cabeça, os olhos vidrados e tomados de excitação. A mão esquerda dele permaneceu alojada entre as coxas dela. Colin pôs sua mão direita sobre a dela onde Minerva segurava, na base de sua ereção.

"Assim." Ele puxou a mão dela para baixo e para cima. "Isso."

Eles acariciavam um ao outro em ritmo firme, contínuo, olhando nos olhos conforme o prazer crescia. Até que ela fechou as pálpebras e linhas finas surgiram entre suas sobrancelhas.

"Colin", ela arquejou.

"Sim, amor. É isso." A cabeça dele rolou para trás, no travesseiro, enquanto ele a acariciava e guiava mais rapidamente. "É isso. É..."

Ela gritou. Seus músculos íntimos apertaram e pulsaram ao redor do diâmetro do dedo dele. Então, o clímax de Colin irrompeu, enviando prazer puro por todo o corpo, e fazendo brilhar uma luz branca atrás de suas pálpebras. Após o clímax, Colin manteve os olhos fechados. Ele tirou o dedo do sexo dela e puxou a camisola por sobre as coxas. Seu peito subia e descia com a respiração pesada. Ele tentou puxá-la para se deitar do seu lado, mas ela continuou onde estava, montada em sua perna, a mão curvada ao redor de sua ereção que começava a vacilar. Agora que sua curiosidade havia sido satisfeita, e suas próprias necessidades atendidas, Colin imaginou que ela fosse se afastar dele. Claro que ela perceberia que ele a tinha usado e que havia tomado liberdades com seu corpo e sua confiança. Ele esperava realmente que ela passasse a odiá-lo com uma paixão renovada – não, sem precedentes. Quando ele finalmente reuniu forças para erguer a cabeça e avaliar a reação dela, Colin a encontrou recolocando os óculos. A expressão dela não indicava ódio, mas... Interesse científico. É claro.

"Oh, Colin." Ela molhou um dedo em seu abdome melecado, depois esfregou o indicador no polegar, como se testando a qualidade de sua semente. "Isso foi *fascinante*."

Capítulo Vinte

Ele tinha razão. As coisas ficaram um pouco estranhas pela manhã. Minerva deixou Colin dormindo e saiu da cama o mais discretamente possível e chamou a empregada com a campainha. Ela encontrou a criada na porta da suíte, onde usou mímicas ridículas para pedir um banho quente no quarto ao lado. Ela sentiu certa aflição quando as criadas trouxeram a água aquecida e a banheira, com vergonha do que aquela cena sugeria. Uma mulher jovem, solteira, compartilhava o quarto com um lorde adormecido e nu. Mas as empregadas pareciam profissionais entediadas, não chocadas. Minerva logo percebeu que, para as empregadas de Winterset Grange, aquilo não era nenhum escândalo. Era simplesmente... sexta-feira. Deus, era *sexta-feira*. O número de dias até o simpósio começar estava diminuindo, e eles mal tinham percorrido um terço do caminho até Edimburgo.

Apesar da urgência que aquele cálculo impunha, ela se demorou no banho. As empregadas lhe trouxeram óleos aromatizados e sabonetes, pétalas de rosa para a água do banho e fatias de pepino frias para acalmar seus olhos. Minerva aceitou ajuda para lavar o cabelo. Depois ela dispensou as criadas e ficou na banheira até a água esfriar, enquanto sentia a dor e a tensão sendo expulsas de seus músculos. Enquanto se enxugava com a toalha, ela lastimou o fato de que não tinha nada para vestir que não a mesma roupa de baixo suja e o vestido de seda destruído no dia anterior. Talvez houvesse, em algum lugar daquela casa, roupas que ela pudesse pegar, mas Minerva refletiu que não conseguiria vestir os trajes que alguma amante esquecera por ali. Mas então seus olhos encontraram seu baú, que continha a pegada de Francine, suas anotações científicas e... Seu enxoval.

Enrolada na toalha, ela atravessou o quarto na ponta dos pés e abriu as fivelas no baú. Cuidadosamente pondo de lado seus diários e documentos, ela removeu os rolos de tecido branco que protegiam o molde de gesso. Em sua maior parte, aqueles volumosos cilindros brancos eram lençóis bordados, toalhas de mesa e fronhas. Mas havia outros itens, de natureza mais pessoal. Camisolas rendadas. Xales translúcidos. Espartilhos para levantar o busto. Meias de seda e ligas. Ela havia esquecido dessas coisas, que estavam enterradas no baú há anos. Minerva acreditava que nunca teria uso para esses trajes tão sensuais. Ela tinha desistido da ideia de casamento. Depois dessa viagem – e céus, depois da *noite* passada – casamento parecia ainda mais improvável. Mas isso não significava que ela não podia usar essas coisas, ou que ela devia negar esse seu lado. As peças naquele baú eram elegantes e sensuais, e eram *dela*. Tivesse ou não um marido para exibi-las.

Ela desdobrou uma camisola branca imaculada, com grandes decotes rendados na frente e atrás. Tirando o ramo de lavanda seca, embrulhado com a peça para mantê-la perfumada, Minerva vestiu a peça transparente e ficou diante do espelho. Virando-se para poder se observar de diferentes ângulos, ela passou as mãos pelo corpo, fazendo o tecido leve colar na pele. Até que os botões cor de vinho de seus mamilos aparecessem por baixo, e também o triângulo escuro entre as pernas. Ela deslizou novamente as mãos pelo corpo, gostando da sensação quente de sua pele por baixo do tecido frio. As curvas suaves de seus seios, quadril e abdome. Enquanto ela observava suas mãos tocando sua própria pele, seu pulso acelerou. Aquele corpo *desejava*. Aquele corpo era *desejado*, por ele.

No quarto de dormir, Colin se mexeu e murmurou algo, ainda dormindo. Minerva se assustou, depois levou as mãos à boca para sufocar uma risada. Ela colocou meias transparentes de seda e as amarrou com laços cor-de-rosa. Então ela voltou a chamar a criada, para ajudá-la a entrar em um espartilho francês que levantava e separava os seios, criando um efeito bastante atraente. Com relutância, ela vestiu novamente o traje de seda azul. Mas o efeito ficou muito melhor com a camisola rendada branca aparecendo no decote. E ela encontrou uma sobressaia branca, bordada, no baú, muito parecida com um babador. Ela cobria a maior parte das manchas de vinho.

Seu cabelo continuava úmido, então em vez de o prender todo com grampos, ela simplesmente pegou algumas mechas da frente e as segurou com presilhas de tartaruga. O resto do cabelo ficou solto sobre os ombros.

"Bom dia."

Ela se virou e viu Colin enrolado nos lençóis, apoiado em um cotovelo, esfregando o rosto não barbeado com a mão.

"Bom dia", respondeu ela, resistindo à tentação infantil de dar um rodopio para obter a aprovação dele.

Ele piscou e firmou o olhar. Um sorriso entortou seus lábios.

"Ora, Min. Como você está bonita."

Uma alegria vertiginosa borbulhou através dela. Foi um elogio simples, mas perfeito. Ela teria duvidado dele se tivesse dito que estava "incrível", "linda" ou "maravilhosa". Mas "bonita"? Isso ela quase podia acreditar.

"Sério?", perguntou ela. Minerva não achava ruim ouvir aquilo de novo.

"Você é o retrato de uma garota atraente do interior." Ele percorreu o corpo dela com os olhos, detendo-se no decote emoldurado pela renda. "Você me faz querer encontrar um monte de feno."

Ela corou, como imaginou que qualquer garota atraente do interior faria.

Colin bocejou.

"Faz tempo que você levantou?"

"Uma hora. Talvez mais."

"E eu não acordei?" Ele franziu a testa. "Incrível."

A empregada trouxe uma bandeja de café da manhã. Colin levantou da cama e foi se arrumar. Minerva se banqueteou com ovos quentes, pãezinhos com manteiga e chocolate.

"Você deixou alguma coisa para mim?", perguntou ele quando voltou ao quarto, cerca de quinze minutos depois.

Ela ergueu os olhos, viu-o e deixou a colher cair fazendo um barulho na mesa.

"Isso é simplesmente injusto."

Quinze minutos. Vinte, no máximo. E nesse tempo ele tomou banho, fez a barba e vestiu uma calça e uma camisa limpa e passada. Pode ser que ela estivesse "bonita" ou "atraente". Mas ele estava magnífico.

Colin ajeitou o punho da camisa.

"Eu sempre deixo algumas peças de roupa aqui. Mas, infelizmente, não deixei um casaco. Vou ter que continuar com o mesmo que estava vestindo."

Foi mesquinho da parte dela, tentar se consolar com aquilo. Mas foi o que ela fez.

"Agora." Ele sentou em frente a ela e pegou uma fatia grossa de torrada. "Quanto à noite passada."

Ela estremeceu.

"Precisamos falar da noite passada?"

Colin passou manteiga em sua torrada com movimentos lentos e contínuos.

"Acredito que devemos falar. Um pedido de desculpas é necessário."

"Oh." Aquiescendo, ela engoliu em seco. "Desculpe-me por tirar proveito de você."

Ele engasgou com a torrada.

"Não, sério", continuou ela. "Você estava exausto e mais do que 'alto', e eu fui incrivelmente descarada."

Ele balançou a cabeça e emitiu sons de discordância. Colin empurrou a torrada com um gole rápido de chá.

"Minerva." Ele estendeu o braço por cima da mesa para tocar no rosto dela. "Você foi... uma revelação. Acredite em mim, você não tem nenhum motivo para se desculpar. O descaramento foi todo meu." Os olhos dele mostraram preocupação. "Eu acredito que não devemos continuar esta viagem, querida. Eu prometi a mim mesmo que levaria você até a Escócia sem lhe fazer mal. Mas se continuarmos a compartilhar a cama, correrei risco sério de lhe fazer mal. Irreparavelmente."

"Como assim?"

Ele levantou uma sobrancelha.

"Eu acho que você entendeu o que eu quis dizer."

Ela entendeu. Ele queria dizer que a desejava, mais do que já desejou qualquer mulher em sua vida devassa e desregrada – e que não tinha certeza de que poderia honrar sua promessa de não a seduzir. O coração dela acelerou. Com empolgação, com medo.

"Mas não podemos voltar agora. Não podemos desistir."

"Não é tarde demais", disse ele. "Nós podemos estar em Londres esta noite. Eu levaria você para a casa de Bram e Susanna, e nós podemos dizer para todo mundo que você esteve lá o tempo todo. Algumas pessoas vão falar, mas se meu primo colocar o nome dele a seu favor... você não estará arruinada."

Ela ficou olhando para a toalha da mesa. A ideia de simplesmente dar meia volta e retornar a Spindle Cove, sem nunca ter chegado a Edimburgo... ela estava preparada para voltar arruinada e desgraçada. Mas não sabia se conseguiria viver voltando *derrotada*. E como poderia voltar à sua antiga vida, simplesmente fingindo que nada disso aconteceu? Impossível.

"Min..."

"Nós podemos fazer isto, Colin. Podemos chegar em Edimburgo a tempo. E eu posso manter você no seu lugar, se é isso que o preocupa. Eu voltarei a ser geniosa e desagradável. Eu... eu vou dormir com um porrete debaixo do travesseiro."

Ele riu.

"De qualquer modo, estou satisfeita, agora. Você sabe, em termos de curiosidade. Depois da noite passada, tenho certeza de que vi tudo que havia para ver."

A voz dele ficou ameaçadora de um modo excitante.

"Acredite em mim. Você ainda não viu uma fração do que eu poderia fazer com você."

Ah, não. Não me diga isso.

"Colin, por favor." Ela apertou os olhos, depois o abriu. "Pense no dinheiro. Pense nos quinhentos guinéus."

Ele balançou a cabeça.

"Não se trata de dinheiro, querida."

"Então pense em Francine."

"Francine?"

"Pense no que ela representa. E se há muito tempo, antes de o primeiro homem aparecer, existissem criaturas como ela por toda parte? Lagartos gigantes andando pela Terra. Até mesmo voando."

"Ahn..." Ela podia dizer que Colin se esforçava para não rir.

"Eu sei que você acha tudo isso divertido, mas estou falando sério. Descobertas como a pegada dela estão mudando a história, ou, pelo menos, nosso entendimento dela. E há muitas pessoas que não gostam disso. Geólogos podem parecer entediantes, mas nós somos, na verdade, renegados." Ela sorriu. "Eu sei que você esteve com muitas mulheres, mas Francine pode ser a fêmea mais escandalosa e herética com quem você já dividiu seu quarto."

Ele riu com gosto, então. Impulsiva, ela pegou a mão dele.

"Colin, por favor, não tire isso de mim. Esse é o meu sonho, e já arrisquei tanta coisa. Prefiro fracassar a desistir."

Ele inspirou profundamente. Ela segurou a respiração.

"Halford nunca levanta antes do meio-dia", disse ele. "Deveríamos cair fora o mais breve possível, para evitar perguntas."

Ela transpirou alívio, quente e doce.

"Oh, obrigada." Ela apertou a mão de Colin. "Mas nós temos tão pouco dinheiro. Para onde vamos?"

Ele mordeu a torrada e mastigou. Dando de ombros, ele acabou respondendo:

"Para o norte."

Era realmente espantoso, Minerva pensou, como um homem conseguia chegar longe usando apenas seu charme. A manhã ainda não havia chegado ao fim e Colin, usando apenas sua lábia, conseguiu uma série de caronas com comerciantes e fazendeiros até chegar a um lugar de onde poderiam retornar à Grande Estrada do Norte. Após parar para conversar com um fazendeiro da região, ele voltou até Minerva, que esperava junto a uma cerca. Ele franziu o rosto, ao olhar para ela, devido ao sol forte da manhã.

"Ele disse que pode nos levar até Grantham, esta tarde, em troca de algumas horas de trabalho pela manhã. Os empregados dele estão consertando o telhado de uma casa. Se nós ajudarmos, ele depois nos dará um espaço em sua carroça."

"Uma carona até Grantham? Isso seria maravilhoso, mas..."

"Mas o quê?"

Ela inclinou a cabeça.

"Entendo que ele não percebeu que você é um visconde."

"Um visconde? Usando isto?" Sorrindo, ele indicou o casaco empoeirado e esfarrapado. O tecido sugeria apenas uma lembrança do azul-marinho original. Suas botas não eram engraxadas há dias. "Sem chance. Ele supõe que nós sejamos viajantes comuns, é claro."

"Mas..." Como ela falaria aquilo sem ofender o orgulho dele? "Colin, alguma vez você já consertou um telhado?"

"É claro que não", disse ele, bem-humorado, ajudando-a a passar o baú com Francine pela cerca. "Esta é minha grande oportunidade de aprender."

Ela suspirou alto.

"Se você acha isso..."

Eles atravessaram um campo com fileiras bem organizadas de estacas em que trepadeiras verdes começavam a subir. Minerva enxergou a casa à distância. Diversos homens subiam escadas, carregando fardos de palha, para depositar no telhado. Eles pareciam formiguinhas sobre um prato cheio de creme amarelo.

"Aqui." Colin tirou a gravata, com a qual enrolou a pistola, e enfiou o pacote no bolso do casaco. Depois retirou o casaco e o entregou para Minerva. "Cuide disto, por favor."

E assim ele se juntou aos homens na tarefa. Minerva rapidamente foi levada para trabalhar com as mulheres, escolhendo e juntando a palha que era jogada da carroça. Ela supôs que, se conseguia ser convincente como missionária e assassina, seria capaz de fazer aquilo. Afinal, ela estava acostumada a trabalhar durante horas com seu martelo nas rochas. Uma hora mais tarde, suas costas doíam e seus braços expostos apresentavam milhares de pequenas escoriações. Sua cabeça parecia inchada devido ao aroma doce e intenso da palha. Ela não era lá muito boa no trabalho, e dava para perceber que as outras mulheres estavam se esforçando para ter paciência com ela. Mas Minerva não desistiria.

Ela se endireitou por um minuto para esticar as costas. Sombreando os olhos com uma mão, ela procurou Colin entre os homens. Lá estava ele, perto do topo do telhado, intrepidamente montado em duas vigas. Sem hesitar um instante, nem dar qualquer sinal de desequilíbrio, ele caminhou três metros sobre um caibro descendente para pegar um novo fardo de palha. É claro que ele fazia aquilo com tranquilidade – da mesma forma que fazia tudo. Ela o ficou observando por alguns minutos, enquanto colocava a palha em camadas grossas, depois a prendia com ramos de aveleira. Ele ergueu uma ferramenta que parecia algo entre uma carda e uma marreta. Com movimentos rápidos e fortes de seu braço, ele batia na palha para fazê-la assentar. Colin parou para enxugar a testa e fazer algum comentário para seus colegas. Pela forma como todos riram, ela imaginou que a piada tinha sido boa.

Minerva se viu sentindo uma mistura de admiração com inveja. Ela parecia condenada a passar pela vida sendo a eterna excluída, enquanto Colin se encaixava em qualquer situação. Mas, pela primeira vez, ela enxergou o charme dele sob uma luz diferente. Não como um lubrificante de suas relações sociais ou sexuais, mas simplesmente como expressão de seu eu verdadeiro.

Ele a viu e ergueu a mão, em saudação.

"Tallyho!", gritou ele.

Ela não conseguiu evitar de sorrir.

"Maluco...", sussurrou ela, balançando a cabeça.

Um maluco encantador, sem suas máscaras. Que engraçado... Ele estava sempre pegando no pé de Minerva, dizendo que ela precisava sair de sua gaiola protetora. Mas, todo mundo não tem sua concha? Uma carapaça externa, dura, para proteger a criatura vulnerável que existe lá dentro? Talvez, pensou ela, as pessoas fossem mais parecidas com os amonites do que poderiam supor. Talvez elas construíssem suas conchas devido a fatores rígidos, imutáveis – alguma circunstância ou acontecimento na infância. Cada câmara da concha sendo apenas um pouco maior que a anterior, crescendo ano após ano, até formar uma espiral que as tranca lá dentro.

A concha de Colin foi formada pela tragédia. A morte de seus pais definiu o moldar da primeira câmara de proteção. Ele cresceu até ocupar toda ela, então foi a aumentando câmara após câmara, cada uma mais confusa e triste que a anterior. Mas e se a pessoa dentro dessas muitas câmaras ocas não for uma tragédia? E for apenas um homem que desfruta a vida e ama as outras pessoas, mas tem dois pais mortos e um caso de insônia inflexível?

E que era *ela*, por baixo de todas as suas camadas? Uma garota desajeitada, estudiosa, que não se importava com nada além de fósseis e rochas? Ou uma mulher corajosa, ousada, que arriscaria tudo – não na esperança de obter aclamação profissional, mas pela ínfima chance de encontrar o amor. De encontrar a pessoa que pode compreendê-la, admirá-la e permitir-lhe admirar e compreender.

Ela não iria mentir. Em Spindle Cove ela havia alimentado fantasias vazias de que Sir Alisdair Kent pudesse ser esse homem. Mas agora, olhando para trás, Minerva tinha que admitir uma verdade difícil. Sempre que ela se imaginava com Sir Alisdair – encarando aqueles olhos profundos que refletiam aceitação, desejo, afeto e confiança –, os olhos dele se pareciam demais com diamantes Bristol. E estavam ancorados em um maxilar forte e uma única e relutante covinha. Minerva estava tão confusa... No futuro imediato ela queria – *precisava* – compartilhar a pegada de Francine com a comunidade científica. Além disso, ela não sabia mais o que queria. E mesmo que pudesse discernir o futuro que desejava... Como faria para aguentar se esse futuro não a quisesse?

Quando a cobertura do telhado terminou, os trabalhadores se reuniram ao redor de longas mesas de madeira para um almoço simples. Minerva ajudou as mulheres a passar cestos de pão fresco, linguiças e queijo duro. A cerveja fluía à vontade de um barril. A disposição geral mudou de trabalho para expectativa. Os homens se lavaram e colocaram seus casacos, e as garotas tiraram os aventais e amarraram fitas umas nos cabelos das outras. A carroça que até recentemente estava cheia de palha para o telhado foi limpa e atrelada a uma parelha forte e robusta.

"Nossa carruagem nos espera." Colin estendeu a mão para Minerva. "Primeiro as damas."

Ele a ajudou a subir na carroça, e depois carregou o baú. Minerva o empurrou até o fundo da carroça e eles – os três – se sentaram em uma fileira. Minerva se sentou sobre as pernas. Colin esticou as suas. E Francine manteve o pé dentro da caixa.

"Viajar de carroça não é problema para você?", perguntou Minerva.

Colin balançou a cabeça.

"Não, porque é aberta."

Todos os outros trabalhadores também subiram, e pouco antes de fecharem a traseira, meia dúzia de leitões rosados foram acrescentados à mistura. Um deles conseguiu chegar ao colo de Minerva e se aninhou nas dobras de sua sobressaia, onde a criaturinha inteligente percebeu que ela havia guardado queijo do almoço.

"*Todo* mundo vai até Grantham?" Conjecturou Minerva em voz alta, enquanto dava ao leitão um bocado de queijo.

A jovem sentada à sua frente olhou para ela, como se Minerva fosse uma tonta.

"É dia de feira, não é mesmo?" Comentou ela.

Ah. Dia de feira. Isso explicava a agitação generalizada. E os leitões.

Conforme a carroça entrou na estrada, as garotas a bordo mudaram de posição e se aproximaram, formando um emaranhado. Elas sussurravam entre si, enquanto olhavam disfarçadamente para Colin e Minerva. Ela sabia que as demais faziam especulações sobre seu relacionamento, imaginando se aquele belo estranho estaria disponível. Após mais um pouco de sussurros e cutucões, elas pareceram nomear uma morena de aparência corajosa para a tarefa de descobrir.

"Então, Sr. Sand", disse ela, sorrindo. "O que leva você e sua amiga para a feira de Grantham?"

Minerva prendeu a respiração, na esperança tola de ser chamada de algo diferente do que irmã. Algo mais que uma amante.

"Negócios", disse Colin com tranquilidade. "Nós somos de circo."

De circo?

"Vocês são de circo?" Ecoaram várias das garotas.

"Ora, é claro." Ele passou preguiçosamente uma mão pelo cabelo. "Eu ando na corda bamba, e minha amiga aqui..." Ele passou o braço pelos ombros de Minerva e a puxou para perto. "Ela é uma engolidora de espada de primeira."

Ah, meu Deus. Minerva cobriu a boca com a mão e produziu alguns sons abafados.

"Respirei um pouco de pó de palha", explicou ela alguns momentos depois, enxugando as lágrimas de risada dos olhos.

Ela olhou de lado para Colin. O homem era um sem-vergonha inacreditável. Incorrigivelmente lindo. E – oh, céus. Ela estava a um fio de cabelo de se apaixonar perdidamente por ele.

"Uma engolidora de espadas", repetiu a morena, lançando um olhar de dúvida para Minerva.

"Ah, sim. Ela tem um talento raro. Vocês precisam acreditar em mim quando digo; eu tenho muitos anos de circo, e nunca vi alguém como ela. Vocês precisavam ter visto a apresentação dela na noite passada. Absolutamente brilhante, estou lhes dizendo. Ela tem um jeito para..."

Minerva enfiou o cotovelo nas costelas dele, com força.

"O que foi?" Ele a pegou pelo queixo e virou seu rosto para si. Os olhos dele dançavam, alegres. "Sério, querida. Você é modesta demais."

Ela ficou tonta de alegria ao observar o olhar carinhoso dele. E então Colin a beijou. Não exatamente na boca, nem no rosto. Foi bem no canto de seu sorriso.

A carroça passou por um sulco na estrada e deu um solavanco, apartando os dois. Minerva deitou a cabeça no ombro dele e suspirou de felicidade. Em toda a carroça, as moças suspiraram, decepcionadas. *Isso mesmo, garotas. Podem chorar no avental. Ele tem dona. Hoje, pelo menos.*

Minerva pegou a mão de Colin e deu um aperto de agradecimento. Além de todo prazer carnal que ele havia feito o corpo dela encontrar, Colin agora a apresentava a uma sensação totalmente nova. Então era essa a sensação de ser invejada.

"Bem", disse a morena, "você nunca sabe quem vai encontrar na Grande Estrada do Norte, não é mesmo? Ontem mesmo meu irmão disse que um de seus amigos conheceu um príncipe há muito perdido."

Todos na carroça riram, menos Minerva. O braço de Colin ficou tenso sobre os ombros dela.

"Não, falando sério", continuou a garota. "Ele era um príncipe, viajando com roupas comuns."

Do lado dela, outra garota balançou a cabeça.

"Seu irmão está inventando histórias de novo, Becky. Imagine, um príncipe há muito perdido viajando disfarçado por este trecho de estrada. O que ele estava fazendo? Indo para a feira?" Ela riu. "Eu não daria nenhum crédito a essa história."

"Não sei, não." Minerva sorriu consigo mesma, aninhando-se em Colin. "Eu acredito."

"Bem", a morena arqueou uma sobrancelha. "Se esse príncipe existir, é melhor que ele não encontre os amigos do meu irmão. Eles têm uma conta a acertar com Sua Majestade."

Capítulo Vinte e Um

Não havia como sair de Grantham naquela noite. Nem por dinheiro, amor, lagartos gigantes ou qualquer outro motivo idiota que motivava Colin nessa aventura. Cada carroça, charrete e carruagem da região devia estar chegando à cidade para a feira. Não havia nada saindo da cidade. Ele abriu caminho em meio à multidão de cavalos e carroças até onde havia deixado Minerva. Quando um carregamento de galinhas engaioladas saiu da sua frente, ele a viu em meio a uma confusão de penas brancas.

Ele parou onde estava, fascinado. Admirando-a. Ela estava sentada em seu precioso baú, é claro, o queixo apoiado na mão. Ela havia deixado que os óculos escorregassem até a ponta do nariz, de modo que pudesse olhar por cima deles, como sempre fazia quando olhava para alguma coisa a mais de dez passos de distância. Seu longo cabelo escuro caía sobre os ombros em ondas encantadoras, e o sol do fim de tarde lhe conferia brilhos avermelhados. Com os dentes ela mordia aquele lábio inferior doce e carnudo, enquanto seus pés batiam no ritmo de uma música distante. Ela estava linda... O retrato de uma garota do interior de olhos arregalados que chegava para a feira.

"Nada", disse ele se aproximando dela. "Talvez nós tenhamos sorte mais tarde, à noite." Ele olhou por cima do ombro para a praça, que fervilhava. "Enquanto isso, bem que podemos dar uma olhada na feira."

"Mas nós não temos dinheiro." Ela empurrou os óculos até o alto do nariz e mostrou uma moeda fina de ouro que segurava nas pontas dos dedos. "Este soberano precisa durar até Edimburgo."

Ele pegou a moeda dela e a guardou no bolso do colete.

"Olhar não custa nada. E vamos ter que comer algo, em algum momento. Mas seremos frugais."

"Irmão e irmã frugais?", perguntou ela, olhando para ele. "Um cavalheiro e sua amante frugais? Ou artistas circenses frugais?"

"Namorados frugais." Ele estendeu a mão para ela. "Somente hoje. Tudo bem?"

"Tudo bem." Sorrindo, ela colocou sua mão na de Colin, que a fez se levantar.

Ah, o afeto doce e límpido nos olhos dela... Primeiro aqueceu o coração dele, e depois o contorceu em fúria. Um homem bom não faria esse jogo de "namorados" com ela sabendo muito bem que não poderia evoluir para algo mais sério. Mas ele não era um homem bom. Ele era Colin Sandhurst, malandro incorrigível, imprudente e, maldição, ele não conseguia resistir. Ele queria diverti-la, mimá-la, alimentá-la com doces e iguarias. Roubar um beijo ou dois, quando ela não estivesse esperando. Ele queria ser um jovem apaixonado que levava sua garota para a feira. Em outras palavras, ele queria viver honestamente. Só aquele dia.

Ele ergueu o baú de Francine e o equilibrou no ombro direito, enquanto oferecia o braço esquerdo para Minerva. Juntos eles foram andando em meio à multidão e passaram pela igreja. Eles caminharam pelas fileiras de animais premiados, que estavam ali em exibição, dando nomes ridículos aos porcos e arminhos, e depois discutiram qual merecia o prêmio e por que.

"Hamlet merece a faixa", argumentou Minerva. "Ele tem os olhos mais brilhantes, e seus quadris são os mais gordos. E ele também se mantém bem limpo, para um porco."

"Mas Hamlet é um príncipe. Eu pensei que você conferisse suas dádivas aos cavaleiros", disse ele. "Talvez você prefira Sir Francis Bacon ali adiante."

"Aquele imundo que está grunhindo e chafurdando na lama?"

"Pelo que sei, grunhir é uma marca de inteligência porcina."

"Por favor", ela olhou enviesado para Colin. "Até eu tenho meus padrões."

"É bom saber disso." E acrescentou, baixinho, "eu acho."

Eles perambularam por fileiras de barracas que exibiam uma variedade de produtos tão exóticos quanto se poderia esperar de uma feira nas Midlands inglesas – tinha de tudo, de laranjas a relógios de ouropel, boinas francesas a graxa para sapatos aromatizada. Colin desejava poder comprar para ela um exemplar de cada coisa, mas se conformou em comprar um pedaço de fita azul para combinar com o vestido dela.

"Para o caso de você querer prender seu cabelo", disse ele.

"Você quer que eu prenda o cabelo?"

"Não mesmo. Eu gosto dele solto."

Ela balançou a cabeça.

"Você não faz sentido."

Ele fingiu ter ficado muito ofendido.

"Você não sabe como aceitar um presente."

"Presente?" Ela riu e o cutucou. "Você comprou com o meu dinheiro. Mas obrigada." Ela o beijou no rosto.

"Assim é melhor."

Por um xelim, Colin comprou o jantar – um jarro pequeno de leite e duas tortas de carne. Eles encontraram um lugar na praça e sentaram sobre o baú, um de frente para o outro. Minerva abriu seu lenço, improvisando uma toalha.

"Estou com tanta fome", disse ela, olhando para a comida.

Ele lhe entregou uma das tortas.

"Então, pode comer."

Ela mordeu a massa em forma de lua crescente, enfiando lentamente os dentes nas camadas de crosta quebradiça. Seus cílios tremularam e ela soltou um gemido de prazer.

"Oh, Colin. Está maravilhosa." Ela passou a língua pelos lábios suculentos, sensuais e expressivos.

Ele ficou olhando para ela, repentinamente incapaz de falar ou se mover. Um desejo animal e puro o tomou, e com força. Ele tinha que sentir novamente aqueles lábios. Tinha. Que. Aquela não era uma simples manifestação de preferência. Era algo imperativo. O corpo dele era insistente. Para continuar sua existência nesse mundo, ele agora precisava do seguinte: alimento, água, abrigo, roupa e os lábios de Minerva Highwood.

Lançando um olhar tímido para Colin através de seus cílios escuros, Minerva tomou um gole de leite. Então ela lambeu novamente seus lábios. Correção. Ele precisava de alimento, água, abrigo, roupa, os lábios de Minerva Highwood e... a língua de Minerva Highwood. Lembranças da noite passada pipocaram em sua mente. E ele nem tentou reprimir. Não, Colin as deixou aparecer, demorando-se para gravar cada momento erótico, carnal, em sua memória. Cada momento de êxtase devia ser registrado, para que ele pudesse reviver mentalmente aquela cena durante os próximos meses e anos. Não só por desejo, mas por necessidade. Aqueles lábios. Aquela língua.

"Você não vai comer?", perguntou ela.

"Não. Ahn... vou." Ele se chacoalhou. "Uma hora dessas."

Colin mordeu sua torta. Estava boa e saborosa, ainda quente do forno. Ele gostou. Mas aquilo não chegava aos pés do quanto ele gostava de vê-la apreciando seu lanche. Era extraordinário! Ele havia cortejado amantes com joias e renda veneziana, levando-as à ópera nos camarotes mais caros do teatro, servindo-lhes ostras e morangos açucarados em bandejas de prata. Mas ele nunca conheceu aquele tipo de prazer puro e honesto que estava sentindo naquele exato momento. Devorando tortas de carne com Minerva Highwood no meio de uma feira do interior. Lambendo o polegar, ela inclinou a cabeça para observar o céu.

"Vai anoitecer em breve. Que tal tentarmos nossa sorte para encontrar transporte?"

"Vamos lá."

Eles pegaram Francine e a carregaram em conjunto, e se puseram a caminho dos estábulos. Enquanto andavam, passaram por uma fila de barracas de jogos. Uma garotinha puxou a frente do casaco de Colin. Ela era muito magra, mas tinha os olhos vivos e usava um vestido amarelo remendado.

"Você e sua senhora não querem saber seu futuro?" A garota indicou uma tenda a uns dez passos. "Minha mãe tira a sorte. Ela consegue enxergar o futuro tão claro como se estivesse olhando por uma janela. Ela vai dizer para vocês tudo que querem saber sobre vida, amor e crianças. Até sobre o dia da sua morte!" Ela guinchou esta última parte.

Colin sorriu e colocou o baú no chão.

"Ora, essa é uma oferta tentadora."

"Colin, não podemos", sussurrou Minerva em seu ouvido. "Só temos dezoito xelins. Não podemos gastar nada com adivinhos."

Ele sabia que ela tinha razão, mas algo no sorriso banguela da garota mexeu com ele.

"Qual seu nome, querida?", perguntou ele para a garota.

"Elspeth, senhor."

"Bem, Elspeth." Ele se inclinou na direção dela. "Receio que não possamos comprar o futuro de sua mãe. Sabe, eu sou uma alma muito frágil. Não sei se conseguiria suportar a revelação dos meus futuros amores e filhos, muito menos a data da minha própria morte. Então por que eu não lhe digo o seu futuro?"

"Meu futuro?" Ela apertou os olhos com cinismo precoce. Com a língua, ela empurrava um dente solto para trás e para frente. "Como é que você vai dizer o meu futuro?"

"Oh, é a coisa mais fácil." Colin tirou uma moeda do bolso e a colocou na mão da garota. "Eu vejo um doce no seu futuro."

Elspeth sorriu e fechou a mão ao redor da moeda.

"Tudo bem, então."

Ela saiu correndo, e Colin fez uma concha com a mão ao redor da boca e gritou para ela:

"Lembre-se, um doce. Não me faça parecer um charlatão. Não vá gastar em outra coisa."

Ele se virou e viu que Minerva o encarava.

"É verdade", perguntou ela, "o que você acabou de dizer para ela?"

"O que eu acabei de dizer para ela?"

"Que você teme seu futuro?"

Ele baixou o queixo, como se instintivamente se protegesse de um golpe. Seu cérebro doeu, como se ele não tivesse conseguido evitá-lo.

"Eu não disse isso."

"Você disse algo bem parecido com isso."

Disse mesmo? Talvez tivesse dito.

"Não é que eu tenha medo do futuro", explicou Colin. "É que eu acho melhor não criar expectativas. Expectativas levam a decepções. Se você não esperar nada, será sempre surpreendido."

"Mas assim você nunca fica realmente satisfeito. Você nunca vai sentir a alegria de trabalhar por um objetivo e o realizar."

Ele suspirou profundamente. Ela precisava ser tão perspicaz? Não chega uma hora em que isso cansa?, ela lhe perguntou na noite passada, referindo-se a seu estilo de vida viva-o-momento, para-o-diabo-o-resto, insira-seu-lema-alegre-aqui. Sim, isso acabava se tornando cansativo. Colin invejava homens como seu primo, que têm uma noção de dever e objetivo tão bem definida que poderia ser um verbete de dicionário. Homens como Bram acordam todas as manhãs sabendo o que precisam realizar, por que e como. Diacho, Colin invejava os homens com quem trabalhou naquela manhã, forrando o telhado de uma casa. E ele invejava, em Minerva, sua dedicação aos estudos e suas descobertas. Mais do que ela poderia imaginar.

"Se você está me perguntando se eu não gostaria de fazer algo de útil na vida... é claro que sim. Mas eu sou um visconde, querida. Há uma responsabilidade inerente nisso. Ou vai haver, quando eu finalmente tiver o controle das minhas contas. Minha tarefa principal é permanecer vivo e não bagunçar as coisas. Eu não posso arriscar minha vida comprando um posto de oficial ou entrando na pirataria por diversão."

"Lordes não devem administrar suas terras?"

"Quem disse que eu não administro?" Ele olhou enviesado para ela. "Acredite ou não, eu gasto vidros de tinta todos os meses, para garantir que minha propriedade seja bem cuidada. E eu faço minha parte para mantê-la em excelentes condições ficando bem longe." Colin deu de ombros. "Eu sei que alguns cavalheiros desenvolvem interesses intelectuais ou políticos para ocupar seu tempo. Mas o que eu posso dizer? Não sou um especialista. Sou razoavelmente bom em milhares de coisas, mas não sou ótimo em nenhuma delas."

"O homem dos sete instrumentos", disse ela, pensativa.

"Bem, algo assim. Se eu fosse bom em algum instrumento, o que não sou."

Eles ficaram em silêncio por alguns instantes.

"Você tem talentos, Colin."

Ele lhe deu uma piscada maliciosa.

"Ah, eu sei que tenho."

"Não foi o que eu quis dizer."

"Vamos ver. Sou bom em mentir, beber, dar prazer às mulheres e incitar brigas em tavernas." Colin parou de repente, diante de uma barraca com um jogo de arremesso. "E isto. Sou bom em coisas como esta." Ele pegou uma das bolas de madeira, jogou-a para o ar e a pegou com a mão. E avaliou seu peso enquanto a rolava da palma para as pontas dos dedos e de volta.

"Como é o jogo?", perguntou ele para a mulher atrás do balcão.

"Três moedas por uma tentativa, meu senhor. Jogue a bola nos cestos." Ela mostrou um cesto grande na frente. Atrás dele estava alinhada uma série de cestos parecidos, em tamanhos progressivamente menores. "A bola no primeiro cesto vale uma maçã. No cesto seguinte, uma laranja. Depois pêssegos, cerejas e uvas." Ela foi até o fim da linha e apontou para um cesto minúsculo, provavelmente menor que a própria bola de madeira. "Acerte o último e você ganha um abacaxi, diretamente das Ilhas Sandwich.

Certo. Colin sorriu, irônico. Aquele abacaxi murcho e pequeno que estava em exibição parecia vir de uma estufa frutífera após várias semanas de viagem pelo interior da Inglaterra. Era fácil ver como o jogo funcionava. Em essência, os jogadores trocavam três moedas por uma maçã. Se tivessem um pouco de pontaria, levavam também uma laranja. Evidentemente, ninguém havia ganhado o abacaxi. Ele colocou três moedas sobre o balcão.

"Vou tentar."

A maçã veio com facilidade, como era suposto que acontecesse. Ele entregou a fruta redonda e brilhante para Minerva, que havia se sentado no baú.

"Vamos", ele instou, "a vida é incerta. Coma agora."

Enquanto ganhava uma laranja e três belos pêssegos maduros, Colin foi conquistando uma pequena multidão de crianças. Ao calcular seu arremesso pelas cerejas, ele olhou rapidamente para o lado e percebeu de onde vinham seus fãs. A pequena Elspeth havia se juntado a Minerva sobre o baú. Suco de pêssego escorria pelo queixo da menina, que mordia a fruta evitando seu dente mole. O doce não tinha sido suficiente para ela. Elspeth voltou para conseguir mais alguma coisa, e trouxe consigo todos os seus amigos. Quando ele jogou e ganhou, Colin passou o saquinho de cerejas para que Minerva fizesse a distribuição.

"Uma por cabeça", ele avisou para os garotos e as garotas à sua volta. "Nada de cuspir as sementes."

Pela festa que os pequenos fizeram, poderia se pensar que ele estava distribuindo moedas de ouro. Minerva foi cercada e pressionada de todos os lados, mas ela deu um grande sorriso para Colin quando abriu o saquinho.

"Você não quer uma?"

Ele negou com a cabeça. O sorriso dela – genuíno, apaixonado – era a melhor recompensa que ele podia imaginar.

"Agora as uvas!", gritou um garoto. "Minha nossa, eu nunca provei uma uva em toda minha vida."

A mulher corpulenta atrás do balcão cruzou seus braços.

"Seus pedintes gulosos. Podem ir embora. Ele não vai ganhar as uvas."

"Vamos ver." Colin rolou a bola de madeira na mão, estudando o arremesso. O cesto que ele precisava acertar estava a uns dez passos, e era, aproximadamente, do tamanho de um pires. Se ele jogasse diretamente, a bola bateria na borda do cesto. Sua melhor opção seria um arremesso alto, em arco, mandando a bola para cima de modo que caísse dentro do cesto. E foi o que ele fez, arremessando a bola para o alto. As crianças prenderam a respiração. Alguns momentos depois, Colin distribuía cachos de uvas vermelhas. Elas tinham sementes e estavam um pouco murchas, a meio caminho de se tornarem passas. Mas os garotos que nunca haviam provado uma uva não tinham do que reclamar. As crianças colocaram as frutas na boca e fizeram um concurso para ver quem fazia mais ruídos de prazer.

"O abacaxi!" Eles gritaram juntos em seguida, pulando à volta de Colin. "Ganhe o abacaxi para nós!"

Colin torceu o canto da boca. O cesto parecia ser do tamanho de uma xícara de chá. Ele nem tinha certeza de que a bola cabia dentro do cesto, quanto mais daquela distância.

"Não fiquem muito animadas, crianças."

"Oh, mas eu sonho com abacaxis."

"Minha mãe é empregada doméstica. Ela já provou abacaxi. Disse que são como ambrosia."

"O senhor consegue" gritou Elspeth.

Colin jogou a bola de madeira para ela.

"Esfregue para dar sorte, querida."

Sorrindo, ela esfregou a bola e a devolveu. Ele piscou para Minerva e ergueu os ombros.

"Vamos ver."

Ele mirou o cesto, avaliou seu arremesso... e jogou a bola.

Capítulo Vinte e Dois

Enquanto a bola cortava o ar, as crianças esperançosas se deram as mãos e prenderam a respiração. Minerva fez o mesmo. E ela nem gostava de abacaxis. *No cesto*, desejou ela. *No cesto*. Mas ela não entrou. Quando a bola bateu na borda do cesto e caiu no chão, ela não teve como não participar do gemido coletivo de decepção. Colin deu de ombros e passou a mão pelo cabelo.

"Sinto muito, meninos e meninas. Eu fiz o meu melhor." Ele manteve o bom humor na derrota. Um bom perdedor, como sempre. Mas ela percebeu que ele também estava decepcionado. Não por orgulho ferido, mas por causa das crianças. Ele queria lhes dar algo de que se lembrassem, e quem poderia culpá-lo?

Pondo a cautela e a frugalidade de lado, Minerva abriu caminho até o balcão e falou com a dona da barraca.

"Quanto custa o abacaxi? A senhora aceita três xelins por ele?"

Os olhos vermelhos da mulher faiscaram de ganância, mas ela foi firme: "Não está à venda."

"Eu vou tentar, então", falou um cavalheiro jovem e bem vestido que se aproximou. Ele parecia ser a versão local de um dândi – provavelmente filho de algum fidalgo do interior, solto na feira com uma generosa mesada no bolso e uma noção desproporcional de sua importância. Ele estava acompanhado de alguns amigos que pareciam ansiosos para se divertir.

"Desculpem-me, cavalheiros", a mulher corpulenta cruzou os braços. "Esta barraca fechou."

"Pena", disse o jovem, olhando com superioridade para Colin. "Bem que eu gostaria de dar uma lição neste camarada."

Seus amigos riram. Enquanto isso, as crianças rodearam Colin, como se ele fosse um dos seus e precisassem sair em sua defesa. Foi incrivelmente cativante.

"Bem", disse Colin amistosamente, "vocês ainda podem tentar. Se é um concurso de pontaria que desejam, podemos organizar um. Com alvos e pistolas, talvez?"

Um sussurro de empolgação correu pelas crianças. Aparentemente, a promessa de um concurso de pontaria era um bálsamo eficaz para suas arruinadas esperanças de experimentar abacaxi. O jovem olhou Colin de alto a baixo e fez uma careta.

"É melhor eu lhe avisar, sou o melhor atirador da região. Mas se insiste, vai ser um prazer acabar com você."

"Então você vai ter também o prazer de ficar com meu dinheiro. Vamos fazer uma aposta."

"Com certeza. Diga de quanto."

Colin vasculhou seus bolsos e Minerva ficou preocupada. Ele podia ser um atirador excelente, mas certamente não arriscaria *todo* o dinheiro deles.

"Cinco libras", disse Colin.

Cinco libras?

"Cinco libras?", o jovem cavalheiro repetiu.

Minerva não conseguiu se segurar. Ela foi até o lado de Colin e suspirou:

"Cinco libras? Está louco? De onde você vai tirar cinco libras?"

"Daqui." De seu bolso mais interno, Colin retirou um quadrado pequeno de papel dobrado. "Acabei de encontrar no bolso do casaco. Deve estar aí há meses. Tinha me esquecido dessa nota."

Ela desdobrou o papel e ajeitou os óculos. Era, realmente, uma nota de cinco libras. Cinco libras. Todo aquele tempo se preocupando em fazer seus xelins renderem enquanto ele carregava cinco libras no bolso. Aquele maroto impossível.

"Você não pode arriscar isso", sussurrou ela. "É..."

"Está apostado." O dândi pegou uma bolsa de moedas de onde tirou cinco soberanos. Ele os colocou na mão de Minerva. "Cinco libras."

Oh, céus. Ela não estava com um bom pressentimento... eles fizeram um verdadeiro desfile, com o grupo todo marchando até os limites da feira, onde um concurso de tiro poderia ser realizado em segurança. Já estava anoitecendo quando um alvo foi montado sobre um monte de palha. Uma multidão considerável se reuniu para assistir, formada não só pelas crianças, mas também por adultos.

"Um tiro cada", disse o dândi, excessivamente confiante, inclinando a cabeça na direção do alvo colocado no centro de um campo recém-arado. "Quem acertar mais perto do centro vence."

"Parece justo", disse Colin. "Você primeiro."

O jovem transformou em espetáculo o ato de limpar e carregar sua pistola cara e polida, de dois canos. Era uma pistola Finch, notou Minerva com certo bom humor. Sua amiga Susanna daria uma boa risada se estivesse presente. Com pompa e um ar de seriedade excessivo, o dândi apontou a pistola e atirou. Um círculo escuro apareceu no alvo diversos centímetros à esquerda do centro. O jovem aceitou a leve salva de palmas com uma reverência. Minerva revirou os olhos. As mulheres de Spindle Cove atiravam melhor do que aquilo.

Com certeza Colin também. Para começar, ele não quis dar nenhum espetáculo. Simplesmente balançou os ombros para tirar o casaco, e passou a mão pelo cabelo ondulado. Aqueles dois pequenos gestos foram suficientes para torná-lo o desejo de cada mulher, a inveja de cada homem, e o ídolo de cada criança presente. Céus, ele estava lindo. Ela estava tão encantada pela aparência dele que Minerva quase esqueceu de ficar ansiosa. Antes que ela percebesse, ele deu um passo à frente, mirou a pistola e disparou. Quando a fumaça se dissipou, ela limpou os óculos para observar o alvo. Na mosca, é claro. As crianças enlouqueceram, com gritos e vivas. Alguns dos garotos mais velhos tentaram, sem sucesso, erguer Colin nos ombros para comemorar sua vitória.

E Minerva fechou os dedos sobre a pequena fortuna em sua mão. Dez libras. Dez libras mudavam *tudo*. Eles estavam realmente atrasados na viagem. E agora conseguiriam chegar a Edimburgo. Francine teria seu dia de glória. Quando Colin se desvencilhou das crianças radiantes e se virou para ela, sorrindo... oh, ela teve vontade de beijá-lo. Bem na frente de todas aquelas pessoas. Mas o dândi derrotado foi falar com ele.

"Você é um trapaceiro." O jovem olhou com desprezo para Colin. "Não sei que tipo de vigarista você é, mas meu pai é o magistrado desta região. Eu acho que ele vai ter que conversar com você. E essa nota de cinco libras também vai ter que vir comigo, como evidência. Com certeza você a roubou."

Dando um passo para trás, Colin enfiou seus braços nas mangas do casaco.

"Eu não quero confusão."

O amigo do dândi se adiantou, brandindo o punho fechado.

"Bem, você arrumou uma."

Minerva sabia que, em uma luta, Colin poderia derrotar um daqueles homens ou até os dois. Mas se o dândi realmente fosse filho de um magistrado, uma briga seria má ideia. Será que eles precisavam sempre fugir em meio ao caos de violência e tumulto? Será que eles não poderiam, só dessa vez, ir embora tranquilamente, com dez libras no bolso? Só dessa vez?

"Escute", disse Colin, batendo nos ombros dos jovens. "Talvez vocês tenham razão e eu não tenha sido muito justo. Mas tenho certeza de que podemos resolver isso sem envolver magistrados. Que tal isto: para provar que sou um sujeito decente, vou lhe dar a chance de recuperar tudo. O dobro ou nada."

O dândi escarneceu dele.

"Se você acha que eu vou..."

"Não, não", interrompeu Colin, falando em tom suave e conciliador. "Não você e eu. Vamos deixar que nossos companheiros atirem. Seu amigo aqui", Colin bateu no ombro do sujeito, "contra minha garota." Ele olhou para Minerva.

Ah, não. Colin, não faça isso comigo.

"Contra sua garota?" O dândi riu.

"E ela vai até tirar os óculos." Colin ergueu as mãos, num gesto de rendição. "Eu disse, não quero confusão. Você pode me levar algemado e me jogar na cadeia, mas isso não o deixaria mais rico. Desta forma você pode ganhar cinco libras."

O dândi se endireitou e sorriu.

"Está certo, então. Vamos fazer como você está dizendo."

"O dobro ou nada." Colin chamou Elspeth para perto, pegou-a pela cintura e a colocou sobre a cerca. "A pequena Elspeth vai segurar o prêmio." Ele pegou as dez libras com Minerva e as colocou nas mãos da garota.

O jovem cavalheiro esvaziou sua bolsa e pegou algumas libras emprestadas com seus amigos. Finalmente, ele pegou sua parte na aposta e entregou para a sorridente Elspeth, que colocou tudo em um lenço e o amarrou. Ele deu a pistola para o amigo ansioso, que rapidamente demonstrou ser também um atirador médio. Ele acertou o alvo, mas bem longe do centro.

Era a vez de Minerva. Sua ansiedade fez seu estômago apertar.

"Dê-nos um momento", disse Colin, sorrindo, para os outros. "Preciso mostrar para ela como isto funciona."

Os homens riram a valer entre eles enquanto Colin a arrastava até a posição de tiro.

"Colin, o que deu em você?", sussurrou ela, tremendo. "O que é que eu vou fazer?"

"Você vai atirar, é claro. E vai acertar o alvo, bem no centro." Com dedos confiantes, ele retirou os óculos dela, que dobrou e guardou no bolso do casaco.

Colin pôs a pistola recarregada na mão dela. Então, aproximando-se por trás, ele passou os braços ao redor dela e ergueu a arma, como se a ensinasse a atirar.

"Depois que você disparar", murmurou Colin no ouvido dela, "pegue o prêmio com Elspeth. Eu pego a Francine. E vamos sair correndo, o mais rápido que pudermos, na direção daquela viela." Ele apontou a pistola para o lado, indicando a direção. "Não pare por nada, nem para olhar para trás. Eu vou alcançar você, prometo."

Ela inclinou o corpo para trás, saboreando o conforto da força e do calor de Colin.

"Mas... Mas e se eu errar?"

"Você não vai errar." Ele deu um beijo no lobo de sua orelha, então recuou, soltando seus braços. "Então atire. Deixe-me orgulhoso de você."

Minerva apontou a pistola para o alvo, dando tempo para seus olhos entrarem em foco. Suas mãos tremiam. Ela tentou lembrar de todas as dicas que Susanna e a Srta. Taylor lhe deram. Como todas as mulheres de Spindle Cove, ela também havia aprendido a atirar, mas sua pontaria nunca foi lá muito consistente. Sua mãe deixava claro que achava risível a participação de Minerva naquela atividade. *Uma garota quase cega, armada com uma pistola? Minha querida, os homens já mantêm distância de você. Não há necessidade de assustá-los ainda mais com armas.* Minerva inspirou profundamente e tentou afastar os sons de riso.

"Francine", sussurrou ela, "este é por você."

E quando ela começava a apertar o gatilho, uma voz se elevou em meio ao silêncio ansioso da multidão, congelando seu dedo e transformando seu sangue em gelo.

"É ele, ali adiante!"

Não. Não podia ser.

"Vamos pegá-lo, rapazes!", gritou a voz. "Lá está ele! É o Príncipe Ampersand, da Crustácea."

Aturdida, Minerva baixou a arma e olhou para Colin.

"*Atire*", disse ele, os olhos arregalados e ferozes. "Agora."

"Certo."

Com uma determinação repentina e fria, Minerva ergueu os braços, mirou e disparou a pistola. Sem ver o resultado do tiro, ela agarrou o dinheiro de Elspeth e correu. O grito alegre de triunfo das crianças lhe contou tudo que precisava saber. O que ela já sabia, em seu íntimo. Ela havia acertado na mosca, como Colin disse. Sorrindo para si mesma, ela abaixou a cabeça e acelerou braços e pernas, correndo pela viela. Sua respiração e as batidas do seu coração ecoavam tão alto que ela mal conseguia ouvir seus sapatos batendo no chão de terra. Mas logo ela tomou consciência de pegadas atrás dela. Minerva não ousou olhar para se certificar de que era Colin. Ela apenas continuou correndo como se o diabo a estivesse perseguindo.

E lhe ocorreu, enquanto disparava pela viela, segurando uma pistola quente com uma mão e um punhado de dinheiro com a outra, que aquilo devia marcar um momento decisivo em sua vida. Não tinha como voltar atrás depois *daquilo*. Naquele dia todas as críticas de sua mãe se mostraram erradas. Ela não era desinteressante, mas sim bonita. Ela não era distraída e desajeitada, mas autoconfiante e boa atiradora. E, acima de tudo, Minerva não era um caso perdido. Ela tinha vinte libras. Ela tinha feito uma importante descoberta científica. E ela tinha Colin, o malandro mais bonito e charmoso da Inglaterra, que vinha logo atrás dela – e rápido! A não ser pelos bandidos pensando em resgate e pelo filho furioso de um magistrado correndo atrás deles... A vida nunca tinha sido tão boa.

“Por aqui”, disse Coli ao ultrapassar Minerva quando eles chegaram aos limites da cidade. Ele trazia Francine nos braços e mostrou o caminho ao dobrar uma esquina. Eles continuaram correndo por uma rua estreita e escura, depois encontraram um pórtico em arco que dava para o muro do pátio da igreja e, mais adiante, para a zona rural.

Os dois passaram a carregar Francine juntos e correram na direção do poente. Somente depois que atravessaram duas campinas, pularam uma cerca e subiram uma colina eles pararam para respirar e olhar para trás. E não viram ninguém.

“Como você escapou?”, perguntou ela.

“Elspeth e seu exército. Eles nos deram cobertura. Mas ainda não estamos em segurança.” Ofegante, ele acenou com a cabeça na direção de uma cabana. “Ali.”

Não era exatamente uma moradia. Apenas um abrigo apertado para pastores dormirem enquanto seu rebanho pastava naqueles campos. Estava vazia naquela noite. Provavelmente todas as ovelhas haviam sido presas para que os pastores pudessem se divertir na feira. Colin teve que se abaixar para passar pela porta. Dentro eles encontraram apenas um fogão pequeno, uma lanterna, vários ganchos e outros instrumentos de pastoreio... e um catre. Ainda com a respiração pesada devido ao esforço, Minerva achou uma pederneira e acendeu a lanterna.

"Você quer saber de uma coisa?" Quando a luz amarela aqueceu o ambiente, ela se virou para Colin. "Hoje é meu aniversário."

"Sério?", ele riu.

"Não. Não de verdade." Ela riu, incapaz de se conter. "Mas se fosse, teria sido o melhor de todos. Colin, você é incrível."

"Você é maravilhosa." Ele a pegou pela cintura. O peito dele subiu e desceu com um suspiro ressonante. "Você é maravilhosa."

As palavras elogiosas dele fizeram toda sua pele arrepiar. Mas quando ele a puxou para si, um estranho obstáculo redondo ficou entre eles. Colin franziu a testa, confuso.

"Oh", disse ela, rindo. Afastando-se um pouco, ela tirou o obstáculo do bolso da sobressaia e o exibiu para ele. "Eu guardei um pêssego para você."

Ele olhou para o pêssego. Depois olhou para ela.

"*Minerva.*"

Um formigamento despertou cada centímetro de seu corpo. A fome nos olhos dele, o calor ardente entre seus corpos... aquilo não era uma aula, nem uma experiência para satisfazer a curiosidade científica. Não era fingimento. Aquilo era *real*. Colin foi abaixando lentamente a cabeça, saboreando o momento. Fazendo Minerva se esticar para ele, senti-lo como uma necessidade. Até que finalmente ele deslizou a mão para segurar o pescoço dela e tomou sua boca em um beijo profundo e apaixonado.

Ela deixou o pêssego escorregar de seus dedos e cair no chão coberto de palha, para ocupar melhor suas mãos com Colin. Eles se beijaram e agarraram, enrolando suas línguas e enfiando os dedos um no cabelo do outro. Parecia que eles não conseguiam ficar juntos o suficiente, beijar fundo o suficiente, pressionar pele com pele o suficiente. Os mamilos de Minerva ficaram duros e ela sentia a elevação firme da ereção de Colin em seu abdome. A mente dela entendeu o que seus corpos já sabiam. Só havia um modo de satisfazer aquela necessidade. Somente uma forma de conseguir a proximidade que ela desejava.

"Minerva." Ele deslizou a língua da garganta para a orelha dela. "Eu quero fazer amor com você."

Somente as palavras... aquela declaração ousada, inequívoca de intenção... correu como fogo por suas veias. Quente, poderosa, arrebatadora. Havia uma dezena de motivos pelos quais ela deveria recusá-lo. Mas eram todos motivos de outras pessoas. De sua mãe, de outras mulheres, da sociedade. E ela já havia deixado todas essas expectativas para trás. Se Minerva consultasse seu corpo, não existiria dúvida. Ela ansiava pela sensação da pele dele na sua. Seu intelecto, sempre curioso, desejava experimentar a paixão física – com ele. E o coração dela... ah, o coração dela já era dele, para Colin fazer o que quisesse.

As mãos dele foram até os laços da sobressaia. Com movimentos hábeis, ele os desamarrou e retirou a peça. Então ele começou a soltar os fechos nas costas dela. A voz dele ficou rouca de desejo.

"Eu prometi a você que não faria isto. Diacho, eu prometi a mim mesmo que não faria. Mas não consigo evitar, Min. Eu quero tanto você."

Ela o beijou no pescoço e apertou seu corpo contra o dele, tentando lhe mostrar o que não encontrava palavras para expressar. Que ela também o queria. Que precisava de seu toque. Enquanto Colin soltava os fechos de seu vestido, ela enrolou os dedos no cabelo ondulado dele.

"Colin", suspirou ela.

Ele pôs as mãos nos ombros dela e procurou seus olhos.

"Se você não quiser isto, diga-me." Ele engoliu em seco. "Diga uma palavra, e eu paro."

Em resposta ela tirou os braços das mangas do vestido de seda azul e o deixou cair a seus pés. Ele segurou uma das mãos dela para apoiá-la enquanto Minerva livrava os pés.

Recuando um passo, Colin fez um ruído ansioso com a garganta.

"Olhe só para você. Tão linda."

Ela esquentou de prazer enquanto ele examinava as peças que ela havia tirado de seu enxoval naquela manhã. A camisola branca rendada, o espartilho que favorecia o busto e as meias de seda. Se ela estava guardando aquelas peças para outra coisa que não aquele momento com ele... Minerva não conseguia se lembrar. Aquele dia maluco, exultante na feira; o lugar humilde e acolhedor onde passariam a noite. O desejo evidente nos olhos dele enquanto a admirava. Aquilo parecia ser tudo que Minerva sempre quis.

Ela abriu o baú e encontrou os lençóis que ela mesma havia bordado e guardado para alguma improvável noite de núpcias. Juntos, eles os abriram sobre o estreito catre. Mesmo que ela morresse uma solteirona, ainda assim teria conhecido mais paixão naquela única noite do que algumas mulheres têm durante toda sua vida. Ela jurou saborear cada toque. Lembrar cada carinho. Manter os olhos abertos em todos os momentos. Até mesmo enquanto ele beijava o lugar macio abaixo de sua orelha.

Ele a pegou pela cintura e a girou. De costas para ele, Minerva tremia enquanto ele soltava os laços de seu espartilho. Finalmente, a peça apertada caiu de seu corpo, e Minerva inspirou profundamente, o que teve um efeito inebriante. Com um gemido suave, ele a puxou para si. Os músculos sólidos de seu peito sustentaram o peso dela enquanto Colin a erguia e agarrava seus seios por cima da camisola. A respiração dela ficou apressada quando ele acariciou as esferas macias, massageando seus mamilos, que formaram picos tesos e ávidos.

Ela se virou em seus braços, desejosa de também poder tocá-lo. Deslizando as mãos por baixo de sua lapela e chegando até os ombros, Minerva derrubou o casaco do corpo dele. Ele sacudiu os braços para se livrar da peça, que jogou de lado. Ela puxou a camisa de dentro da faixa abdominal de Colin, e enfiou as mãos por baixo do tecido para explorar os contornos suaves e musculosos do torso dele. Colin levantou os braços o máximo que foi possível, com aquele teto baixo, e ela puxou sua camisa para cima, passando pelos ombros. Depois que a camisa foi removida, ele a orientou para fazer o mesmo. Minerva esticou os braços para cima e ele segurou o tecido leve e translúcido de sua camisola e a ergueu, lenta e reverentemente, enquanto passava pela cabeça e pelos braços dela. Com um gesto rápido, ele a jogou de lado. Então, as mãos de Colin fizeram o caminho inverso, deslizando languidamente pelos braços estendidos de Minerva, passando por seus seios, sua cintura, seu quadril, despertando cada parte dela com seu toque. Suas palmas estavam um pouco ásperas pelo trabalho no telhado, naquela manhã, mas aquilo apenas serviu para aumentar a excitação dela. E fazer com que ela tivesse certeza de que aquilo era real.

Minerva ficou nua diante dele, exceto pelas meias e ligas. Ele passou uma mão pela bunda dela e por sua coxa. Ela pensou que ele iria soltar a liga, mas em vez disso Colin passou a mão pela seda delicada. Erguendo a perna de Minerva, Colin colocou a coxa dela ao redor de seu quadril, puxando-a para perto. Seus seios encontraram o peito nu dele, e enquanto se beijavam ela os esfregou contra o calor sólido dele, mitigando a dor difusa que sentia. Ele gemeu dentro de sua boca.

A mão de Colin trabalhava entre os dois, tocando e acariciando suavemente o sexo dela. Um músculo interno da coxa dela palpitou, e Minerva sentiu que estava ficando molhada. Ele enfiou dois dedos dentro dela, bem fundo, até que a parte macia de sua mão pressionou o monte de Vênus. A reação do corpo dela foi imediata e intensa. Enquanto ele movimentava a mão para trás e para frente, ela o acompanhava, cavalgando suas investidas e gemendo em sincronia com as suaves estocadas. Tão perto. Ela já estava tão perto. Colin retirou os dedos, e ela lamentou a perda repentina. Enquanto Colin a levantava, para em seguida deitá-la na cama, sua voz tremeu de desejo.

"Droga, eu sei que deveria ser generoso, que deveria lhe dar prazer primeiro. Mas eu quero estar dentro de você. Eu quero estar bem fundo quando você gozar."

Ela não tinha como protestar contra isso. Ela observou Colin sentar no baú e tirar, afobado, suas botas e calça. Quando sua ereção balançou livre, ela esticou a mão para a figura escura e atraente. Ele a deixou livre para explorar, afastando as coxas para que Minerva pudesse acariciar toda sua extensão e segurar o saco vulnerável. Ele gemeu demoradamente enquanto ela o acariciava. Minerva tocou a gota de umidade na ponta, e a espalhou com movimentos circulares de seu polegar. Colin agarrou seu pulso, detendo sua mão.

"Eu não aguento mais isso", disse ele com uma risada rouca.

"Então venha para mim." As palavras fizeram com que ela se sentisse ousada e sedutora. Minerva se contorceu sinuosamente no catre, fazendo do seu corpo todo um convite escrito em caligrafia rosa claro.

Ele não perdeu tempo para aceitar. Colin mergulhou entre suas pernas, afastando suas coxas. Ele a provocou esfregando toda a extensão do seu membro no sexo dela, deixando-a anestesiada de prazer. Quando ele colocou a cabeça lisa e larga de seu pênis na abertura, Minerva ansiava por ser preenchida.

"Você está tão molhada", grunhiu ele, enfiando. "Tão molhada e tão apertada."

Com a invasão lenta e assustadora, Minerva não conseguiu conter um grito agudo de dor. Ela arregalou os olhos e arfou. Estava feito. Ele estava *dentro* dela. Eles estavam fazendo amor. A sensação era... maravilhosa e terrível ao mesmo tempo. A torrente de sensações e emoções tomaram conta dela. Seus seios foram moldados pelo peso do peito dele. Seu coração inchou com uma ternura angustiante. Mas, sobretudo, entre suas pernas, doía como o inferno. *Colin sabe o que está fazendo*, Minerva disse para si mesma. Com certeza logo a sensação seria maravilhosa. A qualquer momento.

Ele deslizou para trás um pouco, depois voltou para dentro. Indo mais fundo dessa vez, e a abrindo ainda mais. Ela sabia, por sua própria pesquisa, que ele era mais grosso na base. Quando mais ele avançava, mais a dor aumentava. Minerva estava a ponto de lhe implorar que parasse totalmente.

"Você pode..." ela ofegou. "Esperar. Um pouco."

Soltando uma imprecação, ele apoiou a testa no ombro dela.

"Detesto ter machucado você. Detesto ter feito isso com você." Ele ergueu a cabeça. "Deus, Min. Eu sinto muito. Vou recompensá-la, eu juro. Não sei como, mas... vou recompensá-la."

"Apenas faça ficar gostoso." Ela abriu um sorriso corajoso. "Você sabe como fazer isso?"

A boca de Colin se retorceu em um sorriso arrogante.

"Acho que *isso* eu posso fazer."

Ele não enfiou mais fundo. Colin fez a pausa que ela pediu e focou sua atenção no que estava à sua mão. Apoiando seu peso em um cotovelo, ele segurou o seio dela com os dedos curvados e chupou o mamilo para dentro da boca, trabalhando-o preguiçosamente, rolando a língua em volta do bico sensível e em cima dele. A cada passada de sua língua habilidosa, um estremecimento de prazer percorria o corpo dela. Quando ele transferiu sua atenção para o outro seio, a dor no local em que estavam unidos começou a diminuir. Os músculos íntimos dela relaxaram ao redor do pênis, e o clitóris inchado, no cume do seu sexo, começou a exigir atenção. Instintivamente, ela arqueou os quadris, em busca de fricção. Ela conseguiu, e o movimento também o trouxe mais para dentro, aproximando-os.

Ela arfou, surpreendida pelo prazer intenso da penetração. Colin gemeu com seu mamilo dentro da boca. Toda dor foi esquecida enquanto ela tentava reproduzir aquela sensação, contorcendo-se contra ele novamente. E de novo e de novo. Trazendo-o mais para dentro em incrementos supliciantes. Com cada movimento, a pelve dele esfregava a dela bem onde Minerva precisava, levando sua excitação a novas alturas.

"Isso", disse ele, redistribuindo seu peso e avançando novamente. "É isso, amor." Ele passou uma mão por baixo do traseiro dela, erguendo-a e puxando-a para si enquanto enfiava ainda mais fundo. "Está melhor agora, não está?"

"Está", sussurrou ela.

Colin aumentou a força das estocadas.

"Está?"

"*Sim.*" Ela agarrou os ombros dele. "Oh, Colin, está tão bom."

Enterrando o rosto no pescoço dela, ele murmurou algo que soou como *Graças a Deus*. Ele estabeleceu um ritmo, forte e contínuo, indo um pouco mais fundo a cada estocada. Minerva o sentiu alcançar lugares que ela nem sabia que existiam. Ainda assim, ela desejava mais. Quando finalmente toda sua extensão estava enterrada dentro dela, Colin descansou um instante, mantendo seus corpos próximos e unidos. Os olhos dele brilhavam de emoção.

"Faz tempo que eu quero isto, Min. Mais tempo do que você imagina."
Ela tocou o rosto dele.

"Eu também!"

Ele a beijou com doçura e voltou a se movimentar. Profunda e continuamente. Verdadeiro e real. Ela arqueava o corpo para acompanhar os movimentos, ficando desesperada por mais. Ao pedido silencioso dele, Minerva o abraçou com as pernas, e ele entrou ainda mais fundo. Agora ele tocava algum lugar escuro, doce, *essencial* dentro dela, e extraía de sua garganta um soluço de alegria a cada nova estocada. Minerva agarrou suas costas, enfiando as unhas em sua carne. Os dentes dela arranharam seu ombro. *Não pare. Por favor, não pare nunca.* Ela cavalgou a onda de prazer que atingia alturas cada vez mais elevadas, até que arrebentou. Ele a segurou apertado, mantendo o ritmo enquanto ela subia em espiral e mergulhava no êxtase.

Ele se ergueu com os braços e passou a trabalhar de um ângulo novo, mais fundo. Colin acelerou o ritmo e a força de seus golpes aumentou. Ela adorou sentir o desejo expresso na tensão dos músculos dele. Ela adorou saber quanto Colin a queria, ver a dolorosa expressão de desejo em seu rosto. Ela adorou recebê-lo tão fundo, forte e rápido quanto ele queria. Era como se eles, colidindo com força suficiente, pudessem se fundir em uma só pessoa. Eles *podiam* se fundir em uma pessoa, se ele não tomasse cuidado.

"Colin", ela ofegou. "Nós precisamos ter cuidado."

"Eu sei. Eu sei. É que você é tão..." Ele gemeu durante uma estocada profunda, forte. "Tão doce. Tão perfeita. Tão boa. Tão... muito... muito... *muito*..."

Com um grito gutural, vindo das entranhas, ele saiu de dentro dela. Colin desabou para a frente, com os braços trêmulos. E espalhou seu sêmen pelo abdome dela como um tipo de confissão. Um segredo vital e quente. Minerva acariciou as costas dele enquanto sua respiração voltava ao normal. Ele estava tão quieto. Era Colin em seus braços, e ele *nunca* ficava quieto. Enquanto ele estava ali, pesado e silencioso sobre seu peito, Minerva começou a ficar preocupada. Será que ela... tinha... se saído bem? Talvez ela não tivesse feito o bastante, ou talvez tivesse feito demais. Talvez ele preferisse que ela falasse mais, ousasse mais ou... fosse diferente, de alguma forma. Ela estava a ponto de pedir desculpas e implorar por uma segunda chance quando ele rolou para o lado.

"Oh, Min. Isso foi incrível. Eu nunca sonhei que pudesse ser tão bom com..." Ele afastou o cabelo do rosto dela. "Com você."

Lágrimas de alívio e alegria surgiram nos cantos de seus olhos.

Ele se deitou de costas e apoiou a cabeça em um braço.

"Sabe, eu não deveria dizer isto. Mas você pode me pedir qualquer coisa agora, qualquer coisa mesmo, que eu daria para você."

"Sério?" Ela riu. "Qualquer coisa que eu quiser? Ouro, prata, pérolas, rubis...?"

"É seu. E sua, suas e seus."

"A lua."

"É sua. Vou até lá pegá-la para você, assim que recuperar o fôlego. E algumas estrelas também, se você quiser."

Ela se aninhou nele.

"Não se preocupe. Não consigo imaginar qualquer coisa que pudesse melhorar este momento."

Mas aquilo era mentira. Havia uma coisa que ela desejava ter coragem de lhe pedir. Se ela pudesse receber qualquer coisa que desejasse, Minerva só lhe pediria uma coisa. *Amor. Deixe que eu ame você, e me ame.* As palavras queimaram em sua língua, mas Minerva não as conseguiu dizer. Que covarde inútil ela era. Ela podia bater na porta dele à meia-noite e exigir que fosse respeitada como indivíduo. Ela podia viajar através do país na esperança de ser admirada por suas realizações intelectuais. Mas ela não tinha a coragem de pedir a coisa que mais queria. Ser amada, apenas por ser ela mesma.

Capítulo Vinte e Três

Em algum lugar, um cachorro uivou durante a noite. Com um espasmo, Colin sentou no catre, tremendo e empapado de suor. Ele escancarou a porta do abrigo de pastores e inspirou profundamente o frio ar noturno. Quando sua pulsação acelerada começou a diminuir, ele apoiou a testa no pulso e xingou violentamente.

Carícias suaves, calmantes, subiram e desceram por suas costas. O toque dela não fazia perguntas nem exigências. Ele simplesmente o fazia saber que não estava sozinho.

"Posso ajudar?", perguntou ela, afinal.

Ele balançou a cabeça.

"Não é nada de incomum. Só me pegou de surpresa. Nas últimas noites eu nem acordei. Comecei a pensar que..."

"Que eu fosse a sua cura?" Ele sentiu um toque de ironia na voz dela. "Eu também esperava que fosse. Mas acho que foi uma expectativa boba."

"Nada disso." Ele suspirou, passando as mãos pelo cabelo e procurando se recompor. "É só este lugar, eu acho."

"É muito pequeno e escuro. Podemos pegar nossos cobertores e nos deitar sob as estrelas. Ou podemos simplesmente desistir de dormir e caminhar na direção da estrada."

"Não, não. Ainda demora muito para o nascer do sol. Eu posso voltar a dormir, mas acho..." Ele procurou seu lenço, com o qual enxugou o suor da testa e do pescoço. "Eu acho que gostaria de conversar."

Essas palavras foram surpreendentes para os dois. Eles não fingiram que ele queria discutir o clima ou rotas de carruagem. Minerva soube, imediatamente, o que ele queria.

"É claro." Ela sentou no catre. "Quer que eu acenda a lanterna?"

"Não. Não precisa." Com a porta aberta, um pouco do luar passava pela abertura. Colin conseguia distinguir o contorno prateado de sua silhueta e o brilho de preocupação em seus olhos escuros. Era o bastante.

Ele a fez deitar ao seu lado, e enfiou o nariz em seu cabelo espesso, com aroma de jasmim. Colin não sabia muito bem por onde começar. Ele nunca havia falado daquela noite com ninguém, não em detalhes. Mas os anos de silêncio não pareciam estar ajudando. Talvez fosse hora de tentar falar a respeito. Ele tinha que fazer algo, se quisesse deixar tudo aquilo para trás, assumir o controle de seus dias *e* suas noites, e criar uma aparência de vida normal e entediante. Ele queria aquele tipo de vida. E queria que Minerva fosse parte dela.

"Vai ser desagradável de ouvir", ele a alertou. "Tem certeza de que não vai se importar?"

Ela se ajeitou no peito dele.

"Você *sobreviveu* a isso, Colin. Posso reunir forças para ouvir a respeito."

"Talvez nós devêssemos esperar que o dia clareasse."

"Se você quiser esperar, nós podemos esperar. Mas estou pronta agora, se você também estiver."

Ele inspirou lenta e profundamente, e então começou a falar.

"Eu não tenho ideia do que o causou. O acidente, quero dizer. Estávamos voltando para casa de uma visita aos vizinhos. Não era um percurso longo. Não tínhamos criados conosco, apenas o condutor. Eu peguei no sono, no assento virado para trás. Meus pais estavam sentados juntos, de frente para mim. Lembro de ouvi-los falando e rindo de alguma coisa. Acho que minha mãe provocava meu pai por ele comer muito. Eu adormeci ao som de suas vozes. E acordei algum tempo depois. Com seus gritos."

Ela passou o braço pelo tronco dele.

"Você deve ter ficado tão confuso."

"Totalmente. Eu não tinha ideia do que estava acontecendo. Estava escuro e nós saímos da estrada. Eu tinha caído do meu assento. Então percebi que a carruagem tinha virado e que eu estava sobre a porta. Eu cortei a cabeça na tranca."

"Aqui." Ela sentiu a cicatriz na têmpora dele.

Colin aquiesceu.

"Fora isso, não parecia que eu tinha me machucado. Mas eu estava aterrorizado. A escuridão era total. Parecia que eu tinha uma venda nos olhos. E o cheiro de sangue..." Colin sentiu a barriga contrair, e ele parou para se recompor. "Era tão intenso. Sufocante. Eu chamei minha mãe, e ela respondeu. A voz dela estava fraca e estranha, mas ela ficava repetindo que tudo daria certo. Que eu precisava ser corajoso. Que certamente logo alguém apareceria para nos ajudar. Eu queria acreditar nela, mas sabia que ela não conseguia se mexer."

"Onde estava o condutor?"

"Ele havia se machucado seriamente. Ele foi jogado de seu assento um pouco atrás, mas não soubemos disso no momento. Só conseguíamos ouvir a agonia dos cavalos. Foram deles os gritos que me acordaram."

"E seu pai?"

"Morto."

"Você já sabia disso?"

"Não, mas minha mãe sabia. Da forma como eles caíram..." Ele inspirou fundo. "Esta parte é desagradável, querida."

"Continue." Ela tocou seu ombro. "Estou ouvindo."

"Havia um tipo de espeto. Até hoje não sei se era parte da carruagem ou algo na vala. Parte de uma cerca, talvez um galho..., mas eles foram atravessados por aquilo. Os dois. O espeto perfurou completamente o peito do meu pai e entrou no flanco da minha mãe."

Minerva estremeceu nos braços dele.

"Oh. Oh, Colin."

"Receio que a história fique pior. Enquanto minha mãe falava, eu sabia que ela estava viva. E mesmo quando não conseguiu mais falar, sua respiração difícil e alta me dizia que ela continuava viva. Mas quando até isso parou... eu fiquei totalmente descontrolado. Entrei em pânico. Eu queria sair. Eu gritei e bati nas paredes da carruagem até, acho, ficar inconsciente. E então..." Ele engasgou com a emoção. Colin havia chegado até ali. Ele precisava ir até o final. "E então os cachorros selvagens nos encontraram. Atraídos pelo barulho e pelo cheiro de sangue. Eu passei metade da noite gritando porque queria sair, e a outra metade rezando para que eles não conseguissem entrar."

"Oh, Deus." Ele sentiu as lágrimas dela, quentes e úmidas em sua pele.

"Sinto muito", disse ele rapidamente, segurando-a bem perto. "Sinto muito." Ele sabia que havia descrito uma cena perturbadora. E era exatamente por isso que nunca tinha falado sobre o assunto. Com ninguém... Ele odiava ter impresso aquele quadro macabro na imaginação dela. "Eu não devia ter contado para você."

"É claro que devia." Fungando, ela ergueu a cabeça. "Você fez muito bem. E pensar que ficou guardando isso com você por todos esses anos? Sou eu quem deveria sentir muito." Ela passou os braços pelo pescoço dele e o abraçou apertado. "Colin, sinto muito. Essas palavras são patéticas e insuficientes. Mas eu sinto muito, de verdade. Eu queria, de todo coração, que você não tivesse passado por isso. Mas estou contente que você tenha me contado tudo."

Ele enterrou o rosto no cabelo dela. Por um instante ele receou chorar. E então Colin percebeu que, se chorasse – mesmo que de modo ruidoso, descontrolado – ela não se afastaria dele. Ela até esperava que ele derramasse algumas lágrimas. Aqueles braços macios, delicadamente cheirosos, o envolveriam pelo tempo que ele precisasse. Então ele decidiu deixar as lágrimas rolar. E elas não vieram. Estranho... por quem ele deveria chorar? Por seus pais? Ele havia pranteado a perda dos dois. E continuava a sentir falta deles. Mas o luto só dura um certo tempo. Era o horror daquela noite que ainda persistia. O medo. E a vergonha. A vergonha profunda, enterrada, não manifesta.

"Durante anos", disse ele em voz baixa, "eu pensei que foi culpa minha. Que se eu não tivesse pegado no sono, não teria acontecido."

"Mas isso não faz sentido", exclamou Minerva.

"Eu sei."

"É claro que não foi culpa sua."

"Eu sei disso."

"Você era uma criança. Não havia nada que você pudesse ter feito."

"Eu sei. E como adulto, eu entendo isso racionalmente. Mas..." Mas ele nunca conseguiu se livrar desse sentimento. Era como se ele precisasse que alguém mais confirmasse sua inocência. Alguém muito inteligente e lógico. Alguém em quem ele pudesse confiar que sempre lhe diria a verdade nua e crua. Alguém como Minerva.

"Não foi minha culpa", disse ele.

"Não", confirmou ela. "Não mesmo."

Doce e querida Min. Desde o início, foi disso que ele mais gostou nela. Sua certeza.

Ela deu um beijo em seu rosto. Ele inspirou profunda e vagarosamente. Era incrível como ele se sentia mais leve, e se ela não o estivesse segurando com seus braços, Colin poderia ir embora flutuando.

"Sabe de uma coisa?", perguntou ele, sonolento. "Eu sempre pensei que a morte dos meus pais era algo tirado de uma balada. Eles se amavam tanto. Mesmo sendo criança eu percebia isso. Parece quase correto que eles tenham tido um fim poético. Sempre juntos, unidos mesmo na morte. No que diz respeito a tragédias, você tem que admitir, foi uma morte bastante romântica."

Ela ficou em silêncio por muito tempo, mas Colin sabia que Minerva não estava dormindo. Seus dedos passeavam pelo cabelo dele. Colin estava quase adormecendo quando a ouviu responder.

"Se você escrever a letra, eu cantarei essa balada."

Minerva não conseguiu voltar a dormir. Seu coração e sua mente estavam cheios demais. E, de certa forma, ela sabia que Colin dormiria melhor se ela velasse por seu sono. Quando os primeiros raios do amanhecer se infiltraram na cabana, ela esticou o braço esquerdo. Primeiro acima da cabeça, para levar sangue aos dedos duros, dormentes. Então o hábito e a necessidade fizeram com esticasse o braço, tateando à procura de seus óculos.

Com um murmúrio incoerente, Colin se virou, ainda dormindo. Ele jogou um braço pesado sobre o tronco dela, e seus dedos procuraram o seio de Minerva. Oh, céus. Seu coração congelou por um momento, recusando-se a bater. Então ele passou por um descongelamento rápido, o que doeu – da mesma forma que sentimos pontadas em dedos dormentes de frio quando colocados em uma bacia de água quente. A respiração, de repente, começou a exigir um esforço consciente. A primeira coisa que ela fazia, todas as manhãs, era estender a mão para pegar seus óculos, porque o dia não fazia sentido sem eles.

Colin estendeu a mão para *ela*. Minerva não podia "curá-lo". Nenhuma mulher poderia. Eventos assim distantes no passado não podiam ser desfeitos. Mas talvez ele não precisasse de uma cura, mas... de uma lente. Alguém que o aceitasse como a pessoa imperfeita que ele é, para que assim pudesse ver o mundo com clareza. Da mesma forma que os óculos a ajudavam. Uma hora antes essa ideia teria parecido absurda. Mas aqueles primeiros raios mágicos da manhã perdoavam todo tipo de tolice. Então ela se permitiu sonhar, ainda que só por um instante. Ela se deixou imaginar como seria acordar todos os dias como naquele, sentindo-se essencial para ele. A última coisa que ele toca à noite, e a primeira pela manhã – por familiaridade e um desejo de se sentir inteiro.

Quando ele se mexeu, já acordado, dando beijos em sua bochecha, ela queria tanto aquilo, tão desesperadamente, que uma parte sensível e pulsante de seu coração já pranteava a decepção. Ela se virou para o lado oposto ao dele, deitando de lado – não querendo explicar como havia conseguido ficar tão extenuada antes mesmo do café da manhã. Ele se aninhou às costas de Minerva, embalando o corpo dela com o seu. A pose enfatizava todos os contrastes físicos entre eles. Os contornos rígidos do peito dele encostado nas costas de Minerva. Os pelos das pernas de Colin tocando as coxas lisas dela. Por baixo do lençol, as mãos dele passeavam pelas curvas de Minerva com intenção sensual, possessiva. Envolvendo a cintura dela com o braço, ele a puxou para perto. A excitação dele pulsou contra a região lombar dela.

"Min", ele suspirou, acariciando a curva de seu pescoço com o rosto. "Preciso de você outra vez. Você me quer?"

Ela confirmou com a cabeça. Mas antes que pudesse se virar para ficar de frente, ele agarrou e ergueu sua perna, mudando de posição atrás dela. Sua dureza ficou entre as coxas dela. Ela ficou tensa, em dúvida.

"Está tudo bem." Ele beijou o pescoço dela enquanto seus dedos desceram pela barriga dela, chegando até sua abertura. "Vou mostrar para você."

Ele acariciou sua intimidade com habilidade e paciência, até ela estar não só pronta, mas desesperada por ele.

"Me ame", implorou Minerva. Porque ela podia falar essas palavras naquele momento, sem arriscar demais.

Ele pegou sua ereção com a mão, virou os quadris dela para o ângulo certo e deslizou para dentro. Minerva estava dolorida por causa da noite anterior. Mas ele foi delicado, segurando-a em seus braços e a amando com movimentos lentos e estudados. O calor doce entre eles cresceu e expandiu. Ela relaxou o corpo, ondulando com suas estocadas, de modo que se moviam como se fossem uma coisa só. Ele segurou seu seio e beliscou o mamilo. Então a mão dele deslizou pelo corpo dela. *Isso. Mais baixo. Toque-me lá.* Ele sabia o que ela queria. Colin pegou sua pérola com as pontas dos dedos e a massageou com círculos apertados, febris, até Minerva estremecer e gritar com prazer incomparável. Quando o clímax dela diminuiu, ele saiu de dentro, e terminou com movimentos desesperados entre as coxas dela. Quando ele gozou, Minerva saboreou seu rugido baixo e selvagem.

"Bom dia." Ela sentiu o sorriso dele em sua nuca.

"É mesmo?"

O tom de voz dele mudou.

"Você acha que não? Preferia que nós não tivéssemos..."

"Não." Reunindo sua coragem, ela se virou para ficar de frente para Colin. "Eu não me arrependo. Não mesmo. Mas eu quero lhe garantir, caso isso precise ser dito... Eu não tenho expectativas." *Somente esperança. Esperanças tolas e ansiosas.*

Ele piscou.

"Você não tem expectativas."

Ele devia entender o que ela estava querendo dizer.

"O que nós compartilhamos foi lindo. Mas eu não quero que você fique preocupado comigo, que eu esteja querendo mais."

"Ora", disse ele secamente. "Quão generoso da sua parte."

"Você não está aliviado?" Ela não compreendia a contrariedade na voz dele.

Colin rolou, deitando de costas, e esfregou a ponta do nariz.

"Minerva, não consigo decidir qual de nós dois você está insultando mais. Depois da noite passada, você *devia* ter expectativas."

"Expectativas do quê?", ela engoliu em seco.

"De *mim*."

"Eu pensei que era você quem defendia que não devemos ter qualquer expectativa. Não é essa sua filosofia de vida? Você disse que expectativas levam a decepções. Que se não esperarmos nada, somos sempre surpreendidos."

A risada dele pareceu um latido.

"Nesse caso..."

Ele se virou para ela. Seus olhos castanhos brilharam intensamente.

"Surpresa." Ele beijou a ponta do nariz dela. "Você vai casar comigo."

Capítulo Vinte e Quatro

Bem, pensou Colin. Com certeza ele a surpreendeu. Se a surpresa caía na categoria "agradável" ou "desagradável", ele não soube dizer. A segunda opção, suspeitou ele. Ela não mexeu um músculo. Mas por trás dos óculos, seus cílios bateram como dois ventiladores de ébano.

"Casar? Com *você*?"

Ele tentou não se ofender.

"Eu preciso dizer, Minerva, que essa não é exatamente a resposta entusiasmada, radiante, que um homem gostaria de ouvir."

"E esse não foi o pedido sincero, ardente, que poderia suscitar uma resposta assim. De fato, não tenho certeza de que isso vale como um pedido."

"Acho muito justo." Ele suavizou o tom. "Você conseguiu um adiamento. Mas, neste momento, saia da cama. Temos que nos apressar, se quisermos chegar a York esta noite."

"Espere, espere." Enquanto ele se sentava, ela agarrou seu braço. "Estou confusa. Isto foi como um daqueles duelos bobos que os cavalheiros encenam? Você dispara uma proposta qualquer ao amanhecer, eu a deixo escapar e, de algum modo, sua honra foi preservada?"

"Não, não é nada disso. Estou falando sério. Eu quero me casar com você."

"Mas eu pensei que você tinha jurado nunca se casar."

Ele deu de ombros.

"Eu me lembro de você dizer algo semelhante."

"Exatamente. Colin, eu aprecio seu gesto." Ela mordeu o lábio. "Acho. Mas eu não vou me casar com você simplesmente porque está sentindo um peso repentino na consciência. Nós dois sabíamos, desde o começo, que eu ficaria arruinada."

"Na aparência, sim. Mas agora foi de verdade."

"De verdade, eu não me sinto arruinada." Ela lhe deu um sorriso encabulado. "Só um pouco dolorida em alguns lugares. A noite passada lhe pareceu ser um erro grave?"

Ele tocou no rosto dela.

"Deus, não. Muito longe disso."

Colin passeou o olhar por todo o belo e delicado rosto dela. Depois da noite que eles passaram, algo em sua alma finalmente parecia ter entrado nos eixos.

"Então de que se trata isso? O que você está pensando?"

Ela se esforçou para sentar. O lençol caiu à altura de seus quadris, revelando seu busto nu. Colin perdeu o fôlego. Ela estava exatamente com a mesma aparência daquela primeira noite. Os óculos caídos na ponta do nariz, o cabelo solto sobre os ombros, os seios nus o tentando com sua perfeição tocável. Um gemido baixo teve origem no peito dele.

"Eu estou pensando", disse ele, "que a noite passada foi inevitável, e que eu deveria saber disso no dia em que saímos de Spindle Cove. Estou pensando que o que eu *deveria* fazer, como cavalheiro, é interromper imediatamente esta viagem e tomar providências para um casamento de verdade." Ele impediu que ela se manifestasse com um dedo sobre seus lábios. "Estou pensando que *gostaria* de deitar você nessa cama, fechar a porta e passar a próxima semana explorando seu corpo do avesso. Mas principalmente, Min..."

Ele empurrou os óculos dela para o alto do nariz, para que ela pudesse focar seu rosto.

"Estou pensando que fiz duas promessas a você. Levá-la ao simpósio e sem a seduzir. Já quebrei uma delas, mas tenho a intenção de cumprir a outra." Ele se levantou da cama e lhe ofereceu uma mão. "Então estou pensando que esta conversa vai ter que esperar. Nós não podemos desperdiçar nem um minuto."

Sacudindo a cabeça, aturdida, Minerva aceitou a mão dele.

"Está certo."

Colin pegou um balde de couro na cabana dos pastores e foi buscar água em um córrego próximo. Enquanto Minerva fazia sua toalete dentro da casa, ele mergulhou na água gelada – de camisa e tudo. A camisa precisava mesmo ser lavada, e ele necessitava de um banho gelado para dominar suas partes íntimas. Ele havia tirado a virtude de Minerva na noite anterior e fez o mesmo pela manhã. Ele tinha desrespeitado todas as suas regras, esquecido os poucos princípios que ainda o norteavam.

Não importavam as objeções que ela levantasse, nem as palavras tontas que ela lhe dirigisse, sua consciência insistia que só havia uma ação a ser tomada. Ele devia casar com Minerva. Mas ele *tinha* que primeiro levá-la até o simpósio.

Minerva não queria casar com ele simplesmente porque Colin a tinha arruinado, e ele também não queria isso. Não, ele queria que Minerva quisesse se casar porque ele a havia ajudado em seu triunfo. Ele mostraria para Minerva – e para si mesmo – que podia ser bom para ela. Enquanto submergia na água gelada, uma sombra insidiosa de dúvida se intrometeu em seus pensamentos. *A estrada para Edimburgo está pavimentada com boas intenções.* Ele obrigou a dúvida a ir embora, subindo à superfície e tirando a água do rosto. Dessa vez era diferente. Naquele dia tudo estava diferente. Pelo amor de Deus, ele odiava o interior – e no entanto, lá estava ele, no meio de um pasto, a caminho da cabana dos pastores, desejando absurdamente que ele a pudesse alugar para passar o verão.

Quando voltou à cabana, ensopado e tremendo, Minerva lhe deu um olhar espantado através dos óculos. Ele deu de ombros e espremeu a fralda da camisa.

"O sol logo vai me secar. Primeira coisa a fazer quando chegarmos a York", ele puxou a calça e a abotoou por baixo da camisa encharcada, "é comprar roupas novas."

"Você tem certeza de que ainda é possível chegarmos ao simpósio?" Ela contou os dias nos dedos. "Só temos mais três noites até lá."

"Nós vamos conseguir. Chegaremos a York esta noite. De lá, com nossos fundos recuperados, será uma nova viagem. Vamos tirar umas poucas horas para dormir, fazer compras e alugar um cupê. Depois, pé na estrada."

"Mas você vai se sentir mal. Cupês são tão pequenos e apertados. Para não mencionar que são caros. Não vamos ter dinheiro para alugar seus cavalos depois de York."

"Eles são o meio mais rápido. Se viajarmos direto, chegaremos a Edimburgo a tempo."

"Viajar direto? Não vamos parar à noite?" Os olhos dela demonstraram sua preocupação.

Ele balançou a cabeça.

"Não haverá tempo."

"Mas Colin..."

"Também não teremos tempo para debates." Ele pegou um dos lados do baú de Francine. "Vamos andando."

O dinheiro facilitou tudo. Eles conseguiram um café da manhã de verdade, transporte para a próxima cidade na rota das carruagens, onde Colin alugou um cavalo para seguir Minerva. Seu último cavalo naquela viagem. Eles chegaram a York no fim da tarde. Ele procurou a maior e melhor estalagem. Mantendo Minerva bem ao seu lado, ele se aproximou do estalajadeiro.

"O que posso fazer pelo senhor?", perguntou, distraído, o homem.

"Precisamos de um bom jantar. Usar um de seus quartos por algumas horas, só para descansarmos e nos trocarmos. E então preciso saber onde alugar um cupê que nos leve para o norte."

"Para o norte até onde?", perguntou o estalajadeiro.

"Edimburgo. Queremos viajar sem paradas."

"É mesmo?" O homem olhou desconfiado para os dois. Seus olhos remelentos passearam pelas roupas esfarrapadas de Minerva e Colin.

"Vou pagar adiantado", sugeriu Colin.

"Ah, claro. Pode ter certeza de que vai." O homem arqueou uma sobrancelha e coçou o alto da cabeça. Ele disse um valor e Colin separou o dinheiro.

Então Colin se inclinou para a frente e falou em voz baixa.

"Escute, talvez você possa me ajudar com outra coisa. Minha mulher aqui perdeu a bagagem. Antes de continuarmos, eu preciso arrumar um vestido novo para ela. Uma coisa bonita."

O homem olhou para Minerva.

"Minha mulher vai arrumar alguma coisa, eu garanto."

"Da melhor qualidade que isto pode comprar." Colin acrescentou vários soberanos ao que já tinha dado pelo cupê.

Minerva engasgou.

"Colin, não faça isso. Nós não podemos pagar."

"Isso não está em discussão. Você precisa."

"Mas..."

O homem riu.

"Ora essa, senhorita. Com certeza não preciso explicar para você. Estejam fugindo ou não, um homem quer sua noiva bem vestida."

"Mas..." Minerva o chamou quando ele se virou e desapareceu por uma porta. "Senhor, não estamos fugindo."

"É claro que não", respondeu ele de longe. "Nenhum de vocês, jovens namorados, está."

Ela se virou para Colin, que deu de ombros.

"Não adianta discutir. Você acha que ele vai acreditar que nós estamos indo para um simpósio de geologia?"

"É estranho", disse ela, quando eles se sentaram para pedir o jantar. "Nós tivemos uma sorte incomum, hoje. O tempo esteve bom, a não ser por aquela chuva breve. Não perdemos dinheiro nem pertences. Nada de lutas, nem bandidos. Eu fico olhando para trás, na expectativa de ver aqueles bandidos que querem sequestrar o Príncipe Ampersand."

"Ah, não se preocupe com eles. Já deixamos esses bandidos muito para trás. Pode acreditar, aquele grupo não é suficientemente organizado, ou esforçado, para nos seguir além da região deles." Colin massageou a mandíbula. "Mas, tenho que admitir, eu não ficaria surpreso se visse outra pessoa atrás de nós."

"Quem?"

"Bram. Ou Thorne. Ou os dois. Quando meu primo souber disto, não posso conceber que sua reação seja favorável. Dois dias antes de nós partirmos ele soube que eu não tinha planos de me casar. E se Susanna expressar dúvidas quanto à sua vontade... eu não duvidaria que ele decidisse que você precisa ser resgatada."

Uma empregada lhes levou duas taças de clarete. Colin pediu uma refeição reforçada, composta de bife, ensopado de peixe, vegetais cozidos e torta de maçã. Seu estômago roncou de fome.

"Mas eu deixei um bilhete", disse Minerva depois que a empregada se foi. "Eu disse para minha irmã que nós fugimos."

"A evidência é fraca, sozinha. Você esqueceu de deixar o diário falso."

"É verdade. E o diário verdadeiro não é muito favorável ao seu caráter." Ela lhe lançou um olhar cauteloso por cima da taça de vinho. "Mas isso não foi tudo que eu deixei para trás. Tem mais uma coisa."

"Ah, é mesmo?" Intrigado, ele se inclinou para a frente. "O quê?"

"Você, ahn..." Corando, ela tomou um grande gole de vinho. "Acho que você me escreveu uma carta."

~ *Capítulo Vinte e Cinco* ~

"Cabo Thorne!"

Samuel Thorne parou o movimento de levantar sua pá. Ele reconheceria aquela voz em qualquer lugar. *Droga. Ela não. Não ali.*

"Cabo Thorne, eu..." A Srta. Taylor virou a esquina e parou de repente quando o viu. "Oh. Aí está você."

Cristo! As mulheres bem-educadas não têm algumas regras de decoro que as proíbe de surpreender homens vestidos inadequadamente enquanto estão trabalhando? Como diabos ele a iria cumprimenta com barro na camisa e suor empapando seu cabelo? Jogando de lado a pá, ele limpou apressadamente o rosto com a manga da camisa. Ele fechou o colarinho com um puxão. Ela não teve nem o bom senso de desviar os olhos. Ela ficou ali, a encará-lo de olhos arregalados e curiosa. Ele teve vontade de puxar a camisa por cima da cabeça, jogá-la de lado e dizer, *Aqui. Olhe à vontade. Isto é o que anos de ladroagem nas ruas, trabalhos forçados e combate, fazem com um homem.* Ele quase riu com o pensamento. Ah, ela iria embora correndo.

A Srta. Taylor pigarreou.

"Sinto muito interromper sua... escavação."

"Por que está aqui, Srta. Taylor? Como posso lhe ajudar?"

Ela mostrou um papel que trazia na mão.

"Vim para lhe provar. A verdade sobre a fuga. Eu tenho uma carta de amor, aqui, endereçada a Minerva Highwood e escrita pelo próprio Lorde Payne. A Srta. Charlotte a encontrou na gaveta de meias de Minerva."

"Impossível." Thorne preferiria engolir pregos a acreditar que Colin estava apaixonado pela Srta. Minerva Highwood. Ainda lhe doía o fato de não ter ido atrás do casal logo na primeira noite. Mas o que ele iria fazer, se a própria mãe da garota o proibiu?

Se pelo menos a Srta. Taylor deixasse o assunto para lá. Ele ficava bastante agoniado na presença dela, sem esse problema.

Ela se aproximou e lhe ofereceu a carta.

"Leia você mesmo."

Bom Deus! Agora ela queria testar sua alfabetização. Thorne olhou para o envelope. Uma sensação de náusea enrolou seu estômago. Ele sabia ler razoavelmente bem – melhor do que a maioria dos homens do seu nível – mas ele precisaria de tempo e concentração para esquadrinhar uma missiva tão extensa como aquela. E seria mais difícil ainda, tentar ler com uma beleza daquelas por cima do seu ombro. Como ele faria para juntar duas sílabas na presença dela? Como desculpa, ele mostrou as mãos sujas.

"Você vai ter que ler para mim."

Ela abriu o papel com um movimento da mão.

"'Minha querida e amada Minerva'", ela leu em voz alta.

E esse foi a última parte que ele ouviu. Ah, ela continuou lendo. E ele continuou escutando. Mas ele não ouvia mais as palavras, apenas a voz clara e viva. Que estranho. Ela tinha música na voz, mesmo quando não estava cantando. A melodia se propagava por seu corpo. Não de forma agradável, mas dolorida. Do mesmo modo que seria a sensação de enfiar a pá na terra e não encontrar solo macio, mas uma laje de pedra. O choque reverberava por todos os seus ossos e dentes. E seu coração. E agora ele não fazia ideia de que diabos ela estava lendo. Thorne teria melhor sorte se estivesse ele mesmo olhando como um tonto para o papel.

"Chega." Ele ergueu uma mão. "Colin não escreveu isso."

"Escreveu. Ele até assinou."

Thorne inclinou a cabeça e olhou para o endereço no verso do papel.

"Essa não é a letra do Colin." Isso ele conseguia perceber sem muito esforço.

"O quê?" Ela examinou o verso da folha.

"Não é a letra dele. Eu sei que não é." Após limpar as mãos nas calças, ele andou apressadamente até a torre que Colin esteve usando como seus aposentos. Ele destrancou e abriu a porta, seguindo diretamente para a pequena escrivaninha.

Ele vasculhou uma pilha de papéis até encontrar uma com a caligrafia correta, que entregou para a Srta. Taylor.

"Está vendo?"

Ela segurou os dois papéis lado a lado e os comparou.

"Você está certo. A caligrafia é diferente."

"Eu lhe disse. Ele não escreveu essa carta."

"Mas eu não entendo. Quem mais escreveria isso, para depois assinar em nome de Lorde Payne?"

Thorne deu de ombros.

"Uma piada cruel, talvez. Para criar esperança nela. Ou talvez ela mesma tenha escrito."

"Pobre Minerva."

Ele viu a Srta. Taylor morder seu lábio inferior. Então se obrigou a olhar para outro lado.

"Mas de algum modo", disse ela, "parece ter dado certo. Eles realmente fugiram juntos."

Ele bufou, mas resistiu à tentação de lhe contar tudo que havia descoberto com a Sra. Ginny Watson no outro dia. Quando interrogada, a jovem viúva lhe contou a respeito da visita noturna da Srta. Minerva ao Castelo Rycliff. Thorne sabia a verdade. Colin e a Srta. Highwood não tinham fugido para se casar. Contudo, eles iriam acabar se casando. Thorne iria garantir isso. Se Colin ousasse voltar solteiro daquela excursão, não continuaria assim por muito tempo. Ele entraria com a Srta. Minerva na Igreja de St. Úrsula nem que Thorne tivesse que conduzi-lo na ponta de uma faca. Proteger as mulheres daquela vila era seu dever, que ele levava muito a sério. E foi por isso que ele manteve a boca fechada naquele momento.

A Srta. Taylor não precisava saber das particularidades de tudo o que a Sra. Watson havia lhe contado. Se a garota Highwood gostava de acreditar em amor verdadeiro e contos que terminam com a felicidade de todos os envolvidos, Thorne levaria para seu túmulo as verdades desagradáveis que sabia. Afinal, aquele segredo não era o primeiro, mas apenas um dos muitos que ele tinha jurado manter, pela felicidade dela.

A Srta. Taylor vasculhou os papéis. Thorne cruzou os braços.

"O que, agora você está bisbilhotando?"

"Não", protestou ela. "Bem, talvez. Nossa, ele escreve muitas cartas para seus administradores."

"Escute, eu tenho que cavar um poço, e..."

"Espere." Ela pegou um papel daquela pilha. "O que é isto?" Ela leu em voz alta. "'Millicent... Madalena... Michaela... Marilyn...' E *está* escrito com a letra dele."

"E daí? É só uma lista de nomes."

"Sim. Uma lista de nomes de mulheres, todos começando com a letra M." Ela sentiu um bolo na garganta. "A carta não significa nada, mas isto... é prova. Não percebe?"

"Não, não percebo. Nada mesmo."

"Lorde Payne sempre agiu como se não lembrasse do nome da Minerva. Ele a chamava de Melissa, Miranda e qualquer outro nome que começasse com a letra 'M'. Mas ele fazia isso de propósito, está vendo? Só para provocá-la. Ele até se deu ao trabalho de escrever esta lista."

"Isso só prova que ele é mesmo um canalha, é o que eu acho."

Ela estalou a língua, impaciente.

"Cabo Thorne. Você realmente não entende nada de romance."

Thorne deu de ombros. Ela tinha razão. Ele compreendia desejo. Ele entendia necessidade, lealdade e devoção profunda que voltavam no tempo até antes das primeiras lembranças daquela mulher. Mas ele não entendia uma vírgula sobre romance e ela devia agradecer a Deus por isso. Lá estava ela, naquele exato momento, exibindo um sorriso destemido para ele. Ninguém sorria daquele jeito para Thorne. Mas a Srta. Taylor sempre foi assim. Alegre, apesar de tudo. Cantando como um anjo, mesmo quando esteve diante dos portões do inferno.

"Você não sabe?", perguntou ela. "A antipatia aparente pode mascarar uma atração oculta."

Ele sentiu o rosto ficar quente.

"Não neste caso."

"Ah, sim. Esta lista não prova que Lorde Payne é um canalha." Ela bateu com o papel no peito de Thorne. "Ela prova que ele está *apaixonado*."

Capítulo Vinte e Seis

"Eu exijo saber o que você escreveu naquela carta." Exibindo um sorriso malicioso, Colin seguia atrás dela na escadaria da estalagem.

Minerva se encolheu. Ela nunca devia ter mencionado a carta.

"Podemos deixar isso para lá, por favor? Você me atormentou durante o jantar inteiro. Eu já lhe disse, não me lembro."

"E *eu* já lhe disse, não acredito em você."

Ela abriu a porta do quarto deles. Enquanto os dois jantavam no salão, um criado foi enviado para pegar alguns itens de que Colin necessitava. Além disso, o mais fino vestido de segunda mão que se podia comprar por três libras estava aberto sobre a cama. Uma peça linda de musselina – cor-de-marfim, com estampa de pequenos ramos rosa. Um fogo vigoroso ardia na lareira. E a cama, com travesseiros e colcha empilhados... oh, como o corpo de Minerva, cansado de viajar, ansiava por mergulhar naquela cama e permanecer ali por *dias*.

"Vou me trocar antes que nosso cupê esteja pronto." Ela foi para trás de um biombo na esperança de se esconder daquela conversa.

"Então eu vou me barbear." Ela o ouviu indo até o lavatório. "Mas vou continuar atormentando você, até que confesse tudo. Eu redigi páginas de descrições? Comparei seus olhos a diamantes Brighton?"

"São diamantes *Bristol*. E não, você não fez isso."

"Ah! Então você lembra do conteúdo."

Ela bufou.

"Muito bem. Sim, eu me lembro. Eu lembro palavra por palavra daquela carta."

Água caiu na bacia, e ela ouviu o pincel de barba passando pelo rosto dele. O aroma familiar do sabão de barba envolveu o quarto. Cheirava a cravos.

"Estou ouvindo", disse ele.

Atrás do biombo, ela reparou que tinha uma unha partida.

"Você escreveu que andou me estudando, quando eu não estava notando. E que me observava quando eu me perdia em pensamentos, ou quando minha cabeça estava sobre um livro. Que admirava o modo como meu cabelo escuro, revolto, sempre conseguia escapar dos grampos e escorria pelo meu pescoço. Que notava o brilho quente da minha pele, onde o sol a beijou. Você escreveu que está consumido por uma paixão selvagem, visceral, por uma feiticeira com cabelo preto como a asa do corvo e lábios sensuais. Que você vê em mim uma beleza rara, natural, que outros homens deixaram passar. Parece familiar?"

"Ah, não, você não fez isso." Ele murmurou uma imprecação e bateu com a navalha na bacia. "Não tem como você se lembrar de *tudo* que eu disse naquela noite."

"Claro que posso me lembrar. Existem palavras melhores para estarem em uma carta forjada supostamente sua? Foi você que as pronunciou, afinal." Ela fungou. "Você escreveu que eu era o verdadeiro motivo de você permanecer em Spindle Cove por todos esses meses. E a carta terminava com as palavras mais doces. 'É você, Minerva. Sempre foi você.'"

Ele ficou em silêncio por muito tempo. O necessário para que ela soltasse catorze ganchos nas costas do seu maltratado vestido azul de seda, e também abrir os nós do seu espartilho e desabotoar todos os fechos da sua camisola. Ele terminou de se barbear e atravessou o quarto em passadas lentas e medidas.

Ela ouviu um rangido quando ele se atirou na cama.

"Deus, eu fui um idiota completo."

Ela achou que não devia contradizê-lo.

"E sabe o que é mais irônico nisso, Min?"

"O quê?"

"Eu sempre gostei de você."

Minerva parou no meio do movimento de amarrar sua liga. Ela se permitiu um instante de esperança absurda, de doer o coração, antes de soltar um som de descrença.

"Por favor."

"Não, é sério", insistiu Colin. "Tudo bem, talvez eu nem sempre tenha *gostado* de você."

Está vendo? Ela apertou os laços de sua anágua.

"Mas você tem que admitir", continuou ele, "que havia algo entre nós desde o começo."

"Algo como antagonismo, você quer dizer?" Ela entrou no vestido novo e se equilibrou na ponta dos pés enquanto puxava o tecido por cima das anáguas e do espartilho. O vestido estava bem justo. "A hostilidade de dois gatos de rua brigando dentro de um saco?"

"Alguma coisa assim." Ele riu. "Mas não, é que..." A voz dele ficou reflexiva. "Eu sempre achei que você me enxergava, de certo modo. De uma maneira diferente, que ninguém mais enxergava. Que com aqueles seus óculos pequenos e atraentes você conseguia me ver por dentro. E você não fazia segredo de que desprezava o que via, o que a destacava como mais inteligente que a maioria. Eu não conseguia me livrar da fascinação por você. Seu olhar afiado, a boca sedutora, sua completa invulnerabilidade ao meu charme. Se eu tratei você mal – e sei que o fiz, e isso me envergonha – foi porque eu me sentia perdido perto de você."

Ela endireitou a coluna. Minerva não podia acreditar no que estava ouvindo. Ela esticou a cabeça para fora do biombo e olhou para Colin. Ele estava deitado na cama, recém-barbeado e lavado, pernas cruzadas nos tornozelos e braços debaixo da cabeça. Sua postura dizia: *Sim, garotas, eu realmente sou bonito deste jeito. E nem preciso me esforçar.*

"Você", disse ela, "se sentia perdido perto de *mim*? Oh, Colin. Isso já é demais."

"É a verdade." Seu olhar era absolutamente sincero.

Minerva buscou refúgio atrás do biombo. Ela ficou surpresa que o martelar de seu coração não o derrubou.

"Eu nunca desprezei você", disse ela. "Só para você saber."

Foi a vez de ele fazer um som de completa descrença.

"Muito bem, eu posso ter desprezado você um pouco. Mas só porque..." ela suspirou, incapaz de continuar negando. "Só porque eu estava miseravelmente enfeitiçada por você. Eu não queria estar, mas não pude evitar. Tudo que você precisava fazer era olhar na minha direção, e meu coração entrava em descompasso. Sempre que eu tentava dizer algo inteligente na sua presença, eu soava rabugenta ou maçante. Eu sempre me considerei uma pessoa inteligente, mas juro para você, Colin, ninguém nunca conseguiu fazer com que eu me sentisse tão idiota."

"Ora, isso é... estranhamente gratificante."

Ela riu um pouco das lembranças e de si mesma.

"E enquanto isso, todo mundo em Spindle Cove falava de como você era perfeito para Diana. Eu ouvia isso na casa de chá, na Tem de Tudo, em volta da lareira, à noite... Só enfatizando, sem parar, que ninguém imaginava você com uma garota como eu. Até aí eu poderia aguentar, mas a perspectiva de ser sua cunhada?" Ela enxugou uma lágrima que se formava. "Eu amo minha irmã. Sempre tentei não invejar a doçura, a elegância ou a beleza de Diana. Mas eu a teria invejado se ela tivesse *você*, e esse pensamento fez com que eu me sentisse mal. Se você está querendo a coroa de Mais Perdido, acho que essa eu já ganhei."

Depois de um longo silêncio, ele bateu as mãos.

"Espero que você esteja pronta para trocar essa coroa por um prêmio de quinhentos guinéus. Estou vendo nosso cupê pela janela. Está quase pronto."

Ela saiu de trás do biombo.

"Como estou?" Ela virou e se examinou no espelho. "O vestido ficou bom em mim?"

Ele se levantou e se posicionou atrás dela, descansando as mãos fortes em seus ombros e esperando que ela ficasse parada.

"O vestido ficou bom. Você, por outro lado..."

Ela...? Não estava bem? Por instinto de autopreservação, ela tentou dar as costas ao espelho. As mãos dele se firmaram em seus ombros, não deixando que ela se movesse. Minerva o observou, no espelho, enquanto Colin percorria suas formas com o olhar.

Ela não aguentou o suspense.

"Pelo amor de Deus, Colin, o que está errado comigo?"

"Você é linda, Min", disse ele, em tom de assombro. Como se suas próprias palavras o tivessem pego de surpresa. "Deus é testemunha, você é maravilhosa."

Ela bufou em protesto.

"Não sou. Eu sei que não sou."

"O que a faz ter tanta certeza?"

"Ninguém nunca me disse isso antes. Tenho vinte e um anos de idade. Se eu fosse linda, com certeza alguém já teria notado, a esta altura."

Ele pareceu pensar nisso por um instante, descendo uma mão para endireitar a manga dela.

"É difícil imaginar que alguém não repare em uma beleza desta magnitude. Talvez você não fosse linda até recentemente."

Um riso nervoso surgiu na garganta dela.

"Acredito que não passei por nenhuma transformação dramática." Ela examinou seu próprio reflexo, só para ter certeza. Os mesmos olhos grandes e castanhos estavam lá, rodeados por uma armação de arame. Eles ancoravam o mesmo rosto redondo e engraçado, com a boca em forma de coração. Sua pele havia ganhado sardas e um bronzeado recentemente, mas fora isso... "Sou a mesma que sempre fui."

"Bem, eu não sou o mesmo", disse ele simplesmente, ainda sorvendo o reflexo dela. "Estou alterado. Fui destruído. Absolutamente devastado."

"Não. Não brinque comigo." *Não vou suportar ser magoada daquela forma outra vez.*

"Não estou brincando. Eu a estou elogiando."

"É isso. Eu não quero elogios. Não me iludo a esse ponto."

"Não se ilude?" Ele riu. "Min, você tem as ideias mais malucas de todas as pessoas que conheço. Você consegue olhar para um buraco no chão e enxergar uma vasta paisagem primitiva, dominada por lagartos gigantescos. Mas é demais acreditar que você é linda?"

Ela não soube o que dizer.

"Talvez 'linda' não seja a palavra adequada", divagou ele. "É comum demais, e sua aparência é... rara. Você merece um elogio raro. Um que seja sincero e criado só para você. Para que não haja dúvida."

"Sério, você não precisa..."

"Silêncio. Vou fazer um elogio para você. Sincero. Nada dessa bobagem de asa de corvo. Você não precisa responder nada, mas eu insisto que você fique aí e o aceite."

Ela o observou pelo espelho enquanto Colin franzia a testa em uma careta de concentração.

"Uma vez", disse ele, "há muitos anos, ouvi a palestra de um sujeito no clube dos aventureiros. Ele falou de suas viagens pela selva amazônica."

Minerva não gostou do rumo que aquela conversa estava tomando. Ela tinha a sensação terrível de que Colin iria compará-la a alguma estranha planta carnívora. Uma que atraía suas presas com flores vermelhas e o aroma de carne em decomposição.

"Ele era entomologista, esse sujeito."

Oh, Deus. Pior ainda! *Insetos*. Colin iria compará-la a algum inseto gigante de pernas peludas. Um que cuspia veneno ou comia pequenos roedores. *Calma, agora*, ela disse para si mesma. Poderia ser uma borboleta. Borboletas são bonitas. Até mesmo lindas, dependendo da variedade. Ela ouviu dizer que existem borboletas do tamanho de pratos na Amazônia.

"De qualquer maneira, esse homem tinha passado o tempo todo com os nativos, no meio da floresta, caçando besouros de carapaça dura."

"Besouros?" A palavra saiu como um lamento.

"Não consigo me lembrar, para ser honesto. Eu dormi durante boa parte da palestra, mas o que eu guardei foi o seguinte: esse povo nativo com o qual ele viveu, nas profundezas da floresta, tinha, em sua língua, dúzias de palavras para dizer chuva. Porque era uma coisa comum para eles, sabe. No lugar em que viviam chovia constantemente. Várias vezes por dia. Então eles tinham palavras para designar chuva leve, pesada e muito intensa. E cerca de dezoito termos diferentes para tempestades, além de um sistema de classificação inteiro para neblina."

"Por que você está me dizendo isso?"

Ele passou lenta e levemente o dedo pelo braço dela.

"Porque estou de pé aqui, querendo lhe fazer um elogio adequado, mas meu vocabulário escasso não me permite. Acho que preciso é de uma excursão científica. Preciso me aventurar em alguma selva onde a beleza tome lugar da chuva e caía do céu em intervalos regulares de tempo. Onde a beleza marque todas as superfícies, sature o solo e paire como vapor no ar. Porque sua aparência, neste exato momento..." O olhar dele encontrou o dela no reflexo. "Lá, eles teriam uma palavra para isso."

Encantada pelo toque de Colin, e por seu tom caloroso e enternecido, Minerva viu seus próprios olhos marejarem no espelho. Ela recuou um pouco, apoiando-se no peito dele. O coração dele bateu em sua coluna, ecoando por seu peito como um distante tambor indígena.

"Haveria tantas palavras para beleza lá", continuou ele, aproximando os lábios da orelha dela e diminuindo a altura da voz para um murmúrio. "Palavras para chuvas diárias de graça e um tipo de neblina encantadora que desaparece quando você tenta pegá-la. Beleza que é anunciada por trovões impressionantes, mas que se revela ser momentânea. E além de todas essas, existe uma palavra... uma palavra que até os anciãos mais grisalhos e sábios só pronunciaram duas vezes em toda sua vida, e o fizeram de forma contida, receosa. Uma palavra para uma torrente cataclísmica de beleza com o poder de alterar paisagens, aplainar montanhas e alterar o curso de rios, deixando pessoas penduradas em árvores, vivas e ressentidas, xingando seus deuses." Um toque de frustração sensual fez sua voz ficar rouca. "E eu também amaldiçoarei os deuses com eles, Minerva. Pois uma monção violenta me deixou em frangalhos quando olhei para você há pouco. Ela me mudou por dentro, e não tenho um mapa desse novo mundo."

Eles olhavam para o espelho. Um para o outro, e para si mesmos.

"Eu me apaixonei por você", disse Minerva, resignada. "Se eu pareço mudada, de alguma forma, só consigo imaginar que seja por causa disso."

Ela o observou atentamente, à espera de sua reação. O rosto dele se transformou em uma máscara, congelada no tempo. Eternamente lindo e sem emoções. E então, finalmente... a sugestão de um sorriso malandro apareceu no canto de sua boca.

"Oh, Min..."

"Pare." Ela se empertigou, distanciando-se dele. Minerva sabia que ele iria fazer alguma observação jocosa para dissipar a tensão. *Oh, Min, não se aflija. Você logo vai superar isso.* Ou *Oh, Min, pense no pobre Sir Alisdair.*

"Não faça isso." Ela deu as costas para o espelho e ficou de frente para ele. "Não ouse fazer uma piada. Precisei de muita coragem para dizer o que eu disse. E você não precisa dizer nada. Mas insisto que você seja homem suficiente para aceitar o que ouviu. Não vou deixar que você faça pouco caso dos meus sentimentos, ou que faça pouco caso de si mesmo – como se não fosse merecedor do que eu sinto. Porque você merece, Colin. Você é generoso, tem bom coração e merece ser amado. De forma profunda, sincera e constante."

Ele pareceu estar completamente aturdido. Bem, o que ele esperava, depois do poder que tinha dado a ela? Ninguém pode comparar uma mulher a uma monção torrencial de beleza e depois ficar surpreso por se molhar.

"Seu homem imprudente." Ela tocou no rosto dele. "Você devia tomar mais cuidado com esses elogios."

"É o que parece."

Ela suspirou e ajeitou as lapelas esfarrapadas dele.

"Eu sei que você está com essa ideia de nos casarmos na Escócia. Para satisfazer a honra, imagino. Aproveitando que você me deu este surto momentâneo de coragem, vou lhe dizer uma coisa. Não vou me casar com você para satisfazer a honra."

"Não vai?"

"Não." Ainda que fosse difícil, ela se forçou a encará-lo. "Só vou casar com você, se você me amar, e se me permitir amá-lo de volta." Um sorriso agridoce curvou os lábios dela. "Naquela primeira noite na torre, você me fez experimentar como seria ter o seu amor. Foi a sensação mais emocionante que eu já senti. Por um instante, senti que tudo – absolutamente *tudo* – era possível. Quando vi que não era verdade... aquilo acabou comigo, Colin. Mais do que eu consigo admitir. Eu prefiro morrer solteirona – pobre, arruinada, escarnecida e sozinha – do que sofrer essa humilhação diariamente."

O arrependimento vincou os cantos dos olhos dele.

"É assim mesmo, querida. Eu sempre começo com boas intenções, mas... as pessoas perto de mim se machucam."

Então era isso. Seu coração inchado de emoção batia sem motivo. Buscar consolo no homem que em breve o partiria parecia estupidez, mas ela o fez assim mesmo. Ela descansou a testa no ombro de Colin. Ele pôs as mãos nos braços dela, acariciando-os levemente para cima e para baixo. O queixo dele ficou apoiado no topo da cabeça de Minerva.

"Eu vou levar você e Francine, inteiras, até Edimburgo." Ele colou um beijo firme no alto da cabeça dela. "Ainda que eu não possa lhe prometer mais nada, isso eu prometo."

Capítulo Vinte e Sete

Pelo amor às tetas. Colin se considerava um patriota e servo fiel da Coroa. Mas, por Deus, naquele exato momento ele odiava a Inglaterra. País odioso, atormentado por chuva sem fim e amaldiçoado por estradas lamacentas, esburacadas, quase intransitáveis. Correu tudo bem no primeiro dia depois que saíram de York. As trocas de cavalos aconteceram sem problemas. Ele passou breves trechos dentro do cupê, mas cavalgou a maior parte da jornada ao lado do cocheiro. As estradas e o clima colaboraram. Sua expectativa era a melhor possível. Então, a chuva começou a cair. E continuou. E não cessou.

Em uma das paradas tiveram que esperar uma hora até conseguirem cavalos para a troca. As condições da estrada estavam tão ruins em alguns trechos que seu ritmo diminuiu, tornando-se arrastado. E o tempo todo um relógio tiquetaqueava dentro da cabeça de Colin. Cada hora de progresso lento, demorado, os deixava mais longe de cumprir a programação. A demora o estava devorando por dentro. Ele *tinha* que levar Minerva ao simpósio a tempo. Ele havia *prometido*. Se ele não conseguisse completar aquela viagem, como poderia pedir a ela que lhe confiasse o restante de sua vida? Boas intenções e belos elogios não eram suficientes. Ele tinha que provar isso a ela e a si mesmo.

Mas nem tudo estava perdido. Eles ainda tinham tempo suficiente para chegar a Edimburgo, mas a folga de que dispunham estava diminuindo. Não havia mais margem para erro. Quando pararam para almoçar, algumas horas antes, Colin disse para si mesmo que tudo tinha que dar certo dali em diante. Mas, cerca de vinte e quatro quilômetros depois disso, eles estavam atolados.

A crise começou na última parada de carruagens. Não havia cavalos para alugar e, devido às chuvas e lama, não era esperado que nenhum aparecesse. Colin teve que usar todo seu poder de persuasão – e uma quantia significativa de dinheiro – para convencer o cocheiro a seguir adiante com a mesma parelha, prometendo-lhe que, se entrasse em uma estrada lateral, Colin sabia de um lugar distante alguns quilômetros onde poderiam conseguir cavalos fortes e descansados. E isso teria funcionado maravilhosamente bem, se não tivessem atolado em uma poça a meio caminho desse lugar, onde enterraram na lama duas rodas até os aros.

Colin tentou aliviar o peso. Não funcionou. Ele foi até a traseira do cupê e empurrou com toda sua força enquanto o cocheiro chicoteava os cavalos. Não funcionou. Agora ensopado pela chuva e coberto de lama, ele lutava para não se desesperar. Eles ainda podiam conseguir. Não era tarde demais. Eles até poderiam desatolar com uma parelha descansada, mas aqueles pobres animais estavam simplesmente exaustos. Depois de discutir a questão com o cocheiro, ele ajudou o homem a soltar os cavalos e se voltou para Minerva.

"O que está acontecendo?", perguntou ela, abrindo a porta. "Ele está indo embora com os cavalos?"

"Está. Os animais estão cansados demais para nos tirar do atoleiro, então ele irá trocá-los por cavalos novos. Eu falei para ele de um lugar perto. Vamos esperar aqui até ele voltar."

Minerva aproximou-se dele.

"Esperar aqui?"

Ele aquiesceu.

"Na chuva?"

Ele olhou para o céu.

"Acho que está começando a clarear."

"Nesse caso." Ela abriu a porta e saiu do cupê, imediatamente afundando a perna até a canela na lama. "Vou esperar aqui fora com você."

"Não, não", pediu ele. "Volte para a carruagem. A chuva não está diminuindo."

Gotas de chuva apareceram nas lentes dos óculos dela.

"Então isso também foi uma mentira?"

Maldição.

"Eu estava tentando ser otimista."

"Por quê?" Olhando para a estrada, ela balançou a cabeça. "Colin, você tem que admitir que..."

"Não." Ele sabia quais palavras vinham a seguir, e elas o teriam destruído. "Não diga isso."

"Só estou constatando os fatos. Mesmo que o cocheiro retorne, vamos estar horas atrás da programação. E com esta chuva..."

"Não *diga*." Ele agarrou nos braços dela, fazendo com que se virasse para ele. A chuva havia colado pequenas mechas de cabelo nas bochechas dela. "Ainda não terminou, Min. Eu lhe fiz uma promessa. Vou levar você e Francine inteiras até Edimburgo." Ele deslizou as mãos para cima e para baixo nos braços dela, tentando aquecê-la por cima do tecido. O vestido que o gerente da estalagem havia lhes vendido era muito fino para aquele tempo. "Agora volte para a carruagem antes que você pegue uma pneumonia."

Ela começou a responder, mas o tropel distante de cascos na lama a interrompeu. Colin se virou, surpreso. Uma carruagem se aproximava, puxada por uma impressionante junta de quatro animais.

"Está vendo?", disse ele, soltando-a. "Eu lhe disse. Olhe, lá vem a nossa salvação."

Enquanto a carruagem se aproximava, Colin ficou do lado da estrada, abanando os braços. O condutor diminuiu a velocidade e parou. Uma janela de vidro foi aberta e um rosto olhou para fora. Uma mulher de aparência gentil, com cabelo grisalho e chapéu rendado. Maravilha. Colin era um sucesso com senhoras grisalhas.

Mas aquela, em especial, estreitou os olhos e disse:

"*Você*."

Maldição. Falando sério, quais eram as chances?

"Ora, Sra. Fontley", disse ele, forçando um sorriso. "Que ótimo poder ver a senhora novamente. E que sorte, também. Como pode ver, estamos meio atolados."

"Você deveria estar na prisão, seu vilão."

"Eu diria", o rosto do Sr. Fontley apareceu na janela, "que você tem muita audácia, Sand. Se é que esse é seu nome verdadeiro."

"Na verdade, não é. Eu menti para vocês em Londres, o que foi errado. Mas vou lhes dizer a verdade, agora. Eu sou um inútil visconde insone, mas" – ele apontou para Minerva – "minha acompanhante aqui é uma geóloga brilhante. Vai acontecer um simpósio, sabe. Nós precisamos chegar a Edimburgo até amanhã, para que ela possa apresentar suas descobertas sobre lagartos gigantescos e assim, possivelmente, alterar a forma como entendemos a história natural do mundo."

A Sra. Fontley soltou um guincho de incredulidade.

"Lagartos? Primeiro cobras, e agora lagartos."

"Não, não. Isto não tem nada que ver com cobras. Eu juro pela minha vida, desta vez estou falando a verdade."

O Sr. Fontley sinalizou para o condutor com uma batida no teto. "Adiante."

"Por favor. Vocês não podem nos deixar aqui." Colin agarrou a maçaneta da porta.

Pela janela, a Sra. Fontley bateu nos dedos dele com um guarda-chuva fechado.

"Afastem-se da nossa carruagem, suas pessoas más."

"Gilbert!" Minerva bateu na outra janela da carruagem. "Gilbert, por favor. Você não pode convencê-los a nos ajudar?"

O jovem apoiou os dedos no vidro e lhe deu um olhar pesaroso.

"Vou rezar por vocês."

O condutor chicoteou a junta, colocando-a em movimento, e Colin teve que puxar Minerva para que ela não fosse pega pelas rodas. Enquanto a carruagem se afastava, os criados jogaram de cima dela dois objetos retangulares. Eles aterrissaram no meio da escada com um baque surdo, espirrando lama nos dois.

Eram os baús de Minerva. Colin ficou olhando para eles, querendo rir. Mas não conseguiu. Nada daquilo era engraçado. Tirando água do rosto, ele se virou para Minerva, que o estava observando.

"Nem precisa", disse ele. "Eu sei o que você vai falar."

"Sabe?"

Ele aquiesceu.

"Você vai dizer que tudo isso é culpa minha. Que se eu não tivesse mentido para os Fontley, eles poderiam ter nos ajudado."

Ela não falou nada. Minerva apenas cruzou os braços e olhou para os pés, cobertos de lama.

"Mas então eu diria para *você*", continuou Colin, "que se eu não tivesse mentido para os Fontley, nem teríamos chegado até aqui."

Ela franziu o rosto para ele.

"Você sempre tem discussões consigo mesmo?"

"E então você diria, 'Mas *Colin*...'" Ele afinou a voz, em uma imitação caricata dela. "'Se pelo menos nós tivéssemos pegado a carruagem do correio, já estaríamos em Edimburgo.' E nesse aspecto você teria razão."

"Por favor, não ponha palavras na minha b..."

Ele fez um sinal para ela parar.

"Você está tremendo. Você não tem uma capa em um desses baús?"

Minerva balançou a cabeça.

"Estou bem."

"Droga, não me diga que está bem." A chuva ganhava força, e ele teve que levantar a voz para se fazer escutar. "Você está molhada, e ficando cada vez mais encharcada. Você está aqui, não na Escócia. Você está..."

Você está comigo, e não com algum homem melhor.

"Não me diga que está bem, Min."

"Ótimo", ela finalmente respondeu gritando, fechando as mãos em punhos. "Eu não estou bem. Estou decepcionada, frustrada e com muito frio. Está feliz agora?"

Maldição. Ele passou as duas mãos pelo cabelo e olhou para a estrada. Uma coisa tão simples, a estrada. Apenas uma faixa de terra indo de um lugar a outro. E qualquer pessoa, no mundo civilizado, quando quer viajar de um lugar a outro, simplesmente entra em uma maldita carruagem e vai embora. Qualquer outro homem na Inglaterra já teria chegado a Edimburgo com ela. Qualquer outro homem estaria esperando aquele aguaceiro passar com ela em algum lugar seco e seguro.

Ele andou até a porta do cupê e a segurou aberta.

"Entre."

∞

Minerva desistiu de discutir e entrou. Colin se juntou a ela, fechando a porta atrás de si. A cabine era apertada para os dois, imagine com três ocupantes. Francine estava viajando dentro da cabine desde o começo da chuva. Depois de lutar um pouco, ele conseguiu tirar o casaco molhado, que colocou sobre as pernas de Minerva. Então, Colin afrouxou o nó da gravata e a tirou, usando as partes mais secas para enxugar rosto e pescoço.

Minerva o observava, preocupada.

"Estou bem", disse ele. "Não vai demorar. Eu orientei muito bem o cocheiro. Ele vai voltar logo, e então retomaremos nosso caminho. Tudo vai ficar bem."

"Então, o que você está fazendo com a pistola?"

Enquanto ela observava, Colin pegou a pistola de sob o assento e começou a carregá-la com pólvora e uma bala.

"Simples precaução", disse ele. "Presos deste jeito, somos um alvo fácil para ladrões."

Ela não sabia como interpretar o estado de espírito sombrio dele. Aquilo ia além do confinamento na carruagem. Ele parecia estar se culpando por tudo, inclusive o tempo ruim. Minerva ficou brava consigo mesma por deixá-lo acrescentar ainda mais recriminações à lista. Nada daquilo era culpa dele.

"Colin, toda essa viagem foi ideia minha. Sinto muito ter colocado você em..."

"Não precisamos discutir isso." Ele tampou o polvorinho.

Ela tentou respeitar o fato de ele querer silêncio, mas não foi fácil.

Depois de um minuto, ele disse despreocupadamente:

"É uma pena que o tempo não esteja melhor." Os dedos dele tamborilaram no vidro da janela. "Esta área tem todos os tipos de rochedos e penhascos impressionantes. Você estaria no paraíso."

Ela olhou pela janela e observou o quadrado cinzento de chuva caindo que ela exibia.

"Então você já viajou por aqui antes."

"Ah, inúmeras vezes."

Inúmeras vezes? Aquilo não fazia sentido. Ela pensava que ele evitava o campo desde que...

"Oh, céus." Exclamou Minerva quando se deu conta. Ela segurou a mão dele. "Colin. Nós estamos perto da sua casa?"

O silêncio confirmou o que ele não queria dizer. Ela sentiu um aperto no coração. Então era por isso que ele sabia onde o cocheiro poderia encontrar cavalos descansados. Ele simplesmente enviou o homem para sua propriedade.

"Foi muito perto daqui?", perguntou ela. "O acidente?"

Ele inspirou... o que pareceu ser muita dificuldade.

"Na verdade, não. Não foi assim tão perto."

Mas também não foi muito longe, imaginou ela. Tomada pela emoção, ela se aproximou, entrelaçando seus dedos aos dele. Colin estava em uma carruagem apertada e abafada com ela, com a noite se aproximando, atolado na mesma estrada que reivindicou a vida de seus pais e destruiu sua inocência. Aquilo era o mais perto que Colin Sandhurst chegaria de andar descalço nas avenidas de enxofre do inferno, e ele estava fazendo aquilo por ela. Por ela... Minerva o apertou mais junto a si. *Obrigada*, ela queria dizer. *Obrigada por acreditar em mim. Por enfrentar isto por mim. Se eu já não amasse você loucamente, com certeza passaria a amá-lo agora.* Mas ela sabia que confissões chorosas não eram o que ele precisava naquele momento. Aquela situação exigia uma distração.

"Imagino que agora não vá demorar. O que nós podemos fazer para passar o tempo?"

"Por que você não lê sua apresentação novamente, enquanto eu finjo fazer perguntas inteligentes?"

Ela riu um pouco.

"Estou falando sério", a voz dele ficou mais calorosa. "Eu gosto de ouvir sua apresentação. Não vou fingir que entendo todas as palavras, mas não tenho que ser um perito para saber que você tem algo importante a dizer. Eu não preciso ser um geólogo para compreender que está bem escrita e foi montada cuidadosamente. E o modo como você pronuncia todas aquelas palavras polissilábicas?" Ele a cutucou com a coxa. "Isso me deixa excitado, sempre."

Ela corou. Não apenas devido à sugestão carnal, mas por sua admiração honesta pela erudição dela. Apesar de toda provocação que ele havia lhe feito, ao longo de meses, Minerva tinha que admitir: ele nunca, nem mesmo uma vez, sugeriu que ela não pensasse por si mesma, e tampouco insinuou que as mulheres tivessem uma deficiência intelectual. Quantos homens, de sua categoria e importância, reconheceriam tão prontamente que uma mulher jovem, solteira, pudesse lhes ser intelectualmente superior? Ela imaginou que descobriria isso quando chegassem a Edimburgo. *Se* eles chegassem a Edimburgo.

"Nós vamos conseguir", insistiu ele, como se estivesse lendo seus pensamentos. "Vá em frente, leia novamente sua apresentação."

"Está ficando muito escuro para que eu leia minhas anotações."

"Oh." Parecendo abatido e tenso, ele se apoiou no encosto da carruagem. Em seguida, abriu o colarinho. "A noite vai chegar logo, imagino."

Droga. Minerva estremeceu. De todas as coisas idiotas que ela poderia falar. Ele se esforçava tremendamente para esconder seu desconforto físico, mas Minerva sabia que Colin estava sofrendo.

"Colin, por que nós não saímos um pouco para passear?"

"Porque está chovendo a cântaros."

"Quem liga para isso? Um pouco de humidade não vai nos fazer mal."

"Vai deixar você gelada. E acabaria com Francine. Sob uma chuva mais fraca, o baú a protegeria. Mas em um aguaceiro destes? Você sabe que a chuva vai passar pelas emendas. O gesso vai desintegrar."

"Então nós simplesmente a deixamos aqui na carruagem."

Ele bufou.

"Fora de questão. Eu vim muito longe, e já fiz muita coisa por essa garota escamosa. Não vou perdê-la de vista agora. Estou bem. Eu posso fazer isto, Min. O cocheiro logo estará de volta com os cavalos descansados e nós seguiremos viagem."

O tom de voz dele não admitia discussão.

"Bem, nós precisamos nos divertir de *algum* jeito." Ela se animou. "Já sei. Vamos fazer uma lista de termos matemáticos que pareçam atrevidos." Em sua voz mais provocante, ela sussurrou, *"Parábola."*

Depois de uma pausa, Colin apertou os dedos dela.

"Longimetria."

"Binômio."

"Por que parar aí? Trinômio."

"Aí já é safadeza."

"Isso não é nada. Eu estava guardando este." Ele se aproximou para sussurrar na orelha dela: *"Annulus."*

Rindo, ela se aninhou no peito dele.

"Oh, Colin. É por isso que eu amo você."

As mãos dele desceram para a cintura dela.

"Pelo amor de Deus. Porque minha mente adolescente sempre viajava para lugares indecentes quando eu deveria estar prestando atenção nas aulas?"

Ela deu de ombros.

"Preciso de um motivo melhor?"

"Eu acredito que sim, precisa." Ele encostou a testa na dela, e sua voz baixou para um sussurro. "É por isso que estou aqui, Min. Você tem que saber que é por isso. Você precisa de um motivo melhor para me amar, e estou aqui fazendo o diabo para lhe dar um."

Que homem tolo e querido. Encolhendo-se e puxando a saia, Minerva conseguiu sentar a cavalo no colo dele.

"Apenas me beije."

Segurando o rosto dele com as mãos, Minerva roçou o lábio dele com os seus. Então Colin retribuiu o beijo, com paixão e entusiasmo. Suas línguas se enrolaram e brincaram. Ela levou a mão dele até o seio. Ele gemeu dentro da boca de Minerva enquanto o envolvia e apertava, passando a palma sobre o mamilo protegido pelo tecido. O beijo se tornou urgente, faminto. Ele tomava sua boca com lábios e língua, e ela retribuía tão bem quanto ele beijava. A elevação firme da excitação de Colin se fez anunciar, pressionando o interior da coxa dela. Ele usou sua mão livre para agarrar com força o traseiro dela, esfregando sua pelve contra a dele.

"Isso." Ela recuou o torso para soltar o corpete. "Isso. Faça amor comigo."

"Min, eu quero..." Ele se esforçava para respirar enquanto levantava as saias dela. "Jesus, eu não vou conseguir ser gentil agora. Eu não posso fazer amor com você. Não consigo."

Ela choramingou de decepção, pressionando o corpo contra o dele. Ela precisava muito dele, e podia sentir a proporção significativa da necessidade dele. Colin não podia dizer não. A testa suada dele pressionou o pescoço dela. Ele lambeu, depois mordiscou, o alto do seio dela.

"Você merece amor suave, doce. Um homem que possa lhe dar tudo que você deseja. Mas neste momento, tudo que eu quero é te possuir. Possuir você com força e rapidez e violência suficiente para iluminar esta maldita noite."

Os dedos dele mergulharam por baixo das anáguas dela e encontraram seu sexo, onde mergulharam sem preliminares. Ela arfou. Minerva estava tão pronta para ele que seus dedos escorregaram para dentro.

"Eu posso..." Ele empurrou mais fundo, grunhindo. "Você..."

"Sim", ela conseguiu dizer. "Sim."

Ele retirou os dedos e começou a soltar os botões da calça.

"Diga. Eu preciso saber que você entende, que está mesmo disposta."

Ela não estava só disposta. Ela estava *querendo*, desesperadamente.

"Sim", sussurrou ela. "Eu quero que você me possua."

A excitação tomou conta dela. Minerva *sentiu* que ficava úmida e rosada.

"Possua-me", ela disse mais alto, desta vez acreditando nas palavras. Assumindo que a violência também fazia parte dela. "Possua-me, agora."

Ele se posicionou e entrou nela com uma estocada forte, quase dolorosa. Ela gritou com a alegria que sentiu. Com movimentos violentos de quadril, ele foi ainda mais fundo. A pelve dela batia na dele, e todo o cupê sacudiu e rangeu.

"Oh, Deus. Minerva. Eu não mereço você. Você é tão boa. Tão gostosa e tão molhada e tão, tão boa para mim. Sua coisa inteligente, tola, linda."

Bom Deus, aquele homem nunca parava de falar? Minerva não queria conversar naquele momento. Ela só queria... mais fundo. Mais forte. Mais. Ela pegou o lóbulo da orelha dele entre os dentes e rugiu, abrindo as pernas para trazê-lo ainda mais perto. Ele agarrou o quadril dela e socou selvagemente, fazendo-a subir e descer por toda sua extensão. Ela cavalgava as investidas dele com abandono, apoiando um braço no teto da carruagem para melhorar o encaixe. Eles se agarraram com dentes e unhas, e emitiram sons desagradáveis, chocantes, animalescos. A carruagem inteira balançava e dava pinotes devido ao ritmo frenético dos dois. O vidro da janela ficou embaçado com o calor da paixão dos dois.

Os cílios de Minerva bateram até fechar, bloqueando o que restava de luz do dia. As palavras dele se tornaram grunhidos desarticulados. O ritmo dos dois tornou-se uma força em si mesma, ganhando vida própria. Nos braços de Colin ela ficava sem fala, perdida, descuidada, desatenta. Ela não sabia nada, era apenas sensação. Nada a não ser ele. Quando o clímax a atingiu, Minerva soltou um grito cortante, desamparado. O prazer sacudiu seu corpo. Ele saiu de dentro dela no último instante, rosnando maldições e bênçãos e jorrando calor contra a coxa dela.

"Min." Seus beijos quentes, de boca aberta, cobriram o rosto e a garganta de Minerva. A voz dele estava rouca de emoção. "Min, nunca me abandone."

Ela envolveu o pescoço dele com os braços.

"Colin, eu..."

Um estalo alto a interrompeu. Seguido por um rangido metálico e um lamento arrepiante. E então eles caíram. Caíram um nos braços do outro enquanto o cupê inteiro tombava de lado.

"Ah, não."

Capítulo Vinte e Oito

Juntos, eles deslizaram pelo banco até bater na lateral do cupê. Então a lateral se transformou em chão, quando a coisa toda ficou tombada de lado. A carruagem bateu na lama produzindo um som abafado. Eles se separaram e Minerva sentiu uma pontada aguda no ombro quando ela caiu no painel de metal.

"Min." Ele se contorceu para ficar ao lado dela. "Minerva, diga que você não está..."

"Estou bem", ela se apressou em dizer. "Não me machuquei."

Praticamente. Ela não iria dizer a ele, mas o ombro doía um pouco. Apesar disso, aquele não era um acidente de carruagem dramático, mortal. O cupê nem estava em movimento. Aquilo não tinha sido mais do que cair de uma cerca, ou de uma árvore.

"Por favor não morra." Ele a abraçou apertado. "Se você morrer, vou implorar a Deus que também me leve."

Meu Deus, que declaração. Ela se obrigou a ignorar o significado daquilo e a continuar com a obrigação mais imediata: tranquilizá-lo.

"Bem, não estou morrendo. Nem mesmo estou machucada."

Ele vasculhou seu rosto.

"Tem certeza? Não está sangrando? Consegue sentir todos os seus membros?"

"Você consegue sentir meus braços ao seu redor?", perguntou ela.

Minerva passou a mão pelas costas dele, até que Colin soltou um suspiro de alívio.

"Consigo." Ele tirou seu peso do peito dela, rindo um pouco. Colin passou a mão por seu próprio rosto. "Bom Deus. Eu não tinha me dado conta de como este negócio é instável quando não está atrelado aos cavalos. Acho que nós estávamos muito..."

"Entusiasmados?" Ela sorriu. "Bem, veja por este lado, as rodas não estão mais presas na lama."

"É verdade. Deixe-me ajudar você a levantar."

Eles desenrolaram seus braços e pernas. Colin levantou primeiro, depois ofereceu sua mão a ela.

Quando Minerva se colocou em pé, suas botas chapinharam na água que começava a entrar pelos painéis laterais danificados e encobria os pés dos dois.

"Oh, céus."

Colin também havia reparado. Ele virou o baú, e usou o pé para afastá-lo da poça que crescia. Francine estava tão bem embrulhada que, sem dúvida, devia ter sobrevivido à queda, mas não sobreviveria se ficasse encharcada.

"Então não foi nossa... você sabe... que virou o cupê. Pelo menos não totalmente."

Ele balançou a cabeça.

"A estrada está inundando. É por isso que as rodas se soltaram."

A água lamacenta bateu na bainha dela.

"Precisamos sair daqui. Agora mesmo."

"Concordo." Colin levantou as mãos e empurrou a porta que estava acima de suas cabeças.

Mas ela não abriu.

Xingando, ele pegou a maçaneta da porta e a forçou, com violência.

"Abra, sua maldita", resmungou ele. "Abra."

"Está tudo bem", disse ela, tentando acalmá-lo. "Não estamos presos. Se você quebrar a janela, eu posso passar por ela e abrir a porta por fora."

"Certo. Você realmente é a mais inteligente de nós. Vá para o lado e cubra a cabeça."

Depois que ela obedeceu, ele pegou um lenço no bolso do colete e enrolou os nós dos dedos. Então Colin segurou a pistola pelo cano e a usou para quebrar o vidro da janela. Com dois golpes fortes ele o arrebentou. Pequenos cacos de vidro caíram sobre a cabeça e os ombros de Minerva. Depois que a chuva de vidro cessou, e gotas de água começaram a entrar, pareceu seguro olhar para cima. Ela viu Colin limpando a moldura da janela dos últimos fragmentos de vidro.

"Aqui." Ele fez uma concha com a mão e a estendeu. "Ponha o pé na minha mão e se apoie no meu ombro. Eu vou levantar você."

Ela aquiesceu.

Depois que sua cabeça e seus ombros passaram pela abertura, Minerva apoiou as mãos dos dois lados da janela. Ela puxou o restante do corpo para fora da carruagem. A chuva continuava a ensopá-la, colando seu cabelo ao pescoço e à testa. Ela o afastou com as mãos, impaciente. Depois de tirar completamente o corpo de dentro da carruagem, Minerva se ajoelhou no topo – que até recentemente era a lateral – e puxou a maçaneta com as duas mãos, forçando e xingando a peça de metal.

"Droga. A maçaneta também está emperrada por fora." Ela olhou para ele lá em baixo. "Saia pela janela, como eu fiz. Vai ser um pouco difícil, mas você conseguirá passar."

"Eu vou, mas Francine não." Ele ergueu o baú com as duas mãos, para mantê-lo acima da água. Ele era grande demais para passar pela janela. "Vá. Procure abrigo embaixo das árvores. Eu vou manter Francine seca até a chuva passar."

"Você quer que eu deixe você aqui? *Sozinho?*"

O lampejo de alguma emoção passou por seu rosto, mas ele a reprimiu.

"Eu vou ficar bem. Vamos ficar à distância de um grito. Você conhece nosso sistema, M. Tallyho e tudo o mais."

Minerva balançou a cabeça. Homem impossível. Há menos de cinco minutos ele a agarrou em seus braços e implorou para que nunca o abandonasse. Prometeu segui-la ao túmulo, se fosse o caso. Colin honestamente acreditava que ela iria abandoná-lo naquele momento? Deixando-o preso em uma carruagem escura, sozinho, na mesma estrada que matou seus pais? Ele realmente *era* maluco.

"Não vou deixar você aí."

"Bem, eu não vou deixar o baú para trás."

Ela forçou a maçaneta da porta novamente, mas ela se recusava a ceder.

"Talvez eu consiga abrir se a quebrar. Passe a pistola para mim, por favor?"

Esticando a mão pela janela quebrada, Colin lhe entregou a arma. Minerva a desembrulhou, passou a mão pelo cabo... E a apontou para ele.

"Saia daí, Colin."

Ela falou com uma calma imperturbável, enquanto protegia a pistola da chuva com o corpo. Minerva não estava, realmente, ameaçando a vida dele. Ela só esperava que o choque pudesse demovê-lo da ideia tola de permanecer dentro daquele caixão de metal. Bem, ele ficou mesmo surpreso. O olhar incrédulo dele pulou do rosto dela para a pistola em sua mão.

"Min, você ficou maluca?"

"Eu poderia perguntar a mesma coisa! Acabou, Colin." A voz dela fraquejou. "Acabou. Nós não vamos conseguir chegar a Edimburgo, e tudo isso não vale nem mais um instante de aflição sua."

"Para o diabo com minha 'aflição'. Dentro do baú está o trabalho da sua vida. Não vou abandoná-lo. E ainda podemos chegar ao simpósio, Min. Assim que o cocheiro voltar..."

Minerva olhou ao redor. Nenhum sinal do homem nem dos cavalos. Um rio subia onde antes havia estrada, carregando folhas e galhos consigo. E a chuva só fazia aumentar, pingando e batendo na estrutura de metal da carruagem. Ela teve que erguer a voz para se fazer ouvir por cima de todos esses ruídos.

"A água está subindo, e a noite caindo. O cupê está danificado. Mesmo que os cavalos cheguem, a estrada vai estar intransitável. *Acabou*."

"Droga, Min. Não desista disto. Não desista de mim. Eu fiz uma promessa a você, e tenho toda intenção de cumpri-la. Vou encontrar um modo."

"Você não..."

Um grito de susto não a deixou terminar. A carruagem tombada deslizou alguns centímetros para o lado. A inundação estava fazendo o cupê oco boiar, empurrando-o pela lama. Minerva sentiu um aperto no estômago. Ela tinha que tirar Colin dali. A teimosia dele em permanecer na carruagem não era apenas imprudente, mas perigosa. Se a água continuasse subindo, eles poderiam ser jogados para fora da estrada. Ela estendeu o braço com a pistola.

"Colin, deixe o baú. Nós dois precisamos sair desta carruagem. Chega de discussão."

"Não." Ele negou com a cabeça. "Não vou fazer isso, Min."

"Então você não me deixa alternativa."

Ela firmou a pistola, puxou o cão, mirou... E atirou.

"Santa..."

Bum!

Quando a pistola disparou, o primeiro pensamento de Colin foi: *Meu Deus. Ela atirou. Ela realmente atirou em mim.* Seu segundo pensamento foi: *Quando foi que meu sangue e minhas vísceras foram substituídos por esse pó branco grudento?* Conforme a poeira baixava, Colin foi lentamente percebendo que ela não havia atirado *nele*. Minerva disparou a bala diretamente em seu baú. E a nuvem de poeira branca que foi levantada dentro do cupê *não* era formada pelos restos de seu coração calcificado. Mas por Francine. Oh, Deus! Maldição. Ele preferia que Minerva tivesse atirado em sua barriga. Teria doído menos. E sua barriga poderia ser costurada. Francine, por outro lado... Francine já era.

"Por...?" Ele engasgou no pó de gesso. "Por que você fez isso?"

"Porque você não me deixou alternativa", exclamou ela, jogando a pistola longe. "Agora saia daí. Acabou."

Acabou. Sim, tinha acabado. Tudo. Ela havia enfiado uma bala em todos os seus sonhos e esperanças. Não importava mais se o cocheiro iria chegar com cavalos descansados. Não importava se as nuvens repentinamente se abrissem e um balão de ar quente descesse para transportá-los para a Escócia. Sem Francine, tudo estava acabado. Ele engoliu em seco o sabor amargo da derrota. Não restava nada mais a não ser admitir a derrota. Ele tinha falhado. Ele conseguiu falhar com Minerva, apesar de todo o seu esforço. Suas boas intenções caíram como granadas, e dessa vez Francine levou o tiro. Ele se içou através da janela quebrada. Colin pulou do cupê, afundando até a canela na água.

"Pule nos meus braços", orientou ele.

Minerva obedeceu. Ela agarrou no pescoço dele, como se Colin fosse o herói de seu conto de fadas e não o vilão que arruinou tudo.

"Para onde nós vamos?"

Colin olhou para a estrada diante deles, tentando enxergar através da chuvarada. Será que aquelas sombras eram...? Cavalos. Sim, eram. Uma bela junta de quatro animais dos seus próprios estábulos. Afinal, lá vinha o cocheiro, acompanhado de dois criados da casa de Colin em Riverchase. Ele soltou a respiração, aliviado.

"Para casa. Nós vamos para casa."

A distância até Riverchase era de apenas alguns quilômetros, mas as condições da estrada os obrigaram a percorrer aquele trecho em um ritmo dolorosamente lento. Colin levava Minerva à sua frente, em seu cavalo, tentando protegê-la o melhor possível do frio e da umidade. Ele chegou a pensar que ela havia adormecido.

Até que Minerva murmurou:

"Colin? O que é aquela construção imensa ali adiante?"

"É Riverchase. Minha propriedade."

"Achei mesmo que era. É linda. Todo esse g-granito."

Ele riu por dentro. É claro que ela iria reparar nisso primeiro.

"É uma pedra da região."

"Aposto que ele brilha sob a luz do sol."

"É luminoso."

Ele a apertou mais em seus braços, puxando-a para perto. Pela primeira vez, ele reparou como ela tremia violentamente em seu peito.

"Você está bem?", perguntou ele.

"Com frio. Só estou com frio."

Praguejando baixinho, Colin esporeou o cavalo para fazer com que trotasse. A chuva tinha ficado mais fraca, praticamente uma garoa, mas Minerva estava completamente ensopada. Ele tinha que colocá-la diante da lareira – e rápido. Pelo menos a criadagem de Riverchase havia sido avisada pelo cocheiro que seu patrão estava nas redondezas. A casa toda foi colocada de prontidão. Quando Colin chegou cavalgando, a porta se abriu e um grupo de empregados saiu. Colin desceu do cavalo primeiro, depois ajudou Minerva a escorregar para seus braços. Passando um braço por suas costas, e outro por baixo das coxas, ele a carregou pelos catorze degraus de granito e através da entrada principal. A antiga e conhecida governanta, a Sra. Hammond, correu para cumprimentá-lo. Fazia praticamente dois anos que ele não a via. Mesmo assim, Colin encurtou os cumprimentos.

"Acenderam a lareira?", perguntou ele.

"Na sala de estar, meu lorde."

Ajeitando Minerva nos braços, ele passou pela governanta e entrou diretamente na sala de estar. Ele deitou o corpo empapado e trepidante de Minerva no divã felpudo e empurrou tudo – móvel e Minerva – para frente, até que ela estivesse a cerca de um metro da lareira. O fogo era novo e ardente. Chamas abrasadoras dançavam e pulavam.

"Esta sala é linda", disse, fraca, Minerva. "Estou tão f-feliz de..." Os dentes dela bateram. "De ter esta oportunidade de conhecer sua casa."

"Não tente falar. Mais tarde levo você para ver tudo."

"Tudo bem."

Sua tentativa trêmula de um sorriso fez Colin querer uivar de angústia. Não devia ser daquele modo. Ele tirou os óculos do rosto dela, secou-os, e os recolocou em seu nariz.

A Sra. Hammond permanecia junto à porta.

"Traga cobertores", ordenou ele. "Uma camisola limpa, não me importa de quem seja. Chá quente, e outras bebidas assim que puder."

"Sim, meu lorde."

Depois que a mulher desapareceu, Colin começou a tirar as roupas ensopadas de Minerva. Ela tentou ajudá-lo, mas seus dedos tremiam muito.

"Fique parada, querida. Deixe que eu faço isso."

No fim ele desistiu dos botões e ganchos e pegou o canivete em sua bota, que usou para cortar o vestido nas costuras. Ele arrancou o tecido encharcado do corpo dela, e jogou tudo em uma pilha perto do fogo. Enquanto puxava a bela peça de musselina, teve vontade de chorar. Jesus, uma semana atrás ele tinha uma preocupação vaga de que poderia arruinar aquela garota? Manchar sua reputação de forma irreparável? Ou – o horror – tirar sua virtude? Isso era pouco... olhe para ela, agora. Curvada, tremendo sem controle. Pálida, lábios azuis, vestido em farrapos. Sonhos despedaçados e jogados em uma estrada do interior, junto com todas as suas esperanças de um futuro. Enquanto a despia, Colin encontrou uma contusão feia no ombro dela. Aquilo ia além de ruína social. Era devastação completa e total que ele causara a ela. A dor profunda, excruciante, que Colin sentiu naquele momento lhe revelou duas coisas, ambas igualmente trágicas. Ele a amava, acima de qualquer coisa.

E Minerva estava perdida para ele, para sempre.

Capítulo Vinte e Nove

Incrível o que uma hora de descanso, uma lareira quente e um bule de chá medicinal podem fazer pela recuperação de uma garota. Aconchegada ao seu ninho quente de cobertores, Minerva decidiu que acolchoados de lã eram seu novo traje favorito. Embora ela ainda não tivesse sido levada para conhecer o lugar, e a julgar pelo pouco que viu até então, Riverchase era a casa mais requintada em que ela já havia colocado os pés. Se pelo menos Colin abandonasse seu posto junto à lareira e fosse se sentar perto dela, Minerva iria se sentir completamente recuperada. Ele parecia acabado. Ela começou a se levantar para ir até ele. Mas ele a deteve com um braço esticado e uma só palavra.

"*Não.*"

Sua voz e seus olhos estavam frios. Minerva se encolheu no divã. Ele olhava fixamente para o fogo.

"Vou mandar você de volta para Londres. Amanhã."

"Você vai..." Ela respirava com dificuldade. "Você vai me mandar para Londres? Não vai comigo?"

Agora que a Escócia não era mais seu destino, ela imaginou que faria sentido os dois voltarem. Mas logo no dia seguinte? Separados?

Ele aquiesceu.

"É mais seguro assim. E mais rápido. Naturalmente, você irá com batedores, para sua segurança. A Sra. Hammond, minha governanta, irá junto como sua acompanhante."

"E quanto a você?"

"Eu irei na frente, a cavalo, para avisar o Bram, para que ele a esteja esperando."

"Lorde Rycliff? Mas o que você irá lhe dizer?"

"A verdade." Ele gesticulou vagamente. "Uma versão dela. Que partimos de Spindle Cove com planos de ir para a Escócia, mas não deu certo. E que estou pedindo a ajuda dele e de Susanna para salvar sua reputação. Vamos contar para todo mundo que você nunca foi além de Londres. Que ficou doente naquela primeira noite, e que você ficou com eles a semana toda."

Pensar em toda aquela enganação revirou o estômago de Minerva.

"Susanna é minha amiga. Não quero que ela minta por mim."

"Coisas assim são feitas o tempo todo."

Minerva sabia que isso era verdade. Mais do que uma, das moças que ela conheceu em Spindle Cove, foi enviada para lá a fim de esconder um escândalo ou uma indiscrição. Como principal figura feminina da vila, Susanna guardava muitos segredos. E a sociedade, no geral, devia-lhe muitos favores por sua discrição, sem dúvida. Mas uma coisa era esconder aquela viagem do público, e outra seria apagá-la de suas próprias memórias. Ele falava como se os dois se transformariam em estranhos, um para o outro, a partir daquele momento.

"Isso é o que você realmente quer?", ela lhe perguntou. "Simplesmente fingir que nada disto aconteceu?"

"Não importa o que aconteça, nunca irá lhe faltar nada. Depois que eu estiver no controle das minhas finanças, irei discretamente ajeitar um dinheiro para você. O suficiente para que você possa viver como desejar. Estabelecer residência no lugar que quiser. Dedicar sua vida aos estudos. Você e suas irmãs terão sempre a minha proteção."

"Sua *proteção*? Vou me transformar em sua amante, então?"

"Deus, não."

"Oh." Ela engoliu um soluço. "Nem mesmo isso?"

Praguejando baixinho, ele atravessou a sala e sentou ao lado dela.

"Minerva, eu nunca a rebaixaria dessa forma. Depois de toda a dor que lhe causei, eu não a culparia se você me quisesse longe." Ele apoiou a cabeça nas mãos. "Não me faça ter que dizer todas as maneiras em que eu falhei com você."

"Então eu vou dizer tudo que você me deu. Chá quente e cobertores. Um dia na feira. Uma maçã, uma laranja, pêssegos e cerejas. A chance de ganhar vinte libras em uma disputa de tiro. A coragem para cantar em uma taverna. Meus primeiros elogios sinceros. Paixão de tirar o fôlego e aventura suficiente para durar a vida inteira. Pense bem, em apenas uma semana eu fui missionária, assassina, princesa há muito perdida... e não podemos esquecer, uma engolidora de espada."

"Acredite em mim." Erguendo os olhos, ele lhe deu meio sorriso. "Enquanto eu viver, nunca, *jamais*, vou me esquecer disso."

O coração dela ficou mais contente ao perceber aquele lampejo do bom humor de Colin. Esse era o homem que ela conhecia e amava. Minerva deu de ombros.

"Depois de tanta aventura, vir a ser uma simples geóloga pode ser decepcionante."

"Não. Não minta para mim, Minerva." A mão dele alcançou sua face. "Eu sei o quanto isso significava para você. Não pode me dizer que não está decepcionada."

Não, ela não podia dizer. E não podia mais segurar as lágrimas. Ele a segurou nos braços enquanto Minerva chorava de verdade pela pobre e pulverizada Francine e todas as suas ambições científicas esmagadas. Depois de alguns minutos, ela enxugou os olhos.

"Eu só queria deixar minha pegada. Deixar minha marca duradoura neste mundo, do mesmo modo que Francine deixou a dela. Colocar um aviso que sobreviveria durante gerações: 'Minerva Highwood esteve aqui, e o mundo ficou um pouco diferente devido a ela.' Eu só queria ser notada por quem eu sou. Marcar minha passagem."

"Sim, e você deveria ter conseguido." Ele levantou do divã e andou até a lareira, onde bateu na borda com o punho. "Você poderia ter conseguido. Seu único erro foi se juntar a mim."

"Isso não foi um erro."

"É claro que foi. Você não reparou, Min? Eu deixo marcas por todo lado. E, no meu caso, não são pegadas, mas crateras."

Com um dedo, ele empurrou uma pastora de porcelana até a borda da lareira e... fez com que caísse, espatifando-a.

"Oh, vejam", disse ele secamente, "Colin Sandhurst esteve aqui." Ele fez outra figura de porcelana mergulhar para a destruição. "E aqui." E uma terceira. "Aqui também."

A melodia de destruição cessou e veio o silêncio. Minerva inspirou profundamente e se obrigou a ficar calma.

"Colin, você..." Ela dominou seus nervos. "Você conseguiria me amar?"

Ele ficou olhando para ela.

"Pelo amor de Deus, não me pergunte isso."

"Por que não?"

"Porque eu não posso lhe responder. Porque não importa o que eu diga, de algum modo vou estragar tudo. Eu não consigo nem mesmo levar a pegada de gesso do seu lagarto para a Escócia. Como você poderia confiar a mim algo tão precioso quanto seu coração?"

Puxando um cobertor sobre seus ombros, ela ficou em pé, cruzou a sala e parou no canto oposto da lareira.

"Colin, se você pudesse me amar... nada mais importaria. Você vale muito mais do que um prêmio científico de quinhentos guinéus."

"Ah, você acha?" Ele passou os olhos pela magnífica sala de estar. "Com certeza, eu valho muito mais."

"Não foi isso que eu disse, e você sabe."

"Mas nada disso foi por causa do dinheiro. Eu sei como era importante para você. Minerva, você estava tão determinada a participar desse simpósio. Você arriscou tudo, Min. Segurança, reputação. Sua própria vida. E eu destruí seus sonhos."

Minerva tocou o pulso dele e esperou até que Colin olhasse para ela.

"Você não destruiu meus sonhos. Você me tirou da minha concha. É claro que um pouco de confusão iria acontecer."

Ele fez um carinho leve no rosto dela.

"Min", sussurrou Colin.

Ela sorriu e limpou uma lágrima.

"Apesar de tudo, esta foi a semana mais empolgante e mágica da minha vida. Só fico triste que esteja acabando desta forma."

"Eu sei, eu sei. Parece errado, não é?" Ele pegou o atiçador e mexeu no fogo com gestos bruscos. "Eu estava com essa ideia, sabe. Mais uma esperança boba, acho eu. Que durante essa jornada maluca e tumultuada... nós estaríamos escrevendo a história do nosso futuro."

Ela riu um pouco.

"Você quer dizer que nós realmente iríamos nos tornar missionários no Ceilão? Ou entrar para o circo?"

"Não, não. Não quero dizer que estávamos *prevendo* nosso futuro. Mas que nós estávamos escrevendo a *história* do nosso futuro. Aquilo que iríamos contar e recontar, acompanhados de taças de vinho, em jantares, ou em dias chuvosos de primavera, quando está úmido demais para piqueniques no jardim. Entende o que eu quero dizer? Essa seria nossa história, Min. Da qual iríamos nos lembrar e rir por anos a fio, e até contar certas partes para nossos..." A voz dele foi sumindo e Colin recolocou o atiçador no suporte.

"Para nossos o quê?" O coração dela falhou uma batida. "Nossos filhos?" Colin andou sonhando uma vida com ela?

"Minerva, você é a pessoa mais inteligente que eu conheço. Você consegue olhar para um buraco de formato estranho no chão e ver um mundo antigo vibrante e rico. Olhe para mim agora."

Olhar para aqueles olhos de diamantes Bristol nunca foi um problema.

"Diga-me a verdade", disse ele. "Você consegue enxergar um futuro agradável comigo?"

Ela estendeu o braço na direção dele, passando os dedos por seu cabelo.

"Honestamente?"

"Honestamente."

"Quando eu olho para você, penso em algo como: somente Deus sabe que provações me aguardam nesse caminho." Sorrindo, ela passou os braços em volta do pescoço dele. "Mas tenha coragem, Colin. Algumas mulheres gostam de surpresas."

Ele ficou quieto por um longo momento.

"Muito bem", disse ele, sombrio. E a levantou com um movimento rápido. "Surpresa."

Capítulo Trinta

Colin a apertou contra a parede, agarrando, faminto, cada parte do corpo dela que conseguia alcançar, dando beijos ardentes a sua testa, seu rosto, seus lábios. Ele precisava daquilo. Precisava *dela*. E precisava naquele instante. Ele soltou os botões da camisola dela com um puxão, liberando alguns, ou simplesmente arrancando outros. Logo o traje delicado de algodão jazia descartado aos pés dela.

"*Minerva.*" Com um suspiro ressonante, ele pressionou todo seu corpo vestido contra a nudez dela. Apoiando suas mãos na parede, ele empurrou as coxas dela para os lados com seus joelhos. Abaixando a cabeça, Colin beijou e lambeu seu pescoço, enquanto esfregava sua ereção desesperada no calor dela. Um gemido cresceu no peito dele.

"Eu preciso de você, Min. Preciso muito."

"Estou aqui", suspirou ela, os braços pendurados nos ombros dele. "Sou sua."

Sou sua. Uma pontada doce de emoção torceu o coração de Colin. Ainda assim, ele manteve as mãos na parede – sem confiar em si mesmo para tocar nela. Ele recuou um pouco, querendo vê-la. Admirá-la.

Ela o tocou.

"Colin..."

"Espere", disse ele, a voz trêmula de desejo. "Quero olhar para você."

Ela se recostou no papel de parede, exibindo-se para ele. Colin nunca sonhou que uma mulher pudesse ser tão linda. Apoiada naquela parede, Minerva brilhava mais do que qualquer pintura de algum mestre holandês. Sua pele perfeita faria uma pastora de porcelana chorar lágrimas de inveja. E os seios dela... Ele não encontrou um paralelo na decoração para seus seios. Mas eles deixavam Colin duro como o chão de madeira. Os seios dela continuavam tão excitantes quanto na primeira vez que ele os viu, na estalagem em Londres. Ele foi descendo seus beijos pelo pescoço elegante dela, parando para chupar aqueles mamilos deliciosos, até ficar de joelhos. Quando estes tocaram o chão, ele procurou uma posição confortável, sentando sobre os calcanhares. Depois deu vários beijinhos no umbigo dela e acariciou com o nariz suas coxas. Ele estava se ajeitando para uma bela e longa visita...

"Deus." Ele afastou as coxas de Minerva e vasculhou em meio aos pelos escuros. "Faz uma eternidade que eu quero isto."

Ela riu, nervosa.

"Estamos viajando há uma semana."

"Uma eternidade." Ele a abriu com os dedos, explorando suas dobras e circulando a pérola inchada com o polegar. "Você não tem como saber, Min. Você não tem como saber há quanto tempo estou esperando por você."

Ele deu um único e casto beijo no sexo dela. Só um prelúdio, para que ela não ficasse chocada demais. Então Colin passou um braço por baixo do joelho dela, colocando-o sobre o ombro. Com as mãos ele a agarrou por baixo, alcançando seu sexo com os dois polegares para abri-la para sua admiração. Para seu beijo.

Minerva fez um ruído abafado.

"Colin..."

"Quieta..." Ele soprou a palavra sobre sua carne delicada. "Você já teve sua chance de explorar cada centímetro do meu corpo. Agora é minha vez."

E como ele explorou... completamente... Colin passou a língua – apenas de leve – por cada pétala avermelhada, úmida, do sexo de Minerva. Descendo por um lado, subindo pelo outro... até alcançar aquele botão intumescido no alto. De novo, provocando-a apenas levemente. Até que a respiração dela ficou ofegante e ela arqueou os quadris, enfiando o calcanhar nas costas dele para puxá-lo para perto. *Isso. Assim mesmo. Prenda-me próximo e apertado. Seja minha dona. Faça de mim um escravo do seu prazer.* Mas uma ponta de maldade nele não queria dar a Minerva o que ela desejava. Ainda não. Ele manteve seus movimentos leves, provocantes. Até ela começar a se esfregar contra sua boca em um ritmo urgente e um lamento carente se elevar da garganta dela.

"Oh, Colin. Oh, Deus."

Uma blasfêmia, mas ele adorava ser colocado acima do divino no universo de Minerva. Mesmo que por um segundo breve e lascivo.

"Sim, querida?", murmurou ele, entre golpes lentos e lânguidos da sua língua.

"Eu preciso... preciso de uma coisa."

"Disto?" Ele enfiou a língua dentro dela.

Ela engasgou e arqueou os quadris.

"Mais."

Ela agarrou o cabelo dele. O gosto inebriante dela dançava em sua língua. Colin também precisava de mais. E não conseguia esperar nem mais um instante. Descendo a perna dela, Colin se ergueu e rapidamente saiu de sua calça desabotoada. Ele puxou a camisa por sobre a cabeça e a jogou de lado. Agarrando a bunda de Minerva com as duas mãos, ele a ergueu contra a parede e a fuzilou com um olhar selvagem, determinado a ler cada emoção dela.

"Você me quer, Min?"

"Quero."

"Você precisa de mim?"

"*Preciso.*" Ela se contorceu contra o corpo dele, selvagem, suada e quente.

"Você me ama?" A voz de Colin estava tão rouca de desejo que as palavras se perderam em sua garganta. Ele deslizou para dentro dela, enfiando seu membro duro no sexo apertado. "Me ame...", rosnou ele, dizendo as palavras com uma estocada. "Me ame."

"Sim." Ela arfou com prazer, inclinando a pelve para recebê-lo mais fundo. "Sim."

Ele manteve o ritmo das estocadas, entrando nela no ângulo exato que ele sabia que ela desejava.

"Você tem que me amar. Nunca pare. Está me ouvindo? Isto não vai ser bom com mais ninguém. Só comigo, Min. Só comigo."

"*Colin.*" Ela enterrou as unhas nos ombros dele e se afastou da parede, ficando face a face com ele. Minerva passou a língua rapidamente pela dele. "Eu amo você. Pare de falar."

Era justo... Ele voltou a pressioná-la contra a parede. Chega de discutir. Apenas unir, agarrar e enfiar. E beijar, de forma quente, molhada e profunda. Apenas aquele desejo desesperado, visceral, de ficar mais próximo, de todos os modos possíveis.

Sem avisar, Minerva arqueou e retesou o corpo. Ela se agarrou a ele quando o clímax veio, gritando junto a sua orelha. Seus músculos íntimos ficaram tesos, enviando ondas pulsantes pelo pênis dele.

Dessa vez ele não se segurou. Não teria conseguido, mesmo se tentasse. Ele cavalgou a crista do prazer dela, em um vaivém frenético, enquanto o clímax dela o empurrava para seu próprio. Quando ele gozou dentro dela, a alegria, pura e deslumbrante, foi diferente de tudo que ele conhecia. Colin saiu de dentro de si mesmo. Em espiral, entrou em um lugar estranho e escuro, e ficou perdido ali por um instante, à deriva em seu êxtase. Mas logo o carinho dela o trouxe de volta. Ela sempre o traria de volta da escuridão. Como poderia ser diferente? Ela tinha seu coração.

"Minerva." Exausto e trêmulo, ele enterrou o rosto no pescoço dela. "Eu preciso lhe pedir uma coisa."

"Precisa?"

"Preciso. Esta é uma pergunta muito importante. Uma que nunca fiz para outra mulher. E quero que pense cuidadosamente na sua resposta."

Ela aquiesceu.

"Depois que toda esta loucura passar, e eu a conduzir em segurança para sua casa... você acha que seria adequado..." Ele engoliu em seco e levantou o olhar para encará-la. "Que eu a cortejasse?"

Ela ficou de boca aberta.

"*Cortejar*. Você... você quer me *cortejar*?"

"Quero. Muito. Mais do que qualquer coisa."

"Colin, você percebe que ainda está dentro de mim."

"Estou perfeitamente ciente disso, sim."

Ela passou os dedos pelo cabelo dele nas têmporas.

"Então o cavalo já passou pelo portão, não é? Você não acha que uma corte formal seria uma chateação desnecessária, a esta altura?"

"Chateação nenhuma." Ele beijou os lábios confusos dela. "E eu acho que é realmente necessário. Você merece ser cortejada, Min. Flores, piqueniques, passeios no parque e tudo o mais. E se eu posso dizer, suspeito que serei brilhante ao cortejá-la, se me dedicar a isso."

"Tenho certeza de que sim, mas..."

"Em breve a temporada social vai estar a toda." Ele saiu de dentro dela delicadamente, então os pés dela tocaram o chão. "Vou convencer sua mãe a enviá-la para Londres, onde poderei cobri-la de atenções na frente de toda a sociedade."

"Como é que você vai conseguir fazer isso, depois de voltarmos solteiros desta viagem escandalosa? Mesmo com a ajuda do seu primo, a fofoca vai ser de matar."

Ele fez um som de pouco caso.

"Mesmo que haja um pouco de escândalo, e não nos deixem entrar no velho e bolorento Almack's, e daí? Ainda seremos bem recebidos em vários outros lugares. Bailes, ópera, teatro, Vauxhall. Vamos ser a sensação de Londres."

"É, eu posso imaginar. Todo mundo vai querer saber o que aquela intelectual desajeitada colocou no seu vinho para deixá-lo tão desorientado."

"Não. Não fale assim." Ele ergueu o queixo dela com um dedo. "Eu odeio quando você fala mal de si mesma, Min. Vou bater em qualquer um que ousar insultá-la, mas não sei como proteger você de si mesma. Então, faça-me um favor... não fale assim. Tudo bem?"

"Tudo bem."

O lábio inferior dela tremeu. Colin o tocou carinhosamente.

"Mimar você vai me dar tanta satisfação. Vou fazer você se sentir uma rainha. Vou fazer tudo o que puder para conquistá-la."

"Mas Colin, você não percebe..." Afeto aqueceu os olhos castanhos dela. "Você não precisa me conquistar. Já disse para você, eu sou sua."

Colin a pegou nos braços e a carregou para perto da lareira, colocando-a no tapete. A camisola estava amarrotada e rasgada, então ele pegou sua camisa e ajudou Minerva a vesti-la. Ele passou a camisa pela cabeça dela, e arrumou o lindo cabelo escuro por sobre o colarinho e ajeitou os cachos em volta do rosto dela. A camisa ficava bem nela, com o colarinho aberto oferecendo uma visão sugestiva de seus seios. Os olhos dela brilharam, e um belo rubor aflorou em suas faces.

Deus, ele amava vê-la descabelada. Seu coração e seu sexo argumentaram que ele deveria se casar com ela imediatamente e mantê-la ali, para que Colin pudesse começar a desfrutar dessa visão todos os dias. Todas as noites. Mas, para variar, ele deixaria que seu cérebro tomasse a decisão. Quando ele agia por impulso, até suas boas intenções acabavam mal. Um casamento apressado, ainda que parecesse tentador, não era o correto.

Ele vestiu a calça e sentou com ela, de pernas cruzadas, diante do fogo.

"Você é tão jovem", começou ele.

"Sou apenas cinco anos mais nova que você. Quando minha mãe casou, ela tinha dezessete anos, e meu pai quarenta e três."

"Você é jovem", ele insistiu. "E esta semana foi, no mínimo, tumultuada. Eu quero lhe dar algum tempo, de volta ao mundo normal, para você ter certeza de seus sentimentos."

"Eu *tenho* certeza dos meus sentimentos."

"Você merece ser cortejada. Você merece saber que tem opções antes de comprometer sua vida com alguém -- ainda mais um devasso como eu. Você merece ver esse Sir Alisdair Kent. Talvez ele não seja coberto de verrugas."

Ela tocou seu rosto.

"Eu amo *você*, Colin. Nada vai mudar isso."

"Querida e doce garota." Ele a pegou nos braços e a segurou bem perto.

Eu amo você. Nada vai mudar isso. Ah, como ele queria pegar aquela declaração ousada e inequívoca e aceitá-la como verdadeira. Esculpi-la em pedra, tatuá-la em sua pele, escrevê-la em um mosaico naquele mesmo chão em que estavam. O Evangelho Segundo Minerva, do qual nunca se deve duvidar. Mas ele havia aprendido muita coisa – com ela, com a vida – e sabia muito bem o quão pouco ela tinha visto do mundo. A alma saturada de Colin ansiava por confirmação. Por pelo menos alguns meses. Dentre todas as pessoas, era ela quem mais devia entender o valor de um teste científico.

"Se o que você diz é verdade..." Ele se afastou para admirar aqueles belos olhos escuros. "Então não há problema em esperar, ou há?" Ele acariciou o rosto dela, tentando extrair um sorriso. "Eu sei bem o que é tomar decisões impulsivamente. Elas acabam não dando certo. Quando eu casar com você, quero que todo mundo – e isso inclui nós dois – saiba que não se trata de um capricho impetuoso. Eu quero esperar até depois do meu aniversário, para que também não haja suspeita de que estou fazendo isso para ganhar o controle da minha fortuna."

"Depois do seu aniversário? Você está sugerindo que nós vivamos separados por meses?"

Ele aquiesceu.

"Acho que sim, isso mesmo."

"E quanto às noites, Colin? Como você planeja atravessar todas essas noites?" Ela engoliu em seco. "Eu acho que não conseguirei suportar se..."

Ele a silenciou com um beijo.

"Os votos de casamento vão ter que esperar. Mas juro para você aqui e agora, Minerva" – ele pegou a mão dela e a colocou sobre seu coração – "que enquanto eu viver, não passarei uma noite nos braços de outra mulher. Não vou fingir que esperar por você vai ser agradável, mas vou aguentar. Vai ser muito mais fácil enfrentar a escuridão se você for o raio de luz quente e belo no fim do caminho."

Ela pareceu decepcionada, e Colin se odiou por causa disso. Mas dentre todas as coisas que ele havia feito na vida, aquela precisava ser feita com cuidado e corretamente. Se isso significava andar no ritmo de um caracol marinho, então seria assim.

"Não se preocupe", disse ele. "Assim é ideal, você vai ver. Nós fazemos tudo de trás para frente. Somos assim. Começamos com uma fuga. Depois disso, fazemos amor. Em seguida, passamos à corte. Quando estivermos velhos e de cabelo grisalho, talvez cheguemos ao flerte. Vamos lançar olhares apaixonados um para o outro por cima do nosso mingau. Seremos invejados por casais com metade da nossa idade."

Ela sorriu.

"Oh, Colin. Se elas pudessem me ver *agora*, eu seria invejada por todas as mulheres da Inglaterra."

"E algumas na Escócia, também. Está esquecendo que eu cresci bem perto da fronteira."

Ele fez o comentário em tom de brincadeira, mas seu significado provocou um arrepio de entusiasmo em todos os seus ossos. *Escócia*.

A mudança em Colin foi imediata. Minerva observou a expressão em seu rosto mudar de afeto caloroso para determinação fria em um instante. Ela arrastou um toque tímido e sensual pelo peito dele, na esperança de fazê-lo voltar ao modo anterior. Não funcionou. Ele se pôs de pé e lhe ofereceu a mão.

"Venha, agora. E rápido."

"Quê? Por quê?"

"Vou explicar enquanto subimos para os quartos. Não temos tempo a perder."

Aturdida, ela aceitou a mão dele. Colin a ajudou a levantar, depois recolheu todas as roupas descartadas.

"A esta altura seu quarto já está pronto. Eles devem ter resgatado seus baús na estrada. Vou levar você à sua suíte, depois vou mandar uma empregada para ajudar você a tomar banho e se vestir."

"No meio da noite?"

Ele olhou pela janela.

"O dia logo vai nascer."

Ele pôs a mão na parte de baixo das costas dela e a puxou para perto, conduzindo-a para fora da sala e por uma escadaria grandiosa. Enquanto corriam escada acima, Minerva tentou não pensar demais no fato de que andava descalça em uma das propriedades mais históricas e imponentes da Inglaterra usando nada além do que a camisa de Colin. A personificação do escândalo. Mas... algum dia ela seria a senhora daquela casa. Talvez. Supondo que tudo desse certo durante o período de corte. Deus, ela estava tão confusa.

"E enquanto eu estiver tomando banho e me vestindo, o que você vai fazer?"

"A mesma coisa", disse ele. "Tomar banho e me vestir. E depois, providenciar os cavalos."

"Cavalos?"

"Isso. Precisamos sair o mais cedo possível." Ele parou. "Qual era a porta...? Ah. Esta é a sua suíte."

Ele a conduziu a um quarto magnífico, decorado em marfim e verde-sálvia. Minerva nem conseguiu admirar direito as molduras esculpidas, ou emitir um suspiro de satisfação, quando seus pés cansados de viajar afundaram no tapete felpudo.

"Colin, nós acabamos de chegar. Quase não dormimos nos últimos dias. Não podemos pelo menos descansar um pouco antes de sairmos novamente em disparada? Este é o quarto mais lindo que eu já vi."

"E você fica linda dentro dele." Deixando-a no meio do tapete, ele circulou rapidamente pelo aposento. Primeiro, ele abriu as cortinas. O brilho fraco da alvorada passou pelas janelas que iam do chão ao teto. "Seu quarto de vestir é aqui", disse ele, indicando uma porta aberta. "E o quarto de dormir fica depois dele. Espero que você tenha mais tempo para conhecer tudo na próxima vez em que viermos." Ele passou por portas fechadas, apontando. "Banho. Armário."

Ela fechou os olhos, então os abriu novamente.

"Colin. Para onde é que você pretende me levar?"

"Para a Escócia. Para o simpósio."

"Mas... é tarde demais. O simpósio é hoje."

"Eu sei. É por isso que temos que nos apressar. Nós vamos chegar atrasados, e não podemos fazer nada quanto a isso."

"Mas como é que vamos até lá? Chega de carruagens, Colin. Não temos condições." Ela percebeu como ele ficou perturbado no cupê, no dia anterior. Ela nunca mais iria fazer com que ele passasse por aquilo."

"Eu tenho um plano", disse ele. "Você vai ver."

"Mas a Francine..."

"Ainda existe. Com ou sem molde de gesso. A pegada dela está lá. Ela deixou sua marca neste mundo." Colin se aproximou e pegou as mãos dela. "E você também vai deixar, Min. Talvez você não receba o prêmio, sem levar a prova da existência dela. Mas você vai estar lá, e vai impressioná-los."

Ela não soube o que dizer.

Uma empregada apareceu à porta do banheiro. Ela pigarreou e fez uma mesura.

"Minha senhora, seu banho está preparado."

Colin dispensou a empregada com um aceno.

Ele apertou as mãos de Minerva.

"Nós chegamos até aqui. Não vamos desistir agora. Esta é a história do nosso futuro – a que vamos contar para nossos amigos, convidados, filhos e netos – e nossa história não termina com uma derrota. Ela termina em triunfo. O *seu* triunfo."

Ele levou as mãos dela aos lábios. Beijou uma, depois a outra. Minerva derreteu por dentro.

"Nisto?" Uma hora depois, Minerva estava em pé sobre os degraus na frente de Riverchase, usando o último bom vestido que lhe restava, feito de sarja de seda verde-escuro. Ela queria parecer otimista, embora não se sentisse assim. "Nós vamos até Edimburgo *nisto*?"

Ela olhava através da névoa matinal. À frente da casa estava a carruagem mais ricamente decorada, mais alegremente pintada e com as maiores molas de suspensão que ela havia visto em toda sua vida. O assento estreito, para acomodar somente duas pessoas – o condutor mais um passageiro – devia estar a pelo menos dois metros e meio do chão. A pequena carruagem esportiva estava atrelada a dois dos mais belos cavalos que se possa imaginar. Eles pareciam animais de corrida, não de tração.

"Isso não pode ser seguro", disse ela.

"Não é exatamente um modelo para levar a família."

"Nós vamos brilhar no escuro." Ela franziu os olhos quando os primeiros raios de sol iluminaram a pintura amarelo-vivo.

"Sim, é chamativo, extravagante e imprudente." Colin puxou um pedaço de amarra de couro, testando sua força. "Mas é o meio de transporte mais rápido que existe na Inglaterra. Eu o ganhei em um jogo de cartas, há alguns anos."

"Você o *ganhou*. Mas sabe como *conduzir* essa coisa?"

Ele deu de ombros e sorriu.

"Nós vamos descobrir."

Minerva se aproximou com razoável grau de apreensão. Mas ela dominou os nervos, determinada a ser corajosa. Colin estava pondo toda sua fé nela, e ela tinha que fazer aquilo valer a pena. Com auxílio de um criado, ela conseguiu subir no assento. Os animais dançavam de impaciência, e a carruagem balançou sobre suas molas. A cabeça de Minerva rodopiava. *Não olhe para baixo*, ela disse para si mesma. É claro que no instante seguinte ela olhou. Será que esse tipo de proibição funciona?

Içando-se para o assento, Colin se pôs ao lado dela. Ele abaixou a aba do chapéu e pegou as rédeas.

"Cento e dezesseis quilômetros. Essa é a distância até Edimburgo. Se o clima ajudar, nós poderemos cobrir vinte quilômetros por hora, fácil, neste veículo. Vinte e quatro, se eu apertar o ritmo. Com um pouco de sorte, nós chegaremos ao meio-dia. Nós podemos fazer isto, Min. Nós realmente podemos."

Ela aquiesceu.

"Você sabe..." Passando o braço pelo dele, ela engoliu em seco. "Colin, você sabe como conduzir esta coisa, não sabe?"

Ele sorriu.

"Você não para de me perguntar isso."

"E você continua se recusando a responder."

Ele voltou o olhar para a estrada e agitou as rédeas, fazendo a parelha trotar.

"Eu não gosto de *andar* de carruagem. *Conduzir* é algo completamente diferente."

Depois que fizeram a curva na trilha da casa, Colin estalou as rédeas nos animais, levando-os a um galope. Galope nada. Eles estavam *voando*.

"Oh!" O vento pegou sua risada assustada e a espalhou por toda Riverchase.

É assim que uma bala deve se sentir. Puxado por aqueles dois animais elegantes e majestosos, a carruagem disparou pela trilha de cascalho como algo divino de anjos. As molas do assento eram tão eficientes que Minerva mal sentia os calombos da estrada. Ela se aproximou de Colin, e foi obrigada a gritar por cima do rugido do vento e do tropel de cascos.

"Clube de corridas!", ele respondeu, também gritando e lhe dando uma piscadela marota. "A maior loucura de Londres."

Rindo, Minerva pôs a mão sobre o chapéu, animada demais pelo vento e pela velocidade para reclamar. É claro. O malandro era membro de todos os clubes que o aceitassem. Clubes de cavalheiros, de boxe, de carteado, dos aventureiros. Por que não um clube de corridas? Assim era a vida em Londres. Todos aqueles clubes. Todos aqueles amigos. Toda aquela diversão cintilante e rica. Todas aquelas *mulheres*...

Enquanto eles corriam para o norte, sua cabeça girava mais rapidamente que as rodas da carruagem. A sugestão de Colin, de um namoro público, a empolgava, é claro. Ir a bailes e à ópera de braços dados com o belo e impetuoso Lorde Payne? Só de Minerva pensar nisso, seu coração falhava algumas batidas. E ela acreditava nele quando dizia que gostava dela. Ele não mentiria sobre isso. *Ele está correndo a uma velocidade mortal para a Escócia por você*, Minerva disse para si mesma. É claro que ele gosta. Mas... apenas há alguns dias ele dedicou horas ao conserto de um telhado. Ele se jogou em um trabalho braçal com força, entusiasmo e bom humor. Mas ele não jurou passar o resto da vida fazendo aquilo. Seria a repentina dedicação dele com Minerva apenas um produto de circunstâncias extremas? E se ela estava duvidando da dedicação dele, talvez Colin duvidasse do amor dela. Ou talvez ele simplesmente duvidasse *dela*. Talvez ele duvidasse que ela pudesse se tornar uma verdadeira viscondessa, e quem poderia culpá-lo? Pelo amor de Deus, olhe só aquela propriedade enorme, e a casa. Quem poderia imaginar Minerva como a senhora daquele lugar? Ela já tinha feito uma bagunça na sala de estar, e encharcado o tapete da entrada com água de chuva. Os criados iriam odiar Minerva. Ela não conseguia evitar de se preocupar com centenas de pequenas coisas. Colin também devia estar preocupado. Ele havia admitido sua incerteza. Era por isso que ele queria esperar. Esperar era sensato, raciocinou ela. Postergar o noivado era a coisa sensata e prudente a se fazer. Então por que isso a aterrorizava?

Eles pararam três vezes para trocar os cavalos e tomar água, sempre correndo de volta à estrada assim que fosse possível. A paisagem era verde e ondulante. Uma divindade deitada que acordava de seu sono invernal. O vento, por outro lado, era uma bruxa fria e cruel. Minerva se cobriu com uma manta de tear, para se aquecer, mas o vento gelado passava através dela. Quando a estrada ficou reta e ele pode soltar um pouco as rédeas, Colin a puxou para si, passando um braço por sobre o ombro de Minerva. Ela se aninhou ao lado dele, buscando conforto em seu calor e aroma conhecidos. E observando suas mãos enluvadas conduzindo os animais com movimentos firmes e confiantes. Ela passou um braço pela cintura dele, abraçando-o apertado. Não importava o que iria acontecer hoje, ou amanhã. Aquilo – apenas *aquilo* – valia qualquer coisa.

Eles se aproximavam de Edimburgo quando o sol do meio-dia chegou ao seu apogeu.

"Estamos quase lá", disse ele quando voltou ao assento depois de parar para pedir informações a um comerciante. "Pronta para seu grande momento?"

"Eu..."

Eu não sei, não sei. Eles não sabem que sou mulher. Perdi todas as minhas anotações e meus desenhos. Sem provas eles não vão acreditar em mim quanto a Francine. E depois de viajar mais de cem quilômetros em uma manhã, meu cabelo deve estar de meter medo. Todos vão rir de mim. Oh, Deus. Eu sei que eles vão rir. O pavor havia embolado suas entranhas. Mas ela se recusava a dar voz a seus medos. Ela tinha prometido a Colin que nunca mais iria falar mal de si mesma.

"Eu acho que sim", disse ela, afinal. "Com você do meu lado, estou pronta para qualquer coisa."

Colin fez os cavalos parar bem no meio da rua.

"Chegamos?", perguntou Minerva olhando em redor.

"Ainda não." Com um dedo enluvado, ele virou o rosto dela para si. "Mas achei que não deveria fazer isto nos degraus da Sociedade Geológica Real."

Ele baixou a cabeça e a beijou. Ali mesmo, na rua, e com um sentimento tão doce e carinhoso, que todas as preocupações dela sumiram, empurradas para o lado pela emoção que cresceu em seu peito.

"Está melhor?", perguntou ele, pegando as rédeas.

Ela aquiesceu, sentindo a confiança voltar.

"Obrigada. Eu precisava disso."

Mais alguns minutos através de ruas de paralelepípedos abarrotadas, e Colin parou os animais em frente a um edifício imponente de tijolos. Ele jogou as rédeas e uma moeda para um garoto que esperava ali e deu a volta na carruagem para ajudar Minerva a descer.

"Depressa, agora. Você chegou bem a tempo para fazer uma entrada triunfal."

De braços dados, eles subiram correndo os degraus. Minerva estava tão ocupada tentando não tropeçar na saia que não reparou no porteiro – nem em ninguém, aliás. Até que uma voz grave os fez parar.

"Desculpem-me. Mas aonde vocês pensam que estão indo?"

Capítulo Trinta e Um

Minerva franziu a testa. Ela devia saber que não seria tão simples.

"Nós viemos para o simpósio de geologia", disse-lhe Colin. "E estamos atrasados, devido a problemas na viagem. Então, se você fizer a gentileza de nos dar passagem..."

O homem de barba permaneceu onde estava. Ele bateu com a mão em um papel preso a um quadro de avisos.

"Sinto muito, senhor. Mas só podem entrar membros da Sociedade."

"Eu sou membro." Minerva se adiantou. "Sou membro da Sociedade. Meu nome é M. R. Highwood. Devo estar na sua lista."

"Você?" Por trás da barba cinza, o rosto do homem assumiu um tom indecente de vermelho. "Você afirma ser M. R. Highwood?"

"Eu vou além de afirmar. Eu sou a Srta. Minerva Rose Highwood. Não posso acreditar que o nome seja desconhecido para você. Minhas descobertas foram publicadas em nada menos que cinco edições do *Jornal Geológico Real* nos últimos dezessete meses."

"Sério, Min?" Colin tocou as costas dela com a mão. "Cinco vezes? Isso é fantástico, querida. Estou tão orgulhoso."

Ela corou um pouco. Pelo menos *alguém* admirava suas realizações. Alguém maravilhosamente lindo, gentil, inteligente e, contra todas as probabilidades, aparentemente apaixonado por ela.

Aquele pateta pomposo diante dela, abanando sua lista boba... não era capaz de a intimidar. Não mais.

"Madame, deve haver algum mal-entendido. Todos os membros desta Sociedade são cavalheiros."

"Deve haver, mesmo, um mal-entendido", disse ela, sorrindo tranquila, "mas o mal-entendido não é meu. Nos últimos dois anos eu paguei minhas taxas, submeti minhas descobertas e mantive correspondência como membro pleno desta organização. Nunca afirmei ser homem. Se a Sociedade tirou alguma conclusão equivocada, não posso ser responsabilizada por isso. Agora por favor, me deixe entrar, porque eu tenho uma apresentação a fazer."

"Não vai ser possível." Ele se empertigou e virou para Colin. "Não podemos permitir isto. A não ser que ela tenha..."

"Com licença, por que está falando com ele?" Minerva o interrompeu. "Eu estou bem aqui, e posso falar por mim mesma."

O homem suspirou profundamente.

"Minha querida garota, eu..."

"Não sou uma garota. E tampouco sou uma 'querida' para você, a menos..." Bom Deus, ela esperava que aquele presunçoso de cara vermelha não fosse Sir Alisdair, que sempre pareceu muito mais razoável do que aquilo. "Escute, Sr...?"

"Barrington."

"Sr. Barrington." Ela sorriu, aliviada. "Estou aqui para apresentar minhas descobertas no simpósio. Sou um membro estimado da Sociedade, com um registro impressionante de contribuições, e tenho algo de valor para contribuir. Acontece que sou mulher e que entendo bastante de rochas. Eu sugiro que o senhor tenha colhões para aceitar o fato."

Ao lado dela, Colin sufocou uma risada.

"Muito bem, querida. Bravo."

"Obrigada."

O Sr. Barrington pareceu não achar graça naquilo.

"Este simpósio é restrito a membros da Sociedade Geológica Real e seus convidados. E como a filiação é restrita a cavalheiros, esta porta não será aberta para a senhorita."

"Vamos lá." Colin interveio. Ela percebeu que ele procurava empregar seu tom mais senhoril, dominante. "Estou certo de que poderemos resolver isso de outra forma. Acontece que eu gosto muito de participar de clubes. Agora, o que um homem precisa fazer para se tornar membro da sua Sociedade?"

"Há um longo processo de candidatura. Uma carta de solicitação deve ser feita, acompanhada de uma declaração pessoal indicando interesses de pesquisa e quaisquer publicações relevantes. Referências precisam ser fornecidas – três, no mínimo, e não mais do que..."

"Sei, sei. Aqui está minha candidatura, se você pode fazer a gentileza de anotar. Sou Colin Frederick Sandhurst, Visconde Payne. Quanto aos interesses geológicos, me contaram que minha propriedade está sobre o maior veio de granito de toda Northumberland. Quanto a referências, nomeio meu primo, Lorde General Victor Bramwell, Conde de Rycliff. Em segundo, meu querido amigo, o Duque de Halford. E em terceiro..."

Minerva pigarreou.

"Em terceiro, M. R. Highwood", concluiu Colin.

"Senhor, eu..."

"Ah." Colin ergueu um dedo. "Acredito que seja 'meu lorde' para você."

"Meu lorde, tenho certeza de que a Sociedade ficará honrada com seu interesse. Contudo..."

"Eu mencionei que, em vez das taxas regulamentares, e como remuneração para meu processo de candidatura expresso, estou disposto a pagar uma assinatura anual de... digamos, mil libras?"

Barrington teve um sobressalto.

"Ah, tudo bem. É difícil negociar com você, Barrington. Três mil, então." Ele abriu um grande sorriso frente ao silêncio do outro. "Bem. Agora que tudo está acertado, vou entrar no simpósio. A Srta. Highwood vai me acompanhar como convidada."

"Mas meu lorde, mulheres solteiras não podem entrar como convidadas. Não é correto."

"Pelo amor dos amonites, homem! Isso é tolice. Por que diabos a Sociedade precisaria proteger mulheres solteiras de palestras entediantes sobre composição do solo? Os membros entram em algum tipo de transe poeirento, no meio do qual nenhuma donzela delicada estaria segura?"

O Sr. Barrington ajeitou o casaco.

"Às vezes o debate fica mesmo exaltado", disse ele.

Colin se virou para Minerva.

"Min, posso bater nele?"

"Acho que essa é uma péssima ideia."

"Posso atravessá-lo com alguma coisa afiada?"

"Provavelmente essa ideia é pior."

"Então não há como passar por ele", suspirou Colin.

"Eu sei. Você vai ter que entrar e fazer a apresentação por mim."

"O quê? Não." Ele balançou a cabeça. "Não, eu não posso fazer isso."

"É claro que pode. Você já me ouviu tantas vezes. Eu sei que ela contém muitas palavras polissílabas, mas eu acredito em você."

"Minerva, essas descobertas são suas. Eles são seus pares. Este deveria ser o seu momento."

"Sim, mas..." Lágrimas afloraram nos cantos de seus olhos, e ela piscou impaciente, tentando fazer com que sumissem. "Eles não vão me deixar entrar."

"Eles não deixam mulheres *solteiras* entrar. Então case comigo. Aqui e agora."

Ela olhou para ele, em choque. Os olhos de diamantes Bristol de Colin brilharam, límpidos e sinceros.

"Casar? Mas nós... não tem como nós conseguirmos..."

Ele pegou as mãos dela.

"Estamos na Escócia, Minerva. Não precisamos de certidão nem igreja. Só precisamos de testemunhas. O Barrington aqui pode ser uma, e..."

Ele se virou quando outro homem abriu a porta e se juntou a eles.

"O que está acontecendo aqui?" O recém-chegado perguntou em voz grave e solene.

Os olhos de Minerva o investigaram dos pés à cabeça. Ele era alto e bonito e... bem, um pouco mais alto e bonito. Ele fazia uma bela figura, em silhueta contra a luz que vinha de fora.

"Barrington, quem são essas pessoas?", perguntou ele.

"Ah, ótimo", disse Colin. "Este camarada de boa aparência pode servir como nossa segunda testemunha. Nós temos o Sr. Barrington e..." ele bateu a mão no ombro do recém-chegado. "Sr...?"

O homem estranhou o gesto presunçoso de Colin.

"Sou Sir Alisdair Kent."

Minerva cobriu sua risada chocada com a mão.

"Certo." A mão de Colin deu dois tapinhas pesados no ombro de Sir Alisdair enquanto media o homem com o olhar. "Certo. Tinha que ser." Ele suspirou profundamente e se virou para Minerva. "Eu deveria sair de cena e deixar vocês dois se conhecerem melhor..."

Não!

"Mas não vou", concluiu ele.

O coração dela acelerou. Graças a Deus! Colin pegou as duas mãos enluvadas de Minerva entre as suas e a mirou profundamente nos olhos.

"Minerva, eu amo você. Estava esperando para lhe dizer em um momento mais adequado. Em algum lugar mais romântico." Ele passou os olhos pelo local em que estavam. "Mas aqui, agora, vai ter que servir."

"Aqui está bom", ela conseguiu falar. "Agora é ótimo."

Ele apertou as mãos dela.

"Eu amo você. Eu amo que você seja inteligente, leal, curiosa e gentil. Eu amo que você seja destemida, corajosa e forte, mas também amo que às vezes você não é, porque então eu posso ser forte por você. Eu amo poder contar tudo para você. Tudo mesmo. E amo que você sempre tenha algo surpreendente para dizer. Eu amo que você chame as coisas por seus nomes certos. Que você não tenha medo de chamar uma teta de teta, um pênis de..."

"Com licença", interrompeu Sir Alisdair, "mas do que, em nome de Deus, vocês estão falando?"

Minerva não conseguiu evitar rir.

"Você dá licença?" Colin disse, irritado, ao homem. "Eu prometi a esta mulher meses de namoro cavalheiresco, e graças às regras arcaicas e vazias da sua Sociedade, tenho que condensar tudo isso em menos de cinco minutos. O mínimo que você poderia fazer é não interromper."

Sir Alisdair se dirigiu diretamente a Minerva.

"Este homem a está perturbando, Srta..." Ele parou. "É *Srta.* Highwood?"

"Sim", ela disse suavemente. "Sim, é *Srta.* Highwood. Peço desculpas pela confusão, e sinto muito se lhe causei alguma... decepção."

Ele apertou a boca enquanto a admirava de alto a baixo.

"Apenas surpresa, Srta. Highwood. Apenas surpresa."

"Sim, sim. Ela é uma mulher muito surpreendente." Colin pigarreou. "Mais uma vez, amigo. Dá licença?"

Sorrindo, Minerva puxou Colin alguns degraus para baixo.

"Não ligue para ele. Continue."

Quando eles conseguiram um pouco de privacidade, os olhos de Colin se suavizaram.

"Como eu ia dizendo, querida, eu amo que você chame as coisas pelos nomes certos. Que você tenha coragem bastante para chamar uma teta de teta, e um pênis de pênis. Mas, acima de tudo, eu amo que, mesmo depois dessa semana louca e inconsequente comigo – mesmo com seu coração, sua reputação e seu futuro em jogo – você foi corajosa o bastante para chamar amor de *amor.*" Ele segurou o rosto dela com as mãos. "Porque é exatamente que isto é. Eu amo você, Minerva." Uma expressão exultante de alegria iluminou os olhos dele, como se tivesse acabado de fazer a descoberta científica de sua vida. "Nós nos amamos."

Ela sentiu um nó na garganta.

"Sim, nós nos amamos."

"Eu quero ficar com você pelo resto de nossas vidas."

"Eu também quero isso."

"Então, isto." Ele soltou as mãos dela. Pegando a luva com os dentes, ele a puxou e simplesmente a deixou cair. Seus dedos alcançaram o anel de sinete, no dedo mínimo, e o viraram para um lado e outro. Puxaram e empurraram. Ele fez uma careta. "Isto pode demorar um pouco."

"Colin, sério. Você não tem que..."

"Quase lá", disse ele por entre os dentes cerrados. Seu rosto estava vermelho e contorcido pelo esforço. "Espere... Espere..."

Ele se virou para o outro lado e agachou, ainda puxando o anel. Minerva começou a se preocupar com ele.

"Pronto." Ofegante e ostentando uma expressão de triunfo, ele ergueu o anel para que Minerva o visse. "Eu não tiro este anel do dedo desde garoto. Era do meu pai, claro, e veio para mim depois que ele morreu. Comecei a usá-lo no polegar, e ele foi passando por todos os dedos. Está nesse dedinho há tanto tempo que quase se tornou parte de mim. Mas agora eu quero que você o use."

"Oh, não posso."

"Não, você precisa." Ele virou a palma da mão dela para cima e deixou cair o anel ali. "É o meu bem mais valioso, Min. Você precisa usar o anel. Dessa forma, eu sempre vou saber que as duas coisas que me são mais valiosas estão no mesmo lugar. Vai ser de muita ajuda. E muito conveniente."

Ela olhou para o anel. Depois olhou para ele, sem fôlego e emocionada.

"Você não..." Ele pigarreou. "Você não quer se casar comigo?"

"É claro que eu quero", ela se apressou em tranquilizá-lo. "É claro que quero me casar com você. Mas eu pensava que você queria esperar, ir devagar. Fazer a corte corretamente. Parecia importante para você."

"Isto", ele gesticulou para a porta e o simpósio que acontecia lá dentro, "é importante para você. O que significa que é tudo para mim."

Aturdida, ela o viu se ajoelhar.

"Eu amo você, Minerva. Fique comigo para sempre. Deixe que eu cuide de você a vida toda. Dê, para mim, a alegria permanente de poder chamá-la de minha." Ele enfiou o anel de sinete no dedo enluvado de Minerva. "Mas case hoje comigo. Para que eu possa compartilhá-la com o mundo."

Ela olhou para ele, o coração pleno de amor – e sua mente decidiu que o mundo ainda não tinha visto um homem melhor. Com os últimos votos pronunciados ali mesmo nos degraus, Colin prometeu tornar todos os sonhos dela realidade. E ela poderia tornar Colin todo seu. Para sempre...

"Bem, garota?" Atrás deles, o Sr. Barrington bateu no quadro. "Você quer se casar com ele ou não?"

Capítulo Trinte e Dois

"Está interessada em rendas hoje, Srta. Taylor?" Quando Kate entrou na loja Tem de Tudo, Sally Bright se aprumou atrás do balcão. A jovem de cabelo claro colocou de lado o jornal que estava lendo. "Ou talvez uma nova fita?"

Kate balançou a cabeça, sorrindo.

"Só um pouco de tinta. Não tenho motivo para fitas ou rendas novas."

"Tem certeza?" Sally colocou um frasco de tinta sobre o balcão. "Não foi isso que eu ouvi."

O tom na voz da garota fez Kate prestar atenção.

"O que você ouviu?"

Sally fingiu inocência.

"Só que alguém fez um passeio até o Castelo Rycliff outro dia. E sozinha..."

Kate sentiu as faces queimando. O que a incomodou, porque ela não tinha feito nada que a pudesse constranger ou fazer sentir vergonha.

"Sim, eu realmente andei até o castelo. Eu precisava falar com o Cabo Thorne. Nós tínhamos um... um desentendimento para acertar."

"Ah..." Sally arqueou a sobrancelha. "Um desentendimento para acertar. Bem, tudo isso parece muito correto."

"Não foi nada impróprio, se é o que está sugerindo."

Kate preferiu não mencionar o fato de que ela havia encontrado o homem em meio a seu trabalho, semivestido e encharcado de suor. Toda aquela pele bronzeada esticada sobre um corpo duro, musculoso... A silhueta de ombros largos estava gravada em sua memória. Como se Kate tivesse olhado diretamente para o sol, e a imagem permanecesse em suas retinas.

"Só estou provocando você, Srta. Taylor. Eu sei que não existe nada de impróprio entre vocês dois. Mas tenha cuidado. Você não quer que as pessoas fiquem com a ideia errada. Porque senão vai começar a sofrer uma praga de pequenos acidentes. Vai aparecer sal no lugar do seu açúcar, alfinetes vão ser esquecidos nas barras das suas saias e assim por diante."

Kate franziu o cenho.

"O que você está falando?"

"Inveja. Metade das mulheres desta vila vai querer mal a você."

"Elas vão me invejar? Por quê?"

"Céus, você realmente não sabe." Sally endireitou as peças de joalheria na vitrine. "Eu sei que, desde o momento em que os homens de Lorde Rycliff entraram na vila, no verão passado, todas as moças do Queen's Ruby ficaram de olho em Lorde Payne. Impetuoso, bonito, charmoso... qual mulher de boa família não se interessaria por ele? Mas há outras mulheres nesta vila, Srta. Taylor. Ajudantes, viúvas de marinheiros, criadas... mulheres que nem se dão ao trabalho de sonhar com um visconde. Todas elas têm lutado para agarrar o Cabo Thorne."

"Sério? Mas..." Kate bateu em um mosquito que a incomodava em seu pescoço. "Mas ele é tão grande. E rude. E grosseiro."

"Exatamente." Sally lhe deu um sorriso de boa entendedora.

Mas Kate não entendeu.

"Até aqui, ninguém conseguiu nada. Puseram armadilhas para ele pela cidade, mas ele escapou de todas. O boato é que ele tem um combinado com uma viúva da cidade ao lado. Ele vai visitar a moça uma ou duas vezes por mês... se entende o que eu quero dizer."

Kate entendia o que Sally queria dizer. E aquilo a deixou repentina e inexplicavelmente nauseada. Claro que o Cabo Thorne tinha o direito de fazer o que quisesse com quem ele quisesse. Ela só não gostou de ficar sabendo. E gostou menos ainda de *imaginar* aquilo. Ela se chacoalhou mentalmente.

"Bem, você pode espalhar..." e ela sabia que Sally espalharia, "que as mulheres de Spindle Cove não têm nada para invejar. Não existe absolutamente nada entre mim e o Cabo Thorne. Nada além de civilidade do meu lado, e certamente não há afeto por parte dele. Esse homem mal tolera minha existência."

Thorne pareceu ansioso para ver Kate ir embora, naquele dia. Ela lembrou da impaciência nos movimentos dele quando a acompanhou até o portão do castelo, depois que concluíram a conversa. Evidentemente, cavar um poço era mais interessante.

Sally deu de ombros enquanto passava um pano de pó nas prateleiras atrás do balcão.

"Nunca se sabe, Srta. Taylor. Ninguém pensava, também, que houvesse algo entre a Srta. Minerva e Lorde Payne. E veja só."

"Isso é completamente diferente."

"Como?"

"É... apenas é." Kate foi salva pelo tropel de cascos e o ronco das rodas da carruagem que se aproximava.

Em uma manobra acrobática, Sally segurou na prateleira com uma mão e inclinou seu peso para o outro lado, esticando o pescoço para olhar através da vitrine da loja. Após conseguir ver o que queria, ela largou o pano de pó.

"Só um instante, Srta. Taylor. É o correio. Eu tenho que atendê-los, ou eles ficam muito bravos. Esses condutores do correio são uns grosseirões. Eles não gostam nem mesmo de diminuir a velocidade."

Enquanto Sally pegava a correspondência, Kate recolhia em sua bolsa as moedas para pagar pela tinta. Aliás, não lhe restavam muitas moedas. O inverno e o início da primavera eram estações fracas para uma professora de música em uma vila de veraneio. Ela tinha que ser econômica constantemente.

"Você tem troco para meia coroa?", perguntou Kate quando Sally voltou.

"Só um instante..." a jovem remexia em um pequeno pacote de cartas e envelopes. Ela pegou uma das cartas, que separou da pilha. "Céus. Está aqui."

"O que está aí?"

"Uma carta da Srta. Minerva."

O coração de Kate deu um pulo dentro do peito. A vila toda estava esperando notícias de Minerva. Ela correu para o lado de Sally.

"É a letra dela, tenho certeza."

"Oh!" Sally guinchou. "Está selada com o sinete de Lorde Payne. Veja."

Kate passou os dedos pelo lacre de cera vermelha.

"Está mesmo. Oh, é uma notícia maravilhosa. A Sra. Highwood precisa ver isso agora mesmo. Vou levar para ela no Queen's Ruby."

Sally manteve o envelope junto ao peito.

"De jeito nenhum. Ninguém vai tirar isto de mim. Eu tenho que estar lá quando ela ler a carta."

"Mas e a loja?"

"Srta. Taylor, esta é a família Bright. Há meia dúzia de nós." Sally correu para a porta do estoque e gritou para dentro. "Rufus, cuide do balcão. Eu volto em dez minutos!"

Juntas, elas passaram correndo pela praça e pela porta da Queen's Ruby. Elas encontraram Charlotte e a Sra. Highwood na sala de estar. A primeira estava bordando uma fronha de travesseiro, enquanto a outra cochilava no divã.

"Sra. Highwood!", chamou Sally.

A matriarca acordou com um ronco. Ela virou a cabeça tão abruptamente que sua touca de renda ficou torta.

"O quê? O que foi? Quem morreu?"

"Ninguém morreu", disse Kate, sorrindo. "Mas talvez alguém tenha se casado."

Sally colocou a carta na mão da mãe de Minerva.

"Vamos lá, Sra. Highwood, leia. Estamos todas desesperadas para saber o que aconteceu."

A Sra. Highwood olhou para o envelope. Seu rosto ficou branco.

"Oh, meus santos! Minha querida, amada filha." Com os dedos trêmulos, ela quebrou o lacre e desdobrou a carta.

Charlotte deixou o bordado de lado e se aproximou. A mãe passou a carta para sua filha mais nova.

"Aqui, leia você. Meus olhos estão ruins demais. E meus nervos..."

Sally agarrou o braço de Kate, e as duas esperaram com a respiração suspensa.

"Em voz alta, Srta. Charlotte", pediu Sally. "Leia em voz alta."

"'Minha querida mãe'", começou Charlotte. "'Eu sei que você deve estar imaginando o que aconteceu com sua filha desobediente. Devo admitir que a semana passada não se desenrolou como eu havia planejado.'"

"Oh, céus", murmurou Kate.

"Ela está arruinada", disse debilmente a Sra. Highwood. "Estamos todas arruinadas. Alguém pegue meu leque. E vinho."

Charlote continuou a ler.

"'Apesar das dificuldades da viagem, nós...'"

"Nós!", repetiu Sally. "Anime-se, Sra. Highwood. Ela escreveu 'nós'!"

"'Nós nos estabelecemos em Northumberland no momento.'"

"Northumberland!" A cor voltou às faces da Sra. Highwood. Ela se endireitou no divã. "A propriedade dele é lá. Ele me disse uma vez. Oh, qual era o nome dela, mesmo?"

"'E é com grande prazer'", Charlotte continuou, "'que eu lhe escrevo da...'" Ela baixou o papel e sorriu. "'Da maravilhosa biblioteca de Riverchase.'"

~ *Epílogo* ~

Duas semanas depois...

Minha querida filha, Viscondessa Colin,
Os sinos estão repicando hoje em Santa Úrsula! Eu disse ao vigário
que era necessário, não importa que você esteja tão longe, em Northum-
berland. Como ficamos felizes ao receber sua carta! Como minhas amigas
sempre me dizem, minha intuição é única. Eu sempre soube que, um dia,
esse malandro do Colin seria meu filho. Mas quem teria imaginado qual
seria sua viscondessa! Você deixou sua mãe orgulhosa, querida. É claro que
você deve aproveitar sua lua de mel, mas pense em voltar a Londres para
as celebrações da Paz Gloriosa. Diana deve ser a próxima, você sabe. Ela
estará em ótima posição para aproveitar seus novos contatos. Tenho grandes
esperanças para ela, mais do que nunca. Se você conseguiu pegar o Colin,
certamente Diana pode agarrar um duque!
Sua,
Mamãe

Com um sorriso divertido, Minerva dobrou a carta e a guardou no bolso. Ela parou no meio do caminho, inspirou profundamente o ar quente, aromático, do fim da primavera e soltou os cordões do chapéu de palha, para que ele deslizasse até suas costas. Então, com passo ligeiro, ela continuou na trilha que levava da vila a Riverchase. Jacintos agitavam-se com abandono em seus caules finos, implorando para serem colhidos. Enquanto caminhava, Minerva parava para colher os jacintos, e também prímulas e alguns narcisos-amarelos. Ela tinha acumulado um belo ramalhete quando

281

chegou ao alto da colina. Ao se aproximar do cume, um sorriso aflorou em seu rosto. Ela sentiu que uma alegria a aquecia, só pela expectativa de ver a conhecida fachada de granito. Mas não foi Riverchase o que ela viu primeiro quando chegou no alto da colina. Foi Colin, que vinha pela mesma trilha – na direção dela.

"Olá", ele disse ao se aproximar. "Eu estava indo para a vila."

"Para quê?"

"Ver você, é claro."

"Oh. Bem, eu estava indo ver você." Ela lhe deu um sorriso tímido, sentindo aquele toque conhecido de vertigem.

Ele indicou o buquê de flores silvestres.

"Colhendo flores, hoje? Nada de rochas?"

"Às vezes eu gosto de flores."

"Fico feliz de saber. É muito mais fácil enviar vasos de flores para o chalé." Seu dedo enluvado acariciou a face dela. "Srta. Minerva, posso...?"

"Um beijo?"

Ele aquiesceu.

Ela lhe ofereceu o rosto, inclinando-se para receber o gesto carinhoso, delicado. Mas no último instante ele virou o rosto e a beijou nos lábios. Oh, ele era sempre um malandro, e Minerva ficava contente com isso. O beijo foi breve, mas quente e doce como o sol da tarde. Depois de um instante, ele se endireitou. E a mediu com o olhar.

"Você está..." Ele balançou a cabeça, sorrindo um pouco. "Cataclísmica de tão bela."

Ela engoliu em seco, precisando de um momento para se recuperar do esplendor masculino de Colin.

"Você também está devastador, hoje."

"Eu gostaria de pensar que meu beijo merece todo o crédito por esse lindo rubor em suas faces, mas duvido que seja verdade. O que a deixou tão satisfeita?"

"O beijo também contribuiu. Mas o correio trouxe uma carta esta manhã." Ela fisgou um par de envelopes no bolso. "Recebi duas cartas muito interessantes. A primeira é da minha mãe. Ela nos felicita pelo casamento."

Ele desdobrou a página e passou os olhos pelo conteúdo. Enquanto lia, o canto de sua boca esboçou um sorriso.

"Sinto muito", disse Minerva. "Eu sei que ela é terrível."

"Não é, não. Ela apenas é uma mãe que quer o melhor para suas filhas."

"Ela está enganada, isso sim. Eu não disse para ela que nos casamos. Eu só disse que estamos na sua propriedade, e que eu só devo voltar dentro de um mês ou talvez mais. Mas ela, obviamente, supôs que nos casamos."

"Todos estão supondo. Recebi uma carta de Bram, outro dia. Ele queria saber por que eu ainda não tinha enviado aos advogados os documentos do casamento. 'Você não quer seu dinheiro?' ele perguntou."

Juntos, eles começaram a andar de volta para Riverchase.

"Eles vão saber a verdade, quando for a hora", refletiu ela.

"Vão, vão sim. Você disse que recebeu duas cartas interessantes. Quem enviou a outra?"

"Sir Alisdair Kent."

Ela notou uma ligeira hesitação no passo dele. O indício sutil de ciúme a emocionou mais do que deveria.

"Oh, é mesmo?", disse ele, em um tom de voz propositalmente indiferente. "E o que o bom Sir Alisdair tem para dizer?"

"Não muita coisa. Apenas que o *Jornal da Sociedade Geológica Real* se recusou a publicar meu artigo a respeito de Francine."

"Como?" Ele parou de imediato e se voltou para ela. O brilho afetuoso em seu olhar se tornou um fulgor irado, quase assassino. "Oh, Min. Isso não faz sentido. Eles não podiam fazer isso com você."

Ela deu de ombros.

"Sir Alisdair disse que tentou me defender, mas os outros editores do jornal foram irredutíveis. Minha evidência era enganadora, disseram; minhas conclusões foram por demais forçadas..."

"Bobagem." Ele apertou o maxilar. "Bastardos covardes. Eles não admitem ser superados por uma mulher; é apenas isso."

"Talvez."

Ele balançou a cabeça, pesaroso.

"Sinto muito, Min. Devíamos ter entrado no simpósio aquele dia. Você devia ter apresentado pessoalmente suas descobertas. Se eles tivessem ouvido você falar, poderia tê-los convencido."

"Não, não sinta." Ela pegou a mão dele e a apertou. "Nunca se arrependa, Colin. Eu nunca vou me arrepender."

Eles ficaram ali durante um longo momento, sorrindo um pouco e olhando um para os olhos do outro. Ultimamente eles conseguiam passar horas assim – com uma felicidade palpável e o amor crescendo no espaço entre os dois. Minerva não conseguia esperar para ser a esposa de Colin. Mas ela nunca se arrependeria de ter recusado casar com ele naquele dia em Edimburgo, na entrada da Sociedade Geológica Real. Ele passou por tanta coisa só para levá-la até ali. Enfrentou seus maiores medos, cometeu atos de bravura. Abriu seu coração para ela, e sua casa também. Ele lhe deu coragem, força e horas de risos. Para não mencionar paixão e todas aquelas ardentes palavras de amor. Ao pedir sua mão, ele deu o salto de fé mais corajoso que Minerva poderia imaginar. Em troca, Minerva queria dar para ele pelo menos aquilo: uma corte adequada, como Colin queria. Uma chance para o amor dos dois criar raízes e crescer. Minerva queria que, quando recitasse seus votos de casamento, Colin soubesse que eram votos feitos espontaneamente, não uma tentativa desajeitada de alcançar a glória científica. Colin merecia isso.

Eles deram as costas ao Sr. Barrington e à Sociedade Geológica Real naquele dia. Mas Sir Alisdair Kent ficou curioso e foi atrás deles, convidando-os para almoçar em uma estalagem próxima, onde passaram várias horas em um debate erudito com seus amigos. Sir Alisdair e os outros ouviram, fizeram perguntas, discutiram e, de modo geral, demonstraram por Minerva o respeito devido. Colin providenciou para que as taças de vinho nunca ficassem vazias, e manteve seu braço, casual e possessivamente, jogado sobre as costas da cadeira dela. Não, ela não ganhou uma medalha e um prêmio de quinhentos guinéus, mas foi uma espécie de simpósio. Que fez a viagem valer a pena.

Depois disso, ela e Colin foram para Northumberland. Colin a instalou em um lindo chalé na vila, com a Sra. Hammond, sua governanta, como dama de companhia de Minerva. E então ele se pôs a cumprir suas promessas de cortejá-la carinhosa e atenciosamente. Ele a visitava na maioria das manhãs, e os dois saíam para longas caminhadas à tarde. Colin lhe levava doces e rendas de presente, e os dois faziam os garotos de recados correrem de um lugar para o outro com bilhetes que não precisavam de assinatura. Várias vezes por semana, Minerva e a Sra. Hammond jantavam em Riverchase, e aos domingos ele jantava no chalé.

Eles também passavam tempo sozinhos. Ela, escrevendo suas descobertas em Spindle Cove e explorando o novo cenário rochoso. Colin, inspecionando a propriedade com seu administrador enquanto fazia planos para o futuro. Quanto aos planos para o futuro dos *dois*... Minerva tentava ser paciente. Se Colin tinha dado um passo de fé quando a pediu em casamento, o gesto de fé dela estava mais para um deslize longo e lento sobre gelo fino. Embora estivesse gostando da corte, ela tentava não pensar em uma desilusão amorosa. Sempre havia a possibilidade de ele mudar de ideia.

Mas durante o mês que passou depois que eles voltaram de Edimburgo, o casal sobreviveu à primeira discussão – uma disputa, imagine só, sobre um par de luvas sumidas. Eles também resistiram ao segundo embate. Tudo começou com um desentendimento tenso quanto a Minerva poder explorar desacompanhada, mas em segurança, as rochas da região. (É claro que ela podia, era a opinião de Minerva. Colin se dava o direito de discordar.) A tensão explodiu em uma grande briga que envolveu acusações de independência feminina, arrogância masculina, capas com forro de pele, todos os tipos de rochas e – inexplicavelmente – a cor verde. Mas o acordo que acabaram fazendo – uma excursão conjunta aos penhascos, que se transformou em encontro tórrido – serviu para acalmar o descontentamento deles. Desde então, a corte tem sido doce e carinhosa como nunca – mas não inteiramente casta.

Minerva passou o braço pelo dele e os dois continuaram andando pela trilha.

"Não me sinto intimidada. Vou encontrar outro meio para publicar minhas descobertas."

"*Nós* vamos encontrar outro meio. Se você puder esperar mais cinco semanas, vou comemorar meu aniversário imprimindo uma cópia para cada casa na Inglaterra."

Ela sorriu.

"Algumas centenas de cópias serão suficientes, e não há porque termos pressa. A pegada de Francine sobreviveu naquela caverna durante milhões de anos. Eu posso esperar um pouco mais para fazer minha marca."

"Ajudaria se eu lhe dissesse que já existe uma pegada profunda, permanente, do tamanho de uma Minerva, no meu coração?"

"Ajudaria." Ela o beijou no rosto, saboreando aquele toque de cravos de seu sabão de barba. "Você tem algum compromisso esta tarde? Eu gostaria de passar algumas horas vasculhando a biblioteca de Riverchase."

Ele demorou para responder.

"Se uma tarde na biblioteca é seu desejo, que assim seja. Mas eu confesso que tinha outra coisa em mente."

"Sério? O quê?"

"Um casamento."

Minerva quase deixou cair seu ramalhete de flores.

"Casamento de quem?"

"O nosso."

"Mas nós não podemos..."

"Podemos. O vigário já leu três vezes os proclamas na igreja da paróquia. Eu enviei um bilhete para ele antes de sair de casa, hoje de manhã, e pedi ao mordomo que preparasse a capela. Tudo deve estar pronto quando chegarmos."

Minerva olhou para ele, confusa. Ele havia planejado aquilo?

"Mas eu pensei que nós concordamos em esperar até depois do seu aniversário."

Colin passou os braços ao redor dela, segurando-a pela cintura.

"Eu sei, mas eu não consigo mais. Simplesmente não consigo. Eu dormi bem a noite passada, mas quando acordei esta manhã, senti muito a sua falta. Nem mesmo sei como descrever a sensação. Eu olhei para o outro travesseiro e me pareceu errado que você não estivesse ali. Como se eu tivesse acordado sentindo falta do meu braço, ou de metade do meu coração. Eu me senti incompleto. Então me levantei, me vesti, e comecei a andar na sua direção, porque não podia ir para qualquer outra. E então lá estava você, vindo na minha direção. Com flores na mão."

A emoção brilhou nos olhos dele, e Colin tocou a face dela.

"Não se trata de um capricho. Eu simplesmente não aguento passar outro dia separado de você. Eu quero que você compartilhe minha vida, minha casa e..." Ele a abraçou apertado, puxando seu corpo para um contato total com o dele. Colin baixou a cabeça e beijou o local macio sob a orelha dela. "E eu quero que você compartilhe minha cama. Como minha mulher. Esta noite."

Os beijos dele a deixaram tonta de desejo. Ela se agarrou firmemente a ele.

"Colin."

"Eu amo você, Min. Eu a amo tanto, que isso me assusta. Diga que vai se casar comigo hoje."

Ela se afastou um pouco.

"Eu..." Engolindo em seco, ela passou a mão trêmula pela musselina amarelo-manteiga. "Eu devia, no mínimo, trocar de vestido."

"Não ouse." Ele balançou a cabeça e segurou a cintura dela com as mãos. "Você está perfeita. Absolutamente perfeita, assim como está."

A emoção cresceu em seu coração e fechou sua garganta. Ela teve vontade de se beliscar, só para ter certeza de que não estava sonhando. Mas ela nunca poderia ter sonhando com algo tão maravilhoso. Ela era perfeita. Ele era perfeito. Aquele momento era perfeito. Ela teve medo de falar, por receio de, de algum modo, arruinar tudo. *Não pare para pensar. Apenas desça correndo a colina.*

"Sim", disse ela finalmente. "Sim. Vamos nos casar."

"Hoje?"

"Agora mesmo." Um sorriso de alegria esticou suas bochechas, e ela não conseguiu mais segurar a alegria pura que sentia. Minerva se jogou nele, passando os braços em volta de seu pescoço. "Oh, Colin, eu amo tanto você. Nem consigo dizer quanto. Vou tentar demonstrar, mas vai levar anos."

Ele riu.

"Nós temos décadas, querida. Décadas."

Uma caminhada apressada de cinco minutos os levou até a porta da capela. Enquanto Colin foi procurar o vigário e reunir alguns criados para servirem como testemunhas, Minerva passou para o adro e ficou diante de uma placa impecável de granito polido que era quase um espelho. Ela ficou ali um minuto inteiro, sem saber como começar. Então ela inspirou profundamente e limpou uma lágrima do rosto.

"Sinto tanto que nunca vamos nos conhecer", sussurrou ela, depositando seu ramalhete sobre o túmulo dos finados Lorde e Lady Payne. "Mas obrigada. Por ele. Eu prometo que irei amá-lo com toda intensidade que eu puder. Por favor, enviem-nos suas bênçãos quando puderem. Provavelmente iremos precisar, de vez em quando."

Quando ela saiu do adro e rodeou o canto da capela, viu Colin liderando vigário, mordomo e criados da casa em um estranho desfile. Ele segurou a porta e sinalizou para que todos entrassem na capela.

"Vamos logo", disse ele, batendo o pé no chão com impaciência.

Depois que todos entraram, e só restavam eles dois junto à porta, Colin olhou Minerva nos olhos.

"Pronta?"

Ela aquiesceu, ofegante.

"Se você estiver."

"Nunca estive mais seguro de algo na minha vida." Ele pegou a mão dela e a beijou. "Seu lugar é ao meu lado, Min. E o meu lugar é ao seu lado. Eu sinto isso no meu coração. Eu sinto isso na minha alma. Tenho certeza total e absoluta."

E ele nunca esteve mais bonito.

"A certeza lhe cai bem", disse ela.

Sorrindo, ele passou o braço dela pelo seu e a levou para dentro da capela.

E foi assim que a história épica e grandiosa de seu futuro – a história que vão contar para os amigos, convidados de jantares e netos pelas décadas vindouras – acabou. Como deveria acabar um conto de fadas. Com um casamento romântico, um beijo carinhoso...

E a promessa de que seriam felizes para sempre.

Este livro foi composto com tipografia Electra e impresso
em papel Off-White 70 g/m² na Gráfica Paulinelli.